Es gibt immer einen Ausweg

PROLOG Vor 20 Jahren

Die kleine Ruby spielt in ihrem Kinderzimmer. Vor kurzem hat sie ihren siebten Geburtstag gefeiert. In ihrem kleinen Reich ist Rubys Welt noch in Ordnung. Ihr Zimmer ist ihre sichere Zone. Ihr Schloss, ihre Burg, hier ist sie in Sicherheit, vor den Launen ihres gewalttätigen Vaters.

Fröhlich striegelt sie ihr Stoffpferdchen und gibt ihm Holzkarotten zum Knabbern. Ruby liebt Pferde über alles. Ihre Sammlung reicht von Stoff-, Playmobil-, Plastik-, Holz- bis zu Legopferdchen in allen Größen und Farben. „Ruby, Schatz, komm doch bitte und hilf mir beim Tisch decken", ruft ihre Mutter aus der Küche. Ruby zögert keine Sekunde, sie weiß, dass ihr Vater zu Hause ist und sie sich besser beeilt. Mit kleinen Sprüngen hüpft sie zur Tür, öffnet diese vorsichtig und geht in die Küche zu ihrer Mutter. Verstohlen schaut sie nach, wo ihr Vater ist, beruhigt stellt sie fest, dass er vor der Flimmerkiste sitzt. Ruby holt sich zwei Gläser aus der Küche, um sie auf den Esstisch zu stellen. Und da passiert es: Eines der Gläser kommt ins Wackeln und fällt schließlich mit Riesen-Gedöns auf den Holzboden. Ruby steht da wie gelähmt. Ihr Vater kommt mit großen Schritten auf sie zu. „Was hast du denn jetzt schon wieder angestellt?", zischt er sie voller Wut und Hass an. „Du bist zu nichts zu gebrauchen, nicht einmal ein Glas kannst du auf den Tisch stellen. Du bist ein Nichtsnutz, du bist nicht gut genug für nichts und niemanden, schreib dir das hinter deine schmutzigen Ohren." Ruby hat nur einen Ausweg aus dieser Situation, sie weiß genau, dass ihr Vater noch lange nicht fertig ist mit ihr.

Angsterfüllt versteckt sie sich in ihrer kleinen Hölle. Es ist kein schöner Ort; es ist dunkel, es herrschen Traurigkeit, Einsamkeit und Angst. Aber es ist ihr einziger Weg, emotional aus dieser Situation zu entfliehen. Da zu sein, doch gleichzeitig nicht da zu sein. Ihr Vater schaut sie wütend von oben herab an. Ruby erhascht einen Blick auf ihre Mutter. Sie kocht in aller Ruhe, ohne die schreckliche Szene zu beachten. „Mom?", flüstert Ruby. „Mom? Mom wird dir nicht helfen, weil Mom auf meiner Seite ist", keift er sie an. Mit Schwung knallt seine rechte Hand mitten in ihr kleines Gesicht. Ruby fällt zu Boden. „Steh sofort wieder auf!" Mit Mühe und zitternd vor Angst steht sie auf. In ihrem Mund macht sich der unverkennbare Geschmack von Blut bemerkbar. Ungewollt beißt sie auf den kleinen Zahn, der sich vom Zahnfleisch gelöst hat. Sie möchte weinen, aber sie weiß, dass das ihren Vater nur noch wütender machen würde. Traurig schaut sie ihn an. „Was glotzt du mich so an?!" Wieder schlägt er zu. Diesmal kann sie sich auf den Beinen halten. „Was für ein unmögliches Kind", sagt er verächtlich. „Und jetzt hilf gefälligst deiner Mutter beim Tischdecken und wehe, es fällt noch einmal etwas auf den Boden." Er lässt von ihr ab und widmet sich wieder dem Fernseher. Ruby spuckt den Zahn aus, in ihre kleine Hand. Sorgsam steckt sie ihn in ihre Hosentasche.

In der Gegenwart

1 Nils

„Könnt ihr bitte sofort zum Steglitz fahren. Ein Mann ist gestürzt, er bewegt sich nicht mehr. Laut Anruferin scheint er tot zu sein”, ertönt das Funkgerät im Einsatzwagen von Nils Kramer und Ralf Teufel
„Wer hat angerufen?“, will Ralf Teufel wissen.
„Wohl seine Frau.“
„Wir sind in der Nähe und fahren gleich vorbei." Nils Kramer ist 41 Jahre alt, Polizist aus Leidenschaft. Er liebt seinen Beruf. Aber wenn Betrunkene im Spiel sind, ist er befangen. Betrunkene Menschen und Alkohol kann er nicht ausstehen seit seine Frau bei einem Verkehrsunfall vor acht Jahren ums Leben kam, nach nur zwei Jahren glücklicher Ehe. Ein Betrunkener knallte frontal mit seinem SUV in ihren VW-Käfer. Sie hatte nicht den Hauch einer Chance, war sofort tot. Der Unfallverursacher hatte mit nur leichten Verletzungen überlebt. Nie hat er sich entschuldigt und es tat ihm auch nicht sonderlich leid. Leid tat ihm einzig sein zerstörter Wagen.
Nils ist ein gut aussehender Mann, ohne arrogant zu sein oder zu wirken. Es ist ihm schlichtweg nicht bewusst. Mit einer Größe von 1,88 Metern ist er schon ein Blickfang. Der Rest tut sein Übriges. Braune gelockte Haare, haselnussbraune Augen, eine perfekte Nase, leicht geschwungener Mund, sportlicher Körper. Die Natur meinte es gut mit Nils Kramer.
„Haus Nummer 14, wir sind hier." Sie stehen vor einem schmucken Einfamilienhaus. Es ist schon dunkel, drinnen leuchtet gedämpftes

Licht. Vor dem Haus parken ein dunkelgrauer Audi TT und ein blauer Mercedes S 500.
„Hübsche Wagen", sagt Ralf bewundernd. Ralf ist seit fünf Jahren Nils' Partner. Ein unkomplizierter Zeitgenosse, meist gut gelaunt; er versucht, die Welt immer positiv zu sehen. Ralf ist 35 Jahre alt, seit 16 Jahren verheiratet mit Maja. Ihre 7-jährige Tochter heißt Stefanie. Er ist ein durchschnittlicher Typ, kurze dunkelbraune, fast schwarze Haare, braune Augen, eine etwas zu groß gewachsene Nase und eher dünne Lippen. Hätte er nicht Probleme mit dem Gewicht, wäre sein Leben seiner Ansicht nach perfekt. Mal rauf, mal runter. Gerade steckt er in einer schlanken Phase. Sein größtes Problem ist seine Vorliebe für Süßigkeiten, er kann zu Donuts und Schokolade einfach nicht Nein sagen.
Ding-Dong. Nils drückt den Klingelknopf. Von drinnen dringt kein Laut nach außen. Sind sie hier richtig? Doch nach einer kurzen Weile öffnet sich zaghaft die Tür.
„Hallo, wir sind Nils Kramer und Ralf Teufel von der Polizei. Wir haben eine Meldung erhalten, dass hier ein Unfall passiert ist", informiert sie Nils.
„Ja, kommen Sie rein", sagt die Frau.
Ralf und Nils schauen sich an und treten ein. Die Frau ist zirka 55 Jahre alt, schätzt Nils, gepflegt, sympathisch, wirkt aber unsicher und eingeschüchtert. Sie hat dunkelblondes mittellanges Haar mit ein paar grauen Strähnen, braune Augen und einen wachen, aufmerksamen Blick. In der Küche angekommen, sehen sie das Opfer am Boden

liegen. Ein Mann, vielleicht um die fünfzig. Schwer zu sagen, da er auf dem Bauch liegt. Er trägt eine schwarze Jeans, schwarze Halbschuhe, und ein ehemals weißes Polo Shirt, welches jetzt blutdurchtränkt ist. Um seinen Kopf breitet sich eine riesige Blutlache aus.
„Was ist geschehen?", fragt Ralf. Erst jetzt bemerkt Nils, dass noch jemand in der Küche steht. Eine jüngere Frau, die vielleicht Mitte Zwanzig ist, klein, sportliche Figur, kurze verrückt gestylte Haare, die ihn an ein Meerschweinchen erinnern. Und wunderschöne blaue Augen. An der Lippe hat sie eine Verletzung, sie hält sich ein Taschentuch daran, um die Blutung zu stillen. Auch an ihrer rechten Handinnenfläche sieht er eine blutende Verletzung. Sein Blick bleibt an ihr hängen. *Nils, reiß dich zusammen,* ermahnt er sich selbst. Die junge Frau bemerkt es und schaut ohne Scham zurück. Ein tiefer Blick, traurig, unsicher, aber irgendwie auch herausfordernd und rebellisch. Nils wendet seine Augen von ihr ab und widmet seine ganze Aufmerksamkeit der Gattin des Verstorbenen.
„Er war betrunken. Wie so oft, wenn er zu viel getrunken hat, ist er gewalttätig", erklärt Melissa, die Frau des Toten, stockend. *Auch wenn er nicht betrunken ist,* denkt Ruby, die Tochter des Opfers.
„Was ist genau geschehen?", will Ralf nun wissen.
„Er hat Ruby geschlagen, weil sein Glas nicht sauber war. Dann hat er das Gleichgewicht verloren, viel vorne über und hat sich die Halsschlagader mit dem zerbrochenen Glas geschnitten." Sonderlich traurig scheint sie über den Tod ihres Gatten nicht zu sein. Aber wer kann ihr das verübeln? *Was für ein Arschloch,* denkt Nils. Ralf zieht

sich Latexhandschuhe an, kniet sich hin und tastet nach der Halsschlagader.
„Er ist tot", sagte er leise.
„Er hat es verdient", meldet sich die junge Frau zu Wort.
„Und Sie sind?", will Nils wissen.
„Ruby Bergmann, seine Tochter. Er hat mein Leben zerstört. Wir hatten alles, alles, was man mit Geld kaufen kann. Aber er hat mich mein Leben lang nur geschlagen und erniedrigt. Ich musste mir jeden Tag anhören, dass ich nichts wert bin, dass er nie hätte Kinder haben sollen. Können sie verstehen, dass sich meine Trauer in Grenzen hält?"
Melissa legt ihre Hand auf Rubys Schulter. Eine tröstende Geste, aber sie scheint unbeholfen, unsicher. Nils beobachtet die Szene. Ruby scheint die Zuneigung ihrer Mutter nicht zu gefallen. Nils nickt zaghaft, es tut seinem Herzen weh, den Schmerz in ihren Augen zu sehen. *Was löst diese Frau in ihm aus?* Von draußen hören sie die Sirenen eines Rettungswagens. Zwei Sanitäter stürzen herein.
„Hier gibt's nichts mehr für euch zu tun", sagt Ralf trocken. Unbeirrt knien sich die Sanitäter hin und vergewissern sich, ob sie doch etwas tun können. „Er ist tot", sagt einer der beiden.
„War er nur gewalttätig, wenn er betrunken war, oder auch in nüchternem Zustand?", will Nils wissen.
Was tut das zur Sache?, wundert sich Ruby. Ihre Mutter will gerade das Wort erheben, als Ruby ihr dieses abschneidet.

„Er war ein böser Mann, Gewalt war seine Sprache. Besoffen oder nicht. Wenn er besoffen war, tat es mehr weh, das war der einzige Unterschied. Er war unberechenbar." Ihre Mutter schaut sie kritisch an und räuspert sich.

„Das stimmt nicht ganz, Ruby, er war auch liebenswert und charmant."

„Zu dir, Mom, du lebst in deiner Welt und willst es einfach nicht sehen. Er hat mich gehasst, weiß Gott, warum."

„Woher stammt die Verletzung an ihrer Hand?", will Nils von Ruby wissen.

„Ich habe mich geschnitten, als ich nachgeschaut habe, ob er noch am Leben ist. Ich habe die Scherbe nicht gesehen", erklärt Ruby.

„Brauchen sie einen Arzt?", fragt Nils besorgt.

„Nein, geht schon", versichert Ruby. *Süßer Kerl,* denkt sie.

Nils und Ralf schauen sich an.

„Vielen Dank für ihre Offenheit." Nils schaut erst zu Melissa, dann zu Ruby. Er schluckt und fährt fort. „Okay, dann warten wir die Obduktion ab und melden uns, sollte es weitere Fragen geben."

„Ja, machen Sie das", erwidert Melissa freundlich. Sie verabschieden sich und steigen ins Auto.

„Traurige Geschichte, nicht?", sagt Ralf nachdenklich.

„Was stimmt nicht mit einem Menschen, der seine eigene Tochter ihr ganzes Leben lang terrorisiert? Ich denke, die Familie ist jetzt besser dran", meint Nils ernst.

„Ja, das glaube ich auch. Aber sag mal, die Verletzung an der Hand der

Kleinen, findest du die nicht etwas, mh, seltsam?"
„Nein, warum? Macht doch Sinn, sie hat sich hingekniet und in der Aufregung hat sie die Scherbe nicht gesehen", antwortet Nils überzeugt.
„Kann es sein, dass du nicht ganz objektiv bist?"
„Was meinst du?"
„Sag du es mir. Hat dir die Kleine den Kopf verdreht? Ich habe deinen Blick schon gesehen. Ich sehe das, Nils, vor mir kannst du keine Geheimnisse haben." Er grinst.
„Blödsinn", erwidert Nils.

2 Ruby

Ruby Bergmann ist 27 Jahre alt, sie ist mit ihren 1,58 Metern nicht die Größte. Auch sonst ist sie nicht der „Prototyp Traumfrau". Trotzdem verdreht sie vielen Männern den Kopf. Mit ihren kurzen, wuscheligen blonden Haaren sieht sie frech und rebellisch aus; jemand, der in keine Schublade passt. Die kleine Nase passt perfekt in ihr hübsches Gesicht mit den hohen Wangenknochen. Ihre blauen Augen scheinen in die Menschen hineinzuschauen. Ihr Blick ist eine Mischung aus Traurigkeit, Hoffnung und Sehnsucht. Rubys Lachen ist echt und herzlich. Obwohl schon 27, hatte sie erst eine längere Beziehung, denn immer, wenn es ernster wurde, machte sie zu. Es ängstigt sie, sich zu öffnen, sich verletzlich zu zeigen. Ihre kleine Wohnung am Tempelhof liebt sie über alles. Sie liegt über einem kleinen Nähgeschäft. Ihr

schmuckes Zuhause ist ihre Burg, ihre Festung, in der sich sicher fühlt und ihre Ruhe hat. Sieben Jahre wohnt sie nun nicht mehr bei ihren Eltern. Die beste Entscheidung, die sie je getroffen hat. Als sie damals ausgezogen ist, hatte sie ein schlechtes Gewissen, weil sie ihre Mutter alleine mit ihrem Vater zurückließ. Aber sein Hass war ausschließlich auf sie gerichtet. Oft fragte sie sich, was sie getan hatte, dass er sie so hassen konnte. Anfangs erniedrigte er sie mit Worten, schrie sie an, sagte ihr immer und immer wieder, dass sie nichts kann und nichts ist. Als sie sieben Jahre wurde, begann er sie zu schlagen. In der Schule wurde gefragt, warum sie schon wieder blaue Flecken habe. Sie sagte dann immer, sie sei vom Pferd gefallen oder mit dem Bike gestürzt. Keiner hatte Verdacht geschöpft, sie waren die nette kleine Familie von nebenan. Gut situiert und unauffällig. Das Drama, das sich hinter der Haustür abspielte, konnte und wollte keiner erahnen. Heute noch leidet sie unter ihrer Vergangenheit, die sie geformt und geprägt hat. Ruby ist das Resultat lebenslanger Gewalt, Ablehnung, Hass und Erniedrigung. Damit wird sie ein Leben lang zu kämpfen haben, das weiß sie. Nie wird sie ganz frei sein.
Wenn es die Zeit erlaubt, besucht sie ihre Mutter einmal in der Woche. Das Verhältnis zu ihr würde sie als normal bezeichnen. Glaubt oder hofft sie zumindest. Auch wenn sie nicht verstehen kann, dass sie ihren Vater nie verlassen hat, liebt sie ihre Mutter. Beschützt hat sie Ruby nie, zu keiner Zeit ist sie vor ihrem Vater für sie eingestanden und hat sie verteidigt. Immer hat sie gekonnt weggesehen. Es gab strenge Regeln zu Hause. Über Gefühle sprach man nicht, niemals.

Man erduldete alles und versuchte nicht aufzufallen. Man setzte sich nicht zur Wehr, hielt den Mund und versuchte, sich unsichtbar zu machen. Was Vater sagte, war Gesetz, was er tat ein Geheimnis. Vor kurzem bedeutete ihr ihre Mutter, dass es ja nicht sooo schlimm war, sie meinte: „Wenigstens hat er dich nicht vergewaltigt." Da stellte Ruby fest, dass ihre Mutter in einer anderen Welt lebt. Den Missbrauch ihres Mannes an der eigenen Tochter hat sie sich schöngeredet, hatte keinen Bezug mehr zur Realität. Hätte sie die Realität akzeptiert, wäre sie daran zerbrochen. Davon ist Ruby überzeugt. Melissa musste selber Angst vor ihrem Mann gehabt haben, nur so kann sich Ruby ihr Verhalten erklären.

Ruby hat einen guten Job, sie arbeitet als Grafikdesignerin bei GRAPHICS 4 YOU, einem kleinen Grafik Design Studio. Beim Chef, den Angestellten und den Kunden ist sie äußerst beliebt. Die Arbeit fällt ihr leicht, sie war schon immer kreativ und konnte Gefühle, Gedanken und Ideen in Bilder und Grafiken verwandeln. Was ihr schwerfällt, ist der Umgang mit Menschen. Sie möchte, dass die Leute sie mögen, sie ist auf der ständigen Suche geliebt zu werden. Auseinandersetzungen scheut sie. Wenn jemand wütend auf sie ist, wird ihr beinahe schlecht und sie fällt in ein tiefes schwarzes Loch. Ihre kleine Hölle, so nennt Ruby den Ort der absoluten Dunkelheit, der überwältigenden Traurigkeit und Hoffnungslosigkeit. Manchmal dauert es Minuten, bis sie aus ihrer Hölle entfliehen kann, bisweilen Stunden. Menschen sind anstrengend, schwer zu verstehen und gefährlich. Heute lieben sie dich und morgen hassen sie dich. Aber

Ruby hat auch eine andere Seite, in der sie patzig ist, rebellisch, zynisch und sarkastisch. Sie hat sie vereint die beiden Rubys, Yin und Yang, Jekyll und Hyde. In Perfektion.
Heute ist Mittwoch und mittwochs geht sie meist zu ihrer Mutter. Gemeinsam kochen sie etwas und spielen UNO. Angeregt unterhalten sie sich in der Küche, als ihr Vater sturzbesoffen zur Tür hereinstürzt. Eigentlich müsste er viel später nach Hause kommen.
Scheiße, was macht der denn schon hier? Erschrocken schaut Ruby zur Haustür. Mittwochs hat er meistens noch Besprechung mit Mitarbeitern. Seit Monaten hat sie ihn nicht mehr gesehen, sie geht ihm aus dem Weg. Da steht er nun und glotzt die beiden mit seinen glasigen Augen an. Die Pupillen winzig klein.
„Was macht die denn da? Will sie Geld? Kleines Miststück, ich will dich hier nicht mehr sehen, das habe ich dir schon x-mal gesagt. Wer weggeht, ist weg, der muss nicht mehr zurückkommen!", brüllt er wütend. Ruby hat sich noch nie gegen ihn zur Wehr gesetzt. Sein Geschrei lähmt sie. Nicht so heute. Ihr Blutdruck steigt und sie spürt, wie etwas in ihr erwacht. Sie hat genug, sie hat die Schnauze voll. Ihr Herz rast, sie zittert am ganzen Körper. *Tief durchatmen 1,2,3,* beruhigt sie sich selber. Sie hat eine Atemtechnik gelernt, die ihr bei Panikattacken hilft.
„Du hast dieses missratene Ding auf die Welt gebracht, schämst du dich nicht!", schreit er seine Frau an. Die steht in der Ecke und hat sich offensichtlich von dieser Welt verabschiedet, ist in ihre eigene kleine verdrehte Welt abgetaucht. Seinen hasserfüllten Blick mit den

glasigen Augen und den kleinen Pupillen auf Ruby gerichtet, geht er auf sie zu, holt aus und schlägt ihr ins Gesicht. Ruby fällt nach hinten, kann sich aber an einem Stuhl festhalten. Ein Glas stürzt um und zerbricht in tausend Teile. Geschockt berührt sie ihre Lippe, Blut tropft von ihrem Finger. Tränen lösen sich aus ihren Augen. Sie blinzelt die Tränen weg. Ruby droht abzustürzen in ihre Hölle, aber sie darf es nicht erlauben. *Nicht jetzt Ruby, bitte nicht jetzt.* Sie weiß, was jetzt kommt. Er wird sie schlagen, bis er genug hat. Bis er zufrieden ist, sich stark und wichtig fühlt. Wenn sie Glück hat, wird er ihr keine Knochen brechen.

„Hast du Angst? Mach ich dir Angst? Du Nichtsnutz. Ich weiß nicht, kleine Ruby, warum ich dich so hasse. Es ist deine blanke Anwesenheit, die mich so wütend macht. Es ist deine Schuld. Du bist einfach ein Nichts, du bist nicht gut genug für nichts und niemanden", spuckt er Ruby wütend ins Gesicht.

Ruby schaut ihm in die Augen, sie hat Angst, Todesangst. Trotzdem fühlt sie sich plötzlich mutig, rebellisch. Sie spürt ... Hass, reinen Hass. Und das beflügelt sie.

Mutig fixiert sie seine Augen, seine kleinen fiesen Schweineaugen, die ihr, ihr Leben lang nur Abneigung entgegenbrachten. „Ich hasse dich, du feiges Schwein, du Abschaum, du bist widerlich, mitleiderregend", flüstert Ruby ihm zischend zu. Ihr Vater guckt verdutzt.

Die Welt steht still, der Moment scheint ewig zu dauern. Bedrohlich nähert er sich Ruby. Sie schluckt.

„Oha, sind wir heute mutig? Du brauchst wohl noch ein paar Schläge mehr, hast noch nicht genug."
Rubys Mutter Melissa weint kläglich. „Hört doch bitte auf", fleht sie.
„Lass nur. Das klären wir unter uns, Vater und Tochter", sagt er mit einem ruhigen, flüsternden Tonfall. Rubys Herz schlägt rasend schnell, als sie zu ihrem 1,80 Meter großen Vater aufschaut. Sie zittert. Ihre Wange brennt, sie spürt, dass Blut aus ihrer Lippe fließt. Er jedoch merkt nicht, wie Blut aus Rubys rechter Hand tropft.
„Es ist vorbei, du wirst mir keine Schmerzen mehr zufügen, das hast du schon viel zu lange getan", flüstert sie. Verdutzt schaut er sie an.
„Wovon redest du, hast du getrunken?" Er lacht laut und falsch. Als in diesem Moment Rubys rechte Hand blitzschnell nach vorne schnellt. Er sieht die Glasscherbe nicht, die sie in der Hand festhält, das Blut, das von ihrer Hand tropft. Die Scherbe schneidet tief in seinen Hals ein, sie dreht sie herum, schaut ihm dabei starr in die Augen. Das Blut spritzt aus seinem Hals wie aus einem Gartenschlauch. Er schaut sie mit großen Augen an.
„Was hast du getan, du Miststück?", röchelt er, Blut läuft aus seinem Mund. Er blubbert vor sich hin.
„Auf diesen Moment habe ich 27 Jahre lang gewartet", flüstert sie ihm zu. Er fällt auf den harten Küchenboden, röchelt und zuckt noch ein paarmal, bis das Leben aus ihm entschwindet. Sie genießt jede Sekunde davon. Dann ist es vorbei. Aus, Schluss, das war‘s. Es fühlt sich seltsam an. Befreiend, ja, es fühlt sich gut an. Nächte lang hat sie ihn in ihren Gedanken auf jede erdenkliche Art ermordet und jetzt ist

es real, sie hat es getan. Rubys Mutter kniet sich neben Karl hin.
„Was hast du getan, Ruby?”, fragt Melissa weinerlich.
„Das einzig Richtige”, antwortet sie kühl.
„Er ist, er ist tot”, stellt Melissa fest und betrachtet Ruby aus verweinten Augen.
„Gut.”
Plötzlich steht Melissa auf und wäscht sich die Hände. Sie füllt Wasser in ein Glas. Gefasst trinkt sie einen Schluck und sagt ruhig:
„Er ist gestürzt, er hat das Gleichgewicht verloren und ist gefallen."
Ruby und Melissa schauen sich an, es ist klar, was dieser Blick zu sagen hat. Es bleibt unser Geheimnis.

3 Donnerstag

„Hey Nils, die Obduktionsresultate sind soeben hereingekommen", ruft Ralf dem gerade eintretenden Nils zu.
„Und?" Ralf beißt von seinem Nutella-Brot ein großes Stück ab und spricht mit vollem Mund. „Mh, ja, also offiziell gestorben am Blutverlust.“
„Man spricht nicht mit vollem Mund, Ralf."
„Ja, schon gut."
„Also alles, wie sie es uns erzählt haben?", will Nils wissen.
„Ja, außer", er nimmt einen weiteren Bissen von seinem Brot. Ralf fährt fort, Nils verdreht die Augen.

„Es scheint, dass die Scherbe in den Hals eingedrungen ist, dann aber umgedreht wurde." Ralf imitiert die Bewegung mit seinen Händen.
„Mh, aber das kann ja beim Sturz passiert sein", findet Nils.
„Ja, kann sein. Aber ich glaube, wir sollten die beiden nochmals besuchen und sie damit konfrontieren. Was meinst du?"
„Ja, wollen wir gleich los?"
„Ja, komm, gehen wir."
Im Honda Civic fahren sie von Nils nach Steglitz. Nach 22 Minuten Autofahrt erreichen sie ihr Ziel. Nils bemerkt, dass der Audi TT nicht vor dem Haus steht. Ralf klingelt an Melissas Haustür. Es vergehen wenige Sekunden, als sie von innen ihre Stimme wahrnehmen.
„Ja", sagt sie und ohne auf Antwort zu warten, öffnet sie die Tür. Verdutzt schaut sie die beiden Polizisten an.
„Hallo, haben Sie noch Fragen? Ich bin müde und habe viel zu erledigen. Wir haben Ihnen alles gesagt."
„Ja, soweit schon, es gibt nur eine kleine Unstimmigkeit. Dürfen wir hereinkommen?", fragt Ralf höflich.
„Ja, bitte." Sie öffnet die Tür. Als die Beamten die Küche betreten, fällt ihnen auf, dass nichts mehr an den Unfall erinnert. Der Boden ist sauber und es riecht stark nach Reinigungsmitteln. Sie müssen gestern Abend noch ganze Arbeit geleistet haben.
„Wollen Sie einen Kaffee oder Tee?", fragt Melissa jetzt deutlich entspannter.
„Nein, machen Sie sich keine Umstände", erwidert Nils, doch Ralf fällt ihm ins Wort.

„Ein Kaffee wäre schön und vielleicht haben sie noch einen Keks? Oder zwei? Den Kaffee mit viel Milch und Zucker." Nils schaut seinen Kollegen an und schüttelt den Kopf.
„Ich brauche Zucker, Nils, ich muss in die Gänge kommen." Melissa scheint es nichts auszumachen. Mit langsamen Bewegungen bereitet sie den Kaffee zu und legt ein paar Schokoladenkekse auf einen kleinen Teller.
„Ich habe immer Kekse im Haus. Ruby liebt Kekse, Schokoladenkekse mag sie am liebsten."
„Ist Ihre Tochter nicht hier?", fragt Nils enttäuscht.
„Nein, sie muss arbeiten heute und geht danach zu sich nach Hause."
„Ah, sie wohnt gar nicht hier?"
"Nein, sie ist vor sieben Jahren ausgezogen. Ruby hat es hier nicht mehr ausgehalten. Ich kann ihr das nicht übel nehmen. Ihr Vater hat sie regelmäßig geschlagen. Grundlos, ich konnte ihr nicht helfen. Ich bin eine schlechte Mutter." Traurig schaut sie die beiden an.
„Das finde ich nicht. Sie haben getan, was sie für möglich hielten. Keiner macht Ihnen einen Vorwurf", meint Ralf.
„Er war nicht immer so. Ich glaube, er liebte Ruby, aber auf seine ganz eigene Art und Weise." Nils hebt die Augenbrauen.
„Er hat viel gearbeitet, hat uns ein schönes Leben ermöglicht mit allem Luxus, den man sich wünschen kann. Das ist doch auch eine Art von Liebesbeweis?", schaut sie fragend die beiden Beamten an, „oder nicht?“ Er hat viel und hart gearbeitet, manchmal war er gestresst, kam nach Hause und ist explodiert, weil Ruby wieder irgendetwas

angestellt hat. Daraufhin ging sein Temperament mit ihm durch. Mich hat er nie geschlagen, aber bei Ruby kannte er keine Grenzen. Und sie hat es hingenommen. Na ja, was hätte sie auch tun können, am Anfang versuchte sie noch, ihm alles Recht zu machen. Aber sie merkte schnell, dass, egal was sie tat, es nie gut genug war."
Nils kann sich nicht zurückhalten: „Sie hätte jemanden gebraucht, der zu ihr steht, der sie beschützt, vor ihrem eigenen Vater." Er schaut Melissa herausfordernd an, die seinen Blick erwidert, sich aber nicht dazu äußert.
„Und Sie haben eine Scheidung nie in Betracht gezogen?", fragt Ralf etwas ungläubig. Er kann nicht verstehen, dass sie so viele Jahre einfach nur zugesehen hat.
„Natürlich habe ich das, aber was hätte ich tun sollen? Ich habe nichts gelernt, habe früh geheiratet und in all den Jahren nie gearbeitet. Finanziell ging es uns gut. Karl war selbstständig, Immobilien, er hatte in der Finanzkrise ganz viele Schnäppchen gemacht. Die haben sich Jahre danach in wahre Goldgruben verwandelt. Aber er hatte auch vorher schon Geld von zu Hause aus. Seine Eltern waren vermögend und als einziges Kind war er Alleinerbe, als sie vor 15 Jahren bei einem Verkehrsunfall ums Leben kamen." Nils zieht es den Magen zusammen.
„Wenn Ruby nicht da war und er nicht betrunken war, war er gar nicht so schlimm."
„ Mh, ja, okay", erwidert Nils etwas verwirrt. *Was war mit diesem Mann los? Warum hasste er seine eigene Tochter so sehr?* Er räuspert

sich.

„Hat er sie, hat er sie unsittlich berührt? Vergewaltigt?" Entrüstet schaut Melissa ihn an.

„Natürlich nicht, so einer war er nicht. Er war streng, aber kein Perverser." Sie scheint beleidigt. Nils versteht die Frau immer weniger und fährt fort.

„Nun also, wir sind hier, weil die Obduktion ergeben hat, dass die Scherbe in den Hals Ihres Mannes eingedrungen ist, sich dann aber gedreht hat, gedreht wurde. Dadurch wurde die Halsschlagader durchtrennt. Können sie das erklären?" Sie schaut ihn an und scheint nachzudenken.

„Wie gesagt, er ist gefallen und in die Scherbe gestürzt. Ich habe nicht gesehen, wie sie eingedrungen ist oder ob und wie sie sich gedreht hat. Es ging alles viel zu schnell", erklärt Melissa geduldig.

„Verstehe. Wir würden gerne noch mit Ihrer Tochter sprechen. Wo können wir sie finden?", will Ralf jetzt wissen.

„Sie arbeitet meist bis 18 Uhr, danach geht sie nach Hause oder in den Stall."

„In den Stall?", fragt Nils neugierig.

"Ja, sie liebt Pferde, schon seit sie klein ist. Sie hat ein eigenes Pferd. Ruby reitet auch Turniere, Reining oder so was. Ich kann mir den Namen nie merken," sagt sie verlegen, „das ist wohl die amerikanische Reitweise." Zum ersten Mal hat sie ein Glänzen in den Augen. „Sie reitet sehr gut, hat schon viele Turniere gewonnen."

„Können Sie uns ihre Adresse geben? Dann werden wir heute Abend mal bei ihr vorbeigehen." Sie händigt Rubys Adresse aus und verabschiedet sich freundlich, aber nicht ohne Nils einen strafenden Blick mit auf den Weg zu geben.
„Nette Frau", bemerkt Ralf.
„Na ja, ehrlich gesagt, kann ich nicht nachvollziehen, dass sie 27 Jahre zugesehen hat, wie ihr Mann ihre einzige Tochter schlägt und erniedrigt. Ich meine, bisschen egoistisch, nicht? Das liebe Geld, sie liebte das gute Leben und hat die Not ihrer Tochter einfach ignoriert. Ich verstehe das nicht. Der Arsch hat das Leben der Kleinen zerstört und sie hat zugesehen."
„Ja, das stimmt schon. Meinst du, es steckt mehr dahinter? Hinter seinem Tod, meine ich?"
„Ich weiß es nicht, verübeln könnte man es ihnen nicht. Ich hätte es wahrscheinlich schon längst getan."
„Das wäre dann Mord", erwidert Ralf trocken.
„Ja, genau, Sherlock. Besuchen wir die Kleine heute Abend", sagt Nils voller Vorfreude.
„Sehe ich da Begeisterung in deinem Gesicht?"
„Ralf, du nervst, halt die Klappe."

4 Rubys Donnerstag

Es war eine schöne Nacht, seit einer Ewigkeit hat Ruby nicht mehr so wunderbar geschlafen. Keine Ängste, keine Alpträume. Oftmals fährt sie in ihren Träumen Fahrrad. Und plötzlich tauchen furchteinflößende Monster auf und rennen hinter ihr her. Monster mit riesigen Mündern und Händen, überdimensionalen Zähnen. Und sie sind wirklich riesig. Ruby tritt in die Pedalen, aber das Fahrrad wird statt schneller, langsamer. Die Monster kommen ihr immer näher, sie schreit, weint und hat Todesangst. Bis sie endlich schweißgebadet aufwacht. Sie glaubt, dass sie wirklich schreit, aber sie weiß es nicht, es ist ja keiner da, der es ihr sagen könnte. Keiner, der sie in die Arme nimmt und tröstet, ihr versichert, dass es nur ein Traum war und alles in Ordnung ist. Manchmal vermisst sie es, jemanden neben sich zu haben, jemanden, mit dem man das Leben teilt, die guten und die schlechten Zeiten. Aber sie hat Angst, Angst vor Beziehungen, Angst, den Erwartungen eines Mannes nicht zu genügen. Sie mag Männer, sie kann sehr gut mit ihnen umgehen, aber sie lässt keinen näher an sich heran. Wenn sie merkt, dass einer mehr will, zieht sie sich zurück. Ist es wegen ihres Vaters? Ziemlich sicher, aber sie will kein Opfer sein, will nicht einsehen, dass sie kaputt ist. Ein seelisches Wrack. Unfähig, Beziehungen zu haben, Gefühle zu äußern. Nicht, dass sie keine Gefühle hätte, sie fühlt sehr intensiv, aber sie kann sie einfach nicht in Worte fassen. Angst zu verlieren, was sie liebt, also am besten niemanden so nahe heranlassen, dass es wehtun könnte. Aber die Wurzel des Übels ist weg, er ist tot. Weg für immer und ewig. Sie hat ihn umgebracht mit ihren eigenen Händen und sie muss zugeben, dass es sich verdammt gut anfühlt. Frei wie ein Vogel, der sein Leben lang dachte, dass er nicht fliegen kann, und plötzlich fliegt er. *Müsste ich mich nicht schlecht fühlen? Ich habe einen Menschen getötet, mit meinen eigenen Händen, nein, nicht irgendeinen Menschen, meinen eigenen Vater, mein Fleisch und Blut. Mein Alptraum, mein Dämon, mein Schmerz. Aber ich weiß, er wird immer in mir weiterleben, er wird auf seine Chance warten, in der er mir zuflüstert, dass ich nichts wert bin, nichts kann, er wird da sein. In mir weiterleben,* denkt Ruby.

Viel früher hätte sie es tun sollen, aber sie hatte Angst davor zu morden. Angst davor, dass sie nicht damit leben kann. Dass sie daran zerbricht. Trotz allem, was geschehen ist, wird sie heute zur Arbeit gehen. Die Ablenkung wird ihr guttun, sie wird so tun, als täte ihr leid, was passiert ist. Aber jeder ihrer Arbeitskollegen weiß, wie ihr Vater war. Oft genug kam sie mit Verletzungen zur Arbeit. Sie fragten immer, warum sie ihn nicht anzeigen wolle. *Was hätte das gebracht?* Sie wird sich ein bisschen bedrückt geben, damit niemand Verdacht schöpft.

Abends wird sie zum Stall fahren und ihr Pferd Hipster reiten. Eigentlich heißt er Hipsters best Day, er ist ein 8-jähriger Buckskin Quarter Horse Wallach. Als er zwei Jahre alt war, hat sie ihn in Italien gekauft. Mit viel Liebe und Geduld hat Ruby ihn ausgebildet, worauf sie sehr stolz ist. Hipster ist ihr bester Freund, ihr Trost, ihre Ablenkung, ihr Therapeut – alles, was ein Pferd sein kann. Ihm hat sie alle ihre Probleme, Schmerzen und Sorgen erzählt. Er hat zugehört und nichts gesagt. Viele Turniere hat sie mit ihm bestritten, einige sogar gewonnen. Ruby ist ehrgeizig, aber nie auf Kosten des Tieres.

Gäbe es doch nur einen Mann mit den Eigenschaften ihres Pferdes, den man nach Belieben rausholt, eine gute Zeit mit ihm verbringt, dem man alles erzählt, weil er es nicht weitererzählen kann. Danach kann man ihn ganz bequem wieder wegstellen und sich darauf verlassen, dass er beim nächsten Besuch noch da sein wird. Man gibt ihm eine Karotte und er ist glücklich. Diese Gedanken bringen sie zum Lachen. Nach dem Reiten wird sie sich an der Ecke beim Türken eine Pizza holen. Eine Pizza vom Türken, lustig. Danach will sie sich beim Internetsurfen entspannen.

5 Rubys Abend

Der Tag verging schnell im Büro. Ruby musste einen Flyer, für ein T-Shirt Print Shop gestalten. Mit viel Freiheit in der Gestaltung, einzige Bedingung war die Farbe Orange. *Kann man Orange mögen?* Ruby findet, dass Orange blöde aussieht, keinem steht Orange. Außer Orangen. Sie mag Pink. Als Kind hasste sie Pink. Als Kind wollte sie ein Junge sein, da war Pink ein absolutes No-Go. Tatsächlich sah sie fast wie ein Junge aus. *Vielleicht würde ihr Vater einen Jungen mehr lieben.* Dachte sie. Nein, im Gegenteil, es machte ihn wütend, er schrie sie an: „Bist du etwa lesbisch? Machst du überhaupt etwas richtig in deinem kleinen verdammten Leben?" Und – Zack! – hatte sie wieder eine eingefangen. „Vielleicht hilft das ja", zischte er sie an. Damals war sie dreizehn und dachte das erste Mal ernsthaft darüber nach, von einer Brücke zu springen. Aber da war immer der Glaube, dass es irgendwann und irgendwo Liebe gibt, auch für sie. Plötzlich schleicht sich der Polizist von gestern in ihre Gedanken. *Wie hieß er noch mal? Mh, Nikolas? Sebastian? Nein, es war ein kurzer Name ... Nils, ja genau, Nils.* Ein attraktiver Mann mit seinen gelockten dunkelbraunen Haaren, die er etwas länger trug, sodass sie locker über die Ohren fielen. Die hübschen Zähne, wie Hasenzähne und ein bisschen schief, aber das machte sein Lächeln noch unwiderstehlicher. Groß, sportlich, aber was ihr besonders auffiel, waren seine Augen, dieser Blick. Da war mehr, da war Schmerz, da war eine Last. Ruby hat eine Gabe, die aber zugleich auch ein Fluch ist. Sie spürt Menschen. Wahrscheinlich, weil Worte in ihrer Kindheit spärlich gesät wurden. Sie musste lernen, Menschen zu lesen und zu fühlen. Wenn sie irgendwo eingeladen wird oder jemand zu Besuch kommt, überprüft sie die Launen jedes Einzelnen. Manchmal nervt sie das. Sie kann es nicht steuern, es passiert einfach. Es ist anstrengend und meistens interessiert es sie gar nicht, wie die Leute drauf sind. Dieser Nils strahlte etwas Trauriges, aber auch Hoffnungsvolles aus. Gebrochen, er scheint gebrochen.

6. Nils Abend

„Es ist 20 Uhr! Komm, Herr Kramer, lass uns gehen, sonst wird es zu spät", meckert Ralf.

Sie fahren mit dem Honda Civic von Nils, weil sie nach dem Besuch bei Ruby gleich nach Hause wollen. Er wird Ralf nach Hause bringen und ihn morgen früh wieder abholen.
„Was für ein Scheiß-Auto, echt, Nils, kauf dir was Gescheites."
„Es fährt und das zählt."
„So findest du nie eine Frau. Verkaufe dein Fahrrad, mit dem Geld kannst du dir einen Luxuswagen kaufen."
„Niemals", erwidert Nils lachend. Ralf könnte recht haben. Er ist leidenschaftlicher Mountainbiker und hat ein Carbon Bike, ein GT, was ein Vermögen gekostet hat. Er hat es lieb, ja er liebt sein Fahrrad, dazu steht er. Nils liebt es so sehr, dass es seinen Platz an der Wand im Wohnzimmer hat, was schon manche Frau abgeschreckt hat. Und Frauenbesuch hatte er in den letzten Jahren öfters, wenn auch nie eine längere Beziehung. Wer sein Bike nicht akzeptieren kann, der kann auch ihn nicht haben.
„Hast du die Adresse?", will Nils wissen.
„Ja, hab ich." Nach 15 Minuten Autofahrt kommen sie an. Das Glück ist auf ihrer Seite, sie finden einen Parkplatz genau vor der Wohnung. Ralf parkt hinter Rubys dunkelgrauen Audi TT.
„Ruby Bergmann, hübsches Mädel, hm", bemerkt Ralf und sieht Nils forschend an. „Eine Mischung aus Pink und Meerschweinchen." Nils lacht, dasselbe hat er auch gedacht.
„Die wär doch was für dich."
„Spinnst du? Die ist doch viel zu jung."
„Sorry, habe vergessen, dass du ein alter Mann bist", lacht Ralf. Nils

sieht mit seinen 41 Jahren eher aus wie 35. Er hat noch kein einziges graues Haar, kaum Falten und ein jugendliches Lächeln.

„Ja, wer ist da?", tönt es durch die Gegensprechanlage.

„Polizei. Nils Kramer und Ralf Teufel, wir würden gerne kurz mit Ihnen reden". *Scheiße,* denkt Ruby, *was wollen sie?*

„Kommen Sie rauf." Die Tür surrt und lässt sich öffnen.

„Oh, hier gibt es sogar einen Fahrstuhl", bemerkt Ralf begeistert.

„Ja, ich nehme lieber die Treppe, nimm du nur den Fahrstuhl".

„Ach was, ich komm mit dir." Sie steigen die alte Holztreppe hoch, es riecht nach altem Haus, nach Putzmitteln und Essen. Schließlich erreichen sie den dritten Stock. Ruby wartet schon mit einem unsicheren Lächeln an der Tür. Sie trägt abgetragene Jeans und ein weißes T- Shirt mit der Aufschrift „Why". In ihren weißen Sneakers sieht sie klein und verletzlich aus.

„Kommen Sie herein, ich bin gerade erst nach Hause gekommen", begrüßt sie die beiden Beamten freundlich.

„Vom Reiten?", fragt Nils. Überrascht schaut sie ihn an.

„Ja, genau, woher wissen Sie das?"

„Ihre Mutter hat uns heute Morgen erzählt, dass Sie wahrscheinlich erst spät zu Hause sind, da Sie sicher noch reiten gehen."

„Ach so", lacht sie. „Möchten Sie einen Kaffee? Tee? Was Kaltes? Ich habe Cola Light." Warnend schaut Nils Ralf an.

„Oh ja, gerne eine Cola. Vielleicht haben Sie noch Kekse oder so etwas?"

„Ralf", mahnt Nils.

„Schon gut, ich habe Sie ja gefragt, und tatsächlich habe ich auch Kekse, Schokoladenkekse", grinst sie. „Und Sie?", fährt sie an Nils gerichtet fort. Ruby richtet ihren Blick auf ihn. *Scheiße, hat der schöne Augen, aber nicht nur das. Das gesamte Paket ist verdammt sexy.* Ihm wird heiß, seine Hände beginnen zu schwitzen. Er schaut Ruby herausfordernd an. *Reiß dich gefälligst zusammen*, ermahnt er sich selber. Dann atmet Nils durch und wendet seinen Blick von ihr ab. Ruby grinst. Ralf beobachtet ihn fassungslos.
„Ja, auch gerne eine Cola Light, danke", sagt er beiläufig. Ralf erklärt in wenigen Sätzen, warum sie hier sind. Ruby räuspert sich.
„Ich habe Ihnen gestern schon erklärt, was vorgefallen ist. Ich weiß nicht, wieso sich die Scherbe gedreht hat. Es muss beim Sturz passiert sein, anders kann ich es auch nicht erklären."
„Ja, das glauben wir auch", sagt Nils. Ralf schaut ihn überrascht an und denkt... *Ah ja, tun wir das?*
„Aber wir müssen Sie fragen, weil wir allen Anhaltspunkten und Zweifeln nachgehen müssen“, erklärt Nils. „Und wie erging es Ihnen heute auf der Arbeit? Wollten Sie nicht lieber zu Hause bleiben? Schließlich war es trotz allem ihr Vater.“
„Ehrlich gesagt ging mir schon lange nicht mehr so gut wie heute. Wenn sie ihr Leben lang hören, dass sie nichts wert sind, dass sie besser nie geboren wären und dazu noch geschlagen werden, dann fällt es schwer, traurig oder betroffen zu sein. Jetzt, wo ich weiß, dass ich diese Stimme nie mehr wieder hören werde.“ Allerdings weiß sie, dass das nicht ganz stimmt. Seine Stimme lebt in ihr, ist immer da und

wartet nur auf den richtigen Moment, sie daran zu erinnern, dass sie nichts wert ist, nicht würdig ist, geliebt zu werden. Dass sie einfach nicht gut genug ist, für nichts und niemanden.
Sie fährt fort: „Trotzdem habe ich ihn nicht umgebracht, wenn es das ist, was Sie denken."
„Man könnte es Ihnen nicht übel nehmen", fügt Nils hinzu. *Spinnt der jetzt total,* denkt Ralf, *das kann er doch nicht sagen. Was ist los mit ihm?* „Dann wollen wir Sie nicht länger belästigen." Die drei stehen auf und schlurfen langsam zur Tür. Nils schaut sich in der Wohnung um. Rechts ist wohl das Schlafzimmer, dann gibt es einen kleinen Korridor, von dem alle Zimmer abgehen, neben der Küche ist das Bad und rechts das Wohnzimmer. *Es ist alles sehr farbig und fröhlich. Erstaunlich wie jemand, der so aufgewachsen ist, dermaßen farbig sein kann,* denkt Nils. *Eine Kämpferin.* Ruby gefällt ihm immer besser. Es hat selbst gemalte Bilder an den Wänden, Herzen und Sterne in allen Farben.
„Haben Sie die gemalt?", fragt Nils neugierig.
„Ja, ich bin wohl ziemlich kreativ. Manchmal muss ich es herauslassen, dann kommt so was dabei raus", grinst sie verlegen.
„Schön, sie gefallen mir", bemerkt Nils bewundernd. Ralf verdreht die Augen. Er schiebt seinen um einen Kopf größeren Kollegen vor sich her.
„Sollten wir noch Fragen haben, melden wir uns wieder. Vielen Dank für die Cola und die leckeren Kekse", sagt Ralf.
„Bitte, gern geschehen. Ja, machen Sie das, tschüss." Sie schließt die

Tür und lehnt sich erleichtert daran. *Was war das denn? Scheiße, der ist süß. Hat sie sich eben verliebt?* Die ewige Suche nach Liebe. Und trotzdem, das war jetzt irgendwie anders. Die Blicke, das Feeling. *Ach, hör doch auf! Der ist viel zu alt!* Obschon sie ältere Männer sehr anziehend findet, bei ihnen fühlt sie sich geborgen und sicher. Bis vor etwa acht Monaten hatte sie einen 10 Jahre älteren Freund. Michael. Am Anfang war alles ganz okay, richtig verliebt war sie aber nicht, also so, wie sie sich richtig Verliebt sein vorstellt. Mit Schmetterlingen im Bauch, nervösem Kichern, Schweißhänden und dem ewig dummen Grinsen im Gesicht. Trotzdem hat sie Michaels Aufmerksamkeit genossen. Sie nahmen sich viel Zeit, um einander kennenzulernen. Nach zwei Monaten hatten sie den ersten Sex. Als sie jünger war, hatte sie den einen und anderen One-Night-Stand, fand aber keinen Gefallen daran. Für guten Sex muss sie verliebt sein, um sich hingeben zu können, die Intimitäten und die Berührungen zu genießen. Nach den One-Night-Stands fühlte sie sich stets mies, als wäre sie missbraucht worden. Mit Michael konnte sie gut reden, er hörte ihr zu und war auch immer für sie da. Und genau das nervte mit der Zeit. Als würde sein ganzes Leben sich nur um sie drehen. Dann wollte er immer mehr, wollte bei ihr einziehen und jede Sekunde mit ihr verbringen. Das wurde Ruby zu viel, sie fühlte sich eingeengt und eingeschüchtert wie ein verschrecktes Reh. Genervt machte sie Schluss, wollte ihm aber nicht wehtun. Also hat sie ihn einfach ignoriert, die Haustür nicht mehr aufgemacht, Anrufe nicht entgegengenommen. Gehofft, dass er einfach aus ihrem Leben verschwindet. Wahrscheinlich hat ihn das mehr verletzt, als wenn sie ihm gesagt hätte, dass Schluss ist. Ruby hatte nicht den Mut, ihm ins Gesicht zu sagen, dass sie die Beziehung beenden möchte, also hat sie es ihm geschrieben. Per WhatsApp. Wahrscheinlich das Schlimmste, was man tun kann. Er hat sie danach einige Male nach der Arbeit abgefangen, hat geheult, sie in die Arme genommen und gesagt, dass sie füreinander geschaffen seien, er noch nie so verliebt gewesen sei und alles für sie tun wolle. Er hat sie umarmt und nicht mehr losgelassen. Dabei bekam sie fast einen Nervenzusammenbruch, hatte eine Panikattacke, als sie merkte, dass er sie nicht mehr losließ. Zitternd und in Todesangst hatte sie um sich geschlagen, ihn angeschrien dass sie ihn nie mehr wiedersehen will. Er schaute sie an. Ernst und mit einem seltsamen Blick sagte er, dass er sie immer lieben werde, immer. Dabei wirkte er irgendwie kalt, ja fast besessen, und das machte ihr Angst. Aber er ging. Seither hat sie ihn nie wieder gesehen.

7 Nils

„Sag mal, was war das denn?", schnauzt Ralf Nils an.
„Was meinst du?"
„Du, da oben. Erst sagst du ihr, dass du verstehen würdest, wenn sie ihren Alten umgebracht hätte und dann schleimst du rum, wie hübsch die Bilder sind. Und diese Blicke... Ich dachte, sie sei zu jung für dich."
„Die Bilder sind wirklich schön", verteidigt sich Nils mit einem

Grinsen.

„Na toll, unser Herr Kramer ist in eine Tatverdächtige verliebt."

„Hey, sie ist nicht tatverdächtig, es war ein Unfall und Schluss. Selbst wenn sie es getan hätte, könnte man es als Notwehr durchbringen", war Nils überzeugt.

„Ja, da hast du ziemlich sicher recht. Ein Arschloch weniger auf der Welt. Aber jetzt mal im Ernst: Gefällt sie dir?"

„Ja, ich finde sie sehr sympathisch."

„Sympathisch", wiederholt Ralf und zieht das Wort unnötig in die Länge. „Sympathisch ist der Hund von meinem Nachbarn." Nils lacht.

„Ich finde sie sehr ansprechend. Hübsch, interessant, bisschen jung vielleicht."

„Es soll ja Frauen geben, die auf alte Männer stehen", sagt Ralf mit gespielter Ernsthaftigkeit.

„Arsch", lacht Nils.

Er fährt Ralf mit seinem Honda Civic nach Hause. Sein Partner wohnt in einem stillen Viertel im ehemaligen Osten.

„Vergiss nicht mich morgen um 8 Uhr abzuholen", versichert sich Ralf.

„Keine Angst, ich vergesse dich schon nicht. Wie könnte ich auch, selbst wenn ich wollte?", erwidert Nils.

Erschöpft kommt Nils zu Hause an, es war ein verdammt langer Tag. Müde schaut er auf die Uhr, 21:23 Uhr. Er hat Hunger, aber keine Lust, zu kochen. Schließlich entscheidet er sich für eine Schüssel Cornflakes mit Vollmilch und drei großen Löffeln Zucker. Während er sein Essen genießt, kommt sein Kopf nicht zur Ruhe. Hat er sich tatsächlich verliebt? Nach acht Jahren? Er hatte einige Beziehungen oder eher Bettgeschichten. Nicht ein einziges Mal war er verliebt. Fast alle Frauen sind kompliziert, ist er überzeugt. Sie sind hysterisch, langweilig und schränken ihn ein. Die meisten haben wenig Humor und nehmen alles viel zu ernst. Dann sind sie beleidigt, wenn man mal keine Zeit hat. Man kommt erschöpft nach Hause und sie stänkern herum. So etwas braucht kein Mensch. Helena, seine Frau, war da ganz anders. Als er sie das erste Mal gesehen hatte, war es sofort um ihn geschehen. Das war vor elf Jahren in einer Buchhandlung. Er wollte ein Buch für seine kleine Schwester kaufen. Ein Thriller sollte es sein und davon hatte er keine Ahnung. Helena kam auf ihn zu, mit diesem Grinsen, das ihm so gefiel. Sie hatte auch kurze frech frisierte Haare.

„Kann ich Ihnen helfen?", fragte sie ihn.

„Ja, ich suche einen Thriller für meine kleine Schwester".

Verschmitzt fragte sie: „Wie klein ist denn Ihre Schwester?"

Er lachte: „Na ja, schon erwachsen."

„Dann empfehle ich was von Simon Beckett, der ist spannend und nicht zu gruselig.“

„Ja gut, wenn Sie meinen, dann höre ich auf Sie. "

„Da ist gerade ein neues Buch von ihm herausgekommen: Leichenblässe. Aber das ist der dritte Teil einer Reihe mit einem Typen, der David Hunter heißt", erklärte sie freundlich und begeistert.

„Sie müssten die drei Bücher kaufen, das wäre am sinnvollsten", sagte sie verschmitzt. Tja, am Schluss verließ er die Buchhandlung mit den drei Büchern der David Hunter-Reihe.
Am nächsten Tag ging er wieder in die Buchhandlung und lud Helena einfach zum Kaffee ein. Er konnte nicht warten oder sich auf das Schicksal verlassen, dass sie irgendwie zusammenkommen; er nahm es selber in die Hand. Sie hat „ja“ gesagt. Fortan waren sie ein Paar. Zehn Monate später gaben sie ihre Heirat bekannt. Freunde und Familie waren geschockt, sie meinten, sie sollten sich mehr Zeit lassen. Aber die Entscheidung war getroffen, beide glaubten an die große Liebe. Nach genau einem Jahr läuteten die Hochzeitsglocken. Es war der glücklichste Tag in Nils' bisherigem Leben. Sie wollten Kinder, aber es wollte nicht klappen. Die Ärzte konnten nichts finden, weder bei ihm noch bei ihr, warum es nicht klappte. Aber es war kein Weltuntergang für sie. Sie wollten und konnten glücklich sein, mit oder ohne Kind. Er erinnert sich noch genau an den Tag, an dem die Polizei vor der Tür stand. Es war der 8. Oktober 2012, es war kühl und dunkel. Er hatte frei, war zu Hause und erwartete Helena mit einer selbst gekochten Lasagne.
„Es tut uns leid, Ihnen mitteilen zu müssen, dass ihre Frau heute bei einem Verkehrsunfall ums Leben gekommen ist“, teilte ihm der junge Polizist mit. Man konnte ihm ansehen, dass er sich nicht wohlfühlte in seiner Haut und gerne woanders wäre. Nils ist zusammengeklappt. Er hat nicht geweint, nicht geschrien; es war einfach, als hätte ihm jemand den Boden unter den Füßen entzogen. Er hatte einen Schock

und wurde mit dem Krankenwagen ins Spital gefahren. Eine Woche lang sprach er kein Wort. Er nahm kaum etwas zu sich und rasierte sich in vier Monaten kein einziges Mal. Sein Leben, wie er es gekannt hatte, fand an diesem Tag ein tragisches Ende und ein neues seinen Anfang. Es tat sich schwer, in den Alltag zurückzufinden.
Der sturzbetrunkene Unfallverursacher kam mit einer viel zu milden Strafe davon. Seither hat Nils keinen Tropfen Alkohol mehr getrunken. Heute hasst er Alkohol und kann nicht verstehen, dass Alkohol in der Gesellschaft akzeptiert ist. Für ihn ist es eine Droge, gefährlich und zerstörerisch, die unglaublich viel Schmerz über zu viele Menschen gebracht hat. Wie über Ruby, wie über ihn.
Er würde gerne Zeit mit Ruby verbringen, mehr von ihr wissen. Ihr süßes Lächeln genießen. Obwohl er bezweifelt, dass sie etwas mit dem alten Mann zu tun haben will, grinst er. Na ja, so alt ist er ja noch nicht.
14 Jahre Altersunterschied findet er akzeptabel. Er wird sie zu gegebener Zeit einfach mal besuchen.

8 Ruby

Heute ist Samstag, Rubys freier Tag. Es kommt vor, dass sie auch samstags arbeiten muss, um einen eiligen Auftrag fertigzustellen. Aber im Moment geht es eher ruhig zu. Hungrig macht sie sich auf zum Bäcker nebenan und holt sich ein paar Croissants oder Gipfeli, wie die Schweizer sagen. Auf der Arbeit hat sie eine Kollegin, die Schweizerin

ist, und manchmal sagt sie diese komischen Wörter. Ruby findet sie irgendwie niedlich. Sehr speziell, dass Schweizer an allem ein -li anhängen. Herzli, Hundli, Käffeli und eben Gipfeli. *Ein seltsames Volk,* denkt sie amüsiert. Nun sitzt sie am Esstisch in der Küche und genießt ihr Gipfeli mit Butter. Oder sollte sie sagen: Butter mit Gipfeli? Dazu eine Cola Light. Kaffee trinkt sie nicht. Sie hat versucht, Kaffee zu mögen, aber sie mag den Geschmack einfach nicht.
Vor Jahren hatte sie das Online-Forum "Nein zur häuslichen Gewalt" entdeckt. Ruby missfällt der Name, aber egal, der Inhalt zählt. Darin können Frauen und auch Männer ihre Sorgen und Schmerzen niederschreiben und mit anderen Betroffenen teilen. Ruby hat noch nie etwas geschrieben, sie ist stille Mitleserin. Aber sie chattet im privaten Fenster mit NoSense-Hope, sie trösten sich gegenseitig und versuchen sich zu helfen. Manchmal reicht es, jemanden zu haben, um über die ganze Scheiße zu reden. NoSense-Hope ist mit einem gewalttätigen Mann verheiratet und hat Angst um ihre kleine Tochter. Das Schlimmste ist, dass er ihr droht, sie umzubringen, wenn sie abhauen würde. Sie glaubt es ihm. Heute würde Ruby ihr am liebsten schreiben. „Hey, bring ihn einfach um, es fühlt sich super an und man ist wie neugeboren", aber das wäre keine gute Idee. Ein paar Frauen aus dem Forum folgt sie interessiert. Eine ist User Lilly321, deren Mann eifersüchtig ist. Wenn er einen Eifersuchtsanfall hat, schlägt er sie. Schon zweimal war sie im Krankenhaus und hat dann Lügen von Haushaltsunfällen erzählt. *Wieso verlässt sie ihren Mann nicht? Was für ein Scheißleben. Die Lösung ist so einfach. Es sollte straffrei sein,*

denkt sie. *Man befreit die Welt von Abschaum, eigentlich müsste man dafür belohnt werden.*
Heute will sie sich entspannen und genießen, das klappt am besten mit ihrem Pferd. Als sie vom Esstisch aufsteht, um sich umzuziehen, klingelt das Telefon: ihre Mutter. Was kann sie wollen? Ruby nimmt den Anruf entgegen. „Hi Mom."
„Hallo Ruby", begrüßt sie ihre Mutter mit dünner Stimme. „Hast du heute noch etwas vor?"
„Mh, ich wollte zu Hipster gehen, bisschen trainieren fürs Turnier in zwei Wochen."
„Hättest du Zeit, zum Abendessen zu kommen, so gegen 19 Uhr", sie macht eine kurze Pause, „es ist wichtig."
„Ja, das kann ich einrichten, was ist denn los?"
„Sei einfach um 19 Uhr hier, wir reden dann", sagt ihre Mutter nur.
„Okay, bis später". Na toll, der Samstag ist im Arsch! Wie soll sie sich denn jetzt entspannen? Seltsamer Anruf. Ruby geht trotzdem reiten und versucht, sich nur auf Hipster zu konzentrieren.

9 Nachmittag

Nils hat sich heute Nachmittag freigenommen. Er ist müde und verwirrt. Ja, verwirrt, die kleine Ruby geht ihm nicht aus dem Kopf. Er muss sie unbedingt kennenlernen. Als er an seinem Computer sitzt, sieht er sich auf Facebook um, ob sie da ein Profil hat. Für RUBY BERGMANN gibt‘s prompt drei Treffer. Das erste Profilbild ist ein

Fußball, das zweite ein Pferd und... Ist sie es? Er klickt darauf und – zack! – ist er auf ihrem Profil. Ihr Profilbild ist Ruby, lachend mit einem Pferd. *Bestimmt ihr Pferd. Schönes Tier*, denkt er. Er scrollt durch ihr Profil und ist überrascht, dass die meisten Beiträge für alle Leute zugänglich, also nicht privat sind. Gut für ihn. Pferde, Pferde, Pferde. Ein paar Selfies, einige in schwarz-weiß... *Was für ein hübsches Mädchen. Na ja, ein Mädchen ist sie nicht mehr*. Er scrollt weiter. Anscheinend hat sie keinen Freund. Überhaupt gibt's kaum Bilder von anderen Leuten, Freunden, Familie oder so. Ein Bild erweckt seine besondere Aufmerksamkeit. Ein schwarz-weißes Selfie mit der Überschrift "Genug". Es zeigt Ruby mit verweinten Augen, verletzter Wange und aufgeplatzter Lippe. Er schaut auf die Kommentare, ein paar Tränen-Smilies, ein paar Freunde, die fragen, was los ist. Aber keine Antwort. *Ein krasses Bild,* findet Nils. *Mutig, ein solches Bild zu posten*. Es sagt so viel aus. *27 Jahre in der Hölle. Kann das spurlos an einem vorbeigehen? Hat sie ihn doch umgebracht?* Er würde es verstehen. Neugierig scrollt er weiter, ein knappes Jahr zurück. Ein Bild mit einem Mann. Er scheint älter zu sein als sie, bestimmt 8 Jahre älter. Locker hat er seinen Arm um sie gelegt und zieht sie an sich. Er lacht, sie nicht. Überschrift „LOVE?“ Love, Fragezeichen – seltsam. *Wohl eher nicht Love, weil das das einzige Bild mit ihm ist*. Er liest die Kommentare. "Ihr seid so ein hübsches Paar", "Ich will ihn kennenlernen, wenn ich das nächste Mal komme". Keine Antwort auf keinen der Kommentare. Er schließt Facebook. *Soll ich sie einfach anrufen? Oder vorbeigehen? Nein, ich warte besser ein paar Tage, bis der Fall abgeschlossen ist.* Das ist er wahrscheinlich bald, da die Fakten eindeutig sind. Er denkt an Helena, seine verstorbene Frau. Sie würde wollen, dass er glücklich ist, sich wieder auf Beziehungen einlässt. Die Welt dreht sich weiter, sie bleibt nicht stehen, nur weil jemand nicht mehr da ist, den man liebt, Schmerzen hat, sich gebrochen und in Stücke geschlagen fühlt. Er muss lernen, damit zu leben, dass seine Frau nur noch eine Erinnerung ist, eine wunderschöne Erinnerung. Und am Ende ist es das Einzige was bleibt, egal wovon. Er muss lernen, die Erinnerungen zu genießen, dankbar zu sein für die Zeit, die er mit ihr hatte, auch wenn sie viel zu kurz war.

10 Samstagabend

Ruby hat ein ungutes Gefühl, als sie in ihrem Audi TT zu ihrer Mutter nach Steglitz fährt. Ihre Gedanken fahren Achterbahn. *Was kann sie wollen? Entspann dich Ruby, gleich weißt du Bescheid.* Aufgeregt klingelt sie an der Tür. Auch wenn ihre Mutter sagt, sie solle einfach eintreten, bevorzugt sie es, an der Tür zu klingeln. Melissa öffnet die Tür mit einem Lächeln. *Okay,* denkt Ruby. *Lachen ist ein gutes Zeichen, sie weint nicht und hat nicht geweint.* Gespannt tritt sie ein, legt ihre Jacke an der Garderobe ab. Es riecht nach Spaghetti Bolognese, *lecker,* denkt Ruby, sie hat seit dem Frühstück nichts mehr gegessen.

„Komm bitte ins Esszimmer", sagt ihre Mutter. Als sie das Esszimmer betritt, ist sie überrascht: Da sitzt ein älterer Mann. Ruby schätzt ihn etwas älter als ihre Mutter. Er sieht gut aus, gepflegt, kurze grau, braune Haare, mittelgroß, blaue Augen. Er trägt Jeans und einen schwarzen Strickpullover. Irgendwie sieht er vertraut aus, als würde sie ihn kennen.
„Guten Tag", sagt er etwas unsicher und steht auf, um Rubys Hand zu schütteln. Ruby gibt ihm die linke Hand, da die Rechte verbunden ist.
„Oh, Entschuldigung, ich bin Bernd Fuchs."
„Guten Tag", sagt Ruby sichtlich verwirrt. „Und Sie sind? Wer?" Ihre Mutter lächelt gequält, nimmt Rubys Hand in die ihre und sagt vorsichtig.
„Bernd", sie macht eine Pause, „Bernd ist Dein Vater, Ruby". Ruby setzt sich. Sie ist sprachlos, blockiert, gelähmt und versteht gerade gar nichts.
„Bernd und ich hatten vor 28 Jahren eine Beziehung, während ich schon mit Karl verheiratet war. Ich habe Bernd beim Bäcker kennengelernt, er hat seinem Vater in den Ferien ausgeholfen. Es war Liebe auf den ersten Blick." Bernd fährt fort.
„Ich hab mich sofort in deine Mutter verguckt, ich wollte sie nicht einfach gehen lassen und habe sie zum Kaffee eingeladen. Sie erzählte, sie sei verheiratet, aber ihr Mann trinke immer öfter zu viel. Sie sei oft traurig und ihre Gefühle würden nicht erwidert. Ich sagte ihr, dass ich ihr Freund sein will und wann immer sie jemanden zum Reden

brauche, ich für sie da sei. Ich habe ihr meine Telefonnummer gegeben."

Rubys Mutter übernimmt das Wort: „Karl hat am selben Abend irgendwas bemerkt, er sagte, ich sei so glücklich. Er war betrunken. Dann hat er angefangen, in meiner Jackentasche herumzuwühlen und es kam, wie es kommen musste: Er fand die Nummer von Bernd. Völlig außer sich hat er Bernd noch am selben Abend angerufen, ihn angeschrien, dass er seine Finger von mir lassen soll, oder er bringe ihn um. Dann hat er mich geschlagen, zum ersten und zum letzten Mal. Das hat mich erst recht in Bernds Arme getrieben." Bernd übernimmt wieder das Wort:
„Wir hatten uns jeden Tag getroffen, wenn Karl auf Arbeit war. Schnell kamen wir uns näher und waren auch bald intim an allen erdenklichen Orten, da wir nicht zu mir und nicht zu ihr konnten. Wir waren total verliebt. Deine Mutter hätte sich am liebsten scheiden lassen."
„Dann ist es passiert, ich wurde schwanger", fährt Melissa fort, „ich dachte, ich sage es Karl, ich musste es ihm ja sagen, er würde es ja früher oder später sowieso bemerken. Wir wünschten uns Kinder, obwohl Karl nie darüber reden wollte, aber eigentlich wollten wir eine Familie. Also sagte ich es ihm. Er schaute mich an, sein Blick wandelte sich, er sagte: „Wie lange treibt ihr es schon miteinander?" Ich war erschrocken und bekam Angst, versuchte ihn zu überzeugen, dass es sein Kind sei. Feindselig schaute er mich an und schrie: „Ich bin impotent, mein Schatz! Ich kann keine Kinder haben!" Ich musste mich setzen, mir wurde übel, ich hatte noch nie solche Angst in

meinem Leben. Es ist aus, dachte ich, er bringt mich um. Doch er sagte: „Du wirst dieses Kind bekommen, es wird als mein Kind aufwachsen. Solltest du diesen Typen noch einmal sehen, dann ist er tot. Und wenn du irgendwann an Scheidung denkst oder deinem Kind sagen solltest, dass ich nicht sein Vater bin, dann seid ihr beide tot. Das ist ein Versprechen!" So sah ich Bernd nur noch einmal. Wir weinten beim Abschied, weil wir wussten, dass wir uns nie wiedersehen. Später verließ Bernd Berlin und ging nach Köln", erklärt Melissa.

"Ich hätte es nicht ertragen, Melissa auf der Straße zu begegnen mit unserem Kind. Ich musste weg. Und jetzt bin ich hier. Deine Mutter hat mich dank Facebook ausfindig gemacht und mir erzählt, dass ihr Mann einen tödlichen Unfall hatte. Ich kam sofort her, um dich kennenzulernen. Meine Tochter."

„Es tut mir leid, Ruby", sagt Melissa weinerlich. „Ich konnte es dir nicht sagen, er hätte zu seinem Wort gestanden und uns beide umgebracht." *Hätte, hätte, Fahrradkette*, denkt Ruby absurderweise. „Deswegen habe ich alles ertragen und mich nie gewehrt. Es tut mir so leid." Ruby sitzt stumm da und schaut ihre Mutter, dann ihren Vater an. Sie kann nicht reden, hat keine Worte, nur Gefühle. In ihrem Kopf tobt ein Sturm. *Was für eine niedliche Geschichte. Jetzt kommt er zurück und will einen auf Happy Familie machen?* Ruby kann ihre Gefühle nicht in Worte fassen. Dann meint sie gefasst:

„Essen wir, ich habe Hunger." Bernd schaut verdutzt, Melissa lächelt erleichtert.

Verstohlen blinzelt sich Ruby eine Träne weg. Was hätte ihr dieser Mann alles ersparen können.
„Ja kommt, setzen wir uns an den Tisch, sonst werden die Spaghetti noch kalt. Das wäre ja schade.“ *Das Schlimmste, was passieren könnte*, denkt Ruby sarkastisch. Also essen sie Spaghetti Bolognese und unterhalten sich über Belangloses. Melissa und Bernd reden, Ruby bleibt stumm. Sie fühlt sich zerrissen, betrogen und leer. Nach dem Essen gibt es Nachtisch. Philadelphia Cheesecake, ihre Mutter macht den besten. Ohne Appetit isst sie ein kleines Stück, um ihrer Mutter einen Gefallen zu tun, und sagt:
„Ich bin müde, ich muss nach Hause.“
„Geht es dir gut, Ruby? Ich weiß, es ist ein Schock und du musst erst einmal darüber schlafen, aber willst du nicht darüber reden?", fragt ihre Mutter besorgt.
„Nein Mom, danke, ich ruf an, tschüss." Und weg ist sie. Besorgt schaut Melissa Bernd an. „Sie braucht Zeit, gib ihr ein paar Tage“, versucht Bernd, sie zu trösten.

11 Sonntag

Was für eine schreckliche Nacht. Ruby hat von ihrem Vater geträumt, also er war ja nicht ihr Vater, Himmel, wie soll sie ihn denn nennen? Ihr Folterer, Quäler, ihr Dämon, ihr Teufel? Na ja, auf jeden Fall kam er zurück, er blutete aus der Kehle und schrie sie an mit einem grässlichen Blubbern: „Du hast wohl gedacht, du kommst damit durch, du kleines Miststück. Du entkommst mir nicht, nie, niemals!“ Ihr ist klar, dass es stimmt, sie wird ihm nie entkommen. Noch kann sie es nicht verstehen, sie hat einen Vater, der sie vielleicht lieben kann. Mit dem sie sich unterhalten, über ihre Probleme und Ängste reden kann. Vielleicht. Dann aber kann sie nicht erklären, dass ihre Mutter nie etwas gesagt oder getan hat. Okay, sie hatte Angst gehabt, dass er sie und ihre Ruby umbringen würde, wahrscheinlich hätte er es auch getan. *Nein, ich kann ihr keine Vorwürfe machen*. Ruby hat eine große Kapazität, Menschen zu vergeben, ihnen nicht nachtragend zu sein. Es fällt ihr leicht, sich in andere hineinzuversetzen, was ihr dann eine ganz andere Sicht der Dinge verleiht. Auch wenn ihre Gedanken Karussell fahren, hat sie sich entschieden, dass sie zum Stall fährt, um Hipster zu trainieren. In zwei Wochen hat sie ein Turnier, und es gibt noch einige Manöver zu verbessern. Unterwegs bemerkt sie immer wieder, wie ihre Gedanken kreisen und sie den Verkehr kaum noch wahrnimmt. *Pass auf Ruby*. Aber sie kommt unversehrt im Stall an. Auf dem Hofplatz begegnet ihr Lukas, der Stallbesitzer. Ein netter Kerl. Er freut sich immer auf ein Schwätzchen über Gott und die Welt. „Hallo Ruby", ruft er ihr quer über den Hof zu. „Hallo Lukas", begrüßt sie ihn freundlich. „Bitte geh weiter, bitte, bitte rede nicht mit mir“, flüstert sie beschwörend. Er verschwindet durch die Tür. „Glück gehabt", sagt Ruby zu sich selber. Manchmal stellt sie besorgt fest, dass sie Menschen eigentlich nicht mag. Es ist nicht so, dass sie sie hasst, im Gegenteil. Sie möchte, dass alle glücklich sind, deshalb ist sie auch immer freundlich. Aber sie interessieren sie einfach nicht; sie mag nicht über das Wetter, die Wäsche und das Essen reden. Es strengt sie an, sich auf Menschen einzulassen. Für sie ist es ein Drahtseilakt, ohne Auffangnetz. Bei wenigen Leuten hat sie das Gefühl, dass sie wirklich sich selbst sein kann, niemandem etwas vormachen muss, in keine Schublade oder Vorstellungen passen muss. Eigentlich gibt es nur eine Person, bei der sie so sein kann. Mirjam, ihre beste Freundin seit der vierten Klasse. Mirjam wusste von ihrem Vater, bei ihr konnte sie sich ausweinen. Ruby weiß nicht, was ohne Mirjam aus ihr geworden wäre. Leider ist sie vor drei Jahren nach England ausgewandert. Für sie war es, als hätte man ihr das Herz aus der Brust gerissen. Seither sehen sie sich nur noch einmal im Jahr. Dann sind sie so vertraut, als wäre Mirjam nie weg gewesen. Zusammen reden, lachen und weinen sie. Es tut gut und sie ist jedes Mal traurig, wenn sie wieder geht. Aber sie hat gelernt, auch damit umzugehen. Ihre Gefühle wie so oft zu ertränken, im Meer der Schmerzen und der Sehnsucht.

Ihr Buckskin Wallach Hipster begrüßt sie freundlich. Er wiehert aber nicht, weil er sich freut, sondern weil der schlaue Kerl genau weiß, dass sie eine Karotte dabei hat.

„Gutes Pony", sagt sie liebevoll und streichelt ihm über die Nüstern. „Na, Lust auf ein bisschen Arbeit?" Sie macht sich nichts vor, Ruby weiß genau, dass er viel lieber auf der Weide Gras fressen würde. Aber er ist ein fleißiges Pferd, arbeitet immer motiviert mit. Am Putzplatz angekommen, bindet sie ihn an und striegelt ihn einmal kräftig durch. Er genießt die Zuwendung und steht still da. Um seine Beine zu

schützen, bandagiert sie ihm alle vier und wirft danach mit Schwung den schweren Westernsattel auf seinen muskulösen Rücken. Sie ist froh, dass Hipster so klein ist. Mit seinen 1,48 Meter ist er ein durchschnittliches Quarter Horse, aber für einen klassischen englischen Reiter ist er ein Pony. Ruby findet, dass er perfekt zu ihr passt, sie ist mit 1,58 Meter auch eher ein Pony. Jetzt noch das Bit ins Maul schieben und sie sind bereit für das Training.
Ruby öffnet das große Hallentor und atmet erleichtert auf. Keiner hier, sie sind allein. Gemütlich reitet sie zuerst im Schritt. Sie spürt, dass sie heute nicht ganz bei der Sache ist. Hipster scheint auch etwas unruhig. Normalerweise ist er die Ruhe selbst. Immer wieder driften ihre Gedanken ab zu ihrem Vater. Ihr Leben wäre völlig anders verlaufen, wenn ihre Mutter und Bernd nicht so feige gewesen wären. Diese verdammte Traurigkeit wäre nicht ständig präsent. Dann denkt sie über den Mord nach. *Kann man es so nennen? Wieso fühlt es sich so gut an?* Sie hat nicht das Gefühl, etwas Schlechtes getan zu haben. Im Gegenteil, sie fühlt sich beflügelt, findet, dass sie eigentlich gefeiert werden sollte. Ein Arschloch weniger auf der Welt. Ruby gibt Luftküsschen, das Zeichen für Hipster anzugaloppieren. Er reagiert zuverlässig und sie galoppieren in mäßigem Tempo auf dem Zirkel. Ihre Gedanken schweifen wieder ab, diesmal zu Nils. *Ein interessanter Mann. Diese Augen, dieser Blick, diese Verletzlichkeit, aber gleichzeitig strahlt er auch Sicherheit und Stärke aus. Was ist wohl seine Lebensgeschichte? Ich würde ihn gerne kennenlernen. Wie alt wird er wohl sein? Bestimmt ist er verheiratet oder hat eine*

Freundin. Ein Kerl, der so aussieht. Einen Ehering hat er nicht, darauf hat sie geachtet. Gedankenversunken merkt sie nicht, dass jemand an die Hallentür klopft, um bekannt zu geben, dass er hereinkommt.
„Tür frei!", ruft der Reiter. Ruby hört ihn nicht und galoppiert genau auf die Tür in der Hallenmitte zu. Mit Schwung geht diese auf, Hipster erschrickt, bremst ab und dreht elegant 180 Grad nach links. Ruby hat keine Chance, sie fliegt und schlägt unsanft mit dem ungeschützten Kopf zuerst am Boden auf.

12 Spät abends

„Frau Bergmann, hören Sie mich?" Ruby sieht kleine weiße Lichtpunkte vor ihren Augen tanzen. Langsam öffnet sie die Augen.
„Na, da sind Sie ja, Sie haben sich ja ordentlich Zeit gelassen", sagt die freundlich aussehende junge Frau in ihrer weißen Arbeitskleidung.
Eine Krankenschwester?
„Wo bin ich?", fragt Ruby mit schwacher Stimme. Ihr Kopf fühlt sich an, als würde er gleich explodieren.
„Sie befinden sich im Martin-Luther-Krankenhaus. Sie hatten einen Sturz von ihrem Pferd, haben keinen Helm getragen und sind mit ziemlicher Wucht auf ihren Kopf gefallen. Sie müssen einen Helm tragen, wenn sie reiten, das ist ein gefährlicher Sport", sagt die Schwester besorgt. *Im Western Sport trägt man keinen Kopfschutz,* denkt Ruby, aber sie hat keine Kraft, es laut auszusprechen. Die

Krankenschwester fährt fort:
„Sie haben eine schwere Gehirnerschütterung, eventuell ein Schädel-Hirn-Trauma, wir müssen ein CT machen. Aber für mindestens drei Tage werden Sie noch hier bleiben müssen." *Scheiße*, denkt Ruby. *Das Turnier kann ich vergessen.* Auf Arbeit hätte sie noch so viel zu tun gehabt. Am Freitagabend kam ein neuer Auftrag rein. Ein Logo für eine Kleidermarke.
„Wir haben Ihre Mutter angerufen, sie wird in wenigen Minuten hier sein. Ich hoffe, das ist in Ihrem Interesse."
„Ja, danke", sagt Ruby. Sie fühlt sich mies. Furchtbar, sie hasst Schmerzen.
In diesem Moment stürmt ihre Mutter ins Krankenzimmer: „Ruby, mein Schatz, was machst du denn für Sachen?" Besorgt will sie Ruby umarmen.
„Nein Mom, bitte nicht, berühre mich bitte nicht", wehrt Ruby sie ab, „ mein Kopf schmerzt ganz fürchterlich." Jetzt erst bemerkt sie, dass sie Bernd mitgebracht hat, etwas verloren steht er neben der Tür. Unsicher begrüßt er sie. *Sind sie jetzt ein Paar?* Eigentlich will sie es gar nicht wissen, noch nicht.
„Ich habe bei deiner Wohnung Halt gemacht, um deinen Laptop mitzubringen. Ich weiß ja nicht, wie lange du hierbleiben musst. Und ich weiß doch, dass Internet-Surfen dich entspannt."
„Vielen Dank Mom, du hast einen Schlüssel zu meiner Wohnung?", fragt sie verwundert.
„Ja, weißt du nicht mehr? Du hast ihn mir gegeben, als du eingezogen

bist, für Notfälle." *Wird wohl so sein.* Am liebsten hätte sie gesagt, dass sie wieder gehen sollen. Aber ihre Mutter bemerkt, dass es ihr schwerfällt, die Augen offenzuhalten.

„Wir lassen dich schlafen, wir kommen morgen wieder, okay? Brauchst du noch etwas?"

„Nein", sagt Ruby knapp und kann die Augen kaum noch offenhalten, bis sie schließlich in einen tiefen traumlosen Schlaf eintaucht.

13 Nils Montagmorgen

„Hey, schöner Mann", begrüßt Ralf seinen Partner.

„Hallo, kleiner Mann", kontert dieser.

„Ja, danke. Schon gehört?"

„Ich weiß nicht, was denn, dass heute Montag ist?", erwidert Nils augenrollend.

„Der Fall Bergmann." Nils hört nun aufmerksam zu.

„Akte geschlossen, Unfall."

„Gut", sagt Nils knapp.

„Jetzt hast du freie Bahn, mein Schöner", grinst Ralf verschmitzt.

„Ach, du spinnst doch", erwidert Nils, ebenfalls mit einem Grinsen im Gesicht.

„Jaja", sagt Ralf allwissend. „Darf ich dir was ans Herz legen?", fragt

Ralf ernst.
„Ja, klar." Nils schaut ihn gespannt an.
„Das ist kein Mädchen für einen One-Night-Stand, die hat schon genug durchgemacht. Die braucht jemanden, der sie liebt, in die Arme nimmt und für sie da ist." Erstaunt über die Bemerkung seines Kollegen fehlen Nils die Worte.
„Mh, ja, ich weiß", stottert er.
„Ich wollte es nur gesagt haben", erwidert Ralf und wendet sich wieder seinem Computer zu.
Wie recht er doch hat, denkt Nils. *Ich werde sie anrufen, heute noch. Und dann? Einfach zum Kaffee einladen? Oder zur Coke oder was auch immer*. Er steht auf und schlendert Richtung Tür.
„Wo gehst du hin?", fragt Ralf neugierig.
„Schnell was beim Bäcker holen. Ich habe Hunger, willst du auch was?"
„Ja, ja", erwidert Ralf". Lass nur, ich habe schon gefrühstückt." Grinsend schaut er ihm nach.
Gott, ich hasse es, dass er mich so gut kennt, denkt Nils und verlässt die Polizeistation. Er holt sein Telefon hervor und sucht die Nummer von Ruby, die er gestern gespeichert hat in der Hoffnung, dass er sie bald benutzen wird. Ruby, er drückt auf das grüne Telefonsymbol. Aufgeregt lauscht Nils dem Rufaufbau. Er nimmt einen tiefen Atemzug. Die Verbindung wird hergestellt.
„Hallo" sagt eine schwache Stimme am anderen Ende. *Ups, habe ich Sie geweckt, es ist 9.00 Uhr, wenn sie arbeitet, müsste sie jetzt*

eigentlich auf Arbeit sein oder aber zumindest wach.
„Ahm, Nils Kramer hier, ist es ein schlechter Moment? Habe ich sie geweckt?”
„Ah, guten Tag, nein, es ist... ich, ich bin im Krankenhaus", antwortet Ruby knapp, aber jetzt hellwach.
„Oh nein, was ist passiert, wenn ich fragen darf?“
„Ich bin vom Pferd gestürzt, habe wohl eine schwere Gehirnerschütterung“, antwortet Ruby jetzt mit klarer Stimme.
„Das tut mir sehr leid, brauchen Sie etwas? Kann ich etwas für Sie tun?", fragt er nervös.
„Nein, danke, ich habe schon alles, was ich brauche. Meine Mutter versorgt mich mit allem.“ *Was will er überhaupt?*, fragt sich Ruby. *Wieso ruft er an? Er hat eine schöne Stimme, männlich, aber nicht prollig*. Sie gefällt Ruby.
„Das ist gut zu hören. Ich wollte Ihnen nur mitteilen, dass die Akte Bergmann geschlossen wurde. Es wird nicht weiter ermittelt.“
„Oh, das ist gut.“
Frag sie! Los, du Feigling, frag sie!, versucht Nils sich zu motivieren, *nein, nicht jetzt, das ist nicht der richtige Moment.*
„Ja, das ist auch schon alles. Falls ich irgendetwas für Sie tun kann, geben Sie mir Bescheid. Meine Nummer haben Sie ja", sagt er stattdessen. *Feigling.*
Ja, Sie könnten mir Rücken massieren, in den Haaren herumfummeln, die Füße kneten. Den Nacken küssen, träumt Ruby.
„Ja, vielen Dank, sehr nett. Auf Wiederhören.“ Peng, Leitung tot. Mh,

das war jetzt nicht das, was er erwartet hatte. Vielleicht bildete er sich nur ein, dass eine Art Verbindung zwischen ihnen war. Andererseits ist sie gerade vom Pferd gefallen. *Wahrscheinlich hat sie Schmerzen und ist müde*, denkt er. *Ich gehe sie ganz einfach besuchen, heute Abend.* Zufrieden lächelnd über diesen Einfall sagt er laut zu sich selbst: „Ja genau, das werde ich tun.“ Als er wieder in die Polizeistation eintritt, schaut ihn Ralf erwartungsvoll an:

„Und?"

Gott, dieses dämliche Grinsen, denkt Nils.

„Nichts, sie ist im Krankenhaus.“

„Was? Warum?“, fragt Ralf entsetzt.

„Vom Pferd gefallen. Gehirnerschütterung.“

„Oh Mann, gefährlicher Sport, kannst sie ja besuchen gehen", erwidert Ralf wieder mit diesem dämlichen Grinsen.

„Ja, das kann ich", schmunzelt Nils.

„Übrigens, Nils..."

„Ja?"

„Du hast vergessen, zum Bäcker zu gehen."

14 Montagabend

Ruby hat den Nachmittag schlafend verbracht, sie fühlt sich ein bisschen besser, lebendiger. Zaghaft klopft es an der Tür. *Wer kann das noch sein? Ihr Chef?* Nein, der hat am Nachmittag angerufen und gute Besserung gewünscht. Freundlich hat er ihr versichert, dass sie

sich keine Sorgen um die Arbeit machen muss.
„Herein", sagt sie neugierig. Langsam öffnet sich die Tür.
„Hallo, ich hoffe, ich störe nicht", wird sie von Nils Kramer unsicher begrüßt. Was für eine positive Überraschung. *Mist, ich habe die Haare nicht gewaschen, keine Schminke, nichts.*
„Hallo, ich bin ein bisschen... überrascht."
„Hoffentlich angenehm." *Mehr als angenehm*, denkt Ruby. „Ich wollte sicher sein, dass es Ihnen gut geht." Er geht zu ihr, nimmt ein Riesenpack Schokoladenkekse aus der Tasche und streckt sie ihr grinsend entgegen. „Und ich wollte diese", er zeigt auf die Kekse, „noch bei Ihnen abladen." Ruby verliert sich gerade in seinen Augen, sie muss sich zwingen, wegzusehen.
„Oh, vielen Dank, das ist sehr... aufmerksam." Verlegen schaut sie auf die Kekse.
„Geht es Ihnen besser?" Er setzt sich auf den Stuhl, der neben ihrem Bett steht. Das Siezen nervt sie.
„Nennen Sie mich doch bitte Ruby, ich fühle mich uralt, wenn Sie mich siezen."
„Oh ja gerne, dann bin ich Nils." Sie grinsen sich an. Sie fühlt sich wie ein verliebter Teenager. Als Jugendliche hatte sie nie einen Freund. Ihr Interesse an Männern ist erst erwacht als sie 19 war. Sie war ein Spätzünder. Aber das hier fühlt sich unglaublich gut an.
„Soll ich wieder gehen? Willst du dich ausruhen?", fragt Nils besorgt.
„Nein nein, ich habe schon den ganzen Tag geschlafen."
„Wann wirst du entlassen?"

„Hoffentlich morgen. Wenn alle Tests okay sind, darf ich morgen nach Hause." *Soll ich fragen? Einen Angriff starten*? Nils ist nervös. *Ich bin zu alt, um lange um den Brei zu reden. Entweder sie mag mich und sagt ja – oder eben nicht,* denkt Nils. Ruby spürt seine Unsicherheit.
„Hattest du frei heute?", fragt sie, um die peinliche Stille zu beenden.
„Nein, ich bin direkt nach der Arbeit hergekommen“, überwindet er sich endlich. „Ich will ehrlich zu dir sein.“
Jetzt kommt's, denkt Ruby ängstlich.
„Also, ich finde dich sehr sympathisch und so." *Was bitte bedeutet ´und so´,* denkt Ruby amüsiert. Sie ist froh, dass seine Unsicherheit nicht darauf zurückzuführen ist, dass er sie noch des Mordes verdächtigt. Er ist total süß. Ihr ist bewusst, dass es Männern nicht gefällt, wenn man sie als süß betitelt. Aber Nils ist süß, vor allem jetzt, wie er angestrengt nach Worten sucht.
„Ahm, ja, ob du vielleicht einmal Lust hättest, mit mir etwas trinken oder essen zu gehen, oder so.“ Ruby muss lachen. *Da war es wieder, dieses ´oder so`.* "Ich würde dich gerne besser kennenlernen. Aber wenn du nicht willst, weil ich zu alt bin oder so..." - *das ist echt lustig,* amüsiert sich Ruby - „... dann sag das bitte ohne Scham. Mir ist es lieber, du sagst es gleich.“
Erwartungsvoll schaut er sie mit einem schrägen Grinsen an.
„Wie alt bist du denn?"
„ 41.”
„Uff, ganz schön alt", sagt sie ernst und sieht, wie Nils unsicher in sich zusammenfällt. Schnell fügt sie hinzu: „Nein, Scherz. Ich stehe auf alte

Männer." Sie grinst. Er scheint etwas überfordert zu sein.
„Und... und... du, wie alt bist du?", stottert er.
„ 27."
„Das hab ich mir gedacht."
„Ja", sagt Ruby, „ich würde sehr gerne etwas essen oder trinken gehen mit dir, ich finde dich ebenfalls äußerst sympathisch oder so." Sie grinst, er schließlich auch.
„Dann soll ich dich anrufen? Oder wollen wir gleich etwas abmachen?"
„Ruf mich an. Ich weiß ja nicht, wie lange ich zu Hause noch liegen muss und so."
Er bemerkt ihre Anspielung nicht.
„Sehr schön, das werde ich machen." Die Tür geht auf. Eine kleine rundliche Krankenschwester kommt mit schnellen Schritten herein.
„So, alle nach Hause, die Besuchszeit ist um."
„Ja okay, dann..." Am liebsten würde er Ruby auf die Wange küssen, aber er ist sich nicht sicher, ob es nicht zu viel wäre. *Immer langsam mit den jungen Pferden.*
„Dann rufe ich dich am Mittwoch an?"
„Ja, Mittwoch ist perfekt, meine Nummer hast du ja."
„Ja, tschüss, gute Nacht". Und weg ist er. *Was war das denn jetzt?* Was für ein spezieller Mann. Seine Ausstrahlung, seine Art.
Ich habe mich tatsächlich ein bisschen verliebt, denkt Ruby beflügelt. Es fühlt sich gut an, aber schnell schleichen sich Zweifel und Ängste ein. Sie kann nicht über Gefühle sprechen, noch nie hat sie zu jemandem „Ich liebe dich" gesagt. *Vielleicht war ich bisher nie richtig*

verliebt. Wenn der Richtige kommt, kann ich auch „Ich liebe dich" sagen, denkt sie. Männer wollen hören, dass man sie liebt; sie wollen wissen, wie man sich fühlt. Aber sie kann das nicht. Das stresst sie, es macht ihr Angst. Es ist ja nicht so, dass sie nichts fühlt. Im Gegenteil, sie fühlt sehr viel und sehr intensiv. Nur darüber zu sprechen, fällt ihr schwer. Aber den meisten Menschen sind Taten und Gefühle nicht genug, sie wollen es auch hören. Und dann fühlt sie sich wieder so verdammt beraubt. So furchtbar beraubt um ihre Kindheit, einen Vater, der ihr Fahrradfahren beibringt, eine Mutter, die sich sorgt und kümmert. *Manchmal fühle ich mich einfach verloren, allein und winzig klein, in einer großen lauten Welt*, denkt sie traurig. Sie hat sich immer gewehrt, sich als Opfer zu sehen, traurig zu sein oder nichts Gutes mehr von Menschen zu erwarten. Vielleicht hat sie überlebt, weil sie sich in ihre kleine, heile Welt geflüchtet ist. Ruby ist eine äußerst positive Person, sie glaubt an das Gute im Menschen. Sie ist sehr beliebt, kann Gespräche führen, hat einen guten Sinn für Humor und gewinnt Menschen für sich, ihre Ideen und Weltansichten. Aber es ist Arbeit, sich mit Menschen abzugeben; die meisten ihrer Beziehungen sind oberflächlich. Es ist ihr ein Rätsel, wie jemand zehn und mehr Freunde haben kann. Sie hat eine Freundin und die ist weit weg. Es wäre ihr unmöglich, sich auf mehr als zwei Personen einzulassen. Vielleicht haben die meisten einfach andere Ansprüche an eine Freundschaft. Freundschaft ist etwas sehr Zerbrechliches, man weiß, dass man alles besprechen kann, man auffängt und aufgefangen wird. Man nicht verurteilt wird und selber nicht verurteilt. Man hält fest und lässt los – und das ist das Schlimmste. Loslassen tut weh, und sie hasst Schmerzen, vor allem körperliche und seelische. Freundschaft muss wachsen und gedeihen. Aber jetzt freut sie sich darauf, mit Nils etwas trinken zu gehen, ihn kennenzulernen. Und wer weiß, was daraus entstehen wird.

15 Ruby, Freitagmorgen

Es ist Freitagmorgen. Seit Dienstagabend ist Ruby wieder zu Hause. Am Mittwochmorgen kam ihre Mutter vorbe, allein, sie hat Essen gebracht und ein bisschen nach dem Rechten gesehen. Gut sah sie aus, gelöst und glücklich. Bernd kam nicht mit. Ruby wusste nicht, wo er war, aber es war ihr auch egal. Gekonnt haben sie das Thema umgangen, als ob nichts gewesen wäre. Gewisse Dinge ändern sich nie. Mittwochabend hat Nils angerufen. Sie haben sich für Samstagabend verabredet in der Pizzeria Venezia. Pizza passt immer. Begeistert nahm sie seinen Anruf entgegen. Außergewöhnlich ist die Anziehung die er auf sie ausübt. Ruby schmiert sich ein Brot, das ihre Mutter gestern vorbeigebracht hat. Butter und Nutella, gibt‘s was Besseres? Dazu eine Cola Light. Entspannt setzt sie sich auf das Sofa und stellt den Fernseher an. Normalerweise schaut sie vor 21 Uhr nie fern, aber es sind ja auch keine normalen Umstände. Das Bedürfnis, sich zu bewegen, ist nicht vorhanden. Soll sie auch nicht, hat der Doc gesagt. Er meinte, sie solle bis mindestens Freitag im abgedunkelten

Raum liegen. Ist es nur ihr Eindruck, oder läuft jeden Tag dasselbe in der Flimmerkiste? Dieselben Filme, dieselben Serien, dieselben Shows, dieselben Gesichter. Gelangweilt zappt sie sich durch das Programm, bis sie bei den Nachrichten hängen bleibt. *Ehetragödie in Berlin-Mitte* steht neben dem Sprecher in schwarzer Schrift geschrieben. Gespannt stellt sie die Lautstärke höher. - Eine junge Frau und ihre 6-jährige Tochter wurden Opfer von häuslicher Gewalt. Der betrunkene Ehemann und Vater des Kindes hat beide in der Nacht auf heute erstochen. Danach hat er sich der Polizei gestellt. Er wurde festgenommen. - „Was, was, was", sagt Ruby laut. „Scheiße, das war doch nicht Rebecca? NoSense-Hope?" *Nein, Ruby! Weißt du, wie viele Menschen es in Berlin gibt, wie viel häusliche Gewalt?* Hastig klappt sie ihren Laptop auf. Nervös tippt sie die Webadresse des Forums *Nein zur häuslichen Gewalt*. Neue Beiträge. User Carolw hat einen neuen Post geladen: RIP User NoSense-Hope... *Nein, verdammt, nein! Das darf nicht wahr sein! So ein Schwein! Wie konnte er das tun? Wieso hat sie nichts getan, ist abgehauen, verdammt? Nein. Wieso kann die Polizei nichts tun? Solche Schweine einsperren, bevor sie jemanden umbringen*. Ruby weint. Obwohl sie User NoSense-Hope nicht persönlich gekannt hatte, ist es, als hätte sie ihre beste Freundin verloren. Oft haben sie gechattet, haben in dunklen Stunden zueinandergehalten. Ruby hat ihr immer nahegelegt, ihren Mann zu verlassen. Aber sie wollte nicht: „Wo soll ich denn hin? Wovon soll ich leben? Ich habe keine Ausbildung, nicht einmal einen Schulabschluss. Es wird bestimmt besser, wenn die Kleine etwas größer ist. Er hat im Moment viel Stress." Rebecca hat ihren Mann immer beschützt, der sie geschlagen, erniedrigt und missbraucht hat. Sie dachte, sie sei das Problem. Und plötzlich ist sie weg, für immer. *Ich hoffe, du und deine Kleine, ihr seid glücklich da, wo ihr jetzt seid.* Ruby weiß nicht, wohin mit ihren Gefühlen. Wut und Trauer mischen sich zu einem Brei. *Ich muss irgendetwas tun. Ich werde es selber in die Hand nehmen.*

16 Freitagabend

Weinend verbrachte Ruby den ganzen Vormittag. Hungrig bestellt sie etwas leckeres beim Chinesen. Chicken Sweet Sour, das schmeckt immer gut. Es war ihr voller Ernst, das Problem mit den gewalttätigen Männern selber in die Hand zu nehmen. Nur wie soll sie herausfinden, in welchen Haushalten häusliche Gewalt vorkommt? In welchen Wohnungen Männer ihre Frauen schlagen oder Frauen ihre Männer, gibt's ja auch, wird aber meist nur belächelt und nicht ernst genommen. Für einen Mann muss die Hemmschwelle noch viel höher sein, sich jemandem anzuvertrauen und Hilfe zu holen. Plötzlich kommt ihr die zündende Idee. In Computerprogrammierung und Hacken ist sie ziemlich fit. Eine Online-Bekanntschaft hat sie vor ein oder zwei Jahren, sie kann sich nicht genau erinnern, in die spannende Welt des Hackens eingeführt. Es faszinierte sie. Auf ihrem Laptop hat sie neben Windows auch Kali Linux installiert. Ein Betriebssystem, das Hacken einfacher macht. Ihr frisch geschmiedeter

Plan: Sie will sich in die Webseite der Berliner Opferhilfe für häusliche Gewalt einhacken. Die ist mit Google schnell gefunden. Konzentriert schaut sie sich dort um. Ein paar Klicks da, ein paar Klicks dort, und schon ist sie als Admin drin. Einfacher als gedacht, die Seite ist erstaunlicherweise kaum gesichert. Verschiedene Ordner werden angeklickt, bis sie den gesuchten schließlich findet. Perfekt, Namen und Adressen, die einzelnen Fälle sind schön aufgelistet, mit einer Kurzbeschreibung des Sachverhaltes. *Mh, mal sehen. Okay, also Karen Maier hat sich bei der Opferhilfe gemeldet, weil ihr Mann sie regelmäßig schlägt. Der Eintrag wurde vor zwei Tagen geschrieben. Für Montag kommender Woche wurde ein Termin ausgemacht. Das wäre ein Anfang*. Ruby notiert die Adresse. Plötzlich hält sie inne. *Ich weiß gar nicht, wie er aussieht! Und was will ich überhaupt machen?* *Denkt sie. Ich kann doch nicht einfach herumlaufen und Männer niederknüppeln? Doch, genau das werde ich tun!* Karen hat einen Termin am Montag. Ruby könnte sie beobachten und hoffen, dass sie irgendwann mit ihrem Mann auftaucht. Sie kann am Montag sicher frei machen, schließlich hat ihr Chef gesagt, sie solle sich keine *Sorgen um die Arbeit machen. Ja, genau das werde ich tun*. Die Rächerin zu spielen, fühlt sich verdammt gut an. *Ich will ihnen nur einen Denkzettel verpassen. Sie sollen spüren, wie es ist, wenn man Todesangst hat,* denkt Ruby.

17 Nils Samstagabend

Es ist 19 Uhr, in einer Stunde ist die Verabredung mit Ruby. Nils ist schon geduscht und bekleidet, bereit für sein Date. Er ist nervös und wundert sich über sich selbst: *Was ist nur los mit mir, worüber sollen wir denn reden? Ganz ruhig, das wird sich von allein ergeben.* Nils trägt eine dunkelblaue Jeans, ein schwarzes Hemd und weiße Adidas Retro Sneakers. *Trägt man die noch? Sind die nicht total out? Whatever, wenn es daran scheitert, dann ist es sowieso nichts wert.* Noch ein bisschen Parfum, Davidoff Cool Water. Um 19:30 Uhr fährt er los, wenn er zu früh ist, wird er vor dem Restaurant warten. *Ganz ungezwungen und entspannt, wir gehen nur zusammen essen,* denkt er. In diesem Moment meldet sein Smartphone den Eingang einer WhatsApp. Es ist eine Nachricht von Ralf:
„Benimm dich, alter Mann". Nils lacht. Er antwortet:
„Natürlich, so wie immer." Darauf Ralf: „Kotz Smiley, bitte nicht so wie immer". *So ein frecher Kerl.* Er fährt mit seinem Honda Civic los und findet, dass Ralf doch recht hat. Der Wagen ist Müll. Ihn trifft die rote Welle, alle Ampeln stehen auf Rot, und so erreicht er fast pünktlich das Restaurant. Soll er schon reingehen? Draußen warten? Ist sie schon drin? Meine Güte, er benimmt sich ja wie ein Teenager. Er steht neben dem Wagen und schaut sich um, als ein dunkelgrauer Audi TT auf den Parkplatz einbiegt. Die Musik voll aufgedreht.

18 Ruby Samstagabend

Ruby ist aufgeregt. Sie duscht sich und stylt ihre Haare. Die Leute denken immer, dass sie mit ihrer Frisur kein Styling benötigt, weil sie wild in alle Richtungen stehen. Was sie nicht wissen: Jedes einzelne Haar liegt an seinem Platz. Nichts wird dem Zufall überlassen. Neulich war sie beim Zahnarzt, als die Empfangsdame ihr sagte, dass sie die Haare auch gerne tragen würde wie sie. So könnte sie morgens einfach aufstehen und losgehen... Darauf hat Ruby den Zahnarzt gewechselt. Ihre Entscheidung fällt auf ihre Lieblings-Jeans und ein schwarzes T-Shirt mit V-Ausschnitt, das bisschen Dekolleté sehen lässt, aber nicht zu viel. Western Boots, die einzigen Schuhe, die sie neben Turnschuhen noch hat. High Heels gehören nicht zu ihrem Repertoire. Solche Folterteile hat sie in ihrem Leben noch nie getragen. *Wie können Frauen damit gehen und zur Hölle... warum?* Noch ein bisschen Parfum. Ruby liebt Parfum und hat eine kleine Sammlung. Welches soll sie denn auftragen? *Ich nehme Ralph, von Ralph Lauren.* Um 19:40 Uhr fährt sie aufgeregt los.

19 Samstag Verabredung

Audi TT, denkt Nils, *interessanter Wagen.* Er geht Ruby entgegen. Sie sieht toll aus. Mit einem Lächeln kommt sie auf ihn zu. Gerne würde er sie zur Begrüßung umarmen, hält sich aber zurück und gibt ihr ein Küsschen auf die Wange. *Mh, sie riecht gut.* Jung sieht sie aus, jünger als 27. Was werden die Leute denken? Was will denn der Alte mit dem Mädchen? Oder sie vermuten, dass er ihr Vater ist. Es könnte ihm nicht gleichgültiger sein. Er ist seit Langem wieder glücklich. Aber auch vorsichtig. Er kennt sie ja nicht. *Und genau das ändern wir jetzt. Hör auf, dir Sorgen zu machen und genieße den Abend*, denkt Nils.

Ruby findet, dass Nils toll aussieht. Das schwarze Hemd, die obersten zwei Knöpfe offen, wie es sich gehört, die braunen Locken, diese Augen und der Duft. Ruby nimmt einen tiefen Atemzug. Sie liebt Männer, die gut riechen. Sie weiß sogar, welches Parfum es ist: Davidoff Cool Water. Sie hat es in der Damenausführung.

Nebeneinander schlendern sie zur Pizzeria. Er ist 1,85 Meter groß, schätzt sie, vielleicht sogar ein bisschen größer. Sie ist klein, 1,58 Meter, jetzt vielleicht 1,62. Aber es fühlt sich gut an. Fast ein bisschen stolz läuft sie neben ihm her und denkt: *Guckt hierher, ihr blöden Tussen, die kleine wilde Ruby hat sich den Schönsten geschnappt.* Innerlich grinst sie zufrieden. Als sie in die Pizzeria eintreten, kommt auch schon ein gut frisierter Italiener auf sie zu.

„Buona notte, haben sie eine Reservierung?", sagt er überfreundlich in gebrochenem Deutsch.

„Ja, auf Kramer, Nils Kramer."

„Ah ja, hier, due Persona, richtig?"

„Ja." Sie werden an einen kleinen Tisch in der Ecke begleitet.

„Prego, nur für Sie", sagt er und verschwindet. Gespannt setzen sie sich hin und bewundern das Lokal. „Es ist schön hier", sagt sie.

„Warst du noch nie in dieser Pizzeria?", fragt Nils.

„Nein, ich kenne es nicht einmal.“
„Die Pizza schmeckt sehr gut hier.“ Wie aufs Stichwort kommt der Kellner mit den Speisekarten. Beide bestellen sich einen Salat mit französischer Sauce und eine Pizza. Nils eine 4 Stazioni, Ruby eine Prosciutto.
„Möchten Sie noch einen Wein?", fragt der Kellner. Beide verneinen. Ruby beginnt die Unterhaltung.
„Bist du geschieden? Oder hast du nie geheiratet?" Nils atmet tief ein. „Ich bin Witwer.“
Na super, 100 Punkte für das Fettnäpfchen des Abends. „Das tut mir sehr leid, das wusste ich nicht.“
„Kein Problem, das konntest du nicht wissen. Helena, meine Frau, starb vor acht Jahren bei einem Verkehrsunfall. Ein Betrunkener ist frontal in ihren Wagen gefahren, sie war sofort tot. Der Unfallverursacher hat leicht verletzt überlebt. Er hat seine Strafe abgesessen und ist wieder auf frei.“
„Das ist wirklich sehr traurig und unfair.“ *Daher also die traurige Ausstrahlung. Ich muss herausfinden, wie der Typ heißt, der kommt auf meine Liste*, denkt Ruby und ist von diesem Gedanken selber etwas überrascht. Langsam kommt das Gespräch in die Gänge, sie unterhalten sich über alles Mögliche. Filme, Musik, Bücher. Nur über ihre Familien reden sie nicht. Ein heikles Thema. Doch dann erzählt Ruby.
„Mein Vater", fast hätte sie gesagt, den ich umgebracht habe, „der bei dem Unfall gestorben ist, war nicht mein leiblicher Vater.“ Erstaunt

schaut Nils sie an.
„Aber in den Akten stand, dass es dein Vater war.“
„Ja, das dachte ich auch bis vor einer Woche, bis meine Mutter mir meinen echten Vater präsentiert hat. In wenigen Sätzen erzählt sie Nils die ganze Geschichte.
„Wow, das ist ziemlich heftig", sagt er baff. „Wie geht es dir damit? Ist das positiv oder eher negativ für dich?"
„Ich weiß es, ehrlich gesagt, noch nicht. Scheint ein netter Typ zu sein. Aber ich brauch ein bisschen Zeit, um einzuordnen, was das für mich bedeutet.“
„Hast du denn wenigstens mit deiner Mutter darüber gesprochen?"
„Wir sind können nicht gut über Gefühle sprechen, wir ignorieren sie lieber", antwortet Ruby und lächelt Nils verlegen an. „Aber genug von mir", fährt sie fort, „hast du Geschwister?" Sie hofft inständig, dass er keine verstorbenen Geschwister hat.
„Ja, eine kleine Schwester, sie ist 10 Jahre jünger als ich. Wir verstehen uns ziemlich gut.“
„Das ist schön, aber ein ziemlicher Altersunterschied, nicht?"
„Was soll ich sagen, sie war nicht geplant, aber willkommen.“ Ruby spürt ein komisches Gefühl, ist das etwa Neid auf die glückliche Familie? Manchmal findet sie es ungerecht, wenn andere von ihren perfekten kleinen Familien und ihrer perfekten süßen Kindheit erzählen. Doch im selben Moment findet sie es auch schön. Welch furchtbares Gefühlschaos lebt da in ihr.
Nach der leckeren Pizza bestellen sie noch Nachtisch. Hausgemachtes

Tiramisu mit zwei Löffeln zum Teilen. Lecker! Der Abend verläuft perfekt, entspannt, locker und natürlich. Nils ist sich jetzt sicher, dass er verliebt ist. Er konnte sich den ganzen Abend nicht an Rubys Augen sattsehen. Der Spiegel zur Seele. Und er konnte in ihnen lesen. Tiefe, Schmerz und ganz viel Hoffnung. Ruby geht es nicht anders. Es sind seine Augen, die sie so faszinieren, auch wenn das ganze Paket sehr ansprechend ist. Die Augen sprechen ihre eigene Sprache, und die beherrscht sie perfekt. Beglückt über den Verlauf des Abends begleitet Nils Ruby zum Wagen.
„Tolles Auto", bewundert Nils Ruby's Audi.
„Finde ich auch. Ich habe lange dafür gespart." Sie lächelt ihn an.
Nils schaut sie mit einem tiefen, eindringlichen Blick an. „Es war ein wunderschöner Abend, danke Ruby Bergmann. Ich würde das gerne wiederholen, natürlich nur, wenn du das auch möchtest."
Rubys Schmetterlinge im Bauch drohen, sich selbstständig zu machen.
„Sehr, sehr gerne Nils Kramer." Verliebt schauen sie sich an, und es kommt, wie sie es sich erhofft hat. Er neigt sich zu ihr hinunter, drückt sie sachte an den Wagen und lässt sie keine Sekunde aus den Augen. Und dann der magische Moment, als seine Lippen auf die ihren treffen. Boom! Es durchfährt ihren ganzen Körper, ein wunderschönes, warmes, intensives Gefühl. Schmetterlinge flattern wild in ihrem Bauch. Dieser Moment müsste ewig anhalten. *Halt ihn fest, lass ihn nie mehr los.* Leidenschaftlich küssen sie sich, können kaum voneinander ablassen. Seine Hände streichen durch ihr Haar. Sanft hält er ihren Kopf und schaut sie an:

„Du bist etwas ganz Besonderes, Ruby, lass dir das von niemanden ausreden." Gerührt von seinen Worten, hält sie eine Träne zurück, doch gleichzeitig platzt sie fast vor Glück. Nach der intensiven Verabschiedung gehen sie nach Hause – jeder zu sich, auch wenn es schwerfällt.

20 Sonntag

Ruby hat kaum ein Auge zugetan, zu unreal war der Samstagabend mit Nils. Fast eine Hollywood-Lovestory. Zwei gebrochene Seelen finden zueinander und stellen sich wieder her. Hofft sie zumindest. Mit Michael, ihrem letzten Freund, mit dem sie vor knapp einem Jahr Schluss gemacht hat, war es anders. Sie hatte nie Schmetterlinge im Bauch, sie mochte ihn, ja, aber es war keine Liebe. Ihrerseits nicht. Er hingegen liebte sie abgöttisch. Sieben Monate waren sie ein Paar. In den letzten zwei Monaten ihrer Beziehung hatte sie ihn immer öfters abgeschoben. Wollte ihn nicht mehr anfassen, keine Hände halten. Er war ihr zu aufdringlich, zu aggressiv. Nicht körperlich aggressiv, aber in seinem Drang nach Liebe. Er hätte alles für sie getan, alles. Und genau das wurde ihr zu viel. Sie wollte einen Mann, der wusste, was er will, der ihr auch mal sagte, dass er etwas blöd fand. Viele Frauen wünschen sich einen Freund, der ihnen jeden Wunsch von den Lippen abliest. Ruby nicht. Nach einigen Monaten konnte sie es nicht mehr ertragen. Zärtlichkeit und Sex waren eine Zwangsübung, es fühlte sich schrecklich an. Bis sie sich nicht mehr selbst belügen konnte. Bis zuletzt hoffte sie, dass er sich noch ändert, dass es nur die erste Verliebtheit war, in der er ihr zu Füßen lag, aber dem war nicht so. Einmal fragte sie ihn, ob er der Meinung sei, dass eine Beziehung wie die ihre okay sei, was er bejahte. Er merkte nicht einmal, dass sie ihn nicht mehr liebte und auf Abstand hielt. Schließlich wollte sie Schluss mit ihm machen, konnte es aber nicht aussprechen. Also schrieb sie ihm eine WhatsApp. Ja, ziemlich billig, das fand sie auch, aber es ging nicht anders. Er drehte total durch, lauerte ihr auf, wenn sie von der Arbeit nach Hause kam. Umarmte sie gegen ihren Willen, flehte sie an, ihrer Liebe noch eine Chance zu geben. Aber sie wollte und konnte nicht mehr. Er spionierte sie über Monate aus, beobachtete sie, schenkte ihr Blumen. Endlich sah er ein, dass es keinen Sinn hatte. Mit seinen „Aktionen" hat er sie nur noch weiter von sich entfernt.

21 Sonntagnachmittag

Eigentlich wollte Ruby heute reiten gehen, aber ihr Kopf fühlt sich noch ein bisschen... komisch an. Ihr Arzt war der Meinung, dass sie in den nächsten zwei Wochen nicht reiten solle. Das Turnier kann sie somit abschreiben. Heute gibt es einen entspannten Sonntag. Ein bisschen die Wohnung aufräumen, Musik hören und einfach abhängen. Plötzlich klingelt das Telefon. NILS steht auf dem Display.

„Hallo", sagt sie und versucht, nicht zu begeistert zu klingen.

„Hi, ich bin's, Nils."

„Hi."

„Wie geht's dir?"

„Gut, danke. Mein Kopf fühlt sich noch ein bisschen schwammig an, aber sonst gut. Und dir?"

„Mir geht es gut. Ich wollte fragen, ob du Lust und Zeit hast, später noch etwas zu unternehmen. Aber wenn du Kopfschmerzen hast, erübrigt sich die Frage." Er klingt enttäuscht. Ruby denkt kurz nach.

„Wenn du magst, könnten wir bei mir etwas kochen. Und später was Nettes auf Netflix schauen."

Oha, denkt Nils zufrieden. „Das klingt fantastisch. Soll ich noch etwas von unterwegs mitbringen?" *Kondome,* denkt Ruby grinsend. Sie weigert sich, die Pille zu nehmen, dieses Gift will sie ihrem Körper nicht antun. "Vielleicht noch etwas zu trinken, ich habe kaum noch etwas im Kühlschrank."

„Cola Light?"

Er lernt schnell. "Perfekt", erwidert Ruby.

„Um 18 Uhr okay?"

„18 Uhr ist super."

„Dann bis später."

22 Sonntagabend

Nils steht Punkt 18 Uhr vor Rubys Haustür. Sie öffnet. Wie immer sieht sie toll aus. Wilde Haare, Gott, wie ich diese Haare liebe. Natürliches Make-up, Jeans und weißes T-Shirt. Und da sind sie wieder, diese Augen, die traurigsten lachenden Augen, die ich je gesehen habe.

„Hi", sagt er und küsst sie sanft auf die Lippen. Verliebt erwidert sie seinen Kuss.

„Komm herein."

„Ich habe Coke mitgebracht und Schokoladenkekse", grinst er.

„Ich werde noch kugelrund", lacht Ruby. „Hast Du Hunger? Wollen wir gleich kochen?"

„Oh ja, gerne". Zusammen kochen sie Spaghetti Bolognese und unterhalten sich ausgelassen. Immer wieder berühren sie sich ganz „zufällig". Als sie nach dem Essen die Teller in die Spüle stellen, klingelt es an der Tür. Erschrocken schaut Ruby Nils an.

„Erwartest Du jemanden?", fragt Nils überrascht.

„Nein." Sie geht zur Tür, schaut durch den Spion. Nils bleibt in der Küche sitzen und beobachtet Ruby gespannt. „Scheiße", hört er sie flüstern. Fragend schaut er sie an. Ruby dreht sich zu ihm um und flüstert: „Meine Mutter." Er hebt die Augenbrauen. *Ist das ein Problem?*, fragt er sich. Widerwillig öffnet Ruby die Tür.

„Hi Mom."

„Hallo Ruby." Verunsichert schaut sie ihre Tochter an, als diese keine

Anstalten macht, sie eintreten zu lassen.
„Störe ich?" *Jaaaa, wie noch nie zuvor*, denkt Ruby, sagt aber:
„Was soll ich sagen, ich bin nicht allein.“
„Du bist erwachsen, Kind, du kannst tun und lassen, was du willst. Ich gehe auch gleich wieder. Willst du mich nicht hereinlassen?" *Nein.* Ruby öffnet die Tür und lässt sie eintreten.
„Ihr kennt euch ja schon", sagt sie etwas genervt. Rubys Mutter steht erstaunt vor Nils.
„Sie?", fragt sie verdutzt. Nils steht auf und begrüßt sie mit einem Hände schütteln.
„Guten Abend, Frau Bergmann", sagt er freundlich. “Sie sind...", stottert sie ungläubig.
„Der Polizist", ergänzt Nils mit einem schiefen Grinsen.
„Ja, entschuldigen Sie, ich bin ein bisschen... überrascht", lacht sie verlegen.
„Das kann ich verstehen", erwidert Nils. Ruby steht an den Türrahmen gelehnt, zwischen Küche und Korridor.
„Was willst du, Mom?", fragt sie und wünscht sich, sie hätte die Tür nicht aufgemacht.
„Seid ihr... ich meine, seid ihr ein Paar? Seid ihr zusammen?" Ruby ist sich nicht sicher. *Irgendwie schon oder nicht?*
„Ja, das sind wir", antwortet Nils und vernichtet jeden Zweifel.
„Das ging ja schnell. Sind Sie nicht, ich meine, sind Sie nicht ein bisschen zu alt für Ruby?"
„MOM!", ermahnt Ruby ihre Mutter.

„Ja, Entschuldigung, es geht mich ja nichts an, du hast recht. Aber ich will doch nur das Beste für dich.“
„Warum bist du hier, was willst du?", fragt Ruby jetzt sichtlich genervt.
„Ich wollte dich nur fragen, ob du Lust hast, kommende Woche mit uns, also Bernd...", sie schaut Nils an, als könnte sie an seinem Blick ablesen, ob er Bescheid weiß, „und mir.“
„ Ja, Mom, das können wir machen. Ich rufe dich morgen an, okay?"
Das hätte sie mich auch am Telefon fragen können.
„Fein“. Stille füllt den Raum. Nils schaut Ruby an, Ruby ihre Mutter und ihre Mutter abwechselnd Ruby und Nils. Es fällt ihr sichtlich schwer, die Wohnung zu verlassen.
„Ja, dann geh ich wohl besser wieder.“
„Das wäre schön.“ Kaum hat die Mutter die Wohnung verlassen, hat Ruby ein schlechtes Gewissen. War sie zu unfreundlich zu ihrer Mutter? Sie hasst es, immer das Gefühl zu haben, dafür verantwortlich zu sein, dass es allen gut geht. *Deine Mutter ist erwachsen, sie wird damit klarkommen. Konzentriere dich jetzt auf Nils und vergiss sie einfach.*
„Sie schien überrascht", bemerkt Nils.
„Jepp", grinst Ruby.
„Ich bin also zu alt.“
„Ja, wusstest du das nicht?" Sie lachen beide.
Später begeben sie sich ins Wohnzimmer, setzten sich auf das von Ruby über alles geliebte Pinke Leder Sofa. Vor ihnen Cola Light

Dosen, eine Schüssel mit Eiswürfeln und Schokoladenkekse.
„Willst 'nen Keks"?, fragt Nils und streckt sich zum Tisch vor, um sich einen zu ergreifen.
„Natürlich", erwidert Ruby.
„Was wollen wir schauen?"
„Was magst du?"
„Ich mag Serien lieber als Filme".
„Ich auch", erwidert Ruby erstaunt. "Kennst du "The Good Place"?"
„Schon gehört, aber noch nicht gesehen."
„Die Serie hab ich schon lange auf der Liste der Filme, die ich sehen möchte. Da kommen Menschen, die gestorben sind, in einen Himmel. Da gibt's eine Hauptperson, die auch dahin kommt, aber irgendwie sollte sie gar nicht in den Himmel, sondern eher in die Hölle für ihre Taten. Irgendwie so."
Flink loggt sie sich auf ihrem Smart-TV bei Netflix ein und wählt "The Good Place". Eng nebeneinander sitzen sie auf dem bequemen pinken Sofa. Nils schmerzen die Augen bei all den Farben. Sanft fährt er mit seiner Hand durch Rubys Haare.
„Ich liebe deine Haare."
„Meine Haare sind wie ich: widerspenstig, wild und rebellisch, aber eigentlich ganz sanft." Er lacht und macht weiter. *Oh, mein Gott, bitte tu das die ganze Nacht lang*. Nur eine kleine Geste, aber Ruby fühlt sich in diesem Moment geliebt. Langsam dreht sie sich zu ihm um und schaut ihn an. *Scheiße, was für ein schöner und interessanter Mann.* Schon küssen sie sich, zuerst sanft und zaghaft, dann immer

leidenschaftlicher. Langsam wandern Nils Hände mit den langen Fingern zu ihren Brüsten, zärtlich berührt er sie. Und wandert dann tiefer, gekonnt öffnet er den Reißverschluss ihrer Hose und streift sie ab. Er hält inne: „Das Krümelmonster, im Ernst? Du trägst Unterwäsche mit dem Krümelmonster darauf"?
„Ja, stört es Dich?", grinst Ruby.
„Du bist echt speziell, Ruby." Er küsst sie liebevoll auf den Mund, sanft, aber fordernd. *Dieser Mann weiß genau, was er tut*, denkt sie verträumt. Sachte öffnet sie seine Jeans. Weiße Boxer, sie hätte es richtig erraten. Die Lust und das Verlangen nach einander lassen sich kaum noch bändigen. *Scheiße, das Kondom,* denkt sie.
„Nils", unsicher hält er inne. „Lass mich ein Kondom holen.“
„Du nimmst nicht die Pille?", fragt er überrascht.
„Nein, ich erkläre es Dir später.“ Sie gehen ins Schlafzimmer und lieben sich wild und leidenschaftlich.
Da liegen sie nun erschöpft und glücklich. Nils hat seine Arme um sie geschlungen. „Ich liebe Dich, Ruby", flüstert er ihr zärtlich ins Ohr. *Scheiße, da ist es, jetzt müsste sie es auch sagen, aber sie kann nicht.* Langsam dreht sie sich zu ihm um und gibt ihm einen zärtlichen Kuss. *Das muss reichen.*
„Hast du was von “The Good Place” mitbekommen?", will er wissen.
„Nein", kichert Ruby, „und du?"
„Nicht einmal das Intro". Sie lachen. Gott, sie ist glücklich wie noch nie. Ist das die Liebe, auf die sie gewartet hat? Ironischer Weise musste sie ihren Vater umbringen, um die Liebe ihres Lebens zu

finden. Die Liebe, von der sie wusste, dass sie irgendwo ist. *Ich bin es wert, geliebt zu werden,* sagt sie zu sich selber. *Es ist fast zu schön, um wahr zu sein. Was für ein blöder Spruch,* denkt sie. *Als könnte die Wahrheit nicht schön sein.* Sie schrecken beide hoch, als es an der Tür klingelt. Nils schaut auf die Uhr, es ist 23:15 Uhr.

„Wer besucht dich denn um diese Zeit? Hast du empfindliche Nachbarn?", will Nils wissen.

„Nein, meine Nachbarin in der Wohnung unter mir ist halb taub. Keine Ahnung, wer das sein kann", sagt sie ein bisschen ängstlich. Schnell ziehen sie sich an und gehen an die Tür. Ruby guckt durch den Spion, sieht aber niemanden. Zaghaft öffnet sie die Tür. Keiner da. Nils bückt sich und hebt etwas vom Boden auf.

„Was ist das?", fragt Ruby neugierig.

„Ein Stoffherz. Hast du einen heimlichen Verehrer?"

„Nicht, dass ich wüsste", erwidert Ruby verwundert. Verwirrt gehen sie zurück in die Wohnung. “Musst Du nach Hause, Nils?", fragt sie und hofft, dass er die Nacht bei ihr verbringen kann.

„Nicht, wenn Du nicht willst, dass ich gehe. Ich habe keinen, der auf mich wartet.“

„Dann bleib doch bitte hier.“

„Mit größtem Vergnügen." Er geht auf Ruby zu, schaut ihr tief in die Augen und küsst sie. Voller Hingabe erwidert sie seinen Kuss.

„Es ist schon spät. Ich glaube, wir müssen ins Bett“, sagt Nils zwischen Küssen und Lachen.

„Ja, ich glaube auch." Das wird eine lange Nacht. Vergnügt starten sie in eine zweite leidenschaftliche Runde.

23 Montagmorgen

Nils benötigt so gut wie nie einen Wecker, er wacht jeden Morgen um Punkt 7.00 Uhr auf. Segen und Fluch. Leise steht er auf und geht duschen. Er ist glücklich, seit langer Zeit fühlt er sich zufrieden, im Gleichgewicht. Er genießt die erfrischende Dusche und staunt über geschätzt zwanzig verschiedene Duschgels. Von blumig bis coco und von Mint zu Karibik ist alles vorhanden. Nils entscheidet sich für coco, er muss ja noch arbeiten und will nicht nach Blumen riechen. Ralf hätte seine helle Freude an ihm. Erfrischt zieht er sich seine Boxer über und geht zurück ins Schlafzimmer. Ruby schläft tief und fest. Er schaut sie an. *Wie schnell alles gegangen ist. Letzten Montag hab ich sie das erste Mal gesehen und jetzt – eine Woche danach – haben wir schon die erste Nacht zusammen verbracht.* Es fühlt sich gut und richtig an. Er weckt Ruby, um sich zu verabschieden.
„Hey Ruby, hey Schlafmütze." Sie grunzt und stöhnt, kehrt sich zu ihm um und haucht ihm ein müdes „Hi" entgegen.
„Ich muss los, zur Arbeit. Ich ruf dich später an, okay?"
„Ja, super."
„Gehst du arbeiten heute?", fragt er.
„Nein, ich bleibe lieber noch einen Tag zu Hause." Wenn er wüsste,

was sie für heute geplant hat. Er hätte ein anderes Bild von seiner süßen Ruby.

„Das ist gut, bis später dann.“ Er küsst sie sanft auf die Stirn. Diese kleinen Gesten machen Ruby fast wahnsinnig, es steckt so viel Liebe darin. Glücklich lauscht sie, wie er ins Bad geht und nach 5 Minuten nochmal ins Zimmer schaut.

„Bye.“

„Bye-bye." *Was für eine Nacht.* Normalerweise lässt sie es langsam angehen. Mit Michael vergingen zwei Monate, bis sie zum ersten Mal Sex hatten. Einfach Sex ohne Gefühle und Leidenschaft. Danach war sie immer froh, dass es vorbei war. Mit Nils ist das ganz anders. Sie waren eins, irgendetwas verbindet sie auf eine fast unheimliche Art und Weise. Er ist ihr so unglaublich vertraut. Gemächlich steht sie auf und verbringt den Morgen damit, zu frühstücken, das Geschirr von gestern abzuwaschen und ein paar Grafiken fertigzustellen. David hat angerufen und sie gebeten, ein Logo für ein neues Café zu entwerfen. Es soll blau und grün sein. Ansonsten hat sie alle Freiheiten in der Gestaltung. Ein paar Entwürfe hat sie bereits erstellt und ist schon ziemlich zufrieden damit. Ein ganz einfaches simples Design wurde gewünscht, so wie es heute in Mode ist. Zufrieden sendet sie es David per E-Mail. Mal sehen, was er meint. Die Zeit vergeht wie im Fluge. Um 14.00 Uhr will sie los, um vor dem Gebäude der Opferhilfe für häusliche Gewalt auf, wie hieß sie nochmal, Karen Maier zu warten. Heimlich will sie ein paar Bilder von **i**hr machen, sie muss ja wissen, wie sie aussieht. Danach fährt sie zu Karen nach Hause, die Adresse hat sie. Wartet im Auto vor der Tür und hofft, dass sie sich mit ihrem Mann zeigt. Laut Akte der Opferhilfe hat sie um ein Treffen gebeten, weil er sie immer öfters schlägt, beschimpft und zum Geschlechtsverkehr zwingt. Karen weiß nicht, was sie tun soll, und hat Angst vor den Konsequenzen, wenn sie etwas gegen ihren Mann unternimmt. „Du weißt genau was zu tun ist, Karen! Hau ab, hau ab, solange du kannst", denkt Ruby laut. Auf Google Maps hat sie gesehen, wo sie wohnt. Mit der Satellitenansicht ist es, als wäre man direkt vor Ort. Zudem konnte sie sehen, dass es vor direkt dem Haus Parkplätze gibt, von denen nur einer frei sein muss.

24 Montagnachmittag

Scheiße, was mache ich hier eigentlich?, denkt Ruby, als sie vor dem Haus der *Opferhilfe* steht. *Es ist richtig Ruby, irgendjemand muss etwas unternehmen*, versucht sie selber einzureden. *Verrückt, ich gehe mit einem Polizisten aus und bin auf dem Weg, das Gesetz zu brechen. Ich muss es tun, ich schulde es ihnen, ich schulde es mir. Ich werde dem Schwein einen netten, schmerzhaften Denkzettel verpassen.* Auf Facebook hat sie Karen Maier gesucht und ein paar Einträge gefunden. Ein ziemlich gängiger Name. Sie hat die Profilfotos ausgedruckt und wird die Bilder mit jeder Person, die ins Haus geht, abgleichen. Hoffentlich gibt es eine Übereinstimmung. Es dauert nicht lange, bis die erste Person sich auf den Weg zum Haus der Opferhilfe macht. Eine blonde Frau mit Altfrauenrock und Brille, unscheinbar, aber selbstsicher. *Nein, das ist sie nicht.* Zwei Minuten später kommt noch eine junge Frau, *nein, auch nicht.* Und da ist sie. Sie sieht genauso aus wie im Facebook-Profil. Unsicher schaut sie sich um, als hätte sie Angst, dass jemand sie sehen könnte. Blasses Gesicht, schwarz gefärbte Haare, Sonnenbrille. Ruby geht davon aus, dass sie die Brille nur benutzt, um ein geschundenes Auge zu verbergen, da die Sonne kaum durch die dicke Wolkenschicht dringt. Zwischen 30 und 32 Jahre alt, schätzt Ruby. Karen trägt enge modische Jeans, ein dunkelblaues Shirt und vermittelt das Gefühl, dass sie nicht hier sein will. Nicht hier und auch nirgendwo sonst. Sie würde gerne verschwinden aus dieser Welt, aus diesem Leben. „Okay Ruby, Zeit für den zweiten Schritt. Komm Herkules, los geht‘s!" Herkules ist der Name ihres Audi TT, sie hat ihn so getauft, weil sie der Meinung war, dass ein Auto einen Namen haben soll und Herkules passt wunderbar. Ohne Eile fährt sie zur Adresse von Karen Maier, die der Akte der Opferhilfe zu entnehmen war. Nach 15 Minuten ist sie schon am Ziel. Und siehe da: ein freier Parkplatz genau vor der Haustür. „Guck an, dem Universum gefällt mein Plan, was meinst du Herkules?“ Sie stellt den Motor ab und surft auf ihrem Smartphone ein bisschen im Internet. David hat geantwortet, hat ihr eine E-Mail gesendet. Ihm gefällt das Logo ganz gut, aber ein paar kleine Änderungen würde er trotzdem vornehmen wollen. Morgen im Büro möchte er es gerne besprechen. Es vergehen zwei lange Stunden, bis Karen plötzlich wie aus dem Nichts auftaucht. Hastig verschwindet sie in der Haustür, keine zwei Minuten später kommt sie auch schon wieder heraus. Mit einem Typen. *Ist er das? Scheiße, woher soll sie das wissen?* Gespannt beobachtet sie die beiden. Er geht zwei Meter vor ihr, sein Gesichtsausdruck zeigt Ruby, dass er genervt ist. Karen scheint ihm etwas zuzurufen und hat sichtlich Mühe, mit ihm Schritt zu halten. Er bleibt stehen, dreht sich schnell zu ihr um und schreit sie an. Er fuchtelt wild mit den Armen. *Ein Arschloch, wie es im Buche steht.* Knips-knips! Ruby macht Bilder, das muss er sein. Er schreit Karen immer noch an. Ruby kann Stimmen hören, aber nicht, um was es geht. Der Typ hebt die Hand, und Karen duckt sich weg. *Jepp, eindeutig, das ist er!*

25 Montagabend

Ruby ist auf dem Nachhauseweg, als Nils anruft. Erfreut nimmt sie seinen Anruf entgegen.
„Hi", sagt sie.
„Hallo, bist du unterwegs?", will Nils wissen.
„Ich bin gerade im Auto, auf dem Nachhauseweg."
„Du fährst und bist am Telefon?", fragt er ermahnend.
„Ja, du hast mich angerufen", grinst Ruby verschmitzt.
„Mh ja, also dann schnell, ich habe in einer halben Stunde Feierabend. Soll ich etwas zum Essen bringen, oder willst du lieber allein sein, oder so? "*Oder so, da ist es wieder, zu süß.*
„Ich fände es sehr schön, wenn du kommen würdest."

„Okay, dann bis gleich, bye." Vierzig Minuten später steht er lächelnd vor der Tür.
„Was gibt's zu essen?", fragt Ruby hungrig. Es ist schon 20:30 Uhr, und sie hat seit dem Frühstück nichts mehr zu sich genommen. „Ich habe was vom Chinesen geholt. Reis und Teigwaren, Chicken Sweet Sour, und noch so ein Curry chicken. Ich hoffe, du magst was davon."
Dieser Mann ist einfach zu allem zu gebrauchen. "Du hast voll ins Schwarze getroffen, Chicken sweet sour ist perfekt." Ruby bedankt sich mit einem Kuss. Gut gelaunt genießen sie ihr Essen und reden angeregt. Danach stellen sie das Geschirr in die Spüle. Ruby findet, dass die Küche der Hölle entsprungen sein muss. *Du räumst auf, und im nächsten Augenblick ist es wieder schmutzig.*
„Wollen wir "The Good Place" weiterschauen?", kichert Ruby.
„Vielleicht bekommen wir diesmal etwas mehr von der Serie mit."
Schon küssen sie sich wieder leidenschaftlich, verliebt, innig wie zwei zusammengehörige Puzzleteile.
„Was hast du mit mir angestellt, Ruby Bergmann? Du hast mir den Kopf verdreht, du kleines verrücktes Ding." Sie muss lachen.
„Ich weiß es nicht, großer alter Mann."
Er schaut sie gespielt empört an: „Also hör mal!" Mit Schwung wirft er sie sich über die Schulter, geht ins Wohnzimmer, setzt sie sanft aufs Sofa und sagt:
„Ich liebe dich." Sie schaut ihn an, ihr wird heiß und kalt. *Scheiße, er erwartet, dass sie jetzt auch „Ich liebe dich" sagt. Wieso kann sie es nicht?* Er schaut sie an und merkt, dass sie sich unwohl fühlt.

„Habe ich etwas Falsches gesagt?", fragt er unsicher.
"Nein, Nils, es ist nur, es ist so: Ich habe Probleme, Gefühle in Worte zu fassen. Ich fühle viel, stark und tief, aber ich kann es nicht in Worte fassen. Ich kann es nicht sagen, ich habe in meinem Leben noch nie zu jemanden gesagt, dass ich ihn oder sie liebe. Es geht einfach nicht. Es verunsichert mich, es sind drei Worte mit so viel Kraft und Verantwortung, Verletzlichkeit und Angst. Es geht einfach nicht, noch nicht." Ruby ist überrascht, wie leicht es ihr gefallen ist, ihm das zu sagen. Sie ist erleichtert, fühlt sich befreit.
„Nimm dir alle Zeit der Welt. Ich muss es nicht hören, um es zu fühlen", sagt er und schaut ihr tief in die Augen. *Oh, mein Gott, dieser Mann ist direkt vom Himmel vor ihre Füße gefallen.* Als Dank und vor Erleichterung küsst sie ihn und hält ihn fest. Er erwidert ihre Umarmung. *Sie will diesen Moment festhalten und nie mehr loslassen.* Nach einer Weile lösen sie sich und küssen sich leidenschaftlich und innig. Die Wahrscheinlichkeit, dass sie jemals über den ersten Teil von "The Good Place" hinauskommen, ist sehr gering.
Verträumt und irgendwie entrückt liegen sie im Bett, als sie vom Klang der Türklingel in die Realität zurückgeholt werden.
„Schon wieder? Was soll das?", fragt Ruby in den Raum hinein.
„Warte", sagt Nils. Er hebt seine Hose vom Boden auf und zieht seine Waffe aus dem Holster.
Beeindruckt schaut sie ihn an. Ihr ist vorhin schon aufgefallen dass er eine Waffe trägt.

„Ich bin Polizist, ich habe eine Lizenz dafür." Er zwinkert ihr zu und geht zur Tür. Nils blickt durch den Spion: niemand zu sehen. Vorsichtig öffnet er die Haustür. Weit und breit keine Menschenseele. Er schaut nach unten, da liegt wieder ein Herz aus Stoff, ein schwarzes Herz.

„Bist du sicher, dass du keinen heimlichen Verehrer hast?", fragt er unsicher.

„Nein", sagt sie ängstlich.

„Jemand spielt ein Spiel mit dir", bemerkt Nils. Er geht zum Fenster und schaut auf die Straße hinunter. Nichts Auffälliges, nur ein paar einzelne Fußgänger.

„Das gefällt mir gar nicht.“

„Mir auch nicht, aber wir können jetzt nichts tun“, bemerkt Ruby. “Oder willst du die Polizei rufen?” Sie grinst.

„Ich habe eine bessere Idee. Wollen wir noch ein bisschen “The Good Place” schauen?"

„Den ersten Teil?" Sie lachen. Doch dann fragt er besorgt:

„Aber du musst doch raus morgen. Es ist schon sehr spät, vielleicht sollten wir etwas schlafen.“

„Ja, Papa", erwidert sie augenrollend. Er packt sie und wirft sie aufs Bett.

„Du hast es so gewollt." Sie können einfach nicht genug voneinander kriegen. Wie zwei verliebte Teenager.

26 Dienstagmorgen

Nils ist wie immer zuerst wach, er duscht und denkt über die geheimnisvollen Herzen nach. *Was soll das bedeuten? Wer legt diese Herzen jedes Mal, wenn sie zusammen sind, vor die Tür? Ist Ruby in Gefahr?* Er sorgt sich. *Das nächste Mal treffen sie sich bei ihm,* beschließt er. Als er zurück ins Schlafzimmer geht, schläft Ruby noch immer tief und selig.

„Hey, Dornröschen."

„Nein, es ist viel zu früh.",„Du wolltest gestern nicht schlafen, sag nicht, ich hätte dich nicht gewarnt. Aber du kannst noch eine halbe Stunde liegen bleiben. Ich muss los. Wollen wir uns heute bei mir treffen?"

„Wo wohnst du?"

„Ich sende dir die Adresse später per WhatsApp."

„Okay", sagt sie. Doch plötzlich schreckt sie hoch: „Nein, ich kann ja heute nicht, ich gehe mit meinem Vater, also Bernd, essen. Wie wär's morgen?", lügt sie.

„Oh, das hast du mir gar nicht erzählt. Okay, dann morgen gegen 20 Uhr?"

„Ja, das klingt perfekt." Müde lächelt sie ihn an. Er lehnt sich über sie und küsst sie sanft auf die Stirn. *Oh, er macht es wieder, ich liebe es, wenn er das tut.*

„Tschüss, ich wünsche dir einen schönen Tag." Er schickt eine Kusshand und verschwindet. Selig sitzt sie im Bett. *Ich bin glücklich und verliebt. Und heute werde ich etwas tun, was alles in Gefahr bringen kann. Was, wenn mich jemand erwischt? Wenn die Polizei auftaucht? Wenn Nils kommt? Es darf nicht passieren, du musst gut sein, Ruby, jeder Handgriff muss sitzen, du hast nur einen Versuch,* denkt sie. Sie packt ihren schwarzen Hoodie ein, das schwarze Gesichtstuch, schwarze Hosen und den Schlagstock ihrer Oma mütterlicherseits. Eine liebe Oma, sie hat sie nicht oft gesehen, aber wenn sie bei ihr zu Besuch war, hatte sie immer das Gefühl, dass Oma sich für sie interessierte. Natürlich wusste Oma nicht, welches Martyrium Ruby zu Hause durchlebte. Wenn sie Ruby fragte, woher sie die Verletzungen hatte, hat Ruby hat jedes Mal gelogen: Vom Pferd gefallen, mit dem Bike gestürzt... Ob Oma es geglaubt hat? Sie hat immer gesagt: "Du bist mein kleines Teufelsmädchen." Sie liebte es, wenn Oma das sagte. Ruby fand, dass es sich verwegen anhörte, nach jemandem, der sie mal sein wird, irgendwann, wenn sie älter ist. Oma hatte eben diesen Schlagstock neben ihrem Bett. Ein massiver Eisenstock, den man auf Knopfdruck ausfahren konnte. Oma hatte Angst vor Einbrechern, an ihrer Haustür hatte sie vier Schlösser und zwei Ketten. Nach ihrem Tod war Ruby sehr traurig. Nach kurzer schwerer Krankheit verschied sie innerhalb weniger Wochen. Ruby war Omas Liebling. *So, Schlagstock eingepackt.* Überzeugt von ihrem Vorhaben, fährt sie mit Herkules zur Arbeit. Herkules ist ihr Traumauto, ihrer Meinung nach passt er perfekt zu ihr: frech, klein, stark. Ist sie stark? Sie weiß es nicht, aber sie glaubt es gerne.

Der Tag vergeht schnell, denn sie hat viel zu tun. Um 16 Uhr ruft ihre Mutter an.

„Hallo, Ruby."
„Hi Mom." Ihre Mutter nervt sie langsam.
„Du wolltest doch anrufen", sagt sie vorwurfsvoll. "Wegen des Essens."
„Sorry, hätte ich noch gemacht." Ruby hat es vergessen.
„Bist wohl beschäftigt mit deinem... Freund."
„Ja, bin ich."
„Ich finde ja, dass er zu alt für dich ist. Wie alt ist er überhaupt?"
„Mom!" Sie hätte gerne gesagt, dass sie das nichts angeht, will aber die Gefühle ihrer Mutter nicht verletzen. „Er ist 41", antwortet Ruby widerwillig.
„41!", schreit sie ins Telefon. Ruby hält den Hörer auf Distanz. „14 Jahre, er ist 14 Jahre älter als du, das geht doch nicht, er könnte fast dein Vater sein! Dieser Mann hat doch ganz andere Lebensansichten, Träume und Wünsche. Er will sicher bald Kinder. Das willst du doch nicht, Ruby, oder?"
„Mom, wann wolltest du essen gehen?" Ruby nervt es, dass sie sich in ihr Leben einmischt, weil sie als Mutter und Ehefrau versagt hat. Sie hätte einen Ausweg suchen müssen, aus der beschissenen Situation, für sie und vor allem für Ruby. Es gibt immer einen Plan B und C und D. Das Alphabet hat 26 Buchstaben, und so viele Auswege gibt es! Aber wahrscheinlich fand sie das bequeme Leben angenehm. Sie musste nicht arbeiten, hatte alles, und geschlagen hat er ja nur Ruby. Jetzt ist sie wütend, und es kommt alles hoch, die Anklage, der Schmerz. Aber sie schluckt es hinunter. Wie immer keine Gefühle, einfach Schnauze halten und weitermachen, als ob nichts gewesen

wäre.
„Behandelt er dich denn anständig? Ist er gut zu dir?” Schließlich explodiert Ruby:
„Vertrau mir Mom, ich mache nicht denselben beschissenen Fehler wie Du und heirate einen Arsch, nur weil er Kohle hat. Noch nie hat mich ein Mann so gut behandelt wie Nils, es war dein Mann, der mich misshandelt hat, vergiss das nicht!" Totenstille am Telefon, dann:
„Wie wäre es morgen?", fragt ihre Mutter, als hätte sie Ruby nicht gehört. Ruby spielt mit.
„Morgen geht nicht, da bin ich bei Nils zu Hause. Dann haben wir die ganze Nacht wilden, zügellosen Sex. Donnerstag geht.“
Wieder werden Rubys Worte gekonnt ignoriert. “Dann also Donnerstag im Kartoffelkönig?"
„Ja, ist gut um 20 Uhr?"
„Ja, sehr schön."
„Lebt er jetzt bei dir?", fragt Ruby gereizt.
„Was?"
„Bernd, wohnt er bei dir?"
„Für den Moment schon." *Das ist natürlich okay, normal und wunderbar*, denkt Ruby. „Also bis Donnerstag."

27 Dienstagabend

Es ist 19 Uhr, Ruby hat vor dem Wohnblock geparkt, in dem Karen Maier und ihr Mann wohnen. Bei McDonald’s hat sie sich einen

Chicken Burger geholt und isst ihn jetzt im Wagen. *Sorry, Herkules, ich weiß, dass du es nicht magst, wenn du nach McDonald's riechst.* Sie hört ein Hörbuch, einen Thriller von Sebastian Fitzek; es ist spannend, aber sie kann sich nicht konzentrieren und macht den Ton aus. Gelangweilt wartet sie darauf, dass der Mann seine Wohnung verlässt. Hoffentlich hat sie Glück. Die Zeit vergeht, es ist schon 21:15 Uhr, langsam kommen ihr Zweifel. *Vielleicht ist der Plan zu verrückt? Will ich wirklich alles aufs Spiel setzen, nur um irgendwelchen Horror-Ehemännern eins auszuwischen?* Ruby denkt nach. *Ja, ich will.* Plötzlich kommt der Typ tatsächlich aus dem Haus. Alleine, sie kann ihr Glück kaum fassen. Ruby steigt aus und folgt ihm möglichst unauffällig, die Kapuze ihres Hoodies tief ins Gesicht gezogen. *Wo will er hin?* Gespannt folgt sie ihm, über mehrer Strassen, ihr ist klar wo er hin will: Er geht in die nächste Bar. *Und jetzt? Soll sie draußen warten, drinnen warten? Nein, zu viele Menschen, zu viel Alkohol.* Aufgeregt setzt sie sich auf eine Bank auf der anderen Straßenseite, von der aus sie die Bar im Blick hat. 23:20 Uhr. *Wann schließt so eine Bar?* Piep, eine WhatsApp-Nachricht von Nils.

„Hi, wie war dein Abend? Bist du schon zu Hause?"

„Hi, nein, bin noch unterwegs, schlafe vielleicht bei meiner Mutter", schreibt sie, falls er mit dem Gedanken spielt, die Nacht bei ihr verbringen zu wollen.

„Okay, schlag gut. Freue mich auf morgen". *Hat er wirklich „schlag gut" geschrieben*? Ruby lacht. *Noch ein Wink des Schicksals.*

„Das werde ich, ich liebe dich", schreibt sie und empfindet es auch von ganzem Herzen. Gefühle niederzuschreiben, macht ihr keine Probleme, nur sie auszusprechen.

„Ich dich auch". 00:10 Uhr. Endlich geht die Tür der Bar auf und der Typ kommt raus. Offensichtlich total besoffen. Ruby stellt sich Karen vor, wie sie gelähmt vor Angst zu Hause auf ihren Mann wartet und genau weiß, in welchem Zustand ihr Mann zur Tür reinkommt. Wer weiß, was er mit ihr anstellt. Ruby überquert die Straße und verfolgt ihn. *Der ist so besoffen, der würde nicht einmal bemerken, wenn ich seine Schuhe während dem Laufen zusammenbinden würde. Abschaum, Widerling, ich hasse dich, ohne dich zu kennen.* Ruby ist wütend, es fühlt sich an, als ob dieser Mann sie missbraucht hätte. Er biegt in eine dunkle Straße ein. Jetzt muss es schnell gehen. Aufmerksam schaut sie sich um, zieht den Stock ihrer Oma aus der Tasche, drückt auf den Knopf, der zuverlässig wie ein Schweizer Taschenmesser aufspringt. Träge dreht sich Karens Mann um. Ruby schlägt zu, auf den Kopf, sie trifft nicht gut, er strauchelt und flucht. "Was willst du?", lallt er. Sie darf nicht sprechen, er darf nicht wissen, dass sie eine Frau ist. Noch ein Schlag, diesmal auf die Stirn. Blut spritzt aus einer großen Wunde. Er geht zu Boden und bleibt schwer atmend liegen. Ruby zieht einen Zettel aus ihrer Hoodietasche. Den Text hat sie aus Zeitungsschnipseln zusammengesetzt: FÜGE DEINER FRAU NIE MEHR SCHMERZEN ZU ODER DU BIST TOT. Das Papier legt sie in seine Hand und schließt sie zu einer Faust. Schnell rennt sie davon. Im Auto angekommen, zieht sie ihren Hoodie aus. Zitternd vor Aufregung lässt sie den Motor an. „Schnell weg von hier", sagt sie laut.

Sie fährt nach Hause, fühlt sich High von dem Adrenalinausstoß. *Das war einfacher, als gedacht. Hat sie die Welt ein bisschen besser gemacht?* Sie fühlt sich stark, ein Teufelsmädchen. Sie hat ihr Leben im Griff, ist kein Opfer, kann Dinge ändern und keiner hat Macht über sie. Über die Art und Weise kann man ja diskutieren, aber… *Extreme Situationen erfordern extreme Maßnahmen*, denkt sie und fährt zufrieden nach Hause.
Daheim angekommen, trinkt sie noch ein Glas Milch, es ist schon 1:00 Uhr. Eine Coke wäre jetzt nicht schlecht, aber das Koffein würde sie nicht schlafen lassen. Es wird ohnehin schwer sein, zur Ruhe zu kommen. Sie vermisst Nils, hat Lust auf ihn. Das wäre die Krönung des Abends, heißer Sex mit meinem heißen Lover. Sie grinst. Ach, was soll's, heute ist die wild und frei. Beflügelt geht sie zum Kühlschrank und holt sich eine eiskalte Cola Light.

28 Mittwoch

Immer wieder hat Ruby die Online-Nachrichten aufgerufen. Wird etwas über ihren Anschlag berichtet? Aber sie hat nichts gefunden. Klar, was will der Kerl denn erzählen? Die Polizei würde ihn fragen, was der Zettel zu bedeuten hat. Nils hat seine Adresse gerade per WhatsApp gesendet. Kreuzberg, wow, nette Gegend. Ruby ist gespannt auf seine Wohnung. *Hoffentlich hat er keine Bilder von seiner verstorbenen Frau an der Wand hängen. Das wäre schräg.* Die Zeit bei der Arbeit vergeht schnell, wie eigentlich immer. Sie liebt ihre

Arbeit. Kreativ zu sein, schafft ihr die Befriedigung, aus nichts etwas Schönes zu erschaffen, zu kreieren, das ist eine tolle Sache. Auch wenn es manchmal Aufträge gibt, die nicht so spannend sind. Wenn die Kunden genau wissen, was sie wollen und sie überhaupt keine Freiheit in der Umsetzung hat, findet sie das langweilig. Aber zum Glück kommt das eher selten vor.

Was soll ich denn mitbringen? Ich habe ihn gar nicht gefragt, ob ich etwas mitbringen soll. Ich weiß gar nicht, was wir unternehmen. Essen? Ob er Netflix hat?, denkt Ruby. Gut gelaunt tippt sie schnell eine WhatsApp Nachricht: „Soll ich etwas mitbringen?" Die Antwort kommt sofort:

„Kondome, Lach-Smiley, Lach-Smiley, Lach-Smiley". Ruby muss lachen

„Wirklich?"

„Nein, schon für Vorrat gesorgt, bring ein paar Dosen Coke mit, das Zeug macht süchtig.“ „Okay." Ruby und fährt los, unterwegs macht sie Halt bei einer Tankstelle und holt ein paar Dosen Cola Light und... ein kleines Stoffeinhorn. Das findet er sicher albern, aber egal. Ruby findet es süß. Gespannt auf den heutigen Abend parkt sie genau vor dem Haus, in dem sich Nils‘ Wohnung befindet. Sein Auto steht da. Voller Vorfreude steigt sie die Stufen hoch und platzt fast vor Neugier. Sie klingelt. Augenblicklich öffnet Nils die Tür und grinst.

„Hallo”, sagt er und küsst Ruby auf den Mund. Er sieht sensationell aus, trägt beige Shorts und ein weißes Hemd.

„Hi." Sie folgt ihm in die Küche. Die Wohnung ist modern und groß, die Decke extrem hoch. Die Küche ist rot-weiß mit einer kleinen Kochinsel und wurde vermutlich noch nie benutzt.

„Wow", sagt Ruby ehrlich beeindruckt.
„Wow was?“
„Die Küche."
„Ah so ja, die Wohnung wurde vor einem Jahr neu renoviert, drum sieht alles noch neu und ungebraucht aus.“
„Ich habe irgendwie etwas anderes erwartet", sagt Ruby.
„Was hast du denn erwartet?”
„Weiß nicht genau, irgendwie eine Altmännerwohnung." Er schaut sie mit großen Augen an, sie lacht.
„Ein Altbau oder so irgendwas, ich weiß nicht, kleiner. Verdient man so gut als Polizist?" Er lacht: „Nein, aber meine Mutter ist vor drei Jahren gestorben und hat mir eine gute Summe Geld vererbt. Das habe ich in meine Wohnung investiert.“ *Schlauer Mann und so vernünftig. Seine Mutter scheint jung gestorben zu sein.* Aber sie wird sich hüten, ihn danach zu fragen.
„Darf ich den Rest der Wohnung auch sehen?"
„Ja, klar." Ruby folgt ihm durch die Wohnung. “Hier ist das Wohnzimmer." Beeindruckt tritt Ruby ein, ihr Blick fällt auf das an der Wand hängende Mountainbike.
„Ein Bike an der Wand, echt?"
„Ja, mein ein und alles.“ Gespannt beobachtet Nils Rubys Reaktion.
„Muss ich eifersüchtig sein?"
Er lacht: „Nein, stört es dich?"

„Ich finde es super.” Er küsst sie. Die erste Frau, die das sagt.
„Und du lachst über meine Unterwäsche.”

Das Bad ist hell und riesig. Die Dusche hat Düsen mit vielen verschiedenen Einstellungen. Der Boden ist dunkelgrau, die Kacheln hellblau. Wunderschön.
„Auf ins Schlafzimmer", sagt Nils beschwingt. Das Schlafzimmer ist hell wie die ganze Wohnung. Das Bett ist schwarz und riesig, breit, lang, überdimensional.
„Wie viele Leute können in diesem Bett schlafen?" Das ist eine heikle Frage, bemerkt Ruby.
„Zwei oder mehr, fünf maximal", meint Nils verschmitzt. Ruby ignoriert ihn. *Hat er es schon ausprobiert?* Sie will es nicht wissen.
„Toll, deine Wohnung ist wirklich wunderschön. Aber dir fehlen Bilder“.
„Ich weiß. Ich habe keine Idee, was ich aufhängen könnte.“
„Ich male dir mal ein paar Bilder", sagt Ruby.
„Versprochen?"
„Willst du?"
„Ja sicher.“
„Na dann.“
„Ich male dir ein Einhorn.“
Er lacht: „Okay, ich hänge es auf.“
„Oh, da wir gerade von Einhörnern sprechen: Ich habe dir ein Geschenk mitgebracht.“
„Geschenk, das klingt gut." Sie gehen zurück in die Küche. Ruby

nimmt die Cola aus der Plastiktasche und hebt sie das kleine weiße Einhorn in die Höhe.

„Das bin ich“, bemerkt sie.

„Das sehe ich“, sagt er und küsst sie auf die Wange.

„Woran siehst du, das?” Will sie wissen.

„An den Augen, es hat deine Augen.”

Ruby schaut das kleine Einhorn nochmals an. Verrückt! Stimmt, es hat meine Augen.

„Danke, das werde ich immer bei mir tragen." Sie ist gerührt. “Was wollen wir kochen?"

„Ich weiß nicht, was hast du im Kühlschrank?"

„Ich dachte an Chicken mit Reis und Curry.“

„Klingt super.“ Gemeinsam schnippeln und kochen sie, danach machen sie im Team alles sauber.

„Wie war dein Tag?", fragt er.

„Gut." *Okay, das klingt nicht so überzeugend*, denkt er.

„Gut, und sonst nichts? Wie war es mit deiner Mutter und deinem Vater?”

„War okay. Ich muss mich daran gewöhnen, an die Situation, ich brauche noch etwas Zeit", lügt sie. Wie gerne würde sie ihm ausführlich erzählen, was sie wirklich getan hat. In allen Details und wie gut sie sich danach gefühlt hat, stark und überlegen. Aber sie sagt: „Er ist nett. Vielleicht gehe ich mal alleine mit ihm essen, er lebt jetzt bei meiner Mutter.“

„Oh, das ging ja schnell.“

"Übrigens glaubt sie immer noch, dass du zu alt für mich bist. Sie meint, du könntest fast mein Vater sein.“

„Und was glaubst du?", will Nils wissen.
„Dass ich auf alte Männer stehe", sagt sie, küsst ihn auf den Mund und spaziert lächelnd ins Wohnzimmer.
„Das ist ein tolles Rad, benutzt du es auch?"
„Klar, immer, wenn ich Zeit habe. Das Bike ist mein Ventil, meine Freiheit. Auf dem Bike kann ich vergessen, da gibt‘s nur mich und das Fahrrad. So wie bei dir das Pferd.“
"Ich würde Hipster auch gerne an die Wand hängen, wenn ich könnte.“
„Das arme Pferd", lacht er.
„Ach, wenn er genügend zu fressen hätte, wäre es ihm egal, ob er an der Wand hängt.”
Ruby betrachtet nun das Fahrrad ganz genau. “Ist das Carbon?"
Er guckt sie verdutzt an: „Das Bike?"
„Nein, das Sofa. Natürlich das Bike, was denn sonst?" Jetzt ist er absolut sicher, dass Ruby seine Traumfrau ist.
„Ja, es ist Carbon. Gut erkannt,” sagt er beeindruckt.
„Hast du Netflix?", fragt Ruby. „The Good Place?" Sie müssen Netflix gar nicht einstellen, nur aussprechen, und sie fallen übereinander her.

29 Donnerstag

Heute steht für Ruby ein Essen mit ihrem "Vater" an. Sie weiß nicht, warum sie so unmotiviert ist, ihn zu sehen. Es ist doch was Schönes. Anstatt einem Scheißvater, der gewalttätig ist, hat sie einen, der den Schwanz eingezogen und das Weite gesucht hat. Na ja, vielleicht wird es ja trotzdem ganz nett. Um 20 Uhr haben sie beim Italiener abgemacht. Pizza geht immer. Ihre Mutter und Bernd – sie bevorzugt es ihn Bernd zu nennen als Vater, Vater hört sich falsch an – stehen schon vor der Pizzeria und erwarten sie freudig. Rubys Freude ist gedämpft, sie fühlt sich rebellisch, bockig, genervt.Viel lieber wäre sie jetzt mit Nils beim Netflix gucken. „Hi Mom, Hi Bernd."
„Hallo Ruby", sagen sie im Chor. Meine Mutter sieht gut aus, erholt, glücklich, sie blüht auf. Schön für sie. Wir gehen rein und setzen uns an den uns zugewiesenen Tisch. Ich schaue Bernd an, okay, jetzt weiß ich, woher ich die blauen Augen habe. Ich habe mich immer schon gefragt, von wem ich die blauen Augen habe. Meine Mutter hat braune Augen, mein Vater oder eben nicht Vater hatte auch braune Augen. Bernd ist ein gut aussehender Mann, sympathisch, gepflegt, es hätte mich schlimmer treffen können. Wir machen ein bisschen Small-Talk, bis die Pizzen kommen. Als sie endlich eintreffen, esse ich konzentriert meine Prosciutto.
„Du magst Pferde?", fragt Bernd plötzlich. *Oh Gott, er spricht mit mir wie mit einem kleinen Mädchen.*
„Ja, ich mag Pferde."

„Hast du ein eigenes?" *Als wüsste er das nicht schon.*
„Ja, hab' ich." Ihre Mutter fühlt sich sichtbar unwohl und fragt sie nach Nils.
„Ist er gut zu dir, Kind?" Ruby kann es nicht fassen.
„Noch nie war ein Mann so gut zu mir", sagt sie schnippisch.
„Ich finde ja, dass der Letzte viel besser zu dir gepasst hat, wie hieß er nochmal?"
„Er hieß Michael, Mutter. Und nein, wir passten nicht zusammen, deshalb sind wir es auch nicht mehr. Er war ein Psychopath." *Was glaubt sie eigentlich, wer sie ist?*
Rubys Mutter bemerkt nicht, dass Ruby kurz vor einer Explosion steht, und spricht weiter:
„Ich glaube, er nutzt dich nur aus. Sex zu haben mit einer so jungen Frau kann für einen älteren Mann sehr aufregend sein."
Ruby spürt, wie Röte in ihr Gesicht steigt und ihr Herzschlag sich um das Zehnfache beschleunigt.
„Ich bin früher auch geritten", versucht Bernd die Unterhaltung zu retten.
Ah ja?", fragt Ruby nur aus Höflichkeit.
„Ja, ich bin an manchen Wochenenden im Rennstall in Köln im Training geritten. Ich hatte einen Freund, der ein Rennpferd hatte. Er hat mich zum früh Training eingeladen und es hat mir so gut gefallen, dass ich jedes Wochenende zum Rennstall ging."
„Ah cool", sagt sie und meint es auch so. Ruby ritt früher auch im Rennstall, wollte die Amateurlizenz machen, aber irgendwie kam es

nie zustande. „Jetzt reitest du nicht mehr?"
„Nein, leider nicht." *Wieso leider? Wenn er reiten will, kann er es ja wieder tun. Denkt sie feindselig.* Da sitzen sie und meinen, sie können einen auf heile Familie machen. Ruby ging durch die Hölle, weil keiner der beiden den Arsch in der Hose hatte, etwas dagegen zu machen. Jetzt ist die Gefahr vorbei und sie kommen angekrochen. Nicht mit ihr, nicht heute.
„Mom, ich muss schon wieder gehen. Ich habe noch Arbeit, die bis morgen fertig sein muss."
„Oh, wie schade."
„Ja, finde ich auch. Ihr könnt ja noch bleiben und euch unterhalten. Ich gehe jetzt lieber, sonst wird es zu spät." Ihre Mutter und Bernd haben kaum Zeit zu reagieren.
„Willst du nicht noch einen Nachtisch? Ein Tiramisu?"
„Nein Mom, ich muss jetzt wirklich, sorry."
Ruby steht auf, gibt ihrer Mutter einen Kuss auf die Wange, sieht Bernd an. „Tschüss", sagt sie knapp und verlässt hastig das Lokal.
Was erwarten sie von Ihr? Melissa hat jahrelang zugesehen, wie ihr Mann Ruby misshandelt hat, ihr nur Hass und Ablehnung entgegenbrachte, wie sie nie gut genug für ihn war. Und immer hat sie weggesehen, es einfach ignoriert, so getan, als ob die Welt in Ordnung sei. Und jetzt fragt sie allen Ernstes, ob Nils gut zu ihr ist. Nils, sie braucht ihn sofort.
Ruby nimmt ihr Smartphone raus und sendet ihm eine WhatsApp. Sie hasst es zu telefonieren. Zum Sprechen muss sie das Gesicht des

Anderen vor sich haben, sonst fehlen ihr wichtige Informationen. Am Telefon fühlt sie sich unsicher. Also geht sie möglichst jedem Anruf aus dem Weg.
„Hey, alter Mann", schreibt sie.
„Hey, junges Kücken", antwortet er prompt.
„Hast du Lust noch vorbeizukommen?", will Ruby wissen und hofft es inständig.
„Würde ich so gerne, aber sie haben mich für die Nachtschicht eingeteilt, weil ein Kollege ausgefallen ist. Ich bin die ganze Nacht unterwegs. Alles okay mit dir?"
„Ja, das Essen war ein bisschen anstrengend."
„Das tut mir leid, ich habe erst Samstagabend wieder frei. Morgen hab ich auch Nachtschicht." Trauriges Smiley.
„Oh, das ist traurig, aber ich verstehe es."
„Wollen wir am Samstag essen gehen?", fragt Nils.
„Ja, gerne. Wo?"
„Wie wär's mit Griechisch?"
„Ja, okay, schick mir die Adresse."
„Okay, ich liebe dich Ruby."
„Ich dich auch." *Wieso arbeitet er nachts?* Denkt sie enttäuscht. Sie braucht ihn so sehr. Würde sie Alkohol trinken, wäre jetzt der Zeitpunkt, an dem sie in eine Bar gehen und sich betrinken würde, als gäbe es kein Morgen.
Sie hasst diese Momente, wenn ihre Seele im freien Fall ist. Wenn sie sich alleine, ungeliebt und abgelehnt fühlt. Zu Hause trinkt sie eine

kalte Cola Light und setzt sich vor ihren Laptop. Konzentriert sieht sie sich die Akten an, die sie aus der *Hilfe für Opfer der häuslichen Gewalt* heruntergeladen hat. Die Seite war erstaunlich leicht zu hacken. Wer erwartet auch, dass sich jemand auf so eine Website einhackt? Zuerst hat sie ein VPN-Programm benutzt, um ihre IP-Adresse zu verändern, für den Fall, dass jemand auf sie aufmerksam würde. Danach hat sie herausgefunden, mit welchem CMS die Seite erstellt wurde. WordPress wird am meisten genutzt. Danach hat sie nach Schwachpunkten gesucht und überraschend schnell gefunden.

Aufmerksam klickt sie sich durch die Namen und Geschichten. Bei einer bleibt sie hängen. Sybille Kalkhoff. Ihr Mann schlägt sie seit 3 Jahren. Die übliche Geschichte, sie lesen sich fast alle gleich. Sybille hat Angst, dass ihr Mann sie umbringt, sollte sie sich trennen wollen. Also erträgt sie die Qualen. Er hat ihr schon einen Arm und den Kiefer gebrochen. Und viele Male zum Sex gezwungen. Er heißt Horst Kalkhoff. *Noch ein Widerling, der eine Lektion verdient hat.* Findet Ruby

Sie sucht und findet sein Facebook-Profil. Es gibt nur einen Horst Kalkhoff in Berlin. Logisch mit diesem Namen. Schnell hat sie sich durch die wenigen Bilder durchgeklickt. *Mukimann, groß, kräftig. Sieht schon wie ein Idiot aus.* Die meisten Bilder zeigen ihn mit Freunden in der Bar, mit glänzendem rotem Gesicht und glasigen Augen. Ein paar Bilder im Gym beim Gewichte-Stemmen und ein Bild mit seiner Frau. Eine hübsche Frau, schlank, blonde mittellange

Haare, braune traurige Augen. Unsicher lächelt sie in die Kamera, er zieht sie an sich und drückt ihr einen Kuss auf die Wange. Es macht den Eindruck der Präsentation eines Besitzes. Ruby druckt sich ein paar Fotos aus. Morgen wird sie sich um ihn kümmern.

30 Freitagabend

Es ist 18 Uhr. Ruby verlässt das Büro. Nils hat ihr den ganzen Tag über tolle WhatsApp-Nachrichten gesendet. Beim Bäcker holt sie ein paar Gipfeli und eine Coke, danach läuft sie zum Wagen. Es ist alles gut vorbereitet, in ihrer Sporttasche befinden sich ihr schwarzer Hoodie, Handschuhe, Feuchttücher, um sich das Gesicht abzuwaschen, und Omas Schlagstock. *Sie darf sich keine Fehler erlauben heute, der Typ ist groß und stark. Einmal kräftig zuschlagen, damit er K.O. geht und mit heftigen Kopfschmerzen in der Gosse aufwacht.* Sie parkt Herkules möglichst nah bei seiner Wohnadresse. Trotzdem muss sie aussteigen, es ist unmöglich, die Haustür vom Wagen aus im Auge zu behalten. Ruby setzt sich auf eine Bank in der Nähe und surft ein bisschen auf Facebook. Er wird ja wohl am Freitagabend mit seinen coolen Freunden auf Sauftour gehen. Darauf verlässt sie sich. Gespannt schaut sie auf Facebook nach, ob Nils ein Profil hat. Nils Kramer gibt sie ein. Facebook spuckt verschiedene Nils Kramer aus. *Keiner so hübsch wie meiner,* denkt sie lächelnd. Aus Berlin ist aber nur einer mit einem Fahrrad auf dem Profilbild. War ja klar. Er hat ein Bild von seinem Bike und drei

Freunden, die ihm zu seinem Geburtstag am 17. November gratuliert haben. Einer davon ist sein Kollege Ralf Teufel. *Wie kommt man zu so einem Nachnamen?* Und eine Christina Schneider. Eine Blondine mit langen Haaren, dummem Gesicht und noch dümmeren Augen. Sie schreibt: "Sag Bescheid, wenn du feiern willst“. *Was soll das denn bedeuten, blöde Kuh. Ist sie eifersüchtig?* Da sieht sie im Augenwinkel, dass die Tür des Wohnblocks aufgeht. Wow, wie sie Horst so vor sich sieht, ist er wirklich beeindruckend, ein Bär von einem Mann. *Du hast einen Plan und den ziehst du durch, du bist kein Feigling. Teufelsmädchen,* denkt sie. Unauffällig folgt sie ihm, er kehrt in die dritte Bar ein, an der er vorbeikommt. Ruby setzt sich draußen hin; gut, dass überall Sitzbänke stehen. 21:30 Uhr. Es wird mindestens zwei oder drei Stunden dauern, bis er wieder rauskommt. Gelangweilt surft sie im Netz. *Zum Glück hat sie ihr Smartphone noch im Geschäft aufgeladen.* Gelangweilt besucht sie Reitsport-Shops, legt 1.000 Produkte in den Warenkorb und geht dann zum nächsten Shop. Es macht ihr Spaß, Warenkörbe zu füllen, ohne etwas zu kaufen, obwohl ein neues Kopfstück für Hipster gar nicht schlecht wäre. *Hipster*, denkt sie sehnsüchtig. Schon fast zwei Wochen war sie nicht mehr bei ihm. Er vermisst sie bestimmt nicht, aber sie ihn. Sonntag wird sie Reiten gehen.

Die Zeit vergeht wie im Fluge. Hätte sie alles gekauft, was sie in den Warenkörben der verschiedenen Onlineshops eingepackt hat, hätte sie eine Unsumme ausgegeben. Am Ende hat sie ein neues Kopfstück und ein Bit erworben. Ein hellbraunes Kopfstück mit pinken

Swarovski-Perlen am Stirnband, sehr hübsch. Langsam wird sie nervös. Es ist 00:10 Uhr. Ungeduldig starrt auf die Tür. 00:33 Uhr: die Tür geht auf. Horst kommt – sternhagelvoll. Mit einem Freund. *Freund, hau ab!* Als hätte der Freund sie gehört, biegt er nach rechts ab, Horst nach links. Unauffällig folgt ihm Ruby. Er bemerkt sie nicht. Sie biegen in eine dunkle Seitenstraße ein. In Zeitlupe und mit größter Vorsicht holt sie Omas Schläger aus der Hoodietasche, schleicht sich an Horst ran... 3,2,1 und *Nein!* Genau in diesem Moment dreht sich der Berg von Mann um und wehrt den Schlag ab.
„Was soll das?", ruft er ungläubig. Ruby reagiert schnell und schlägt gleich noch einmal zu. Er geht zu Boden. *Sie muss nochmal zuschlagen!* Er ist am Boden auf allen vieren, sie holt weit aus und schlägt nochmal zu. Er regiert kaum. *Scheiße, ist der Typ aus Stahl?* Ruby gerät in Panik, sie holt noch einmal aus, doch Horst hält sie am Bein fest und zieht sie mit einem Ruck zurück. Unsanft geht sie zu Boden. Ihr Kopf schlägt auf dem Asphalt auf. Blut läuft aus einer Wunde an der Stirn, Sterne tanzen vor ihren Augen. Sie hat sie Angst, Todesangst. Er setzt sich auf sie, schlägt ihr ins Gesicht, sie spürt, wie Blut aus Mund, Stirn und Nase über ihr Gesicht läuft. Er drückt ihre Arme auf den Boden. Ruby kriegt kaum Luft, er sitzt mit seinem ganzen Gewicht auf ihrem Bauch. Japsend lechzt sie nach Luft.
„Was soll denn das, du dummer Junge, willst du mich etwa ausrauben? Hättest dir jemanden in deiner Größe zum Spielen gesucht", lacht der Berg von einem Mann. Er zieht ihr die Kapuze weg. „Du bist ja ein Mädchen! Was hast du denn vor? Willst mich

vergewaltigen?" Er lacht dumm und laut. *Ich hasse dich, ich hasse dich, Abschaum.* Er schaut sie an, sein Blick hat jetzt etwas Anzügliches. *Oh nein, bitte nicht, denkt sie völlig außer sich vor Angst davor, was jetzt passieren wird.* Verzweifelt zappelt sie, aber er rührt sich nicht. "Du willst spielen? Na dann, spielen wir ein bisschen." Er öffnet den Reißverschluss seiner Hose. Langsam fahren seine großen, groben Hände von ihrem Hals über ihre Brüste bis zu ihrer Hose. Er öffnet sie und lässt sie dabei nicht aus den Augen.

„Das wird ein Spaß", sagt er gierig. Ruby wird schlecht, sie zittert am ganzen Körper, kriegt kaum Luft. Eine Panikattacke ist im Anmarsch. *Es gibt immer einen Plan B, immer, immer. Das nicht, bitte nicht das, das darf nicht passieren.* In ihrer puren Verzweiflung entwickelt sie fast unmenschliche Kräfte, vergisst ihre Schmerzen. Mit allerletzter Anstrengung hebt sie flink das rechte Bein an und rammt es mit voller Kraft in seine Weichteile. Er stöhnt vor Schmerz und kippt nach rechts von ihrem Körper. Schnell springt sie auf, in ihrem Kopf dreht sich alles, sie wankt von einer Seite zur anderen, sie kann kaum sich auf den Beinen halten. *Komm schon, Ruby, nicht jetzt, das ist deine letzte Chance.* In Panik schaut sie sich um, wo ist Omas Schlagstock? Da! Sie hebt ihn auf und schlägt zu. Einmal, zweimal, dreimal immer wieder auf den Kopf. Sie weint. Blut spritzt ihr ins Gesicht. In ihrem Kopf sieht sie ihren Vater vor sich, wie er sie schlägt, immer und immer wieder. Und sie schlägt zu, wieder und wieder. Horst bewegt sich schon lange nicht mehr. Sein Kopf ist eine undefinierbare Masse.

„Hey!", ruft plötzlich jemand aus der Ferne. Ruby läuft, als wäre der

Teufel hinter ihr her. Das ist er ja auch. Ihr ganz persönlicher Teufel. Nach wenigen Minuten erreicht sie ihren Wagen. Schluchzend versichert sie sich, dass niemand sie beobachtet. Sie zittert und weint. Ihr Kopf schmerzt. Sie wagt es, sich im Rückspiegel anzusehen und erschrickt. Alles ist voller Blut: Stirn, Lippen, Nase. Ob die gebrochen ist? Die Augen rot verweint. *Ich habe ihn umgebracht, er ist tot.* Nicht, dass es ihr leidtun würde, aber es war nicht ihr Plan. Aber was hätte sie tun sollen? Er hätte sie vergewaltigt. Es ist wirklich nicht schade um ihn. Mit einem Feuchttüchlein wischt sie sich vorsichtig das Blut aus dem Gesicht. Dann fährt sie nach Hause und duscht ausgiebig. Eine geschlagene Stunde steht sie unter der Dusche, sieht das Geschehene wieder und wieder in ihren Gedanken passieren. Wie erkläre ich die Verletzungen im Gesicht? *Was sage ich Nils? Das hätte so nicht passieren dürfen. Dennoch hat sich gut angefühlt.* Als hätte sie ihr altes Leben totgeschlagen. All die Jahre, in denen sie sich gegen ihren Vater nicht zur Wehr setzen konnte. Die Jahre, in denen sie seine Gewalt stumm ertragen musste, sie sind vorbei. Heute hat sie ihren Vater zum zweiten Mal ermordet.

31 Nils Freitagnacht

Nils ist soeben mit Ralf am Tatort eingetroffen.

„Was haben wir da?", fragt Nils seinen Kollegen Philip, der schon eine Weile vor Ort ist.

„Horst Kalkhoff, 38 Jahre, wurde brutal erschlagen." Nils hebt die Decke an, die über Horst ausgebreitet wurde.

„Wow, da hat jemand ganze Arbeit geleistet, sein Kopf ist vollkommen entstellt. Sieht für mich nach Rache aus. Jedenfalls steckt da ganz viel Wut dahinter", ist sich Nils sicher.

„Ganz sicher kein Raub", ergänzt Ralf. „So schlägt jemand zu, der wütend ist, der in einen Rausch gekommen ist."

„Raub können wir tatsächlich ausschließen, offenbar wurde nichts gestohlen. Alles noch da. Smartphone, Geldbörse mit 50 Euro Bargeld. Kurios, dass seine Hose offen steht", informiert Philip mit verblüfftem Gesicht.
„Die Hose steht offen?", wiederholt Nils ungläubig.
„Ja, aber er war sturzbetrunken. Kann sein, dass sie nie zu war." Er grinst verlegen. "Er wurde mit einem harten Gegenstand erschlagen, einem Baseballschläger oder Ähnlichem. Wir nehmen an, dass mindestens zwanzigmal zugeschlagen wurde. Der Täter wollte ganz sicher sein, dass er tot ist."
„Verheiratet?", fragt Ralf.
„Ja, wir haben seine Frau bereits informiert. Es ist zwar schon spät, aber ihr könnt noch hin, um sie zu befragen. Sie hat ihr Einverständnis gegeben. Sie wohnt gleich hier um die Ecke in dem Wohnblock."
„Wie heißt sie?", will Nils wissen.
„Sibylle Kalkhoff."
„Dann gehen wir gleich los, komm Ralf."
Frau Kalkhoff erwartet sie schon, öffnet freundlich die Tür und lässt die beiden Beamten eintreten. Sybille weint nicht und hat auch nicht geweint.
„Es tut uns leid, was passiert ist", sagt Nils einfühlsam.
„Danke", erwidert sie knapp. Schüchtern führt sie die beiden Beamten in das Wohnzimmer. Dieses ist kaum eingerichtet, ohne persönliche Gegenstände, kein Schnickschnack, ganz ohne Persönlichkeit. Nils

räuspert sich und fragt vorsichtig:
„Hatte ihr Mann Feinde? Probleme mit irgendwelchen Leuten, die ihm den Tod wünschten?"
„Er hatte Probleme mit vielen Leuten. Er war schwierig, aggressiv, eckte überall an. Aber ich wüsste niemanden Spezifisches."
„Hatten Sie Probleme mit ihm?"
Sie schweigt einen Moment, dann schaut sie Nils an.
„Ganz ehrlich?" Nils und Ralf nicken. „Ich habe ihn gehasst. Ich bin froh, dass ich ihn nie mehr wiedersehen werde. Wenn ich könnte, würde ich mich bei der Person, die es getan hat, bedanken." Nils und Ralf schauen sich erstaunt an. „Er war ein Tier, nein, Tiere sind nicht so. Er hat mich geschlagen, ohne Grund und mit Grund. Wenn das essen zu salzig war, wenn es zu wenig salzig war, wenn es zu kalt oder zu heiß war. Er fand immer einen Grund. Und wenn er Sex wollte, dann holte er ihn sich, ob ich wollte oder nicht. Dabei war er brutal und egoistisch, es ging ihm nur um seine eigene Befriedigung. Ich war ihm egal. Er hatte kein Mitgefühl, mit nichts und niemandem."
Unsicher fragt Ralf: „Wieso haben sie sich nicht getrennt oder Hilfe gesucht?"
„Weil er gedroht hat, mich umzubringen, wenn ich zur Polizei gehe, oder an Scheidung denke. Und glauben sie mir, er hätte es getan. Letzte Woche ging ich erstmals zur Opferhilfe für häusliche Gewalt, um mich zu informieren, was ich tun kann. Aber es war keine große Hilfe. Mir wurde die Flucht ins Frauenhaus angeboten. Aber da hätte er mich gefunden, ganz sicher." Unwillkürlich denkt Nils an Ruby und

ihre Geschichte.
„Wo waren sie heute vor zirka einer Stunde?", fragt Ralf.
„Ich war hier und hatte Angst davor, was er mir heute wohl antun würde. Aber das kann niemand bezeugen, ich war alleine."
„Ganz ruhig", sagt Nils, „wir glauben Ihnen." Ralf schaut ihn an, er scheint nicht so überzeugt zu sein wie Nils. „Wir wollen Sie nicht länger belästigen. Wenn wir noch Fragen haben, melden wir uns."
Sie verlassen die Wohnung.
„Sie hat das perfekte Motiv", meint Ralf.
„Ja, aber sie war es nicht, ich bin mir sicher."
„Aha", sagt Ralf. „Sie hätte tausend andere Möglichkeiten gehabt, ihn umzubringen, als ihm nachts aufzulauern und ihn zu erschlagen. Außerdem sieht es nicht nach der Tat einer Frau aus."
„Ah, wie sieht denn die Tat einer Frau aus?", fragt Ralf interessiert.
„Weiß ich nicht, anders, nicht so."
„Wohl im Moment etwas hormongesteuert, die Kleine macht dich ganz weich."
„Ach du."
„Doch das stimmt, du bist plötzlich so...", er denkt nach... nett."
Nils lacht: „War ich das bisher nicht?"
„Doch, schon, aber immer mit so einer Wolke über dem Kopf; die ist nun weg."

32 Samstag Ruby

Ruby wacht auf. Jeder Zentimeter an ihrem Körper schmerzt. Wie gerädert bleibt sie im Bett liegen, bis sie mutig genug ist, aufzustehen. In ihrem Kopf dreht sich alles. Sofort setzt sie sich wieder. Ihr wird übel, mit schnellen Schritten geht sie ins Bad und übergibt sich. *Wahrscheinlich wieder eine Gehirnerschütterung*, denkt sie besorgt. Das Gesicht, das sie im Spiegel sieht, kann nicht ihres sein. Ihre Lippe ist geschwollen, so wie die Nase, um ihr linkes Auge ist alles blau-violett gefärbt, auf der Stirn präsentiert sich eine Riesenbeule und eine offene Verletzung, die wahrscheinlich genäht werden muss. Die Augen sind rot unterlaufen. *Ich muss zum Arzt*, stellt sie nüchtern fest. *Was soll ich nur sagen? Ich habe einen Mann totgeschlagen, und es lief nicht ganz so, wie ich es geplant hatte. Er hätte nicht sterben sollen, aber er war ein böser Junge, er wollte mich vergewaltigen, also habe ich ihn wie eine Irre niedergeknüppelt, mit dem Schlagstock meiner Oma, die ich sehr lieb hatte. Keiner wird ihm nachheulen. Ich muss zum Arzt, jetzt sofort*. Mit langsamen Bewegungen zieht sie sich frische Sachen an. Dann ruft sie sich ein Taxi. In diesem Zustand möchte sie nicht Auto fahren. *Ich werde erzählen, dass ich überfallen wurde, dass mir jemand ins Gesicht geschlagen hat und ich dann hingefallen bin*. Das Taxi ist in fünf Minuten da. Mitleidig sieht der Taxifahrer sie an.
"Wo soll es hingehen, junge Frau?"

"Martin-Luther-Krankenhaus."
„Gute Idee", erwidert er unnötigerweise. Im Krankenhaus angekommen, fällt der ganze Druck von ihr ab und sie geht sie zu Boden. Eine Krankenschwester kommt angerannt und hilft ihr, sich in einen Rollstuhl zu setzen. Eilig pilotiert sie Ruby zum Notfall. Der behandelnde Arzt, der laut Namensschild Christian Lauterbach heißt, untersucht sie. Er glaubt ihr die Geschichte vom Überfall.
„Wollen Sie Anzeige erstatten?“, fragt er.
„Ich habe nichts gesehen, es ging alles so schnell.“ Nicht gerade behutsam drückt er auf ihrer Stirn herum. *Autsch, das tut weh,* denkt Ruby. Sie versucht nicht laut aufzuschreien.
„Die Wunde an der Stirn muss genäht werden, die Nase geröntgt, sie ist eventuell gebrochen. Die Lippe muss auch genäht werden. Wahrscheinlich haben Sie eine Gehirnerschütterung. Sie sollten die Nacht zur Beobachtung hierbleiben.“
Nicht schon wieder, denkt Ruby. “Nein, ich gehe lieber nach Hause und leg mich einfach hin.“
„Haben Sie jemanden, der nach Ihnen schauen kann?", fragt er fürsorglich.
„Ja, habe ich." Er brummt wieder „Mh.”
„Dann flicken wir Sie mal wieder zusammen. Wollen sie psychologische Betreuung in Anspruch nehmen?“
„Wozu?", fragt Ruby verdutzt.
„Um das Erlebte zu verarbeiten", sagt er mit hochgezogenen Augenbrauen und brummt wieder.

„Nein, danke. Geht schon." *Der Psychotante sagen, dass ich aus einem Mann Hackfleisch gemacht habe? Nein, danke. Ich muss Nils schreiben, dass ich nicht zum Essen kommen kann.* Ihres Erachtens nicht gerade zimperlich näht der Arzt die Verletzungen. Er verlässt den Raum, kommt kurz darauf zurück mit dem Röntgenbild, das er zuvor gemacht hat. „Sie haben Glück." *Wenn er wüsste, wie recht er hat.*

„Ihre hübsche Nase ist nicht gebrochen."

„Dann kann ich jetzt nach Hause gehen?" „Ja, ich würde Ihnen nach wie vor empfehlen, eine Nacht zur Beobachtung hierzubleiben, aber Sie wollen ja nicht. Legen Sie sich in einen abgedunkelten Raum und trinken Sie viel Wasser. Aufstehen nur wenn nötig und auch sonst keine unnötigen Bewegungen.“ Ruby verabschiedet sich, ruft ein Taxi und fährt nach Hause. Dort schreibt sie Nils eine Nachricht.

„Hey“.

„Hey, bin gerade aufgestanden, war eine lange Nacht". *Stimmt, er hatte ja Nachtschicht. War er am Tatort?*

„Ich kann heute Abend nicht essen gehen.“

„Warum?"

„Ich wurde gestern überfallen, als ich rausging, um essen zu holen.“

„Was? Bist du okay?"

„Ich komme gerade vom Arzt, meine Lippe und Stirn mussten genäht werden, außerdem habe ich wieder eine Gehirnerschütterung.“

„Warst du bei der Polizei?"

„Nein, können wir ein andermal weiterreden, ich will schlafen.“

„Ich komme vorbei, in einer Stunde bin ich da.“
„Okay.“

33 Samstagabend

Ruby ist gerade auf dem Sofa eingeschlafen, als Nils keine Stunde später an der Haustüre klingelt. Sie öffnet und fühlt sich schrecklich, der Kopf tut schon wieder weh, und ihr ist speiübel. Morgen wird sie Hipster nicht reiten können. Geschockt bleibt Nils in der Tür stehen.
„Ruby, du siehst... schlimm aus!"
„Danke!"
„Meine Güte, wieso hast du nicht gleich angerufen?"
„Du warst im Dienst, ich wollte dich nicht stören.“
„Ich wäre sofort gekommen.“ Sie glaubt ihm. „Leg dich hin. Willst du etwas essen? Trinken?”
„Nein danke, gerade nicht. Ich leg mich aufs Sofa.“
„Okay, vielleicht kommen wir endlich dazu “The Good Place” zu schauen“. Sie grinst.
„Ganz sicher.“ Er bringt zwei Cola Light aus der Küche und Schokokekse. Nils setzt sich und schaut sie besorgt an.
„Es tut mir so leid.“
„Du warst es ja nicht.“
„Ja, aber du machst gerade so viel durch, und jetzt auch noch das.“
„Geht schon.“
„Du hast geweint”, stellt er fest.

„Ja", erwidert Ruby kurz, um nicht gleich wieder loszuheulen. Der Schock sitzt tief.

„Tut es weh?" *Dumme Frage.*

„Ja, ziemlich sogar."

„Kann ich etwas für dich tun?"

„Sei einfach hier und halte mich fest." Sie weint.

Nils nimmt sie in die Arme und hält sie einfach fest. Aber es ist kein besitzergreifendes Festhalten, es ist ein tröstendes, liebendes Festhalten. "Lass mich nie mehr los", schluchzt sie.

„Ich bringe den, der dir das angetan hat, eigenhändig um, wenn ich ihn erwische", sagt Nils wütend. *Habe ich schon erledigt*, denkt Ruby.

34 Sonntagmorgen

Die Nacht war alles andere als erholsam, zweimal musste Ruby Schmerztabletten nehmen, ihr Kopf drohte zu platzen. Und sie hatte einen Alptraum. Sie hat von diesem Horst geträumt – Er hat sie angeschrien mit seinem zerschlagenen Schädel:

„Ich kriege dich noch, du miese kleine Mörderin!"

Nils steht wie immer früh auf, obwohl er heute frei hat. Er kann nicht anders. Ruby hört ihn im Bad, danach in der Küche. Er kommt ins Schlafzimmer. Ihre Augen sind geschlossen, aber sie weiß ganz genau, dass er sie anschaut. Langsam öffnet sie die Augen.

„Guten Morgen."

„Guten Morgen", erwidert sie.

„Wie fühlst du dich?"

„Besser. Noch etwas erschöpft, aber dem Kopf geht‘s besser. Wahrscheinlich dank den Schmerztabletten. Aber egal, Hauptsache besser."

„Willst du aufstehen?"

„Ja, ich setze mich ein bisschen aufs Sofa." Nils hilft ihr. „Geht schon." Er ignoriert ihren Einwand. Wenn sie steht, kommen die Kopfschmerzen zurück, also hinsetzten oder hinlegen. Erschöpft legt sie sich aufs Sofa.

„Kannst du bitte die Fensterläden herunterlassen, es ist so hell", bittet sie.

Nils lässt die Fensterläden runter, geht dann in die Küche, um Cola Light und Toastbrote zu bringen.

„Siehst echt schlimm aus", bemerkt Nils betroffen. Ihre Wange und die Stirn präsentieren sich in verschiedenen Blau-, Grün- und Violett-Tönen. Wäre es nicht in ihrem Gesicht, fände sie die Farbkombination wunderschön. Die Nähte an der Stirn und an der Lippe sehen brutal aus.

„Wäre ich nur bei dir gewesen, gestern Abend."

Das wäre nicht gut gewesen, denkt Ruby. „Wie war Dein Tag?", fragt sie, um vom Thema abzulenken.

„Wir wurden zu einem Mord gerufen."

„Ah ja? Wo denn?"

„In einer Gasse nahe der Friedrichstraße." *Ups, das war sie.*

„Habt ihr den Mörder?"

„Nein, keine Spur von ihm. Das Opfer war besoffen und laut seiner Frau kein netter Zeitgenosse.“
„Was soll das heißen?", fragt Ruby mit gespielter Neugier.
„Na ja, sie meinte, sie würde sich gerne bedanken bei der Person, die das getan hat.“ *Yes, ich wusste, dass sie froh sein wird. Mission erfüllt, ein Arschloch weniger. Bitteschön, gern geschehen,* denkt sie zufrieden. “Ziemlich krass", sagt sie gefasst.
„Ja, er hat sie wohl oft geschlagen und missbraucht.“
„Arsch."
„Du hättest die Leiche sehen sollen." *Hat sie doch.* „Da hat jemand ganz kräftig zugeschlagen, von seinem Kopf war nichts mehr übrig.”
„Wow, habt ihr schon einen Verdächtigen?"
„Nein, noch nicht. Aber mit Sicherheit ein Mann.”
„Wieso ein Mann?", fragt Ruby erstaunt.
„Der Kopf war Brei, es wurde mindestens zwanzigmal auf ihn eingeschlagen, da war so viel Wut, Kraft und Gewalt dahinter. Ich schreibe das einem Mann zu. Außerdem war der Typ riesig, ein Schrank von einem Mann.“ *Ich habe ganze Arbeit geleistet. Das Teufelsmädchen hat zugeschlagen.*
„Ehrlich gesagt, würde ich den Fall am liebsten abschließen, der Täter hat der Welt einen Gefallen getan.“ Ruby fühlt sich bestätigt. *Sie hat den Täter zum Opfer gemacht und das Opfer zum Täter. Passt schon. Wenn man die Moral und die Gesetze beiseitelässt, war ihre Tat 100 prozentig richtig. Moral ist sowieso überbewertet, eine von Menschen erfundene Sache. Tiere zum Beispiel haben keine Moral. Die wollen*

überleben, und wenn sich da einer blöd in den Weg stellt, wird er kalt gemacht. Und keiner heult rum. Heute muss jeder leben und überleben, leben über alles. Leben ist völlig überbewertet. Nicht jedes Leben sollte denselben Wert haben. Plötzlich fühlt sie sich schlecht, schlecht weil sie gerade neben dem wunderbarsten Mann liegt, den sie je kennengelernt hat und zudem noch Polizist ist. *Was würde er tun, wenn er es wüsste? Sie fallenlassen? Sich vor ihr ekeln? Sie alleine lassen?* Sie hat Angst, Nils zu verlieren, ihn zu verletzen. Besorgt bemerkt sie, wie ihr inneres Kind die Macht übernimmt. Das verletzte Kind, die kleine Ruby, die Rache will. Rache für all die Jahre der Qual, der Ablehnung. Das Kind, das traurig in der Ecke steht, nicht weiß, was es falsch gemacht hat; nicht weiß, was es anders machen kann. Dieses Kind will Rache. Aber sie weiß auch, dass dieses Kind nie genug haben wird. Weil es nie geheilt sein wird. Niemals. Es wird in Ruby weiterleben, verletzt und traurig ihr Leben lang. Ihr läuft eine Träne über die Wange. Schnell wischt sie sie weg.
„Bist du okay?"
Ihm entgeht nichts. “Ja, ich bin nur müde. Du brauchst nicht den ganzen Tag hier zu sein.“
„Ich weiß, aber wenn ich das will?"
„Dann darfst du das.“ Müde fallen ihr die Augen zu, sie schläft erschöpft ein.

35 Sonntagabend

Ruby schläft fast den ganzen Tag, um 19:20 Uhr wacht sie auf, weil sie auf Toilette muss. *Wo ist Nils?* Wankend geht sie ins Bad, ihr ist bisschen schwindelig, aber sie fühlt sich bedeutend besser. Schlafen wirkt Wunder. Das Bad ist frei. Ausgiebig duscht sie und putzt sich die Zähne. Jetzt fühlt sie sich noch besser, geduscht und in frischen Klamotten. Aber wo ist Nils? In der Küche öffnet sie eine Dose Cola Light und setzt sich an den Tisch. Beeindruckt schaut sie sich um. Er hat aufgeräumt. *Sie muss ihn behalten.* Dann wie aufs Stichwort öffnet sich die Haustür.

„Hey, du lebst", sagt er mit seinem wunderschönen Lächeln.

„Ja, mehr oder weniger."

„Du siehst schon bisschen besser aus", bemerkt er.

„Ich fühle mich besser."

„Das ist gut, ich habe etwas zum Essen geholt. Habe mich für Chinesisch entschieden, etwas Leichtes, dachte ich, ist wahrscheinlich besser für dich."

„Oh ja, ich habe einen Bärenhunger."

„Klar, du hast ja den ganzen Tag nichts gegessen." Nils packt aus und platziert das Essen sorgsam auf zwei Teller.

„Voila Chicken Sweet Sour mit Reis."

„Lecker."

„Ich muss dir was zeigen, Ruby". Ihr Herz rast. Hat er etwas gefunden, was er nicht finden sollte? Die blutverschmierten Kleider hat sie weggeworfen und auf den Müll gebracht. Was hätte er sonst finden können, was nicht für seine Augen bestimmt wäre? Ängstlich schaut sie ihn an.
„Das hier lag vor der Haustür", sagt er besorgt und nimmt ein schwarzes Stoffherz aus seiner Hosentasche. Ruby bleibt das Hühnchen im Halse stecken.
„Was soll das? Wer macht sowas?"
„Offensichtlich beobachtet uns jemand immer, wenn du mit mir zusammen bist. Er legt kleine Herzen vor die Tür. Hast du eine Idee, wer das sein könnte?"
„Nein, ich hatte nicht viele Beziehungen. Nur den einen, von dem ich dir erzählt hab, Michael. Aber ich glaube nicht, dass er das war, obwohl ein bisschen komisch war er schon."
„Vielleicht besuche ich ihn mal."
„Meinst du, das wäre eine gute Idee? Was willst du ihm sagen?"
„Nicht viel, ich würde ihn nur darauf ansprechen und sehen, wie er reagiert." Ruby will das Thema wechseln.
„Hattest du eine schöne Kindheit, Nils?" Nils hört einen Moment auf zu kauen, schaut dann verloren auf den Boden. Endlich erwidert er:
„Ich hatte die beste Kindheit, die sich ein Kind wünschen kann, bis ich 10 Jahre alt war."
„Was ist dann geschehen?", fragt Ruby vorsichtig, „willst du darüber reden?"

„Ja, ist schon okay. Ich war mit meinem Vater im Kino, wir schauten "Otto der Außerfriesische". Haben wir gelacht. Es war Abend, so gegen 21 Uhr, vielleicht bisschen später, Freitagabend. Ich hatte Ferien. Das Kino war im obersten Stock eines Einkaufszentrums. Wir benutzten den Aufzug, um in die Tiefgarage zu gelangen. Als die Türen des Aufzugs sich öffneten, stand ein unsympathischer Typ darin. Ich wollte nicht in den Aufzug steigen. Mein Vater drückte meine Hand, er hatte mein Zögern bemerkt. Wir stiegen trotzdem ein. Mein Vater begrüßte ihn freundlich. Wir stellten uns mit dem Rücken zu ihm hin und starrten auf die Leuchtnummern, die anzeigen, in welchem Geschoss man sich gerade befindet.“ *Scheiße, warum habe ich gefragt?*, denkt Ruby. Sie fürchtet sich vor dem, was jetzt kommt. "Der Typ zückte wie aus dem Nichts ein Messer und hielt es meinem Vater an den Hals. Er drückte den Stoppknopf des Aufzugs. Er wollte Geld, war betrunken, er fuchtelte mit dem Messer rum und schrie immer wieder „Geld her, los, oder du bist tot!" Mein Vater sagte: "Tun sie dem Jungen nichts." Ich stand nur da, unfähig mich zu bewegen. Mein Vater holte die Geldbörse heraus und gab sie ihm. Der Typ schaute rein, da waren nur 20 Mark. Da ist er völlig ausgerastet und schrie: "Willst du mich verarschen? Nicht mit mir! Mich verarscht man nicht, verstehst du!" Dann stach er zu. Immer und immer wieder. Mein Vater sank zu Boden. Ich stand da, unfähig zu reagieren. Der Typ schaute mich an und schrie: "20 Mark, der spinnt wohl, das hat er jetzt davon!" Dann drückte er den Knopf, um weiterzufahren. Ich starrte ihn an. Konnte kein Wort sagen. In der Tiefgarage angekommen, rannte er weg. Ich ging zu meinem Vater, sank neben ihm auf die Knie. Er flüsterte: "Nils, ich liebe dich, das ist alles, was du wissen musst." Nils hat Tränen in den Augen, schnell wischt er sie ab. „Er ist auf dem Weg ins Spital gestorben, der Blutverlust war zu groß. Ich habe damals vier Monate lang kein einziges Wort mehr gesprochen. Bis heute setze ich keinen Fuß in einen Aufzug, ich bekomme Panik und drehe total durch.“ Ruby weint jetzt auch und sagt:

„Nils, das tut mir so leid, das ist unsagbar schrecklich." Sie kann ihn vor sich sehen, den kleinen Nils, der sich nicht wehren kann, der dazu verdammt ist, zusehen zu müssen, wie sein Vater niedergemetzelt wird, von so einem Scheißtypen. Auch Nils hat ein kleines kaputtes Kind in sich, das ihn immer wieder an diesen Tag erinnern wird. Aber er wird sich auch an etwas Wunderschönes erinnern: an die Liebe seines Vaters, an dessen letzten wundervollen Worte. Er hat Nils geliebt, und das hat ihn geprägt.

„Damals habe ich den Entschluss gefasst, Polizist zu werden, um die Welt ein bisschen besser zu machen.“ Er lächelt verlegen.

„Und, ist es dir gelungen?"

„Die Welt zu verbessern?", fragt er nach.

„Ja.“

„Ich möchte es gerne glauben." Sie nimmt ihn in den Arm, zusammen schluchzen und weinen sie um die verlorenen Kinder, die in ihnen leben.

„Danke, dass du mir das erzählt hast", flüstert Ruby ihm zu.

„Ich habe es noch nie jemanden erzählt, außer Ralf und Helena." *Jetzt versteh ich auch diese traurigen Augen,* denkt Ruby. *Erst sein Vater, dann seine Frau. Wie schrecklich.*
Nils räuspert sich und wechselt das Thema.
„Ich gehe morgen bei diesem Michael vorbei, hast du seine Adresse?"
„Ja, aber ich weiß nicht, ob er noch da wohnt."
„Ich werde es herausfinden."
Sie kuscheln sich aneinander und sehen sich weitere Teile von "The Good Place" an.

36 Montagmorgen

Nils hat seinen freien Tag heute, und Ruby bleibt noch zu Hause. Bereits am Samstag hat sie ihren Chef informiert, dass sie erst Dienstag wieder zur Arbeit erscheinen wird. Er war nicht begeistert. *Wenn ich so weiter mache, hab ich bald die Kündigung in der Tasche,* denkt Ruby. Nils hat bei ihr geschlafen, was schon normal ist. Zusammen haben sie gefrühstückt und den Tag besprochen. Ruby wird sich nochmals hinlegen und ausruhen. Später wird sie sich wieder bei der *Opferhilfe für Opfer häuslicher Gewalt* einhacken und sich ein bisschen umsehen. Nils muss noch ein paar Dinge erledigen und sein Auto beim TÜV vorführen. Ruby bezweifelt, dass die Kiste durchkommt. Danach geht er Michael besuchen; mal sehen, was der zu sagen hat.

37 Montagnachmittag

Lustlos hat sich Ruby mittags einen Salat zubereitet, sie wird sicher bald wieder Hunger haben. Für sie ist Salat Futter für Kaninchen und Meerschweinchen. Aber sie hatte nichts außer einem halbwelken Kopfsalat im Kühlschrank. *Wer hat den überhaupt gekauft?* Aber sie hat keine Lust rauszugehen, um sich etwas zu essen zu holen. Also kaut sie lustlos auf dem „Futter" herum und ist froh, dass wenigstens die Sauce lecker schmeckt. Dann holt ihren Laptop hervor. Flink hackt sie sich in die Seite der Opferhilfe ein, es geht schon fast automatisch, die anfänglichen Gewissensbisse sind verflogen. Sie hat sich schöngeredet, was sie tut, und fühlt sich als Retterin der Erniedrigten und Misshandelten. Leute, die Menschen, die sie lieben sollten, schlagen, missbrauchen und demütigen, werden sich nie ändern. Und verdienen es nicht, zu leben. Konzentriert klickt sie sich durch die Akten. Eine springt sie besonders an, neu hereingekommen am Freitag. Laut liest sie: „Julia Richter, 28 Jahre, verheiratet seit 9 Jahren mit Markus, 32 Jahre. Sie haben eine 7-jährige Tochter, Jennifer. Sie wurde vor zwei Monaten in die Obhut des Jugendamtes gegeben, da der Verdacht bestand, dass Markus Richter das Kind wiederholt geschlagen hat. Die Mutter ist regelmäßig Opfer seiner Gewaltausbrüche und hat bei der Opferhilfe Unterstützung gesucht. Ihr wurde angeboten, in ein Frauenhaus zu ziehen. Julia Richter will nur weg von ihrem Mann und vor allem ihre Tochter zurück. *Keine*

Angst, Julia, ich werde dir helfen. Du wirst deine Jennifer bald wieder in den Armen halten, denkt Ruby. Mit ihrem pinken Lieblingsstift schreibt sie die Adresse auf. Morgen Abend nach der Arbeit soll der Angriff stattfinden. Wie immer erst beobachten und wenn sie Glück hat... Bäng! Zuerst sucht sie wieder die Facebook-Profile der beiden, diesmal ist es einfach. Schnell findet sie das Profil von Julia Richter. Und bei Information hat sie netterweise geschrieben: Verheiratet mit Markus Richter. Sie klickt darauf und – schwups – ist sie auf seinem Profil. Es ist „privat“. Sie kann nur zwei Bilder sehen und einige geteilte Beiträge. Ruby hasst geteilte Beiträge; sie löscht Freunde, die nur Beiträge von anderen teilen. Im wahren Leben sind das Menschen, die immer nur Geschichten von anderen weitergeben, wahrscheinlich weil ihr eigenes Leben zu langweilig ist. Markus sieht stinknormal aus. Schlecht rasiert, ein Leck-Mich-Gesicht ohne Träume, ohne Erwartungen, ohne Ausstrahlung. Kurze braune Haare, braune gelangweilte Augen, ein bisschen speckig. „Wir sehen uns“, flüstert Ruby.

38 Montagabend

Nils ist durch den TÜV gerasselt, also nicht er, sondern sein heiß geliebter Honda Civic. Das linke Stopp-Licht und der linke Blinker funktionieren nicht. Und das als Polizist, peinlich. Er fährt zur Adresse von Michael, Rubys Ex-Freund, der sie, wenn er es richtig verstanden hat, zu sehr geliebt hatte. *Wie viel Liebe ist zu viel Liebe?*, fragt er sich.

Was zwischen ihm und Ruby läuft, ist außergewöhnlich. Er fühlt sich so stark zu ihr hingezogen, nicht nur sexuell, sondern auch und vor allem zu ihrer Persönlichkeit. Ruby hat es nicht leicht, sie trägt die Lasten ihrer Kindheit mit sich herum. Und manchmal hat er das Gefühl, dass diese Lasten sie zu erdrücken drohen. Er hat auch bemerkt, dass sie Komplimente kaum annehmen kann, dass sie alles selber machen will; es fällt ihr schwer, Hilfe anzunehmen oder jemanden um Hilfe zu bitten.
Nach 15 Minuten Autofahrt kommt Nils bei Michaels Wohnadresse an. Ein kleines schmuckes Haus außerhalb Berlins. *Hübsch*, denkt er. Ein KIA SUV parkt vor der Haustüre. *Okay, dann mal los*. Er klingelt. Nichts, es rührt sich nichts. Er wartet einige Sekunden, klingelt dann erneut. Als er wieder gehen will, öffnet sich die Haustür. Das muss Michael sein, der da mit nassen Haaren, Trainerhosen und nacktem Oberkörper vor ihm steht. Er ist groß, gut gebaut, dunkle, kurzgeschnittene Haare, braune wache Augen. Für ein paar Augenblicke steht die Welt still, sie starren sich nur an. Der Ex und der Neue, welch groteske Situation. Als Nils etwas sagen will, entspannt sich das Gesicht von Michael, und er sagt: „Nils Kramer". Er spricht den Namen seltsam aus, mit langem zischenden s und langem rollenden r. Nils guckt ihn verdutzt an und weiß für einen Moment nicht, was er sagen soll. „Was für eine schöne Überraschung. Der neue Lover der kleinen Ruby. Sie sehen aus der Nähe noch viel besser aus. Also Geschmack hat die kleine ja, das muss man ihr lassen." Er sieht Nils mit einem fast anzüglichen Blick an. Der fühlt sich sichtlich

unwohl. „Die kleine Ruby, die ihren Vater durch einen tragischen UNFALL...", er spricht Unfall aus, als würde er das Wort in Anführungszeichen setzen, „... verloren hat und jetzt hat sie einen attraktiven Polizisten an ihrer Seite." Wieder schaut er Nils mit diesem gierigen Blick an. „Der Tag und Nacht bei ihr ist." Nils hat mit allem gerechnet, aber nicht damit, dass der Typ gar kein Geheimnis daraus macht, dass er Ruby beobachtet. „Lieben Sie Ruby, Herr Kramer?" Nils schweigt. „Passen Sie auf, lieben Sie sie nicht zu sehr, das mag sie nicht. Vielleicht gefällt es ihr besser, wenn man sie ein bisschen härter rannimmt. Ist es das? Schlagen sie Ruby? Ist es das, was sie braucht, um sich geliebt zu fühlen? Die Sprache kennt sie." Nils kocht vor Wut, er muss sich kontrollieren, damit er dem Kerl die Faust nicht mitten ins Gesicht schlägt. „Hören Sie mal zu, lassen Sie Ruby in Ruhe. Ihr Leben geht Sie nichts mehr an. Was sie tut und mit wem, ist ihre Sache. Sollten ihre "Besuche" nicht aufhören, werde ich alle Hebel in Bewegung setzen, dass Sie mächtig Probleme mit der Polizei bekommen."

„Oh, jetzt machen Sie mir aber Angst", sagt Michael mit gespieltem Entsetzen.

„Wenn Sie wüssten, auf was Sie sich eingelassen haben, lieber Nils." Nils kraust die Stirn, er ignoriert seine Worte und wiederholt: „Ich möchte Ihre lächerlichen Herzen nicht mehr sehen, verstehen Sie?" Er holt die Stoffherzen aus seiner Jackentasche und wirft sie Michael vor die Füße.

„Das tut jetzt aber meinem Herzen weh, Geschenke gibt man nicht

zurück", sagt er und blickt gespielt traurig auf die vor ihm liegenden Herzen. „Suchen Sie sich eine andere, der Ihre Liebe nicht zuwider ist." Nils dreht um und geht zum Auto. Michael schaut ihm nach. Als er abfährt, winkt Michael ihm nach wie einem alten Freund. *Der hat ja einen Knall, total durchgedreht. Wie konnte Ruby mit dem zusammen sein?* Nils schüttelt den Kopf.
Er hält an einer Tankstelle und schreibt Ruby eine WhatsApp.
„Hallo, bist du zu Hause? Lust auf mich?" Die Antwort kommt prompt.
„Ja, natürlich." Er lächelt und fährt Richtung Tempelhof.

39 Später

Ruby erwartet Nils mit zwei Cola Light und Schokokeksen vor dem Fernseher. Er küsst sie vorsichtig zur Begrüßung. Er riecht gut, wie immer.
„Und wie war es? Erzähl", fragt sie neugierig.
„Seltsam", sagt er knapp.
„Weshalb seltsam?"
„Er hat nichts abgestritten. Er wusste genau, wer ich bin. Ich wusste gar nicht, wie reagieren.“
„Echt? Ist ja krass, dann war er es wirklich?", staunt Ruby.
„Ja, und er meinte, ich wisse ja nicht, auf was ich mich mit dir eingelassen habe. Was meint er damit, Ruby?" Nils schaut sie ernst an.

Ruby hasst es. Sie runzelt die Stirn.

„Keine Ahnung, was er damit meint." *Seltsam, was meint er damit?*

„Mh, na ja, der Kerl scheint echt einen an der Waffel zu haben. Ich habe ihm gesagt, dass er dich in Ruhe lassen soll, sonst wird er Probleme mit der Polizei bekommen. Mal sehen, ob es wirkt."

„Mein Held", schmunzelt Ruby.

Nils schaut sie ernst an: „Ruby, du kannst mir alles erzählen, okay? Du brauchst keine Angst zu haben. Ich glaube, es gibt nichts, was meine Liebe zu dir trüben könnte. Ich will, dass du das weißt, ich werde dich nicht ablehnen, egal was ist." *Oh, Nils, wenn du wüsstest*, denkt Ruby, *es wäre so schön, ihm alles zu erzählen, zu sagen, dass sie es war, die dem Typen auf der Straße den Schädel zu Brei geschlagen hat, die ihren Vater ermordet und einen anderen Widerling auf der Straße niedergeschlagen hat. Ich glaube nicht, dass du das hören willst, Nils Kramer.*

„Danke Nils, ich weiß das zu schätzen."

„Ich liebe dich, kleine verrückte Ruby." Er küsst sie.

Verrückter, als dir lieb ist, denkt sie und erwidert seinen Kuss.

40 Dienstag

Der Dienstag ist ereignislos abgelaufen. Nils verlässt die Wohnung um 8:00 Uhr morgens, da er noch einiges erledigen muss. Er hat heute Nachtschicht, Dienstbeginn ist erst um 20 Uhr. Ruby beginnt um 9:00 Uhr mit ihrer Arbeit. Ihr Gesicht sieht noch etwas mitgenommen aus.

Heute in der Mittagspause geht sie zum Arzt, damit er ihr die Fäden zieht. Dann sieht sie sicher wieder etwas ansehnlich aus.
Bei Nils gibt es noch nichts Neues, was den Mord an dem Betrunkenen betrifft. Er hat auch keine Lust, sich damit zu befassen. Er findet es ganz okay, dass der Typ ins Jenseits befördert wurde. Keiner im Revier scheint Interesse an dem Fall zu haben. Es gibt auch genug anderes zu tun.
Nach Feierabend sucht Ruby die Wohnadresse von Julia Richter. Sie wohnt an einer hübschen Seitenstraße mit einer mittig angelegten Baumallee. Es wirkt ländlich, ist aber mitten in der Großstadt. Das Haus liegt ideal zum Beobachten. Es ist Dienstag. Sie vermutet, dass Markus nicht aus der Wohnung geht. Aber sie wartet und surft im Netz. Ding-Ding. Nachricht auf WhatsApp.
„Ich rufe schnell an. Okay?" *Was will Nils?* Da klingelt es schon.
„Hey, alles klar?"
„Ja, alles klar. Bei dir?"
„Ja, auch, ich wollte dich etwas fragen." *Jetzt kommt's,* denkt Ruby ängstlich. „Eine Kollegin hat morgen Geburtstag, sie hat uns alle eingeladen. Ich mag eigentlich gar nicht hingehen, aber na ja, soziale Kontakte pflegen und so... lange Rede kurzer Sinn... kommst du mit?"
„Ahm, Morgen?"
„Ja, 20 Uhr", sagt er erwartungsvoll.
„Mhh ja, klar, ist okay."
„Super, ich freue mich."
„Ja."

„Bis morgen. Ich liebe dich.“ Nils beendet den Anruf.
"Bis morgen." Sie lacht. *Ich hasse Geburtstage von Menschen, die ich nicht kenne. Small Talk, haha und hihi, und alle sind froh, wenn sie wieder allein sind. Na ja, ich werde es überleben. Zum Glück sind die hässlichen Fäden draußen, außer ein bisschen blau und grün sehe ich fast wieder normal aus, und dafür gibt es Schminke.* Es ist schon 22 Uhr, noch nichts passiert. *Soll ich wieder nach Hause gehen? Ich warte noch ein bisschen. Hunger, Mann, hab' ich Hunger,* denkt Ruby. Um 22:44 Uhr, sie kann es kaum glauben, kommt der sehnsüchtig erwartete Markus aus der Tür gestürmt. *Ups, der hat es ja eilig.* Ruby steigt schnell aus dem Wagen aus, zieht sich sorgsam die Kapuze über den Kopf, vergewissert sich, dass Omas Schläger dabei ist und geht los. Die Straßen sind leer, klar an einem Dienstagabend. Aber wo stürmt er denn hin? Er verschwindet in einem Hauseingang drei Straßen weiter. *Mist, schon wieder warten.* Sie muss sich nur drei Minuten gedulden, schon stürmt er wieder aus dem Haus. *Drogen? Geld?* Unauffällig folgt sie ihm und nähert sich leise, noch einen Schritt, noch einen, sie spürt die Halsschlagader im Hals pochen. *Ruhig, Ruby, tief atmen, 3, 2, 1,* mit voller Kraft schlägt sie zu. Peng! Markus geht zu Boden wie ein nasser Sack. Da liegt er und wimmert. Ohne ihn zu kennen, hasst sie ihn. Was sie von ihm weiß, ist genug, um ihn zu hassen. Sie flüstert: „Das ist für Julia." Peng! „Und das für Jennifer.” Peng! Und nochmal, sie schlägt nochmal und nochmal. Es tut gut, sie schlägt sich ihre Kindheit aus dem Kopf. Die kleine Ruby ist ganz still und staunt, dass sich endlich jemand auf ihre Seite stellt.

Ruby schaut auf Markus hinab. Sie hat es geschafft, vom Kopf ist nichts mehr zu erkennen, er ist tot. Total und komplett tot. *Ein Arschloch weniger, bitte Welt, gern geschehen.* Atemlos rennt sie weg. Sie läuft eine extra Runde, nicht direkt zum Auto, sollte jemand sie beobachtet haben. Nachdem sie sicher ist, dass die Luft rein ist, steigt sie in ihren Audi TT Herkules. Sie dreht die Musik voll auf, packt die schmutzigen Sachen in einen Abfallsack, fährt 20 Kilometer und entsorgt den Abfall in einer Mülltonne weit weg vom Tatort. *Das lief ja perfekt. Sie wird noch zum Profi. Ein Naturtalent.* Sie grinst. Beim Italiener holt sie sich eine Pizza zum Mitnehmen. Zufrieden und erschöpft geht sie nach Hause. Sie fühlt sich befreit, mit Kopfschmerzen, aber glücklich.

41 Mittwochfrüh

Nils wird und Kollege Ralf werden zu einem Tatort gerufen. Mord mitten auf der Straße. Nach kurzer Autofahrt erreichen sie den Tatort. Es sind schon einige Kollegen vor Ort, unter anderem Philipp, der auch das letzte Mal bereits als Erster am Tatort war.
„Hallo Kollegen!", ruft er schon von Weitem.
„Hallo, Philipp, was gibt's?", fragt Ralf neugierig.
„Mh, wie letzte Woche. Der Mann wurde auf brutalste Art und Weise erschlagen. Der Kopf wurde zu Brei geschlagen. Wieder um die

zwanzig Schläge. Er wurde wohl von hinten überrascht, es gab mit großer Sicherheit keinen Kampf. Und... keiner hat was gesehen oder gehört."

„Glaubst du, es war derselbe Täter?", fragt Nils.

„Ich denke, ja.“

„Habt ihr schon Angehörige ausfindig gemacht? Frau, Mutter...?"

„Ja, er lebt nur 100 Meter von hier mit seiner Frau. Vielleicht wollt ihr gleich vorbeigehen, wir haben sie noch nicht informiert. Sie heißt Julia Richter.“

„Ja, danke", sagt Nils grimmig. Er hasst es, Hiobsbotschaften zu überbringen. Es ist das Schlimmste an seiner Arbeit, zu sehen, was in den Gesichtern der Hinterbliebenen kaputt geht – in Sekunden altern sie um Jahre.

„Also wer sagt es ihr?" Sie machen Schere – Stein – Papier vor der Haustür. Papier frisst Stein. Nils verliert. Er klingelt, er klingelt noch einmal.

„Wahrscheinlich schläft sie", befürchtet Nils.

„Ja, ziemlich sicher sogar", erwidert Ralf und klingelt erneut. Da öffnet sich die Tür zaghaft. Eine junge Frau steht dahinter. Sie trägt ein blaues T-Shirt und schwarze Boxershorts. Verwirrt schaut sie die Beamten an.

„Sind sie die Frau von Markus Richter?"

„Ja", sagt sie und schaut erst Nils, dann Ralf an, als ob sie in deren Gesichtern sehen könnte, was geschehen ist.

„Ist Jennifer etwas passiert?", will sie mit zitternder Stimme wissen.

„Wer ist Jennifer?", fragt Nils verwirrt.
„Meine Tochter, sie lebt nicht bei uns."
„Nein, ihrer Tochter geht es gut, nehme ich an. Wir sind nicht wegen ihr hier, sondern wegen Ihrem Mann. Es tut mir leid, Ihnen mitteilen zu müssen, dass Ihr Mann einem Gewaltverbrechen zum Opfer gefallen ist."
„Was?" Ihr Blick ändert sich, ungläubig schaut sie die beiden an. „Was ist passiert?"
„Er wurde nur hundert Meter von hier erschlagen, es tut uns leid", sagt Nils und weiß nicht, wohin er schauen soll.
„Er ist tot?"
„Ja." Nils und Ralf schauen sich ratlos an, als ein Lächeln über Julia Richters Gesicht huscht. *Jeder hat seine ganz eigene Art, mit Trauer umzugehen*, denkt Nils verwirrt.
„Können Sie sich vorstellen, wer das getan hat?", will Ralf wissen.
„Es können viele gewesen sein, er schuldete einigen dunklen Gestalten Geld, und mit Drogen hatte er auch zu tun."
„Wie war Ihr Verhältnis zu Ihrem Mann?", fragt Ralf ernst.
„Wollen Sie die Wahrheit?"
„Natürlich", erwidert Nils und hat eine Art Déjà-vu.
„Ich hasse", sie korrigiert sich „hasste ihn. Er hat mich geschlagen und missbraucht, hat seine Launen an mir ausgelassen. Wegen ihm wurde mir meine kleine Tochter weggenommen. Weil das Amt sie schützen wollte."
„Jennifer", fügt Nils hinzu.

„Ja, Jennifer. Er hat auch sie geschlagen. Es ist ihrer Lehrerin aufgefallen. Sie hat das Amt benachrichtigt und mir wurde die Kleine weggenommen.“

„Gut gemacht", sagt Nils. Julia schaut ihn verächtlich an.

„Ich war bei der *Opferhilfe für Opfer häuslicher Gewalt*. Die boten mir an, ins Frauenhaus zu gehen. Das wollte ich nicht. Ich wollte meine Tochter zurück. Der einzige Ausweg wäre Scheidung oder", sie ergänzt leise, „er stirbt.“

„Wann waren sie bei der *Opferhilfe*?", fragt Nils.

„Nur einmal am Freitag.“

„Ist Ihnen jemand aufgefallen, ein Mann, der da nicht hingehörte, der sie beobachtete?"

„Mir ist niemand aufgefallen. Ich war allein mit der Beraterin."

„Wir werden vielleicht noch weitere Fragen haben und wären froh, wenn wir auf Sie zurückkommen dürfen.“

„Ja, natürlich." Sie wirkt gelöst, ja, beinahe glücklich.

„Auf Wiedersehen.“

„Die *Berliner Opferhilfe für häusliche Gewalt* ist die Übereinstimmung mit dem letzten Fall", bemerkt Nils.

„Ja, meinst du ein Mitarbeiter oder eine Mitarbeiterin?", fragt Ralf. Die Kollegen müssen morgen früh sofort hinfahren, und sich umsehen. Ralf und Nils kehren zurück zum Einsatzwagen. Es ist 05:30 Uhr. Nils ist todmüde, muss aber noch zweieinhalb Stunden durchhalten.

„Willst du einen Donut?", will Ralf wissen.

„Einen Donut?", fragt Nils.
„Ja, willst du oder nicht?"
„Totales Klischee, nicht?", grinst Nils, „Polizisten, die Donuts essen."
„Willst du denn nun einen Donut oder nicht?" Ralf verliert langsam die Geduld.
„Hast du denn welche?"
„Würde ich fragen, wenn ich keine hätte?" Ralf rollt mit den Augen.
„Wer weiß, was hast du für welche?", will Nils wissen.
„Schoko, Karamell und Nutella."
„Nutella ist Schoko", glaubt Nils zu wissen.
„Wo bist du denn aufgewachsen? Nutella ist Nuss, nicht Schoko!"
„Im Ernst?"
„Todernst".
„Na, dann ein Nuss-Donut." Ralf schüttelt den Kopf und gibt Nils einen Nutella-Donut.
„Was hältst du von dem Mord?", will Nils wissen.

„Jemand scheint eine ziemliche Wut auf Männer zu haben, die ihre Frauen misshandeln", antwortet Ralf mit vollem Mund.
Nils versucht zu ignorieren, dass er mit vollem Mund spricht. „Sieht ganz so aus, irgendwie sympathisch", findet Nils.
„Na ja, ich weiß nicht. Das ist jetzt der dritte Fall dieser Art", stellt Ralf fest.
„Dritte?", wiederholt Nils verwundert.
„Ja, alles hat mit deiner Kleinen angefangen. Mit dem Tod ihres Vaters."

„Das war doch ein Unfall." Nils denkt nach, aber ihm fallen die Augen zu. Sein Partner schaut ihn an und lacht.

42 Mittwochabend

Ruby ist auf dem Weg von der Arbeit nach Hause. Wenn sie ehrlich ist, will sie jetzt nicht mit Nils auf diesen Geburtstag gehen. Aber zu spät, um abzusagen, das wäre ihm gegenüber unfair. Heute wurde sie von ihrem Chef David ins Büro zitiert. Erst fragte er fürsorglich nach ihrem Wohlbefinden, um gleich danach zu erklären, dass es so nicht weitergehen könne. Dass Grafik 4 you ein kleines Unternehmen sei und er es sich nicht leisten könne, dass jemand innerhalb eines Monats ganze zwei Wochen nicht zur Arbeit erscheint. *Was für ein Arsch*, dachte Ruby, als ob sie es absichtlich machen würde. *Absichtlich vom Pferd fällt, um sich danach von einem Riesengorilla niederknüppeln und fast vergewaltigen zu lassen.* „Ich werde mir Mühe geben, dass es nicht mehr vorkommt", versprach Ruby und kam sich ziemlich blöde dabei vor.
Aber jetzt ist sie zu Hause, hat geduscht und sich schnell ein Brot geschmiert. Butter mit Brot, wie sie es liebt. In einer Stunde holt Nils sie ab. Ruby findet, dass sie nicht immer alles wissen muss, weniger ist manchmal mehr. *Was soll sie bloß anziehen?* Ruby öffnet den Kleiderschrank. Na ja, zumindest was die Hose betrifft, wird die Auswahl nicht schwierig sein. Jeans, wohin das Auge reicht. Also Jeans und eine Bluse. Die Entscheidung fällt auf eine weiße Bluse mit

roten Herzen. Frech und doch klassisch. Schuhe? *Oh, sie hat nur Turnschuhe und Western Boots. Na ja, warum nicht?* Sie sucht die schönsten Western Boots aus und zieht sie an. *Yeah, auf wundersame Weise 4 Zentimeter größer*. Jetzt das Make-up. Vor allem die Beule an der Stirn ist blauer, als erwartet. Großzügig schmiert sie Schminke drauf, bis nur noch ein schwaches blau durchschimmert. Perfekt. Kaum fertig, klingelt es auch schon an der Tür. Da steht er, ihr Traummann. Manchmal kommt das Licht nicht von da, wo du es erwartest.

„Hallo", sagt er mit seinem unwiderstehlichen Lächeln, „hübsch siehst du aus."

„Danke, du auch." *Er sieht immer hübsch aus. Wenn er schläft, wenn er spricht, wenn er isst, wenn er trinkt, wenn er Auto fährt, selbst wenn er gähnt*. Ruby ist froh, dass auch er nicht overdressed ist: Jeans, Turnschuhe, diese Retroteile und ein schwarzes Hemd. „Wollen wir los?"

„Ja", sagt sie, würde sich aber am liebsten auf den Boden legen und streiken.

Nach 15 Minuten Autofahrt kommen sie an. Nils hält ihre Hand, während sie die Treppen zur Wohnung in den vierten Stock hinaufsteigen. Man hört schon laute Musik und fröhliche Stimmen, Gelächter und angeregte Unterhaltung. Sie wusste nicht, dass Polizisten laute Musik hören. Ruby fühlt sich mit jedem Schritt unwohler, und bereut mit jedem Atemzug mehr, dass sie zugesagt hat. Sie setzt sich nicht gerne der öffentlichen Bewertung aus. Jeder wird

über sie reden, sie bewerten und sich eine Meinung bilden, ob sie gut genug ist für Nils. Ruby hasst es. *Reiß dich zusammen, du bist erwachsen, benimm dich gefälligst auch so*, versucht sie sich selber zu überzeugen.
„Bereit?", fragt sie Nils vor der Tür stehend. Ruby nickt, er klingelt kurz, und sie treten ein. Es sind schon viele Leute da, viel zu viele. Ralf kommt auf sie zu.
„Wir kennen uns ja schon", lächelt er Ruby zu. „Schön, dass du gekommen bist."
„Ja." Mehr geht ihr nicht über die Lippen. Noch einer nähert sich ihr, ein großer schlaksiger Typ mit Brille und schrägem Mund. Ruby kann nicht wegsehen und muss sich zwingen, seinen schiefen Mund nicht nachzuahmen.
„Na, Nils, stellst du mir deine hübsche Begleitung vor?", fragt er lächelnd.
„Ruby, das ist Fred, unser Computerspezialist. Fred, das ist Ruby, meine Freundin." Er betont Freundin. *Computerspezialist war ja klar,* denkt Ruby.
„Oh schade, ich hatte mir schon Chancen ausgerechnet.“ *Niemals,* findet Ruby.
„Hau ab", sagt Nils scherzhaft zu ihm. *Ich hasse es, durchatmen und lächeln, immer nur lächeln, das wird schon.*
„Da kommt das Geburtstagskind", sagt Nils und geht auf eine Blondine zu. Ruby erkennt sie sofort, die Blonde mit den dummen Augen aus Facebook. Nils gratuliert ihr mit einer innigen Umarmung,

zu innig, findet Ruby. *War da gerade ihre Hand an seinem Arsch?*", fragt sie sich und ist fassungslos. Die blonde Dumme schaut arrogant auf Ruby runter. Die Frau ist riesig, fast so groß wie Nils. *Ist das ein Kerl oder was?*

„Hallo, und du bist?"

„Das ist Ruby, meine Freundin. Ruby, das ist Christina." *Und Christina ist wer*?

„Hallo", sagt sie schüchtern, viel zu schüchtern. Wie ein kleines Kind fühlt sie sich und droht zu versinken. Sie geht unter, wird verschluckt, die kleine Ruby übernimmt die Kontrolle. Und da ist ihr Vater, der ihr zuflüstert:

„Das sind Menschen, die es zu etwas gebracht haben, sie sind etwas und können etwas, du bist nichts und kannst nichts.“ Ruby schließt die Augen. *Nicht jetzt, nicht jetzt scheiße, scheiße, scheiße, komm schon. Du bist Ruby Bergmann, und du bist erwachsen. Dein Vater ist tot, und du bist nicht nichts. Auch du hast es zu etwas gebracht, also reiß dich zusammen.*

„Ruby, Ruby", hört sie plötzlich die Stimme von Nils. Er steht vor ihr und schaut sie fragend an.

„Geht es dir gut?"

„Ja, geht schon, ich muss nur schnell auf Toilette. Wo finde ich die?" Nils erklärt es ihr, und Ruby verschwindet erleichtert hinter den sicheren Wänden. *Reiß dich zusammen. Hey, Moment mal, Nils wusste, wo die Toilette ist. Also ist er nicht zum ersten Mal hier. Bin ich etwa eifersüchtig? Oh ja, verdammt und wie. Ich würde der*

dummen Riesenfrau am liebsten die Augen auskratzen, denkt Ruby. Sie öffnet die Tür zum Bad und wäscht sich am Waschbecken die Hände. Ihre Stirn pocht. Als ob da jemand raus wollte. Unbemerkt stellt sich Christina, die Blonde mit den dummen Augen, neben sie. Ruby zuckt zusammen: "Hab' ich dich erschreckt, Kleines?" *Ich erschrecke immer, wenn ich Riesen sehe*, denkt Ruby feindselig.
„Na, wie läuft es denn mit Nils?", fragt die blöde Kuh neugierig.
„Perfekt", erwidert Ruby kurz. Sie konzentriert sich auf ihr Spiegelbild.
„Heißer Kerl, huh, gut im Bett." Sie schaut Ruby dämlich grinsend an. Ruby merkt, wie ihr die Röte ins Gesicht steigt, ihr Blutdruck erhöht sich ins Unermessliche. Immer noch wäscht sie sich die Hände. Die Blonde fährt fort.
„Wir waren drei Monate zusammen, leidenschaftliche drei Monate, wir waren eigentlich nur im Bett und hatten wilden Sex auf jede erdenkliche Art", kichert sie. *Halt die Schnauze, halt die... Schnauze,* sagt Ruby still zu sich selber.
„Ich habe Schluss gemacht, weil er einfach zu romantisch war, furchtbar romantisch. Er hat mir lange nachgeheult.“ *Ja, bestimmt.* Nun schaut die Blonde Ruby von oben nach unten und wieder zurück an. „Bist du nicht viel zu jung für ihn?" Ruby hat schon lange den Kampf gegen die kleine Ruby verloren, steht stumm und verloren da, wartet einfach nur darauf, dass es vorbei ist.
„Wie alt bist du denn?" *Das geht dich nichts an, du dämliche Kuh.*
„Sag schon: 25? 26?"
„38", antwortet Ruby schnippisch. Die Blonde zieht die Augenbrauen

hoch.
„Wow, sag mir bitte, welche Gesichtscreme und Pflegeprodukte du benutzt, ich habe dich echt viel jünger geschätzt." Sie reißt die Augen erstaunt auf und sieht dabei noch dümmer aus.
„Gute Gene", erwidert Ruby und stürmt aus dem Bad an Nils vorbei und raus aus der Haustür. Mit großen Schritten eilt sie die Treppen hinunter, hinaus an die frische Luft. Draußen entdeckt sie eine Sitzbank und setzt sich dankbar hin. *Ich fühl' mich betrogen und alleine. Warum hat er mich nicht vorgewarnt? Wollte er mich vorführen? Was sollte das? Hat meine Mutter am Ende doch recht? Es gefällt ihm, Sex mit viel jüngeren Frauen zu haben.* Tränen kullern aus ihren Augen, sie fühlt sich hundeelend, alleine und verlassen fühlt. Plötzlich spürt sie eine vertraute Hand auf ihrer Schulter.
„Hey, was ist los?", fragt Nils einfühlsam. Er setzt sich neben Ruby und legt seinen Arm um sie.
„Was ist passiert?"
„Ich kann das einfach nicht, ich kann mich nicht wie eine normale Erwachsene benehmen, es tut mir leid."
„Was redest du denn da?"
„Ich kann mich nicht wehren, ich fühl mich nicht wohl, ich erstarre und falle in mich zusammen. Du kannst ja mit der Blonden den Abend verbringen, wäre ja nicht das erste Mal." *Aha, sie ist eifersüchtig,* denk Nils ungläubig.
„Bist du eifersüchtig". *Nein, ich bin nicht eifersüchtig, ich würde die dämliche Blonde am liebsten in tausend Stücke schneiden.*

„Ja, entschuldige bitte, du hättest mich auch vorwarnen können, du hast mich einfach ins Messer laufen lassen. Die dämliche Kuh hat mir von euren Sexabenteuern erzählt, und wie gut du im Bett bist, dass sie dich verlassen hat, weil du zu romantisch bist und du ihr monatelang nachgeheult hast." Jetzt weint sie und weint und kann einfach nicht aufhören. Ruby weiß nicht, was gerade in ihr passiert. Es ist, als ob alles zerbricht. Das ganze Vertrauen, das sie in Nils hatte. Da ist nichts mehr, nur noch Zweifel. Sie fühlt sich benutzt und belogen.
„Ruby, hör mal, ja, ich war mit Christina zusammen, zwei Wochen, und es waren die schlimmsten zwei Wochen meines Lebens."
„Ja klar, das hätte ich jetzt auch gesagt."

„Sie ist verrückt, sie hatte mit allen Kollegen auf dem Revier etwas laufen."
„Ah ja, und weil du sie so blöd findest, gehst du an ihre Geburtstagsparty und lässt dich von ihr am Arsch begrapschen". Ruby schaut ihn herausfordernd an.
"Ruby, bittc, sie ist einfach so. Aber abgesehen davon ist sie eine nette Kollegin."
"Ja, das sehe ich, nett." Ruby schaut ihn mit ihren verweinten Augen an.
„Wenn ich nur dein kleines niedliches Betthäschen bin, Nils, dann sag es mir bitte. Weil das will ich nicht."
„Du machst dich gerade selber fertig, es ist nichts passiert. Ich liebe dich und niemand anderen. Bitte glaub' mir das."
„Und wie viele Christinas hattest du denn in den letzten Jahren, nur

damit ich mich auf die nächste Begegnung einstellen kann." Nils bleibt stumm. „So viele? Muss ich mir Gedanken machen?" Ruby ist wütend und traurig, genervt, enttäuscht – alles gleichzeitig.

„Ich will ehrlich sein, Ruby". *Oha. Jetzt kommt's.* Nils fährt fort. „Nach dem Tod meiner Frau war ich nicht wählerisch. Ich brauchte Ablenkung, und ich dachte, es hilft."
„Indem du jede flachlegst, die dir in die Quere kommt?"
„Ja, genau Ruby. Ich versuchte, die Leere in mir mit der Liebe der Frauen zu füllen. Auch wenn es dabei nur um Sex ging."
„Ging es das?"
„Was?"
„Ging es denn nur um Sex, oder hast du jeder vorgeschwärmt, wie toll sie ist und wie verliebt du in sie bist?" Nils scheint etwas wütend zu werden. *Ich hasse Frauen, die ihren Männern eine Szene machen, und doch mach' ich es gerade selber. Er hat es verdient*, denkt Ruby und fragt sich, was mit ihr los ist.
„Ich habe seit einem Jahr keine Freundin und kein Abenteuer mehr gehabt, weil es mich kaputtgemacht hat, weil die Leere in mir nur größer wurde." *Ach, wie niedlich,* denkt Ruby sarkastisch. „Was ich dir gesagt habe, ist die Wahrheit, du berührst etwas in mir, ich war seit 8 Jahren nicht mehr so glücklich, wie jetzt mit dir. Ich liebe dich, Ruby. Aber wenn du mir das nicht glauben kannst, kann ich dir nicht helfen. Ich kann es dir nur zeigen und sagen. Annehmen und glauben musst du es." Ruby schnieft und schaut starr auf ihre Füße. *Ist mein rechter Fuß breiter als der linke?* Die Stimme ihres Vaters meldet sich. Er

lacht sie aus:
„Wieso sollte es ausgerechnet bei dir anders sein, er benutzt dich nur für seine Bedürfnisse, du musst ja der Knaller im Bett sein. Natürlich hat deine Mutter recht, welchem Kerl gefällt es nicht, sich mit einer viel Jüngeren zu vergnügen. Du bist naiv oder dumm. Bald wird er genug von dir haben und dir sagen, dass du nicht gut genug bist, hörst du? DASS DU NICHT GUT GENUG BIST!" Und jetzt ist sie wieder da, die kleine Ruby, steht da mit Tränen in den Augen. Alles ist ihr zu groß und zu schwer. Es tut weh, es tut einfach nur weh. Und sie glaubt es, sie glaubt, dass sie nicht gut genug ist, nicht für Nils.
„Bring mich nach Hause", sagt sie kurz.
„Ruby bitte, lass uns reden". Oh, nein, reden, das ist das Letzte, was sie will.
„Ich will nicht reden, ich will nach Hause." Nils steht auf, stumm gehen sie zum Wagen.
„Bitte Ruby." Sie sagt nichts, sie weiß, wenn sie etwas sagen würde, würde sie wieder losheulen, und das will sie nicht, nicht heute und nicht jetzt und nie mehr. Nils fährt sie nach Hause. Sein trauriger besorgter Blick macht sie fast fertig, aber sie braucht Zeit. Ein bisschen Ordnung in ihre Gedanken bringen. Vor ihrer Wohnung angekommen, springt sie aus dem Wagen und geht zur Haustür, ohne sich zu verabschieden und ohne sich nach ihm umzudrehen.
Verdammt! Nils hält sich die Hände vors Gesicht. *Du Idiot, du kennst Christina! Wieso hast du Ruby überhaupt mitgebracht?* Er schaut ihr

nach und wartet, bis das Licht in der Wohnung angeht. Dann fährt er betrübt nach Hause.

43 Donnerstag

Ruby ist heute nur ein Schatten ihrer selbst. Sie geht zur Arbeit, ist aber nur körperlich anwesend, ihre Gedanken sind ganz woanders; sie hätte auch gleich zu Hause bleiben können. Nils schreibt den ganzen Tag schon WhatsApps, sie ignoriert sie. *Warum trifft es mich so? Es ist doch gar nichts passiert, was ist los mit mir? Kann ich ihm überhaupt vertrauen? Oder bin ich tatsächlich nur ein billiges Trostpflaster? Er kann wahrscheinlich jede haben, warum soll er sich gerade in mich verlieben? Klein, burschikos, kaputt.* Sie muss sich ablenken, sie muss... *Ich muss jemanden umbringen,* denkt sie. *Ich kann ja die dumme Blonde um die Ecke bringen.* Nein, sie will ja etwas Gutes für die Welt tun. Dumm Blondie nervt zwar, ist aber nicht wirklich eine Gefahr für die Welt. Sofort nach der Arbeit fährt Ruby nach Hause, die Musik voll aufgedreht. Sie hört Lapfox; Ruby liebt es, wenn die Musik direkt in ihr Hirn fährt. Der Bass, der die Traurigkeit aus ihrem Körper hämmert. Zu Hause angekommen, holt sie ihren Laptop hervor, hackt sich in die Seite der Opferhilfe. Ding-Ding. Nils schon wieder.

„Ruby, bitte, sag wenigstens etwas, ich mache mir Sorgen." *Du Armer,* denkt Ruby. Sie scrollt sich durch die Akten. *Mh, das hier sieht interessant aus. Isabell Schlachter und ihr lieber Mann Roland. Er arbeitet bei der Esso-Tankstelle an der Fritz-Erler-Allee. Und wenn er nach Hause kommt, macht er eine Szene und misshandelt seine Frau regelmäßig, er schlägt sie und erniedrigt sie mit Worten.* Es liest sich irgendwie immer gleich. Es ist 21:15 Uhr. Laut Google schließt die Tankstelle um 22:00 Uhr. Die Fahrt dahin dauert zirka 16 Minuten. Passt! Eilig packt sie ihre Tasche mit dem schwarzen Hoodie, von dem sie zehn auf Vorrat gekauft hat. Und natürlich Omas Schlagstock.

Komm Oma, gehen wir, dein Teufelsmädchen schlägt wieder zu. Bist du stolz auf mich? Nach 15 Minuten erreicht sie die Esso-Tankstelle. Unauffällig spaziert sie hinein, um sich eine Cola Light zu holen und natürlich um zu sehen, ob Roland sie entdeckt. Ah ja, da ist er schon. Roland Schlachter. Auf dem Präsentierteller. Eigentlich sieht er aus wie der nette Nachbar. Blond, klein, bisschen übergewichtig.

„Guten Abend" grüßt er sie emotionslos.

„N'Abend", erwidert Ruby.

„Darf's sonst noch etwas sein?"

„Nein, danke, ist alles."

„Tschüss". Sie steigt in ihren Wagen und fährt in Richtung seiner Wohnung, sie parkt auf halbem Weg zur Wohnung. Hoffentlich ist er zu Fuß unterwegs. Der Weg ist schlecht beleuchtet, erfreulicherweise sind kaum Leute unterwegs. Sie surft im Internet, checkt ihre E-Mails und liest die fünf WhatsApps von Nils; er fleht sie an, wenigstens zu antworten. *Liebt er mich vielleicht doch?* Später wird sie nochmals darüber nachdenken, jetzt muss sie sich auf Roland konzentrieren. Sie

schreibt Nils:
„Brauche Zeit“.
22:28 Uhr: Er kommt angeschlichen. Roland. Eilig scheint er es nicht zu haben. Ruby steigt aus dem Wagen, überquert langsam die Straße und folgt ihm vorsichtig. Er ist mit seinem Smartphone beschäftigt. *So ist's gut, schön abgelenkt.* 3, 2, sie fährt Omas Schläger aus, 1 – Peng! – Der erste Schlag sitzt, er sackt zu Boden und scheint schon k.o. zu sein. Ruby ist überrascht. Aber es reicht ihr nicht, sie schlägt zu wieder und wieder; ihre ganze Wut, ihre Trauer, alles will raus. Bis nur noch die kleine Ruby da steht, begeistert von dem Gefühl, frei zu sein. Wenn es nur länger anhalten würde. Klein Ruby ist ein gieriges kleines Mädchen, sie hat nie genug. Sie betrachtet ihr Werk und ist zufrieden. Voller Adrenalin hastet sie los, rennt zwei weitere Straßen rauf und entledigt sich ihres Hoodies. Dann spaziert sie so unauffällig wie möglich zum Wagen. Zufrieden steigt sie in ihren Herkules und sieht auf der anderen Straßenseite, dass ein Mann sich über den toten Roland beugt. Mit einem Lächeln im Gesicht drückt sie aufs Gaspedal und fährt nach Hause.

44 Donnerstagnacht

Nils und Ralf werden an einen neuen Tatort gerufen. Wieder ist es Philipp, der sie schon aus der Ferne begrüßt.
„Hallo, Jungs.“
„Hallo, Philipp", antworten beide im Chor.

„Wieder dasselbe. Wir haben es mit einem Serienmörder zu tun, derselbe Modus Operandi. Angeschlichen und erschlagen. Das Opfer wohnt 50 Meter von hier, kam wohl zu Fuß von der Arbeit bei der Esso-Tankstelle und wollte nach Hause gehen, als er überrascht wurde. Er ist 34 und verheiratet.“

„Wurde seine Frau schon informiert?", will Ralf wissen.

„Nein.“

„Wir erledigen das.“

„Jetzt bist du dran, Ralf, ich bin nicht in Stimmung", sagt Nils niedergeschlagen.

„Ja, okay, dir geht’s nicht so gut heute, hm?", stellt Ralf fest.

„Mh".

„Probleme mit Ruby?"

„Ja.“

„Sie ist gestern einfach davon gestürmt, was war denn los?"

„Sie ist mit Christina zusammengetroffen.“

„Oh, hast du sie nicht vorgewarnt?"

„Nein, ich bin ein Idiot.“

„Ja, Nils, da muss ich dir recht geben. Du weißt doch, wie Christina sein kann.“

„Okay, wir sind da", lenkt Nils ab. Gemeinsam gehen in den Wohnblock.

„Schlachter, vierter Stock.“

„Ich nehme die Treppe", sagt Nils und geht schon los.

„Okay, ich auch." Oben angekommen klingelt Nils an der Tür.

„Warte einen Moment, lass mich erst mal zu Atem kommen", schnaubt Ralf.
„Du solltest mehr Sport treiben oder überhaupt mal Sport treiben", bemerkt Nils.
„Tu ich ja.“
„Ach ja? Welchen?"
„Fernsehen.“
„Witzbold." Er klingelt noch einmal, die Tür geht auf. Eine kleine, unscheinbare, leicht übergewichtige Frau öffnet.
„Ja?", fragt sie verwundert.
„Entschuldigen Sie die späte Störung, sind Sie die Frau von Roland Schlachter?", fragt Ralf ernst.
„Ja.“
„Es tut uns sehr leid, Ihnen mitteilen zu müssen, dass ihr Mann Opfer eines Gewaltverbrechens wurde, er ist tot.“ Isabell Schlachter fixiert die beiden Beamten regungslos.
„Kommen Sie doch bitte herein", sagt sie schließlich freundlich. Ralf und Nils treten ein und werden von Isabell ins Esszimmer geführt, sie setzten sich.
„Was ist passiert?", will sie wissen.
„Ihr Mann wurde auf der Straße ungefähr fünfzig Meter von hier erschlagen.“ Sie sagt nichts, keine Regung in ihrem Gesicht.“ Wie war Ihre Beziehung zu ihm?" Sie räuspert sich.
„Nicht so gut“.
„War Ihr Mann gewalttätig Ihnen gegenüber?”, fragt Nils.

„Ja, sehr oft.“ Sie schaut verlegen auf den Boden.
„Haben Sie in den letzten Tagen bei der Berliner *Opferhilfe für Opfer häuslicher Gewalt* Hilfe gesucht?", fährt Nils seine Befragung fort.
„Ja, woher wissen Sie das?", wundert sie sich.
„Nur eine Vermutung, wann waren sie da?"
„Montag. Sie haben mir einige Möglichkeiten vorgeschlagen. Ich wollte darüber nachdenken und nächsten Montag wieder hingehen.“
„Das hat sich ja jetzt erledigt", fügt Ralf hinzu. „Frau Richter, wir melden uns vielleicht wieder bei Ihnen, falls wir noch Fragen haben.“
„Ja, machen Sie das.”
„Auf Wiedersehen.“
„Wiedersehen." Die beiden Polizisten steigen in ihren Streifenwagen.
„Da hat jemand definitiv etwas gegen gewalttätige Ehemänner", ist Nils jetzt überzeugt.
„Die Presse wird sich darauf stürzen."
„Ja, Serienkiller in Berlin."
„Er wird einige Sympathisanten haben", befürchtet Nils.
„Oder sie", ergänzt Ralf.
„Was?"
„Oder sie, die Täterin.“
„Ah ja, ich weiß nicht. Ich glaube echt nicht, dass eine Frau so zuschlägt", zweifelt Nils.
„Wütende Frauen können ganz schön Kraft haben.“
„Sprichst du aus Erfahrung?", grinst Nils.
„Nein, natürlich nicht. Du lachst – fändest du es lustig, wenn Maja

mich schlagen würde?"
„Nein, natürlich nicht".
„Aber du hast schon bemerkt, wie du reagierst: Schlägt ein Mann eine Frau, dann steht die Welt still. Aber schlägt eine Frau einen Mann, dann wird er belächelt. Ihm wird suggeriert, kein richtiger Mann zu sein.“
Ralf hat recht, ziemlich unfair eigentlich.

45 Freitag

Bevor Ruby zur Arbeit geht, liest sie die Online-Nachrichten. Titelstory “Serienmörder tötet gewalttätige Ehemänner bestialisch“. Wow, die Titelstory. Gespannt überfliegt sie den Bericht und bleibt an einem Satz hängen. “Die Menschen sympathisieren mit dem Täter, was der Polizei die Ermittlungen erschwert. Keiner hat irgendetwas gesehen oder gehört“. Serienkiller? Wow... es fühlt sich gut an zu lesen, dass es den Leuten gefällt, was sie tut. *Sie wusste, dass es richtig war.* Heute Abend geht sie mit ihrem Vater essen. Also mit Bernd. Eigentlich hat sie keine Lust, aber sie hat ihm schon dreimal abgesagt. Nils will sie noch nicht sehen. Vielleicht morgen oder übermorgen. Irgendetwas ist kaputtgegangen. *War's das jetzt? Sie liebt ihn immer noch, wahrscheinlich für immer, aber sie will nicht sein Spielhäschen sein,* obwohl sie, wenn sie darüber nachdenkt, zugeben muss, dass sie schon das Gefühl hat, dass er sie liebt. Aber im Moment kann sie es einfach nicht annehmen. Wir hatten nach dem zweiten Treffen schon Sex. Das mag für die meisten normal sein, für Ruby war es das nicht. Aber sie hat es zugelassen, weil sie sich so zu ihm hingezogen fühlte. Hat er es von Anfang an nur darauf abgesehen? War das alles, was er wollte? Danach haben sie gerammelt wie die Kaninchen, fast jeden Tag. *Hör jetzt auf, du machst dich ja noch ganz verrückt*, beruhigt sie sich selbst. Um 16:00 Uhr geht eine WhatsApp-Nachricht ein:

„Können wir reden? Bitte!" Nils. *Reden! Warum wollen alle immer reden? Nichts kann so verletzend sein wie Worte. Man sagt, es sind nur Worte, aber keine Worte sind nur Worte. Worte sind es, die mein Herz verletzen.*

„Ich will nicht reden, gehe heute mit Bernd essen", antwortet sie auf Nils' Nachricht. Erschrocken schaut er auf die Nachricht. Bernd? Er denkt nach und erinnert sich erleichtert daran, dass ihr Vater Bernd heißt.

„Ich hoffe, es wird ein schöner Abend. Ich warte auf dich". *Wieso liebt sie diesen Kerl so sehr? Ist sie kompliziert? Sie weiß es nicht, sie fühlt einfach, dass sie etwas Zeit braucht.* Nach der Arbeit fährt Ruby schnell nach Hause, duscht und zieht sich um. Und schon muss sie los. Sie hat um 19:30 Uhr beim Chinesen am Ku'damm mit Bernd abgemacht. Er wartet schon vor dem Restaurant.

„Toller Wagen", sagt er bewundernd.

„Ja, ich mag ihn auch", erwidert Ruby. Sie gehen sie ins Restaurant und setzten sich an den ihnen zugewiesenen Platz. Etwas verklemmt machen sie ein bisschen Small Talk, reden vom Wetter und von

Pferden. Das gute Essen genießen sie. Es ist soweit ein ganz netter Abend.

„Es tut mir leid, Ruby, es tut mir ehrlich leid, dass du durch die Hölle gegangen bist, nur weil deine Mutter und ich den Weg des geringsten Widerstandes gewählt haben. Wir waren jung, ich hatte Angst, Angst vor Karl. Ich wusste nicht, was er dir angetan hat. Ich habe oft an dich gedacht." *Das hat mir jetzt sehr geholfen*, denkt Ruby grimmig.

„Deine Mutter hat es mir erzählt."

„Was hat sie dir erzählt?"

„Dass er dich manchmal geschlagen hat, wenn du etwas falsch gemacht hast.“

„Wenn ich etwas falsch gemacht habe?", wiederholt Ruby, ihre Augen werden zu kleinen Schlitzen. Wer sie kennt, weiß, dass dann höchste Vorsicht geboten ist.

„Na ja, wenn du ungehorsam warst oder schlechte Noten nach Hause gebracht hast, dass er dann streng war.“

„Das hat sie dir erzählt?"

Verunsichert antwortet Bernd: „Ja, das hat sie mir erzählt.“

„Lieber Bernd, ich möchte dir erzählen, wie es wirklich war. Er hat mich ab meinem vierten Lebensjahr ohne Grund geschlagen, wann immer er konnte. Bis dahin begnügte er sich damit, mir mit Worten verständlich zu machen, dass ich nichts wert bin. Er hat mich grün und blau geschlagen, meist ins Gesicht, aber einmal ist er so ausgetickt, dass er mir zwei Rippen gebrochen hat. Meine liebe Mutter hat daneben gestanden und nichts gesagt. Beim Arzt war sie es, die dem Doktor erklärt hat, dass ich vom Pferd gefallen sei… mal wieder. Lachend meinte dieser, ich sollte besser ein neues Hobby suchen. Vergnügt lachten die beiden. Meine Mutter hat es hingenommen, obwohl sie gesehen hat, was er mir angetan hat. Es war ihr EGAL. Danach hat sie immer gesagt, dass er es nicht so meinte. Ah ja, wie meinte er es dann? Eigentlich wollte er mir sagen, dass er mich liebt, aber nette Worte waren nicht so seins. Es war die Hölle auf Erden und ich war in dieser Hölle, aber ich bin zurückgekommen. Und jetzt bin ich hier, sitze meinem leiblichen Vater gegenüber, der derselbe Feigling ist wie meine Mutter, der sich 27 Jahre lang einen Dreck um mich geschert hat und jetzt einen auf Papa machen will. Darauf habe ich keine Lust. Ich habe genug damit zu tun, mit den Dämonen meiner Vergangenheit zu kämpfen. Du darfst gerne wieder in dein Leben zurückkehren und mich einfach vergessen. Ich brauche dich nicht, nicht mehr, du wolltest mich nicht, jetzt will ich dich nicht. Nimm meine Mutter und geh mit ihr, wohin ihr wollt. Ist mir egal, ich will sie auch nicht mehr.“ Enttäuscht, wütend und traurig steht sie auf und verlässt das Restaurant. Bernd bleibt erschrocken und enttäuscht zurück.

„Verdammte Scheiße", flucht Ruby, spinnen denn alle im Moment?" *Was ist los mit ihr? Dass Einzige, was sie beglückt ist, Menschen den Schädel einzuschlagen, das ist doch krank*. Sie startet den Wagen und fährt wütend nach Hause. Ihre Gedanken springen im Dreieck: Nils, Bernd, Morden. Eines ist klar: So kann es nicht weitergehen. *Sei erwachsen, Ruby*. Obwohl sie findet, dass sie sich heute Abend ganz gut geschlagen hat. Sie war nicht stumm, wie sonst, hat gesagt, was sie denkt und sich gewehrt. *Wie kann ihre Mutter nur so einen Bullshit erzählen?* In diesem Moment wird ihr bewusst, dass ihre Mutter genauso Täterin war wie ihr Vater. Es tut einfach alles so weh. Sie kriegt kaum noch Luft, das ganze verdammte Leben tut einfach nur weh. Plötzlich vermisst sie Nils so sehr, dass es ihr körperlich wehtut. Sie unterdrückt das Verlangen, ihm eine Nachricht zu senden. *Nein, noch nicht. Morgen geht sie bisschen reiten, das wird ihr guttun, es tut ihr immer gut. Und am Sonntag vielleicht, wer weiß.* Zu Hause angekommen, geht sie direkt ins Bett und hofft auf einen erholsamen, traumlosen Schlaf.

46 Samstag

Ruby wacht um 9:00 Uhr auf. Es war eine furchtbare Nacht, sie hatte einen schlimmen Traum: Sie war bei Nils zu Hause, er hatte Sex mit der dummen Blonden auf dem Küchentisch. Als sie hereinkam und die beiden überraschte, lachten beide sie aus und zeigten mit dem Finger auf sie. Ruby wurde kleiner und kleiner, bis sie nur noch so groß war wie ein Fingerhut. Ein beschissener Traum.
Schon drei Wochen hat sie Hipster nicht gesehen, sie freut sich riesig. Voller Vorfreude frühstückt sie eilig und fährt gut gelaunt los. Nach zwölf Minuten kommt sie im Stall an. Keiner da, sie scheint alleine zu sein. Perfekt.
„Hey, altes Pony", begrüßt sie Hipster und drückt ihm einen Kuss auf

die sanften Nüstern.
„Wie weich du bist." Er wiehert leise. „Ja, ich weiß, deine Karotte, ich habe sie nicht vergessen." Liebevoll schiebt sie ihm die Karotte in sein Maul. Er kaut genüsslich darauf herum. Wenn Menschen schmatzen, könnte Ruby an die Decke gehen, aber Hipster könnte sie stundenlang beim Schmatzen zuhören. Sie zieht ihm sein Halfter über, holt ihn aus seiner Box und bindet ihn am Sattelplatz fest. Ausgiebig putzt sie ihn, er genießt es sichtlich. „Du bist ja ganz staubig." *Wie konnte sie nur vergessen, wie gut er ihr tut?* Sie fühlt sich wunderbar. Hipsters Beine werden gewissenhaft mit den Bandagen einbandagiert. Sie wirft erst das Pad, dann den schweren Westernsattel auf seinen Rücken. Still und aufmerksam steht er da. „So, mein kleiner Schöner, die Trense und ready.“ Gemächlich schlurfen sie zur Halle. Dort klopft sie an die Tür, um sicher zu sein, dass keiner darin am Reiten ist. Gemeinsam schlendern sie hinein, Ruby hält in der Mitte der Halle an. Hipster folgt ihr gehorsam und bleibt still stehen, während Ruby aufsteigt. „Du bist wahrscheinlich ganz schön energiegeladen, mein Kleiner, ich werde auf der Hut sein.“ Sie gibt ihm ein Stimmsignal, und er läuft los. Ruby reitet eine Stunde, ruft alle Manöver der Reining ab. Die Spins, die Zirkel, Galoppwechsel, Stopps, Rundowns Rollbacks und Backups. Alles funktioniert ganz wunderbar, die Pause merkt man Hipster nicht an. Nach dem Training umarmt sie den nass geschwitzten Hipster. Der schnaubt zufrieden. „Das kommt nicht mehr vor, mein Kleiner, dass ich dich so lange nicht sehe, du bist mein Bester.“ Zufrieden schlurfen sie zurück zum Putzplatz, vorsichtig befreit Ruby ihn von

den Bandagen, nimmt den schweren Sattel vom Rücken und rubbelt ihn trocken. Sie duscht ihm die Beine ab und befreit ihn von dem hängen gebliebenen Sand. Entspannt und glücklich fährt sie nach Hause. Beim Supermarkt hält sie kurz an und kauft sich die Zutaten für ein Curry Chicken. Um 16:00 Uhr kommt eine Nachricht von Nils: „Können wir uns heute treffen?" Noch nicht Nils, nicht heute, ich will mir diesen schönen Tag nicht versauen.
„Noch nicht".
„Ich warte auf dich, ich liebe dich".

47. Samstagabend

Ruby schaut entspannt fern. Der heutige Tag hat ihr gutgetan. Sie konnte viele Gedanken sortieren und ein wenig zur Ruhe kommen. Es ist 19:20 Uhr, als es an der Tür klingelt. *Wer kann das sein? Nils?* Sie geht zur Tür, öffnet, ohne durch den Spion zu sehen und erstarrt.
„Hallo, Kleines", sagt Michael mit fiesem Grinsen. Ruby will die Tür zuschlagen, aber schnell setzt er seinen Fuß dazwischen.
„Was willst du?"
„Darf ich hereinkommen?"
„Nein, ganz sicher nicht."
„Ich will dir etwas zeigen." Er holt sein Smartphone hervor und drückt Play bei einem Video. Ruby erkennt sofort, was auf dem Bildschirm passiert. Ihr wird übel. Es zeigt, wie sie zuerst Horst, Karl und dann Roland ermordet. Sie wird blass im Gesicht.

„Du Schwein hast mich verfolgt", stellt sie fassungslos fest.
„Ich beobachte dich nur, ich verfolge dich nicht."
„Man kann nicht erkennen, dass ich es bin, man sieht nur jemanden mit Kapuze in schwarzer Kleidung."
„Ich habe alles auf Video, wie du vor der Bar wartest, wie du in die Tankstelle gehst, wie du den Männern folgst und wie du dich der Kleidung entledigst und schließlich mit deinem Auto wegfährst." Er hält kurz inne, lächelt und fährt fort: „Mein persönlicher Favorit ist ja der Riesenaffe. Wie er dich auf den Boden knallt und dann auf dir sitzt. Da dachte ich schon... Oh, Oh. Aber dem hast du es gezeigt. Ganz große Nummer, Respekt."
„Was willst du?"
„Lass mich rein." Widerwillig tut sie es.
"Ich liebe dich Ruby. Ich habe nie aufgehört, dich zu lieben, wir gehören zusammen."
„Ich liebe dich nicht", stellt sie klar.
„Ich sitze am längeren Hebel. Ein Klick, und dein Polizeifreund hat alle Videos auf seinem Smartphone."
„Was willst du? Dass wir wieder zusammen sind?", fragt Ruby ungläubig.
„Genau das, ich will dich zurück. Mit allem, was dazu gehört. Wir gehören zusammen."
„Du spinnst ja." Sein Zeigefinger gleitet über den Senden-Button des Smartphone.
„Nein, warte. Okay, für wie lange?"

„Für wie lange?" Er lacht falsch. „Solange ich dich liebe.“ Grinsend legt er seinen Arm um ihre Schultern.
„Komm schon Ruby, so wie früher. Du hast mich doch auch geliebt. Du warst nur ein bisschen verwirrt, dann kam dieser Nils und hat dir den Kopf verdreht." Ruby ist stumm; abgestürzt in die dunkle, einsame Welt der kleinen Ruby, in der Worte keinen Platz und keine Wirkung haben. Er setzt sich fröhlich vor den Fernseher. „Hey, bring mir eine Coke", ruft er. Widerwillig tut sie es und will aus dem Wohnzimmer gehen. Aber er zieht sie zu sich aufs Sofa. Auf ihr schönes pinkes Sofa.
„Komm, schon, lass uns zusammen was Schönes gucken, auf was hast du Lust? Netflix?" Er loggt sich bei Netflix ein. *Das Schwein erinnert sich an die Zugangsdaten*, denkt Ruby entrüstet. *Na ja, zugegeben sind sie ja einfach. 7777 und ihre E-Mail-Adresse.*
„Was hast du dir denn da angesehen? The Good Place? Ist das gut? Komm, wir schauen weiter, du bist bei Folge zwei, der zweiten Staffel.” Ruby wischt sich eine Träne aus dem Gesicht, unwillkürlich denkt sie an Nils und findet ihr Verhalten plötzlich idiotisch und kindisch. Er legt seine Hand auf ihren Schenkel. Ihr zieht sich alles zusammen, ihr wird schlecht. Seine Hand fährt höher, bis er sie im Schritt berührt. Herausfordernd schaut er sie an: „Von diesem Moment habe ich geträumt, meine liebe Ruby.“ Bestimmt legt sie ihre Hand auf die seine.
„Lass mir bisschen Zeit bitte.“
„Warum sollte ich? Mit diesem Nils ging es sicherlich schnell zur

Sache."
„Übrigens ein hübscher Mann, das muss ich schon sagen. Geschmack hast du. Wäre ich schwul, würde er mir auch gefallen." Er lacht übertrieben. „Komm, tu nicht so prüde, ist ja nicht so, dass du noch nie Sex mit mir hattest, war doch immer schön." Ruby schiebt seine Hand weg. Er schaut sie kalt und voller Hass an. Sie schreckt zurück. „So wird das nichts Ruby, hör zu, wenn du irgendetwas tust, was ich nicht will oder etwas nicht tust, was ich will, das du tust, dann gehen die Videos auf Reise. Hast du verstanden? Also los, komm jetzt. „Sein Mund nähert sich ihrem Gesicht, seine Lippen berühren die ihren, aggressiv und forsch steckt er seine Zunge in ihren Mund. Am liebsten hätte sie sie ihm abgebissen und ihm in seine Visage gespuckt, aber sie weiß, dass sie keine Wahl hat. *Wenn Nils diese Videos sieht, ist alles aus. Seine Liebe und mein Leben.* Angewidert erträgt sie den Kuss. Aber er wird immer forscher und gieriger. Ruckartig dreht sie den Kopf zur Seite. Er schaut sie wütend an. Ruby sieht ihn herausfordernd an, sie sieht seine rechte Hand nicht kommen, die mit einer Riesenwucht in ihrem Gesicht landet. Erschrocken hält sie sich die linke Wange, Tränen schießen ihr in die Augen. Blut tropft aus ihrer Lippe. *Nicht schon wieder*, denkt sie. „Was denkst du eigentlich, wer du bist? Ich habe dich geliebt, Ruby, ich habe dir jeden verdammten Wunsch von den Lippen abgelesen. Ich hätte alles für dich getan. Aber du wolltest meine Liebe nicht, zu viel Liebe. Vielleicht verstehst du diese Sprache besser, die kennst du ja gut. Dein Vater hatte wahrscheinlich recht damit, die Fäuste sprechen zu lassen. Du

hast es nicht anders verdient.“ Ruby weint und zittert, bringt kein Wort mehr raus, kann keinen klaren Gedanken fassen. In ihrem Kopf stau sich alles. Michael erhebt sich vom Sofa, geht ins Bad, nach wenigen Sekunden ist er zurück.
„Zeig her", sagt er sanft. Er tupft ihre Lippen mit einem sauberen feuchten Lappen ab. Sie zuckt zusammen.
„Du musst jetzt einfach tun, was ich dir sage, dann wird es für dich am einfachsten.“ Sie weint noch immer und zittert, sie kann einfach nicht aufhören. „Ja, ja, ist gut jetzt, geh am besten ins Bett, morgen ist ein neuer Tag.“ Das lässt sie sich nicht zweimal sagen, eilig steht sie auf und geht ins Bett. Gebrochen und leer weint sie sich in einen traumlosen, unruhigen Schlaf.

48 Sonntag

Ruby wacht um 9:00 Uhr auf. Für Sekunden vergisst sie, in welchem Albtraum sie gefangen ist. Erst jetzt bemerkt sie die Hand auf ihrer Schulter. Vorsichtig hebt sie die Hand von Michael und legt sie zurück auf die Matratze. *Ich schreibe Nils, aber was soll ich schreiben? Ich stecke in der Klemme. Stecke im fast selben Albtraum fest wie meine Mutter. Etwas zu ertragen, weil man Angst vor den Konsequenzen hat.* Für einen Moment versteht sie ihre Mutter und Bernd. *Aber ich bin nicht wie sie. Ich werde das nicht zulassen! Es gibt immer einen Ausweg, hörst du Ruby, es gibt immer einen verdammten Ausweg, immer einen Plan B.,* denkt Ruby.
„Hey, Schatz, schon auf?" Erschrocken zuckt sie zusammen. Schnell

steht sie auf und geht eilig ins Bad. Noch nie hat sie so lange geduscht und so langsam die Zähne geputzt. Lustlos und besiegt zieht sie ihre Klamotten an. Nach einer gefühlten Ewigkeit geht sie in die Küche.
„Ich habe Frühstück gemacht", sagt Michael. „Oh, zeig mal her, mein Schatz." Vorsichtig berührt er ihre Lippen. „Tut es weh?" *Ja klar, tut es weh, du Arsch!*
„Ja, etwas." „Es tut mir leid, Ruby, aber du musst diese neue Situation einfach akzeptieren. Okay?" Sie sagt nichts. Stumm essen sie ihr Frühstück.
Mittags gibt's Ruby Curryreste von gestern. Nach dem Essen wäscht Michael die schmutzigen Teller ab. Ruby arbeitet den ganzen Nachmittag an einer Grafik, die sie für ihren Chef noch erledigen muss. Eigentlich hat sie die Arbeit nach zwei Stunden beendet, sie aber sitzt den ganzen Nachmittag daran bis abends. Michael kommt immer wieder vorbei und fragt, ob sie nicht eine Pause machen will. Gegen 21:00 Uhr kommt er wieder und flüstert ihr ins Ohr:
„Komm, meine kleine Ruby, schauen wir etwas fern." Widerwillig erhebt sie sich und schleicht lustlos ins Wohnzimmer, als es an der Tür klingelt. *Nils,* Hofft Ruby.
„Geh an die Tür", befiehlt Michael.
„Es ist unten." Ruby erkennt es an der Klingel, da sie einen anderen Ton hat.
„Frag, wer da ist."
„Wer ist da?"

„Ich bin es, Nils." Michael schaut Ruby an.
„Lass ihn rein." Ruby schaut ihn flehend an. „Lass ihn rein", sagt er drohend. Ruby drückt den Knopf, um die Tür zu öffnen. Sie hört, dass Nils mit großen Schritten die Treppen hochsteigt.
„Hey", sagt er und stockt. „Was ist mit deiner Lippe passiert?" Michael öffnet die Tür so, dass Nils auch ihn sehen kann. Provozierend legt er einen Arm um Ruby
„Wir sind wieder zusammen, Ruby und ich. Ein Mädchen wie Ruby darf man nicht aus den Augen lassen, die findet im Handumdrehen einen neuen.“ Verwirrt schaut Nils Ruby an.
„Was läuft hier?" Fragt er ernst.
„Ist das nicht offensichtlich? Ruby hat gemerkt, dass ich ihre große Liebe bin, und nun sind wir wieder zusammen.“
„Ruby, sag mir bitte, dass das nicht wahr ist!" Nils schaut sie mit seinen traurigen Augen flehend an. Ruby ist irgendwo in den Tiefen ihrer Kindheit verloren gegangen, unfähig, etwas zu sagen, stumm steht sie da und schaut Nils einfach nur inständig an. Ihm ist klar, dass hier irgendetwas nicht stimmt, weiß aber nicht, was er tun soll.
„Lass mich rein", sagt er schroff.
„Nein, ich glaube, du solltest jetzt wieder gehen, Ruby und ich wollen noch etwas Spaß haben. Wir müssen unsere Wiedervereinigung feiern. Du verstehst. Gestern kamen wir leider nicht dazu, da hatten wir eine kleine Auseinandersetzung.“ Nils ist den Tränen nahe.
„Ruby, bitte sag etwas.“
„Sie braucht nichts zu sagen, du sollst jetzt einfach gehen.“ Nils schaut

sie an, er sieht ganz klar in ihren Augen, dass etwas nicht stimmt.
„Ruby, willst du, dass ich gehe?", fragt er sie ernst. Michael schaut Ruby bedrohlich an. *Scheiße, nein, bleib hier für immer Nils, ich liebe dich.*
„Geh bitte", sagt sie schließlich mit dünner Stimme. Nils schaut Ruby an, unfähig, sich zu äußern. Er geht. Ruby wischt sich eine Träne weg. *Bitte geh nicht, Nils,* denkt sie verzweifelt.
„So, das ist auch erledigt, war doch gar nicht so schlimm", freut sich Michael. „Komm, lass uns fernsehen. Machen wir uns einen schönen Abend."
„Ich würde gerne ins Bett, ich muss morgen früh arbeiten."
„Oh, wir können schon ins Bett gehen, aber heute kommst du mir nicht so einfach davon." Erschrocken schaut sie ihn an.
„Schließlich sind wir ein Paar, mit deinem Nils hast du dich ja auch fast täglich vergnügt."
„Schauen wir noch etwas fern", flüstert Ruby.
„So gefällt es mir." Sie schauen fern, Michael zappt durch alle Kanäle. *Wie komme ich nur aus dieser Nummer heraus?* Michael schaut Ruby an.
„Du bist sehr hübsch, weißt du das?" Langsam wandert seine Hand wieder zu ihrem Schenkel und zu ihrem Hosenschritt. Voller Ekel lässt sie es zu. Sie ist ihm ausgeliefert. Seine Hände sind überall, sie wandern über ihre Brüste. „Du bist wunderschön." Er zieht ihr das Shirt aus, darunter trägt sie ein weiteres mit Spaghetti-Trägern. „Kein BH heute? Das gefällt mir." Er macht weiter, fasst sie überall an. Ruby

ist schlecht, sie würde am liebsten in sein beschissenes Gesicht kotzen. Gierig steckt er seine Zunge in ihren Mund.
„Oh Ruby, ich liebe dich", flüstert er. Sie hält es nicht mehr aus. Wütend schiebt sie ihn weg.
„Ich kann nicht."
„Verdammt nochmal, was kannst du nicht?"
„So tun, als wären wir ein Paar."
„Wir sind ein Paar Ruby! Vergiss nicht, was auf dem Spiel steht."
„Ich will das nicht, du kannst mich nicht dazu zwingen."
„Und ob ich kann!" Wieder schlägt er zu, viel kräftiger als gestern. „Du verstehst es nicht. Ist es wirklich die einzige Sprache, die du sprichst? Hat Nils auch zugeschlagen?" Und noch einmal schlägt er ihr ins Gesicht. Schmerzerfüllt spürt sie, wie irgendetwas in ihrem Gesicht kaputtgeht, Blut schießt aus Mund und Nase, die Schmerzen sind kaum zu ertragen. Benommen kniet sie auf dem Boden. „Macht es dich an? Ist es, was die kleine Ruby braucht, um heiß zu werden?", schreit er. Ruby will aufzustehen, alles dreht sich. Sie sieht nur unklare Umrisse. Aber eines sieht sie klarer als je zuvor. Michael muss sterben. Vorsichtig will sie sich das Blut im Gesicht abwischen, sie erschrickt, als ihr das Ausmaß der Verletzung bewusst wird. Blut tropft von ihrer Hand. Er geht zu ihr, nimmt sie in die Arme: „Komm schon, lass uns ins Bett gehen und Spaß haben, meine arme kleine Ruby." *Der ist total durchgedreht*. Plötzlich denkt sie an all die gewalttätigen Männer, die sie getötet hat. Und ist überzeugter als je zuvor, dass sie der Welt etwas Gutes getan hat. „Komm schon Ruby,

du willst es doch auch.“
„Ich hasse dich, ich habe dich nie geliebt!", schreit sie Michael ins Gesicht. Der schaut sie verdutzt an. In diesem Moment hebt sie ihr rechtes Bein und tritt mit voller Kraft in seine Weichteile. Er geht in die Knie. „Spinnst du? Was soll das? Das wird dir noch leidtun!“ Sie ist schwach, kann sich kaum auf den Beinen halten, die linke Wange schmerzt höllisch, Blut tropft unaufhörlich aus ihren Verletzungen. Aber sie weiß, sie hat nur diese eine Chance, wenn sie hier mehr oder weniger heil rauskommen will. *Komm schon Ruby, los ins Schlafzimmer!* Hilflos knallt sie von einer Wand zur anderen. Aus dem Wohnzimmer hört sie, wie Michael stöhnt und schreit.
„Wo gehst du hin? Du kommst mir nicht davon!“ Endlich im Schlafzimmer angelangt, öffnet sie die unterste Schublade ihres Nachttisches, wo sie Omas Schlagstock aufbewahrt, aber die Schublade ist leer. *Nein, er ist noch in der Tasche! Wo ist die Tasche? Ruby, denk nach! Wo ist die verdammte Tasche?* Vor Angst und Schmerz kann sie kaum denken. Ihr Kopf und die Wange schmerzen höllisch. *Im Wagen! Die Tasche im Wagen! Es ist aus Ruby, das war's. Verabschiede dich von deinem beschissenen Leben. Nein, nein, es gibt immer einen Ausweg! Hörst du Ruby, gib nicht auf, nicht jetzt!* Zitternd nimmt sie ihr Smartphone hervor und tippt Nils eine Nachricht: „Komm bitte sofort", nach drei Sekunden die Antwort: „Bin in 10 Minuten da". *Zehn Minuten ist zu spät, Nils.* Ihr ist alles egal, soll er wissen, was sie getan hat, alles ist besser, als diesem Idioten die Genugtuung zu geben, dass er mit mir tun und lassen kann, was er

will. Ihr Herz schlägt als würde es zerspringen, sie atmet laut und schnell. Ruby ist unfähig aufzustehen. Sie hat das Gefühl, das Bewusstsein zu verlieren. Doch plötzlich steht Michael vor ihr. Mit schmerzverzerrtem Gesicht hält er sich im Schritt. „Böse kleine Ruby, das hat verdammt wehgetan. Komm, wir gehen ins Wohnzimmer, wir müssen reden.“

„Ich kann nicht", flüstert Ruby. Ihre Augen fallen ihr zu.

„Was kannst du denn jetzt schon wieder nicht?", fragt er wütend.

„Aufstehen kann ich nicht.“

„Mimimi, merkst du eigentlich, dass du ganze Zeit nur am Rumjammern bist? Ich kann das nicht und dies nicht. Das nervt. Reiß dich einfach einmal zusammen.“

„Du kannst ihm das Video senden, es ist mir egal." Ungläubig sieht er sie an.

„Was, du gibst uns einfach so auf? Unsere Liebe? Ruby, es kann so schön werden, du musst es nur zulassen.“

„Ich will nicht." Er verdreht die Augen. „Du kommst jetzt ins Wohnzimmer, und da besprechen wir die Sache.“

„Verdammt noch mal, hast du nicht gehört? Ich kann nicht", giftet Ruby ihn an.

„Du wirst ja schon wieder frech, ich werde dir zeigen, dass du kannst." Unsanft packt er sie unter den Armen und hebt sie auf die Beine.

„Siehst du." Aber sie klappt gleich wieder zusammen. *Ich werde mich jetzt einfach auf den Boden legen, ich kann nicht mehr. Nicht mehr kämpfen.* Die kleine Ruby schaut sie traurig an. *Das war's kleine*

Ruby, unser Weg endet hier. Es tut mir leid, dass ich dir deine Schmerzen nicht nehmen konnte. Verschwommen nimmt sie wahr, wie Michael sie auf seine Schultern hebt. *Scheiße, es tut so weh.* Er wirft sie grob auf ihr über alles geliebtes pinkes Sofa.
Michael schaut sie an und sieht, dass sie am Wegdämmern ist. „Hey Ruby, hey, du haust mir jetzt nicht einfach ab." In diesem Moment hämmert es an die Tür. Erschrocken fährt Michael zusammen.
„Sofort aufmachen!", befiehlt Nils aufgebracht. „Nils", flüstert Ruby erleichtert.
„Der schon wieder! Der ist ja lästiger als Hundescheiße an den Schuhen." Ruby muss grinsen. Und wieder poltert es.
„Polizei, sofort aufmachen!"
„Sag ihm, er soll gehen."
„Nein." Wütend sieht er Ruby an, steht auf und geht zur Küche.
Er ruft aus der Küche „Hast du ein richtig gutes scharfes Messer?" Ruby ignoriert ihn, sie steht langsam auf, um Nils die Tür zu öffnen, mit unsicheren Schritten nähert sie sich der Tür, doch Michael kommt ihr mit einem riesen Fleischmesser entgegen. *Himmel, wo hat er das gefunden? Ich wusste gar nicht, dass ich so etwas habe,* denkt Ruby erstaunt.
„Wohin so schnell, junge Dame?" Wieder poltert es an der Tür.
„Sofort aufmachen, Polizei! Zum letzten Mal! Oder ich trete die Tür ein!" Er verdreht die Augen. „Oha", sagt Michael. Er packt Ruby und nimmt sie in den Schwitzkasten, hält ihr die Messerklinge an den Hals. Ruby ist alles egal. Sie hat mit ihrem Leben abgeschlossen. Und

es ist okay für sie. Wie eine Puppe hängt sie in Michaels Armen und beobachtet die Szene wie in einem Film. „Verdammt, mach dich nicht so schwer", motzt er sie an. Jetzt knallt es heftig gegen die Tür, noch einmal und noch einmal. Die Tür fällt halb aus den Angeln, Nils fliegt mit ihr zusammen in die Wohnung. Mit der Waffe im Anschlag nimmt er Michael sofort ins Visier. Nils ist ein guter, sicherer Schütze. Noch nie hat er jemanden erschossen, aber er würde keine Sekunde zögern, wenn es die Situation verlangt.
„Lass sie gehen, Michael. Es ist vorbei."
„Niemals! Ruby ist mein Mädchen, sie liebt mich!" Als Nils Ruby sieht, muss er sich zusammenreißen, den Kerl nicht gleich zu erschießen. Ihr Gesicht ist blutverschmiert. Aus einer großen Wunde unter dem Auge tropft unentwegt Blut. Ihre Augen sind blutunterlaufen und leer, als stünde sie unter Schock.
„Du hast alles kaputtgemacht, Nils. Sie wäre zu mir zurückgekommen, wenn du nicht aufgetaucht wärest."
„Niemals", wimmert Ruby. Beide schauen sie überrascht an.
„Lass sie gehen oder ich puste dir den Schädel weg", bedroht Nils Michael. Der drückt das Messer immer fester an Rubys Kehle. Blut tropft aus einem schmalen Schnitt.
"Ich werde sie nicht gehen lassen, Herr Polizist. Da musst du mich schon erschießen." Das muss er ihm nicht zweimal sagen. Nils drückt ab, seine P6 Sig Sauer lässt ihn nicht im Stich. Jeder Schuss ein Treffer. Dreimal schießt er. Dreimal in den Kopf, von dem nur noch eine blutige Masse übrig bleibt. Blut und Hirnmasse spritzen an die

Wand und hinterlassen ein interessantes Muster. Die Wucht der Schüsse zieht Michael nach hinten von den Beinen. Er nimmt Ruby mit sich, sie landet unsanft auf dem Boden. Mit zwei großen Schritten ist Nils bei ihr. Er hält sie fest.

„Es ist vorbei. Warum hast du ihn nicht einfach rausgeworfen, Ruby, oder etwas gesagt, als ich heute Abend hier war?"

„Er hat mich erpresst. Er wollte Sex und hat mich geschlagen", erklärt Ruby kaum hörbar.

„Womit hat er dich erpresst?" Ruby bleibt stumm, sie möchte schlafen. „Ruby, womit hat er dich erpresst?", fragt er nun fordernd.

„Auf dem Küchentisch liegt sein Smartphone, bring es mir bitte.“ Nils gehorcht. Mit zittrigen Bewegungen öffnet sie das Album auf Michaels Smartphone und tippt zögernd das erste Video an. Der Mord an Horst. Gespannt schaut Nils auf den Bildschirm. Als Horst auf Ruby sitzt und die Kapuze wegschiebt, bleibt ihm fast das Herz stehen.

„Ruby verdammt, nein."

„Ich bereue es nicht, Nils. Diese Männer haben es verdient. Ich bereue nur, dass ich dich verletzt und an deiner Liebe gezweifelt habe.“

„Was machen wir jetzt, Ruby?"

„Du bist Polizist. Du weißt, was du zu tun hast", sagt Ruby traurig. Nils steht auf und geht auf Ruby zu.

„Ich habe dir gesagt, dass ich dich liebe und dass du mir alles erzählen kannst. Das meine ich so wie ich es sage, Ruby. Du bist nicht niemand, du bist eine wunderbare Person. Du bist gebrochen und verletzt und versuchst, dich mit all dem Müll, den du mit dir trägst, durchs Leben

zu kämpfen. Du bist wunderbar, und ich liebe dich – egal was du getan hast.“ Ruby schluckt und schaut ihn an.
„Ich liebe dich, Nils.“ Lächelnd schaut er sie an und drückt sie vorsichtig an sich.
„Wir lassen das Smartphone mit den Videos verschwinden, keiner wird davon erfahren. Ich werde nicht zulassen, dass du für mehrere Jahre in den Knast oder in die Psychiatrie wanderst. *Psychiatrie, wieso das denn?*, denkt Ruby entsetzt.
„Verdammt, Ruby, du bist verrückter, als ich dachte“. Er umarmt sie behutsam.
„Lass mich die Kollegen anrufen, du brauchst einen Krankenwagen.“ Ruby zittert und weint immer noch. Ihr ist kalt, und sie ist furchtbar müde. *Lass mich doch einfach sterben*, denkt sie kaum noch bei Bewusstsein.
Nils nimmt sein Smartphone zur Hand und sucht Ralfs Nummer.
„Hi Ralf, bitte schick ein paar Jungs zu Ruby. Es gab eine Schießerei, einen Toten in Notwehr."
„Oh nein, Nils. Wer ist tot?", fragt Ralf besorgt.
„Der Ex-Freund von Ruby. Ich musste ihn erschießen. Und schick bitte auch einen Krankenwagen, schnell.“
„Okay, Nils, in 5 Minuten sind wir bei euch.“
„Danke, Ralf.“
Nils umarmt Ruby, legt ihr eine warme Decke um. Noch immer weint sie. Besorgt stellt er fest, dass ihr Weinen immer mehr einem Wimmern weicht. Bis sie schließlich ihre Augen schließt und in tiefe

Bewusstlosigkeit verschwindet.
„Ruby, hey, bleib bei mir, ja? Ruby! Verdammt. Bitte tu mir das nicht an. Bitte. Wo bleibt der Krankenwagen? Die müssten doch längst da sein.“ Das Warten kommt ihm wie eine Ewigkeit vor. Endlich hört er die erlösenden Sirenen. Mit größter Vorsicht legt er Ruby aufs Bett und drückt den Summer für die Haustür unten. Ungeduldig ruft er den Sanitätern zu: „Los, macht schon!” Zwei Sanitäter kommen mit einer Trage und einem großen Koffer die Treppen hoch gerannt. Nils führt sie in die Wohnung, ihr Blick fällt nach rechts zu Michael, der in einer Riesenblutlache am Boden liegt.
„Dem könnt ihr nicht mehr helfen", bemerkt Nils angespannt. Eilig gehen sie ins Schlafzimmer. Einer der Sanitäter, der Größere der beiden, geht zu Ruby, während der andere den Koffer öffnet. Der Große fragt, wie sie heißt.
„Ruby", sagt Nils und wischt sich eine Träne weg.
„Ruby, hören sie mich?" Keine Reaktion. „Was ist passiert?", will er von Nils wissen.
„Ich weiß es nicht genau. Sie wurde geschlagen, mehr weiß ich nicht." Der andere Sanitäter mit der runden Brille legt ihr eine Blutdruckmanschette an. Der Große zieht ihr eine "Nasenbrille" über. Ein kleiner Schlauch, der den Sauerstoff direkt in die Nase leitet. Da hört er Ralf.
„Nils! Nils!"
„Ich bin hier." Ralf eilt zu Nils ins Schlafzimmer, die anderen beiden Beamten, die Ralf begleiten, kümmern sich um Michael.

Ralf fährt erschrocken zusammen, als er Ruby sieht. „Nils, was ist passiert?", fragt er. Der stottert nur noch herum und steht völlig neben sich. Ralf nimmt ihn in die Arme und tröstet ihn. Auch wenn es sich zuerst seltsam anfühlt, weiß Ralf, dass es mehr als angebracht ist. Nils heult wie ein kleines Kind.

„Wie geht es ihr?", fragt Ralf die Sanitäter.

„Sie wird durchkommen. Sie hat einen heftigen Schock, eventuell Brüche, das müssen die im Krankenhaus untersuchen." Vorsichtig hieven sie Ruby auf die Trage. Langsam und behutsam gehen sie die Treppen hinunter zum Krankenwagen. Aufgeregt stottert Nils: „I i ich muss mit, ich m muss mit ihr mi mit."

„Moment Nils, wir müssen erst wissen, was hier vorgefallen ist", erwidert Ralf.

„Ich... ich kann n... n... icht, kann nicht", stottert Nils. Ralf erinnert sich, wie Nils ihm erzählt hat, dass er nach dem Tod seiner Frau einen Monat nicht gesprochen hat.

„Okay Nils, sie wird wieder auf die Beine kommen. Wir fahren zusammen zum Krankenhaus. Und danach erzählst du mir alles, okay?" Er informiert die anderen Beamten, die nicht sehr begeistert davon sind, aber schließlich zustimmen. Nils und Ralf fahren stumm zum Krankenhaus. Ralf hat ihn noch nie so erlebt. Er ist kreidebleich und macht einen erbärmlichen Eindruck. Nach zehn Minuten Autofahrt erreichen sie das Krankenhaus. Sofort stürmen sie zur Notaufnahme und fragen nach Ruby. Eine ältere, ernst dreinblickende Frau informiert sie, dass sie gerade weitere Untersuchungen

vornehmen und sie doch bitte warten sollen. Da sitzen sie nun wartend.
„Sie wird bald wieder okay sein", versucht Ralf Nils zu beruhigen.
„Mh". Nach einer gefühlten Ewigkeit kommt endlich ein Arzt aus dem Saal.
„Sind Sie die Polizisten, die mit Ruby Bergmann gekommen sind?", fragt er.
„Ja." Der Arzt zuckt dreimal mit dem linken Auge. *Was tut der da?,* fragt sich Nils und starrt ihn an. Dann fährt der Arzt fort:
„Das Jochbein ist gebrochen, das ist ein sehr schmerzhafter Bruch, deshalb verlieren Patienten mit so einem Bruch oft das Bewusstsein. Zudem war das Erlebte wahrscheinlich äußerst traumatisch."
„Sie ging durch die Hölle", bestätigt Nils traurig. Wieder einmal in ihrem Leben. Ralf ist glücklich, dass er seine Worte wiedergefunden hat. Nils macht sich Vorwürfe. *Wie konnte ich einfach gehen und sie mit dem Verrückten allein lassen?*
„Darf ich sie sehen?", will er wissen und schaut den Arzt flehend an.
„Sie wird gerade operiert. Wenn die OP fertig ist und sie wieder bei Bewusstsein ist, dürfen Sie sie sehen."
„Und das ist wann?"
„Mh, in zirka 5 bis 7 Stunden." Nils reibt sich die Augen.
„So, jetzt erzähl mir, was geschehen ist." Gemeinsam gehen sie in den Wartesaal. Ralf holt für beide eine Cola aus dem Automaten. Für Nils eine Light, für sich eine richtige, nicht das Mädchenzeugs. Nils erzählt von Michael, ihrem ersten Aufeinandertreffen, von den Stoffherzen.

Und schließlich von der Begegnung mit ihm in Rubys Wohnung. Über das Video verliert er kein Wort. Ralf wiederholt ungläubig.
„Also, er wollte Ruby dazu zwingen, wieder seine Freundin zu sein?"
„Ja", antwortet Nils kurz.
„Ruby hat es irgendwie geschafft, dir eine Nachricht zu senden. Als du in der Wohnung angekommen bist, stand er mit einem Messer in der Hand hinter Ruby und hat gedroht, sie umzubringen. Dann hast Du geschossen", fasst Ralf kurz zusammen.
„Mh."
„Und wieso hast du ihm dreimal in den Kopf geschossen?"

„Ich weiß es nicht, es ist einfach so geschehen."

„Das wird Probleme geben, mein Freund." Besorgt schaut er Nils an.

„Du bist ganz schön verliebt", stellt er fest.

„Du weißt gar nicht, wie." Die Tür geht auf, und Rubys Mutter erscheint mit ihrem neuen Schatten, Bernd, im Wartesaal.
„Oh, nein", stöhnt Nils. Melissa sieht die beiden Beamten. Sie erkennt Nils, der mit blutverschmierter Kleidung und verheulten Augen da sitzt. Wütend stürmt sie auf ihn zu:
„Herr Krämer, waren Sie das? Haben Sie Ruby geschlagen? Ich wusste es. Ich habe Ruby gefragt, ob Sie sie gut behandeln. Sie hat mich belogen. Ich wusste, dass man Ihnen nicht trauen kann. Ein Mann, der auf so junge Frauen steht, mit dem muss ja etwas nicht stimmen."
„Jetzt mal halblang, Frau Bergmann", mischt Ralf sich ein. "Herr Kramer hat ihrer Tochter das Leben gerettet. Ihr Ex-Freund wollte sie

umbringen."
„Michael?", fragt sie ungläubig.
„Ja genau, Michael Hofmann."
„Aber das war doch so ein lieber Mann, er hat so gut zu Ruby gepasst."
Nils kocht innerlich. *Die Menschenkenntnis einer Weinbergschnecke.*
„Setzen Sie sich am besten am anderen Ende des Wartesaals hin und warten Sie, bis Sie zu Ruby dürfen", beruhigt Ralf die beiden. Beleidigt watscheln sie zum Getränkeautomaten. Nach knapp sechs Stunden kommt endlich der Arzt mit den seltsamen Zuckungen in den Wartesaal. Melissa und Bernd gesellen sich zu ihnen.
Der Doktor schaut Melissa und Bernd fragend an. „Und Sie sind?", fragt er.
„Wir sind die Eltern von Ruby Bergmann." *Ich könnte kotzen*, denkt Nils.
„Ah ja, stimmt, wir haben Sie angerufen. Schön, dass Sie gekommen sind. Die Operation ist gut verlaufen. Es musste eine Metallplatte eingesetzt und mit Schrauben befestigt werden", informiert er die Anwesenden.
„Das ist ja schrecklich, mein armes Mädchen", jammert Melissa.
„Die Schrauben kommen wieder raus, sobald der Bruch verheilt ist."
„Kann ich sie sehen?", will Nils wissen.
„Wenn sie Nils Kramer sind, dann ja. Sie hat nach Ihnen gefragt."
„Aber wir sind die Eltern", empört sich Melissa.
„Es tut mir leid, Ihre Tochter ist eine erwachsene Frau und darf selber entscheiden, wen sie sehen will. Und sie hat ausdrücklich gesagt, dass

sie nur Nils Kramer sehen will.“ Bernd nimmt Melissa in die Arme und tröstet sie. Nils schaut Ralf an.
„Sie will dich sehen, geh schon." Nils lässt sich nicht zweimal bitten und geht mit dem Arzt in Rubys Krankenzimmer. Mit einem aufmunternden Lächeln öffnet er die Tür und ermahnt Nils, sie nicht aufzuregen. Nervös tritt er ein. Er erschrickt bei ihrem Anblick. Über ihrer linken Gesichtshälfte verläuft ein schneeweißer Druckverband. Das sichtbare Auge ist blutunterlaufen. Schläuche verschwinden in ihrem Körper, der kleiner und verletzlicher aussieht als je zuvor.
„Hey", sagt er leise. Sie dreht leicht ihren Kopf.
„Hey.“
„Du siehst richtig schlimm aus", bemerkt er.
„Danke", murmelt sie.
„Es tut mir alles so leid, Ruby.“

49 Montag

Nils musste zu seinem Vorgesetzten, nachdem er bei Ruby war. Er musste seine Waffe abgeben und ist fürs Erste suspendiert. Es wird ein Ermittlungsverfahren eingeleitet werden, um festzustellen, ob eine Notwehrsituation vorlag, die drei gezielte Schüsse in den Kopf rechtfertigt. Gegebenenfalls wird er sich vor Gericht verantworten müssen. Das ist in solchen Fällen der vorgeschriebene Ablauf. Zudem muss er zum Psychologen, um das Erlebte zu verarbeiten und zu erkunden, ob er den Belastungen des Polizeidienstes noch gewachsen

ist. Zu Hause und legte sich erst mal ein paar Stunden hin. Erschöpft und leer schlief er sofort ein. Jetzt sitzt er einfach nur da auf seinem Sofa und versucht, alles zu verstehen. Alles, was in der letzten Woche geschehen ist. Es erstaunt ihn, dass Rubys Taten, die Morde an den Männern, ihn nicht wirklich beunruhigen. Er nimmt es hin, kann es sogar verstehen, auch wenn es in ihm als Polizisten einen grossen Konflikt hervorruft. Ihm ist natürlich klar, dass sie es nicht getan hat, um die Welt zu verbessern, auch wenn sie das wahrscheinlich glaubt. Ruby tötet Männer, um ihre kranke Seele zu heilen. Sie braucht Hilfe, stellt er fest. Gegen Abend fährt er zu ihr ins Krankenhaus. Unterwegs hält er an einer Tankstelle, um eine Kleinigkeit mitzubringen.
Vorsichtig öffnet er die Tür. Der Arzt ist gerade bei ihr.
„Oh, guten Tag, Herr Kramer“, begrüßt er Nils freundlich.
„Guten Tag, Herr Doktor...", auf seinem Namensschild liest er Oliver Schröder, "...Schröder, wie geht es Frau Bergmann?" Er schaut auf Ruby und findet, dass sie schon besser aussieht. Lebendiger. Gestern sah sie aus wie ein Zombie. Halb lebendig, halb tot.
„Sie erholt sich gut, sie braucht einfach noch etwas Ruhe, der Schock sitzt tief. In zwei oder drei Wochen kann die Metallplatte raus, dann sehen wir ob noch eine plastische Chirurgie nötig ist."
„Plastische Chirurgie?", fragt Nils erstaunt.
„Ja, manchmal kommt es bei Jochbeinbrüchen zu sichtbaren Schäden, außerdem ist es gut möglich, dass ihr Sehvermögen auf dem linken Auge beeinträchtigt wird.“
„Für immer?", fragt Nils besorgt.

„Im Idealfall erholt sich die Sehfähigkeit wieder zu 100 %", nun flüstert der Arzt, „haben Sie den Kerl, der ihr das angetan hat, festgenommen?"
Nils erwidert flüsternd: „Ich habe ihn erschossen." Doktor Schröder schaut ihn an, sein Auge zuckt dreimal.
„Gut." Der Arzt verlässt das Zimmer.
„Was redet ihr hinter meinem Rücken?" Nils grinst: „Nichts was du nicht schon wüsstest."
„Wie geht's Dir?"
„Ganz okay, ich bin voll mit Schmerzmitteln, so lässt es sich aushalten."
„Total verrückt, das Ganze."
„Ich hatte mit meinem Leben abgeschlossen." Sie schaut betroffen zur Decke. Noch immer ist sie nicht sicher, ob sie doch nicht lieber tot wäre.
„Wir werden reden müssen."
„Aber nicht jetzt."
„Nein, nicht jetzt." Er schaut Ruby an. „Ich bin bis auf Weiteres suspendiert."
"Was? Warum?"
„Ist immer so, wenn ein Polizist im Dienst jemanden erschießt."
„Scheiße Nils, das tut mir leid."
„Das muss es nicht. Ich bereue nicht, was ich getan habe." Er drückt ihre Hand und lächelt sie sanft an. „Wann kannst du nach Hause?"
„Der Arzt mit den seltsamen Zuckungen", Nils grinst, „hat gesagt, ich

kann morgen gehen.“

„Du kommst zu mir", sagt Nils, ohne Widerworte zuzulassen. „Ich werde dich nicht allein lassen, bis du wieder ganz auf den Beinen bist.“

Ruby will widersprechen, lässt es dann aber.

„Du musst mich aber bekochen und mich massieren, meinen Kopf kraulen, die Füße küssen, mich lieb ansehen und den ganzen Tag sagen, wie sehr du mich liebst.“

„Okay, ich überlege es mir nochmals. Vielleicht ist es doch besser, du gehst in deine Wohnung", grinst Nils amüsiert. Ruby lacht und verzieht sogleich das Gesicht vor Schmerzen. *Warum tut das so weh*?

„Was passiert mit meiner Wohnung?"

„Die Spurensicherung ist noch drin. Sobald die fertig sind und die Wohnung freigeben wird, kann ich jemanden anrufen, der sie professionell reinigt.“

„Okay.“

„Ich gehe wieder, Ruby. Ich hole dich morgen Nachmittag ab.“

„Okay.“

„Ich liebe dich, kleines verrücktes Ding.“ Er drückt ihr einen Kuss auf die Stirn.

„Bye." Kaum hat er das Zimmer verlassen, schläft sie auch schon wieder ein.

50 Mittwoch

Nils hat Ruby gestern Abend vom Spital abgeholt. Es geht ihr schon viel besser. Sie sitzen vor dem Fernseher, als Nils sagt:
„Du brauchst Hilfe."
„Bei was?", erwidert Ruby.
„Du brauchst Hilfe, damit du klarkommst im Leben."
„Was meinst du damit?"
„Ich möchte, dass du zu einem Psychiater oder Coach gehst. So kannst du nicht weitermachen."
„Wie nicht weitermachen?"
Er hasst es, wenn sie im Eselmodus ist. „Leuten den Schädel einschlagen, das tut kein normaler Mensch."
„Aber sie haben es verdient."
„Das kann gut sein."
„Du weißt, dass es so ist", unterbricht ihn Ruby, schaut ihn aber nicht an.
„Ja, aber es ist nicht deine Aufgabe."
„Und wer tut es dann?"
„Die Polizei."
Ruby lacht: „Entschuldige Nils, aber du weißt besser als ich, dass das nicht stimmt, euch sind die Hände gebunden." Nils weiß, dass sie recht hat.
„Ein Kontaktverbot, Nils, oder ins Frauenhaus flüchten. Was sind das für Optionen?"
„Trotzdem: Was, wenn du erwischt wirst oder wenn dich einer dieser

Kerle umbringt oder vergewaltigt oder was weiß ich? Es wäre ja schon einmal fast geschehen.“ Ruby bleibt stumm. Eine Träne sucht sich den Weg über ihre Wange. Nils schaut sie an.
„Was ist los, hab ich was Falsches gesagt?", will er wissen und wischt die Träne aus ihrem Gesicht.
„Nein, es ist nur... Ach, ich bin einfach noch etwas sensibel und emotional, noch nicht ganz ich selbst.“ Nils überlegt, was er gesagt hat, was diese Reaktion hervorgerufen hat. *Der Typ, der sie fast vergewaltigt hat,* denkt er.
„Willst du reden?"
„Hä, wir reden doch schon", sagt sie und schaut ihn ungläubig an.
„Ich meine, gibt es etwas, was du mir sagen willst? Was ich noch nicht weiß?" *Kann er nicht etwas unaufmerksamer sein?,* denkt Ruby genervt.
„Nein, ich glaube nicht, Nils, und wenn, dann nicht jetzt. Lass mir einfach bitte noch ein bisschen Zeit, ich muss das Erlebte erst verarbeiten." Okay, das war ein „ja, aber nicht jetzt“. Nils graut davor, was es sein könnte.
„Was willst du denn zu einem Psychiater oder Coach?"
„Was ist der Unterschied?", will Ruby wissen.
„Mh, ich glaube, ein Psychiater beantwortet deine Fragen und sagt dir, was du tun kannst.“ „Und der Coach?"
„Der Coach stellt dir Fragen, du beantwortest sie, und du findest heraus, was du tun kannst. Irgendwie so."
„Mh, Coach klingt besser.“

„Ich suche dir morgen einen raus und mache einen Termin. Was bevorzugst du: Frau oder Mann?"
Pferd, denkt Ruby. Sie weiß es nicht, beides blöd. „Eine Frau ist vielleicht besser?", schlägt Nils vor.
„Ja, kann sein." Es erst 20:46 Uhr, aber Ruby entscheidet sich, ins Bett zu gehen. Noch immer fühlt sie sich erschöpft und ausgelaugt. Außerdem schmerzt die verdammte Wange. Ihr war nicht klar, wie schmerzhaft ein Jochbeinbruch ist. *Ist ja irgendwie auch ein Beinbruch*, denkt sie und grinst. Mit einem Kuss verabschiedet sie sich von Nils, sofort fliegen die Schmetterlinge in ihrem Bauch los. *Er riecht so gut und fühlt sich so gut an.*
„Geh ins Bett, Ruby, du brauchst Ruhe", schmunzelt Nils. Sie hört auf ihn, putzt sich die Zähne, was ein grausam schmerzhaftes Unterfangen ist. Sie zieht sich ihr rosa Sternchen-Pyjama an und legt sich hin. Kaum sind die Augen geschlossen, schläft sie ein. Ruby träumt. Da sind alle Männer, die sie getötet hat, und Michael. Bedrohlich kommen sie auf sie zu. Ruby steht mit dem Rücken zur Wand, kann nicht flüchten. Mit aufgerissenen Augen kommen sie auf sie zu und schreien: „Wir werden dich in Stücke reißen, böse kleine Ruby!" Einer öffnet seine Hose. Ihre Gesichter sind entstellt und blutverschmiert. Sie hat panische Angst, und ist erleichtert, als sie ihre Mutter sieht: „Mom!", ruft sie im Traum. Mutter ruft zurück.
„Sie meinen es nicht so, Ruby, es ist nicht so schlimm, lass es einfach geschehen!" Enttäuscht schaut sie ihre Mutter an und weint. Dann schreit sie: „Nils! Nils! Bitte, Nils!" Der schreckt aus dem Schlaf hoch,

knipst die Lampe an.
„Hey, alles gut, es war nur ein Traum, ganz ruhig." Er nimmt sie in die Arme, sie schluchzt und zittert. *Sie braucht Hilfe, ganz dringend,* denkt Nils besorgt.

51 Freitag

Nils konnte einen Termin für Ruby machen, bei Lifecoach Emma Hermann, heute um 16:00 Uhr. Er sagte ihr, es sei ein Notfall. Am Telefon machte sie einen sehr freundlichen Eindruck. Er bringt Ruby zur Praxis von Emma Hermann.
Er fährt Ruby mit ihrem grauen Audi TT zur Coaching-Session. Er will sicher sein, dass sie wirklich hingeht.
„Ich will nicht", sagt Ruby trotzig.
„Wie bitte?" Ungläubig starrt Nils sie an. Ruby schaut aus dem Fenster, will ihn nicht ansehen.
„Ruby, du benimmst dich gerade wie ein kleines Mädchen.“
„Wie benimmt sich denn ein kleines Mädchen?"
„Na, so wie du gerade jetzt, du gehst zu Emma Hermann, keine Widerrede.“
„Ein lächerlicher Name”, unterbricht Ruby ihn.
Nils kann ein Lachen nicht unterdrücken. „Das ist egal, sie kann dir helfen, gib ihr wenigstens eine Chance.“
„Mh."
„Ich werde dich da hintragen, wenn es sein muss", droht Nils. Ruby

schaut immer noch angestrengt aus dem Fenster. Sie weiß, dass er es tun würde.

„Ja, also okay.“ Nils begleitet sie nur, um ganz sicher zu sein. Er traut ihr alles zu. Freundlich werden Sie begrüßt.

„Sie müssen Ruby Bergmann sein", sagt die Mittvierzigerin freundlich. *Wow, guck an, sie hat hellseherische Fähigkeiten*, denkt Ruby sarkastisch. Eselmodus: On. Emma Hermann hat kurze, dunkelbraune Haare, freundliche offene Augen. Sie ist nicht sehr groß und macht einen fürsorglichen Eindruck.

„Ein schöner Name, Ruby Bergmann", bemerkt sie herzlich lächelnd. Ruby lächelt zurück und denkt, *bist wohl neidisch.* Nils kann sich vorstellen, was in Rubys Kopf gerade vorgeht. Er verabschiedet sich von den beiden und wünscht Emma Hermann stumm viel Glück.

Emma führt Ruby in ein helles Zimmer. Da stehen ein Sofa und ein bequemer Sessel. *Volles Klischee,* denkt Ruby bockig. Sie setzten sich. Ruby auf das Sofa, Frau Bergmann auf den Sessel, wie es sich gehört.

„Schön, dass Sie gekommen sind, Frau Bergmann.“ *Nicht ganz freiwillig bedanken Sie sich bei Nils,* denkt Ruby. Sie lächelt und nickt ihr zu.

„Dann wollen wir mal loslegen. Was erwarten Sie denn von unseren Treffen?" *Das soll sie mir sagen!* Ruby bereut, nicht den Psychiater gewählt zu haben.

„Ich weiß nicht, Sie sollen mir helfen.“

„Bei was?"

„Bei meinem verkorksten Leben."

„Wieso ist es verkorkst?"

Sie nervt jetzt schon, findet Ruby.

„Weil ich eine beschissene Kindheit hatte."

„Wollen Sie mir aus ihrer Kindheit erzählen?"

Nein!, ist Ruby überzeugt, sagt aber:

„Mein Vater hat mich geschlagen und meiner Mutter war es egal."

„Das tut mir leid. In welchen Situationen hat er sie geschlagen?"

„Immer, wenn er Lust hatte. Manchmal war er betrunken, oftmals auch nicht."

„Was hat ihre Mutter in diesen Situationen getan?"

„Sie hat weggeschaut, danach hat sie gesagt, dass er es nicht so gemeint hatte."

„Haben Sie ihr geglaubt? Dass er es nicht so gemeint hatte?"

„Zu Beginn schon, da versuchte ich noch, es ihm irgendwie recht zu machen."

„Wie sah das aus? Wie wollten Sie es ihm recht machen?"

Verdammt, das ist anstrengend. Ruby nimmt einen tiefen Atemzug und fährt fort.

„Ich gab mir Mühe, nichts zu tun, was ihn aufregen könnte. Ich strengte mich in der Schule an, machte die Hausaufgaben immer und gut. Und schließlich versuchte ich wie ein Junge zu sein. Ich dachte, vielleicht hätte er mehr Freude an einem Jungen."

„Und war das so? Gab er Ihnen mehr Aufmerksamkeit als Junge?"

„Nein."

„Glauben Sie, dass Sie etwas falsch gemacht haben?"

„Heute weiß ich, dass er das Problem hatte, nicht ich. Aber damals, klar, ich dachte immer, dass seine Behandlung mir gegenüber gerechtfertigt war.“

„Hat er Sie nur geschlagen oder noch auf andere Art und Weise missbraucht?"

Nur? Als ob das nicht genug wäre.

„Die ersten Jahre hat er mich mit Worten erniedrigt.“

„Was hat er gesagt?"

Neugierige Tante, denkt Ruby.

„Dass ich nichts wert sei, dass ich nichts kann." Ruby steigen Tränen in die Augen. *Nicht jetzt, nicht hier, reiß dich zusammen.* „Dass ich es in meinem Leben nie zu etwas bringen werde."

„Ich sehe, dass Sie auf den emotionalen Missbrauch sensibler reagieren als auf die physische Gewalt.“

Wo ist die Frage?, wundert sich Ruby.

„War es schlimmer für Sie?" *Da ist sie.*

„Worte sind grausam, sie bleiben im Gedächtnis ein Leben lang. Sie kommen in bestimmten Situationen ans Licht und erinnern daran, dass man nichts kann und nichts ist. Worte töten einen innerlich. Schläge schmerzen äußerlich, aber man vergisst sie mit der Zeit. Nichts tut mehr weh und richtet mehr schaden an, als wenn die Menschen, die einen lieben sollten, einem Geborgenheit geben müssten, einen ablehnen und abstoßen." Tränen, füllen ihre Augen. Der Coach schaut sie lange einfach nur an. Ruby wird nervös, weiß nicht, wohin sie schauen soll.

„War da noch ein anderer Missbrauch?"

„Was meinen Sie?"

Hat sie nicht genug, die unersättliche Frau?

„Sexueller Missbrauch, hat Ihr Vater sie jemals sexuell missbraucht?"

Ruby rutscht auf dem Sofa umher. Sie kratzt mit ihrem Zeigefinger am Daumen. Das tut sie immer, wenn sie Stress hat.

„Muss ich darauf antworten?"

„Sie müssen gar nichts, Ruby."

„Dann möchte ich lieber nicht darüber reden."

„Das ist gut. Sie müssen wissen, dass alles, was Sie mir sagen, unter uns bleibt."

„Nur unter Ihnen und mir?"

„Ja, genau."

„Gut."

„Haben Sie Geschwister?"

„Nein."

„Wie ist Ihr Verhältnis zu ihren Eltern heute?"

Oh je, wo soll ich bloß anfangen?

„Mh, also mein Vater kam vor etwas mehr als einem Monat bei einem Unfall ums Leben."

„Waren Sie traurig?"

Ich habe ihn mit eigenen Händen umgebracht, denkt Ruby.

„Nein, ich habe keine einzige Träne vergossen. Ich bin froh, dass er nicht mehr da ist."

„Wann war er das letzte Mal gewalttätig gegen Sie?"

„Am Tag, an dem er den Unfall hatte. Er hat mich beschimpft und geschlagen."
Emma Hermann sieht überrascht aus.
„Er hat Sie bis ins Erwachsenenalter misshandelt?"
„Ja, aber ich bin vor 6 Jahren aus der Wohnung ausgezogen, da wurde es logischerweise besser. Ich versuchte, ihm aus dem Weg zu gehen. Wenn ich meine Mutter besuchte, gab ich Acht, die Zeiten so zu wählen, dass er nicht zu Hause war."
„Wie ist das Verhältnis zu Ihrer Mutter?"
„Nun, ich muss vielleicht erwähnen, dass mein Vater nicht mein richtiger Vater war. Aber das habe ich erst vor wenigen Wochen erfahren."
Emma Hofmann zieht eine Augenbraue hoch. Ruby fährt fort.
„Meine Mutter hatte ein Abenteuer mit einem anderen, daraus bin ich entstanden. Mein Vater, nicht Vater, hat es herausgefunden und sie bedroht, dass wenn sie sich trennen will oder mir etwas sagt, wir beide tot sind. Sie hat ihm geglaubt und 27 Jahre lang geschwiegen. Und jetzt ist sie mit meinem richtigen Vater aufgetaucht und will einen auf Happy Family machen."
„Und das wollen Sie nicht?"
„Scheiße, natürlich nicht. Das geht doch nicht."
„Weshalb nicht?"
Ja, ist sie jetzt völlig von Sinnen?
„Weshalb? Weil ich ihnen 27 Jahre lang egal war. Und sie sich nicht einmal für mich eingesetzt haben. Jetzt ist es zu spät für Happy

Family.“
„Wie ist Ihre Beziehung zu Nils Kramer?"
Rubys Stimmlage wird weicher.
„Er ist das Beste, was mir je passiert ist. Er liebt mich mit all meinen Fehlern und Schwächen. Nils ist die erste Person, bei der ich mich als Frau geborgen fühle.“
„Haben Sie seine Liebe verdient?“
Was soll denn diese Frage, spinnt sie jetzt? Ruby schaut sie herausfordernd an.
„Glauben Sie, dass Sie seine Liebe verdienen?", wiederholt sie ruhig.
Ruby nimmt einen tiefen Atemzug. „Nein", sagt sie, wieder laufen ihr Tränen über das Gesicht.
„Was denken Sie, müssten Sie tun, damit Sie seine Liebe verdienen?“
„Ich müsste jemand anderes sein.“
„Aber er liebt sie“.
„Das hoffe ich.“
„Sie haben Zweifel?"
Verdammt nochmal, was soll das? Wieder wird Ruby bockig.
„Ja, das hat doch jeder, Sie nicht? Sie sind bestimmt verheiratet, haben Sie nie Zweifel an der Liebe Ihres Mannes? Manchmal man kann sich der Liebe nicht sicher sein. Sie ist zerbrechlich. Heute noch da, morgen weg."
„Ich habe keine Zweifel an der Liebe meines Mannes.“
Ich hasse sie, nicht nur ihren Namen.
„Wer war die wichtigste Person in Ihrem Leben als junge Ruby?"

„Meine Oma. Ich war Omas Liebling, sie hat mich geliebt.“
„Waren Sie sich ihrer Liebe sicher?"
„Ja", sagt Ruby überzeugt. Sie kommt ins Grübeln. Die Frau ist gut.
„Erzählen Sie mir etwas Schönes von Ihrer Oma.“
„Mh, wir gingen immer zusammen einkaufen, jedes Mal hat sie mir etwas Kleines gekauft. Zu Hause hatte sie einen Wellensittich, der konnte Hallo sagen. Sie hat mir zugehört, wenn ich etwas erzählt habe und war immer interessiert. Oma hat mich Teufelsmädchen genannt. Das hat mir gefallen. Ich habe mich stark gefühlt.“ *Und Oma hat mir einen Schlagstock hinterlassen, mit dem ich Männern den Schädel einschlage.*
„Sie liebten Ihre Oma?“
„Ja, sehr."
„Okay Ruby, ich glaube, das ist ein schöner Abschluss. Machen wir das nächste Mal weiter.“
Ich weiß nicht, ob es ein nächstes Mal geben wird, denkt Ruby erschöpft.
„Ich möchte, dass Sie sich für die nächste Sitzung Gedanken machen, warum Sie sich der Liebe Ihrer Oma sicher waren, nicht aber der Liebe Ihres Partners.“
„Ja, okay." *Hausaufgaben. Back to School.*
Als sie das Zimmer verlassen, wartet Nils schon mit einem erwartungsvollen Gesichtsausdruck im Warteraum.
„Hey." Er sieht sofort, dass Ruby geweint hat. *Ein gutes Zeichen*?
„Hallo, Herr Kramer. Wann wollen Sie wiederkommen, Frau

Bergmann?" *Nie mehr,* antwortet Ruby für sich.
„Mh, ich weiß nicht. In einer Woche?"
„Ja, das passt, so wie heute? Also 16. Oktober um 16:00 Uhr."
„Okay, tschüss." Ruby stürmt raus. Nils hat Mühe, Schritt zu halten.
„Hey, hast du es eilig, wie war es?"
„Ganz okay." *Okay, ich glaube, ich lass das mit den Fragen.* Stumm fahren sie nach Hause. Da legt Ruby sich hin, sie ist müde und ausgelaugt. Nils bastelt an seinem Bike herum. Er hat sich eine neue Tretkurbel gekauft, von Shimano. Am Abend essen sie zusammen und sehen fern. Ruby hat kaum gesprochen, er weiß nicht recht, wie das zu deuten ist. Aber mittlerweile weiß er, wann es besser ist, sie einfach in Ruhe zu lassen.

52 Dienstag

Ruby fühlt sich viel besser. Gestern war sie beim Arzt. Alles sieht gut aus, die Heilung schreitet voran. Wahrscheinlich können die Schrauben nächste Woche raus. Die Schmerzen halten sich in Grenzen. Dafür ist sie dankbar. Heute ging sie das erste Mal wieder alleine auf die Straße; es hat sich gut angefühlt, ein Stück Normalität zurückzugewinnen. Sie war bei Edeka einkaufen. Zufrieden sitzt sie mit Nils am Esstisch, als er sagt:
„Darf ich dich etwas fragen?" Dazu müsste ich wissen, was er mich fragen möchte, und wenn er dann fragt, um mir zu sagen, was er fragen möchte, hat er ja schon gefragt. Also eine sehr gefährliche

Frage. Sie geht das Risiko ein:
„Mh ja, was denn?"
„Hast du deinen Vater getötet?"
„Bist du sicher, dass du es wissen willst?"
„Ich hätte nicht gefragt, würde ich es nicht wissen wollte."
„Ja, Nils, ich habe ihn umgebracht." Nils schließt die Augen.
„War es Notwehr?"
Was spielt das für eine Rolle? Ich habe drei weitere Männer umgebracht.
„Ja, es war Notwehr. Er hat mich geschlagen, wie du ja damals schon festgestellt hast. Und er wollte noch mehr, er kam auf mich los, war wütend, sehr wütend. Sein Glas ist zu Boden gefallen. Er hat nicht bemerkt, dass ich mich nach einem Glassplitter geduckt und aufgehoben habe. Ich habe ihm den Splitter in die Kehle gerammt und dann habe ich die Scherbe gedreht, bis ein Blutschwall aus seinem Hals schoss. Erst da war ich sicher, dass ich die Halsschlagader erwischt hatte. Ich habe jede Sekunde genossen." Provokant schaut sie ihn an. Er schaut zurück, bis sie seinem Blick nicht mehr standhalten kann. Traurig erwartet sie, dass er sich abwendet, aufsteht und geht. Aber er sagt:
„Das kann ich verstehen."
Kann er das wirklich? „Ich weiß nicht Nils, manchmal bin ich mir nicht sicher, ob es gut ist, dass ich noch am Leben bin."
„Was sagst du da?"
„Manchmal denke ich, es wäre besser gewesen, Michael hätte mich

umgebracht. Ich habe da schon abgeschlossen mit meinem Leben und es war okay. Ich hatte Frieden. Die Aussicht darauf, Ruhe zu haben, keine Kämpfe mehr, keine Trauer mehr, keine Einsamkeit, keine Dunkelheit, keine Leere. Weißt Du, in mir ist so ziemlich alles am Arsch. Ich kann das gut überspielen, aber da ist nichts, wie es sein sollte. Ich führe Gespräche mit der kleinen Ruby."
„Der kleinen Ruby?", fragt er verwundert.
„Ja, mein 7-jähriges Ich. Sie kommt nicht zur Ruhe, sie wird nie geheilt sein. Ich kann ihr nicht helfen. Klein Ruby ist mächtig und die einzige Möglichkeit, sie für kurze Zeit glücklich zu machen ist, wenn ich diese Männer umbringe. Es macht sie glücklich, sie lächelt und fühlt sich geliebt, weil sich jemand für sie einsetzt." Nils schaut Ruby ungläubig an.
„Geschockt, huh? Jetzt weißt du es." Damit hat er nicht gerechnet, er ist sprachlos.
„Das ist, das ist ganz schön krass. Ich glaube, es wäre gut, dass du öfters zum Coach gehst."
„Vielleicht", meint Ruby plump. „Sorry, dass ich dir den Abend versaut habe, verlass das sinkende Schiff, bevor es ganz untergeht", sagt Ruby und verschwindet im Wohnzimmer. Nils sitzt am Esszimmertisch. *Immer, wenn sie mir etwas erzählt, was sehr persönlich ist, wird sie patzig und verletzend. Weil sie sich selber verletzlich macht,* dämmert es ihm. Nils folgt ihr ins Wohnzimmer. Er schaut sie an. Sie starrt herausfordernd zurück.
„Ich liebe dich, Ruby." Er setzt sich neben sie. „Wieso bist du dir

meiner Liebe nicht sicher? Nach allem, was passiert ist, wieso hast du immer noch Angst, dass ich dich ablehnen könnte für etwas, was du mir erzählst.“ *Woher weiß er das?* Sie schaut ihn an, aber keines der Worte, das sich in ihrem Kopf formt, finden den Weg hinaus.
„Liebst du mich, Nils?”
„Oh Gott, Ruby, mehr als alles auf der Welt, zweifle bitte nie daran."
Ruby schmiegt sich an ihn, genießt seine Nähe.
„Verrückte Ruby", sagt er liebevoll.
„Wollen wir The Good Place schauen?", will sie wissen. Nils lacht.
„Und dein Kopf?"
„An was denkst denn du schon wieder? Richtig schauen meine ich, wir sind fast durch. Wir haben noch zwei Teile der vierten Staffel.“
„Ach so, ja klar, willst du etwas aus der Küche?"
„Ja, ein Butterbrot, gerne mit viel Butter, und eine Coke.“
„Okido." Nils erhebt sich und geht in die Küche, er öffnet den Kühlschrank. „Ruby?"
„Ja?" Kannst Du mir erklären, warum da Vier Pack Butter im Kühlschrank sind?" Ruby grinst.
„Butter, Socken und Unterwäsche kann man nie genug haben, Herr Kramer.“ Er lacht. *Was für eine verrückte Frau.* Mit vollen Händen kehrt er ins Wohnzimmer zurück.
„Es kann losgehen." Gespannt schauen sie die letzten Teile von “The Good Place”. Ruby hat ihren Kopf auf Nils Schoß und genießt die Vertrautheit.
„Das war's", sagt er, als der letzte Teil zu Ende geht. "Hat es dir

gefallen?", will Nils wissen. Sie verzieht ihr Gesicht.
„Mir hat das Ende nicht gefallen“, antwortet Ruby.
„Weshalb nicht?", wundert sich Nils.
„Ich finde es beunruhigend, dass das perfekte Leben so langweilig wird, dass man das Ungewisse wählt und das Risiko eingeht, dass man einfach weg ist. Nicht mehr existiert. Es deprimiert mich.“
„Interessanter Punkt, wir hätten nach der dritten Staffel aufhören sollen.“
„Ja." Nils küsst Ruby sanft auf die Lippen, sie erwidert den Kuss, sie küssen sich immer leidenschaftlicher. „Shhhhh", sagt Nils plötzlich.
„Dein Kopf."
„Vergiss meinen Kopf." Vergnügt gehen sie ins Schlafzimmer.
Interessant, was “The Good Place” bei ihnen auslöst.

53 Mittwoch

Ruby wird unsanft aus dem Schlaf geklingelt. Ihr Smartphone.

Scheiße, wer ist das? Schlaftrunken schaut sie aufs Display. Ihr linkes Auge sieht alles doppelt. Mh, David ihr Chef. Beunruhigt drückt sie auf Annehmen.
„Hallo David", sagt sie verschlafen.
„Hallo Ruby, hab’ ich dich geweckt?"
„Schon okay, keine Sorge.“

„Es ist so Ruby, ich muss dir leider zum Ende des Monats kündigen. Ich kann es nicht mehr tragen. Du weißt, wir sind ein kleines Unternehmen. Es tut mir wirklich leid, ich habe dich sehr geschätzt, aber es geht einfach nicht mehr.“ *Ja, danke, ich fühle mich besser,* denkt sie beleidigt. *Ich wurde fast umgebracht, und der Arsch interessiert sich nur für sein Scheißgeschäft.*

„Ja, verstehe.“

„Es tut mir leid, vielleicht kriegst du ja dein Leben bald wieder in Griff, dann findest du sicher schnell Arbeit. Mit deinen Qualifikationen und Fähigkeiten sollte das kein Problem sein.“

Mein Leben in den Griff kriegen, frecher Kerl.

„Ja okay, danke. Tschüss." Und weg ist er. *Auch das noch, da rackert man sich jahrelang den Arsch ab, gerät in eine Lebenskrise und kriegt den Arschtritt*, denkt Ruby frustriert. Nils kommt ins Schlafzimmer.

„Wer war das?", will er wissen.

„David.“

„Oh, und was wollte er?"

„Er hat mir gekündigt.“

„Nein, Mist, Ruby, das tut mir leid. Mach dir keine Gedanken, du kannst bei mir wohnen.“

„Das tu ich ja schon.“

„Wenn du wieder ganz gesund bist, findest du sicher schnell etwas Neues.“

„Das hat er auch gesagt." Sie hasst es, wenn der Morgen schon so

beginnt. Aber sie beschließt, sich die Laune nicht verderben zu lassen.
„Frühstücken? Du weißt, wer heute zum Essen kommt?" Nils will sicher sein, dass sie es nicht vergessen hat.
“Ja, Garfield und Odie. Das wird lustig.“
Nils muss lachen, jetzt wird er Rubys Eltern für immer als Garfield und Odie sehen. Ihm graut vor dem Abend.
Am Nachmittag geht Ruby fürs Abendessen einkaufen. *Kocht sie nicht immer dasselbe?* Spaghetti, Reis mit Chicken, Reis ohne Chicken, Chicken ohne Reis. Mh, sie entscheidet sich für Chicken mit Curryreis. Also braucht sie Reis, Chicken genug für vier, Rahm, Ananas und noch etwas Süßes fürs Dessert. Sie entscheidet sich für Schokoladenpudding. Der Abend bricht schnell an. Nils und Ruby stehen gemeinsam in der Küche und bereiten das Essen. Punkt 20 Uhr klingelt es an der Tür. Nils öffnet.
"Hallo Herr Krämer."
„Kramer", korrigiert er Rubys Mutter. Gekonnt ignoriert sie ihn, er verdreht die Augen. Garfield. Er grinst.
„Hallo, Herr Kramer", kommt Bernd reingeschlichen. Und da ist Odie.
„Hallo!" Melissa stürzt zu Ruby in die Küche. Sie hat sie seit dem Vorfall mit Michael nicht mehr gesehen. Ruby wollte sie nicht sehen. Sie kann sich nicht erklären weshalb, sie wollte einfach nicht.
„Hallo Ruby, mein armer Schatz!"
„Es geht mir gut, Mom.“
„Zeig mal die Wange, oh, das sieht ja schlimm aus, sind die Schrauben noch drin?"

„Ja, 10 Stück."
„10?", ruft Melissa erschrocken. Nils grinst.
„Nein, Mom, war ein Witz."
„Darüber macht man keine Witze", sagt sie beleidigt.
„Es ist nur eine und sie kommt nächste Woche raus", informiert Ruby sie.
„Schöne Wohnung", bemerkt Bernd.
„Danke", sagt Nils.
„Das Essen ist fertig, setzt euch." Hungrig setzten sich alle an den Esstisch und speisen genussvoll.
„Das war sehr gut, Ruby", lobt ihre Mutter.
„Danke."
Melissa räuspert sich. „Wollt ihr eigentlich heiraten?" Ruby verschluckt sich, Nils kichert in sich hinein.
„Darüber haben wir noch nicht gesprochen, Mom. Wir hatten anderes um die Ohren die letzten Wochen, du erinnerst dich?" Langsam kocht Wut in Ruby hoch, ihre Mutter schafft es, sie in weniger als drei Sekunden von 0 auf 100 zu bringen. *Ruhig Ruby, ganz ruhig. Tief einatmen, ausatmen, einatmen.*
„Wohnst du denn jetzt hier mit...", sie scheint unsicher darüber zu sein, wie sie Nils nennen soll, "dem Polizisten?"
„Der Polizist heißt Nils oder Herr Kramer. Kramer ohne ä, und ja, ich wohne bei ihm."
„Ich bin stolz auf dich, Ruby", sagt ihre Mutter entzückt.
„Weshalb?"

„Na, du bist eine hübsche junge Frau, die mit beiden Beinen auf dem Boden steht." Jetzt ist Nils es, der sich verschluckt. Ruby sendet ihm einen Seitenblick. Ihre Mutter spricht weiter, sie hätte es lieber nicht getan.
„Dein Vater wäre stolz auf dich." Die Luft gefriert sofort. Keiner atmet, keiner bewegt sich, alle Augen auf Ruby. Ruby ist erstarrt, hasserfüllt schaut sie ihre Mutter an:
„Wo ist dein Problem, Mom?"
„Was meinst du?"
„Was genau hast du nicht verstanden, was meine Kindheit betrifft?"
„Ach Kind, du hattest doch alles, sogar ein Pony. Welches Kind hat schon sein eigenes Pony?" Sie zuckt mit den Schultern und schaut lächelnd in die Runde. *Dieser Frau ist nicht zu helfen*, denkt Nils.
„Ich hätte zu gerne auf das beschissene Pony verzichtet, für ein bisschen Liebe und Aufmerksamkeit."
„Sei doch nicht so undankbar, dein Vater hat viel gearbeitet, damit wir ein gutes, sorgloses Leben haben." Ruby ist außer sich. Ihre Augen wandeln sich in kleine Schlitze.
„Sorglos? Vielleicht war dein Leben sorglos, meines nicht. Weißt du noch, wie er mich in die Ecke geschleudert und mir zwei Rippen gebrochen hat?" Nils erträgt es kaum zuzuhören. Bernd sitzt nur dumm da und starrt auf sein leeres Glas.
„Ach, das ist ihm ausgerutscht, das wollte er nicht."
„Ah ja, klar, und der ausgeschlagene Zahn? Ich habe ihn noch, willst du ihn sehen? Ich habe ihn aufgehoben."

Nils kann nicht glauben, was er hört. *Sie hat den Zahn, den ihr Vater ihr ausgeschlagen hat, all die Jahre aufgehoben?*
"Er meinte es nicht so, er war manchmal ein bisschen grob.“ Ruby ist sprachlos.
„Wenigstens hat er dich nie sexuell belästigt, das wäre schlimm gewesen. Da hättest du Grund gehabt zu jammern.“ Sie grinst Bernd an. Der versucht zu lächeln, verzieht sein Gesicht aber nur zu einer grausigen Grimasse.
„Das wäre schlimm gewesen, ja?", sagt Ruby. Nils ist sich nicht sicher, ob er unterbrechen und Melissa und Bernd rauswerfen, oder die Unterhaltung laufen lassen soll. Er lässt es. Ruby ist erwachsen, sie kann sich selbst wehren.
„Dann will ich dir mal etwas sagen, liebe Mutter, dein lieber Ehemann hat mich vom zwölften bis zum sechzehnten Lebensjahr regelmäßig sexuell missbraucht. Immer wenn du bei deinen tollen Freundinnen warst." Nils kann nicht glauben, was er hört.
„Das ist nicht wahr!" Ihre Mutter schüttelt vehement den Kopf.
„Du lügst! Das hätte er nie getan!“
„Ich habe es dir nie erzählt, weil ich dich schützen wollte. Weil ich wusste, dass dich das verletzen würde. Ich wollte nicht, dass du traurig bist. Verstehst du, wie krank das ist? Verstehst du, wie krank ich bin, Mom?” Jetzt weint Ruby. „Er hat mir alles genommen, alles, er hat mich auf allen Ebenen beraubt. Ich hatte nichts, was mir gehörte. Er hat sich alles genommen. Und kam immer davon mit allem!“, schreit Ruby.

„Während du dein kleines sorgloses Leben gelebt hast, ist deine Tochter vor deinen Augen gestorben. Und du hast es nicht einmal bemerkt. Qualvoll abgekratzt. Immer wieder habe ich versucht, noch Halt zu finden, irgendwo bei irgendjemand. Aber ich bin nur in Wände gerannt, immer und immer wieder. Es ist nichts mehr da, Mom. Ich bin tot. Gestorben vor 20 Jahren.“ Sie steht auf. „Ich will euch nicht mehr sehen, euch beide nicht. Mir egal, was ihr macht und wohin ihr geht. Lasst mich einfach in Ruhe.“ Ruby steht auf und schließt sich im Bad ein. Nils erhebt sich.

„Ihr solltet jetzt besser gehen.“

„Ich rufe dich morgen an Schatz, dann reden wir." Nils treibt die beiden wie ein Schafhirte zuerst aus dem Wohnzimmer und weiter aus der Tür. Er schließt die Tür, lehnt sich daran und atmet laut aus.

„Was für ein Scheißabend." Nils stürmt zum Bad. "Ruby, sie sind weg. Mach auf, bitte Ruby, komm schon." Er hört, wie sich der Schlüssel dreht und atmet erleichtert auf. Mit verweinten Augen schaut sie ihn an.

„Jetzt weißt du das auch.“

Er sagt nichts, nimmt sie einfach nur in seine Arme.

„Ich wollte es niemanden erzählen, ich schäme mich so dafür. Es macht mich so schwach.“

„Überhaupt nicht Ruby, du bist nicht schwach. Dass du immer noch hier bist nach allem, was du erlebt hast, zeigt, dass du stark bist. Du schaffst das, du wirst wieder lernen, das Leben zu lieben, ich bin mir sicher." Sie genießt seine Nähe. Innerlich regt sich etwas in ihr.

Plötzlich fühlt sie sich stark, als ob eine Saat in ihr zu wachsen beginnt und sich ausbreitet. Es fühlt sich gut an. Sie will leben. Ruby will das Leben genießen, sich lieben lassen und die Welt in Farben sehen. Sie ist am totalen Tiefpunkt angelangt, tiefer geht es nicht mehr. Aber von dort aus wird sie wie Phönix aus der Asche steigen. Was für ein treffendes Bild.

54 Donnerstag

Ruby ist alleine zu Hause. Nils muss etwas erledigen, hat er gesagt. Sie verspürt Lust, wieder etwas zu malen, ein Bild für Nils. Farbenfroh und fröhlich. Er wollte ein Einhorn, er kriegt eins. Während sie malt, läuft nebenbei der Fernseher. Die Nachrichten. Ein Trauerspiel. Ruby fragt sich, warum sie wissen muss, dass ein Schulbus in Argentinien von der Straße abgekommen ist und 12 bedauernswerte Kinder ums Leben gekommen sind? *Müssen sie schlechte Nachrichten aus der ganzen Welt sammeln, um die Leute bei Laune zu halten? Weshalb? Wollen die Leute sehen, dass es anderen noch beschissener geht als ihnen?* Dann sagt der Sprecher betroffen: „Wieder kam es in Berlin zu einem tödlichen Akt von häuslicher Gewalt. Ein Mann hat seine 44-jährige Frau nach heftigem Streit in ihrer Wohnung erstochen. Er ist geständig, behauptet aber, in Notwehr gehandelt zu haben. Die Polizei ermittelt.
„Scheiße", sagt Ruby laut. Komm schon, Ruby, wir müssen mal wieder Gutes tun, flüstert die kleine Ruby. *Nein, es ist vorbei, wir werden das*

nicht mehr tun. Aber es hat uns doch so gutgetan, es hat uns befreit. *Nein, hat es nicht, wir müssen einen anderen Weg finden.* Welchen denn? *Weiß ich nicht, noch nicht.* Ruby stellt den Fernseher aus. Ihr gefällt, was sie gemalt hat. Ein Einhorn, farbig und abstrakt, wie es da steht, glücklich und bereit, das Leben zu leben. Als Außenseiter – eine Kreatur von der behauptet wird, dass sie nicht existiere. Es ist sie, es ist Ruby. Ihr Phönix-Einhorn.

Gegen Abend kommt Nils nach Hause. Gut gelaunt geht er in die Küche, gibt Ruby einen Kuss und fragt sie zuerst nach ihrem Befinden.

"Mir geht es gut, und dir?"

„Sehr gut, das Ermittlungsverfahren wurde eingestellt. Ab Montag bin ich wieder im Dienst.“

„Das ist wunderbar, Nils", freut sich Ruby aufrichtig.

„Ja. Sie waren erst unsicher, weil ich dem Arsch drei Kugeln in den Kopf gejagt habe. Aber unter den gegebenen extremen Umständen, fanden sie es nachvollziehbar. Und eine oder drei Kugeln – das Resultat wäre dasselbe gewesen.“

„Ich freue mich riesig für dich." *Und für mich,* denkt Ruby.

„Ich habe dir etwas mitgebracht", sagt Nils.

„Oh, was denn?"

„Warte hier einen Moment.“ Er stürmt zur Tür heraus und ist nach 10 Sekunden zurück. Er hält ein kleines Fellknäuel auf seinem Arm.

„Das hier ist dein neuer Therapeut.“

„Oh, mein Gott", jauchzt Ruby und nimmt ihm das kleine Tier ab.

„Es ist ein Foxterrier, verrückt, so wie du. Wie willst du ihn nennen?”

„Mh, lass mich nachdenken. Fluffy! Er heißt Fluffy, weil er so fluffig ist.“ Ruby lacht und umarmt Nils.
„Danke Nils, das ist das schönste Geschenk, das mir jemand gemacht hat.“ Entzückt setzt sie den kleinen Kerl auf den Boden, der ihr vor die Füße pinkelt. „Daran müssen wir arbeiten", lacht Ruby.
„Wollen wir feiern gehen? Was essen? Magst du?" Ruby würde lieber zu Hause bleiben, aber sie denkt an Phönix, ihren Neuanfang:
„Ja, gehen wir was Leckeres essen.“ Nils freut sich.
„Ich habe für dich auch ein Geschenk.“
„Oh, was denn?“ Nils ist neugierig. Erwartungsvoll zeigt sie ihm das Bild.
„Das ist wunderschön Ruby. Das bist du, das Einhorn, das bist du." *Woher weiß er das?* „Es hat deine Augen. Alles wird gut, Ruby. Du wirst sehen, dass das Leben ganz okay ist.“

55 Freitag

Heute ist der Besuch bei der Psychotante angesagt, ach nein, bei der Coach. Ruby denkt nach, ob es eine weibliche Form von Coach gibt? Coacha, Coachin, Frau Coach. „Ich geh zu meiner Coach“ findet sie saublöd. Nils fährt sie zu Emma Hermann. Ruby widerstrebt der Besuch auch heute. Man kann sich nicht von heute auf morgen ändern, das ist ein Prozess. *Lass dir Zeit, Ruby*. Nils parkt.
„So, wir sind hier." *Das weiß ich,* denkt Ruby bockig. Eselmodus: ON.
„Willst du nicht aussteigen?"

„Nein.“
„Im Ernst, Ruby? Nicht schon wieder, oder?"
„Doch, ich will nicht.“
„Ruby, du steigst sofort aus dem Wagen aus und gehst da rein", sagt Nils jetzt etwas schärfer.
„Sonst was?"
„Sonst trag ich dich rein." Das traut sie ihm zu. Fluffy sitzt auf dem Rücksitz und jammert leise vor sich hin.
„Du willst auch nicht, dass ich gehe, hab ich recht?" Sie hört Nils.
„5,4,3,2..."
„Ich komme ja schon." Sie steigt aus dem Auto und sieht Nils strafend an.
„Geht doch", sagt er triumphierend. Freundlich werden sie von Emma Herrmann begrüßt. Nils verabschiedet sich und spaziert raus. *Das würde sie auch gerne tun.* Ohne Umschweife gehen sie in das kleine helle Zimmer mit dem klischeehaften Sofa und dem bequemen Sessel. Ruby setzt sich auf das Sofa und Frau Hermann auf den Sessel, wie es sein soll. *Und was, wenn ich mich auf den Sessel setzen will?*, denkt Ruby rebellisch.
„Darf ich mich auf den Sessel setzen?" Emma Hermann blickt sie verwirrt an. Ruby schaut sie starr an, lacht jedoch innerlich. *Ich habe sie aus dem Konzept gebracht.* Sie freut sich.
„Sie wollen sich auf den Sessel setzen?" *Kann diese Frau nur in Fragen sprechen?* Ruby hat Mitleid mit ihrem Ehemann.
„Ja, das möchte ich." Frau Hermann steht auf und bietet Ruby ihren

Sessel an. Ruby bereut es, eigentlich findet sie das Sofa ganz gemütlich.

„Also Ruby, wie war Ihre Woche?", fährt sie unbeirrt fort.

„Gut."

„Gut – und sonst nichts?"

Genau, so, denkt Ruby

„Sonst nichts."

„Haben sie was Schönes erlebt diese Woche?"

Ja, aber das geht sie nichts an. Wir hatten endlich mal wieder Sex.

„Ich habe einen Hund geschenkt bekommen."

„Oh, was für einen?"

„Einen Foxterrier, ein Welpe."

„Wie haben Sie ihn genannt?"

„Fluffy."

„Weshalb?"

Die Antwort liegt doch auf der Hand.

„Na, weil er fluffig ist."

„Hatten Sie ein trauriges Erlebnis diese Woche?"

Ja, aber auch das geht sie nicht an.

„Ja."

„Wollen Sie darüber reden?"

Eigentlich nicht.

„Meine Eltern kamen zu Besuch."

„Oh, wie schön".

Hat sie nicht zugehört? Nein, es ist nicht schön.

„Es kam zum Eklat."

„Weshalb?"

„Weil meine Mutter mir gesagt hat, dass ich eine schöne Kindheit hatte."

„Warum glauben Sie, dass sie das gesagt hat?"

„Weil es das ist, was sie gerne glauben will."

„Was haben Sie gesagt?"

„Ich habe sie mit Tatsachen konfrontiert."

„Welchen Tatsachen?"

„Dass ihr Mann mir die Rippen gebrochen und einen Zahn ausgeschlagen hat."

„Was hat sie dazu gesagt?"

„Dass er es nicht so gemeint hat, dass er etwas grob war."

„Was haben Sie darauf erläutert?"

„Ich habe sie mit weiteren Fakten konfrontiert."

„Was für weitere Fakten?"

„Dass er mich sexuell missbraucht hat."

„Das wusste sie nicht?"

„Nein."

„Warum haben Sie ihr das nie gesagt?"

„Weil ich ihr den Schmerz ersparen wollte."

„Sie wollten sie schützen?", fragt Emma Hermann und hebt ihre linke Augenbraue.

„Ja, genau. Ich wusste, dass es schlimm wäre für sie, wenn sie das

wüsste. Ich habe getan, was sie für mich nie getan hat. Sie beschützt."
„Wie hat sie reagiert?"
„Sie wollte es nicht wahrhaben. Sie sagte, ich lüge."
„Was haben Sie dann gesagt?"
„Nichts mehr. Ich bin aufgestanden und hab mich im Bad eingeschlossen. Mein Freund Nils hat sie rausgeworfen."
„Hat es gutgetan, es ihr zu sagen?"
Ruby denkt nach.
„Ja, es war befreiend." Sie erinnert sich an Phönix aus der Asche.
„Führen Sie Selbstgespräche?"
Ruby fühlt sich ertappt. *Woher weiß sie das? Sieht man es ihr an?*
„Irgendwie."
„Das heißt?"
„Ich spreche mit der kleinen Ruby."
Die Frau scheint über nichts überrascht.
„Wie alt ist die kleine Ruby?"
„7 oder 8."
„Sind es gute Gespräche?"
Was soll sie denn jetzt sagen? Dass sie Männer ermordet?
„Mh, also, es ist weniger, dass ich mit ihr spreche. Es ist eher so, dass sie in gewissen Situationen die Kontrolle übernimmt."
Jetzt scheint sie doch etwas überrascht.
„In welchen Situationen?"
Die nervt.
„Mh, wenn ich in ähnliche Situationen komme wie damals als Kind."

„Sie kommen in Situationen ähnlich die Ihrer Kindheit?"

Hat sie das gesagt? Sie schaut sie nur an.

„Können Sie mir ein Beispiel nennen?"

1.000!

„Zum Beispiel am Geburtstag einer Arbeitskollegin meines Freundes Nils, da war ich überfordert. Ich verschwand emotional in der kleinen Ruby, die dann verstummt und nichts mehr sagt. Traurig und überfordert in einen Strudel von negativen Gefühlen gerät".

„Warum waren Sie überfordert?"

Weil sie ihren Freund am Arsch begrapscht, Müll erzählt und dumme Augen hat.

„Weil die Arbeitskollegin die Ex-Freundin meines Freundes ist und ihn zur Begrüßung am Arsch packte."

Ha, jetzt zieht sie ihre linke Augenbraue hoch.

„Das wussten Sie nicht?"

„Nein".

„Das war nicht sehr schlau von ihm."

Sie zuckt nur mit den Schultern.

„Sie haben eine Verletzung an der Wange. Das ist mir letztes Mal schon aufgefallen, aber ich wollte Ihnen Zeit lassen. Was ist Ihnen zugestoßen?"

Wow, die Frau hat Themawechsel echt drauf.

„Ich wurde geschlagen."

Emma Hermann zieht wieder die linke Augenbraue hoch. Langsam lernt sie, sie zu lesen.

„Von wem?"

„Von meinem Ex-Freund, er hat mir das Jochbein gebrochen. Er wollte mich umbringen."

„Weshalb hat er es nicht getan?"

Hallo? Was ist denn das für eine Frage?

„Weil mein Freund Nils die Wohnung gestürmt hat und ihn mit drei Schüssen niedergestreckt hat."

Frau Hermann bleibt stumm. Augenbraue? Nein.

„Ihr Freund hat eine Waffe?"

Echt jetzt? Von dem ganzen Drama interessiert sie nur das?

„Er ist Polizist."

Ein hübscher noch dazu, denkt Ruby und grinst innerlich.

„Sie haben ganz schön viel durchgemacht in den letzten Wochen."

Ja, und das ist noch lange nicht alles.

„Ja, ziemlich."

„Glauben Sie, dass Sie fähig sind, jemals ein normales Leben zu leben?"

„Ich weiß es nicht, sagen Sie es mir."

„Das kann ich nicht."

„Warum nicht?"

„Weil es in Ihren Händen liegt."

„Haben Sie die Hausaufgaben gemacht?"

Oh Gott, wo ist sie hier? In der Schule?

„Nein, also ja, aber ich kam auf kein Resultat."

„Sie wissen nicht, warum Sie sich der Liebe ihrer Oma gewiss sind,

aber nicht der Ihres Partners?"
„Genau so.“
„Ich möchte, dass Sie weiter darüber nachdenken. Und ich möchte, dass Sie alles Positive, alles, was sie erfreut, in der kommenden Woche aufschreiben.“
Ok, das klingt lustig.

56 Montag

Nils erscheint heute zum ersten Mal nach zwei Wochen wieder zum Dienst. Er freut sich.
Trotzdem fühlt er sich unwohl, als er ins Präsidium eintritt. Er hört nur vereinzelt ein Hallo, kaum einer schaut ihn an. Überrascht über die kalte Reaktion setzt er sich an seinen Schreibtisch. Auch Ralf sagt nur kurz Hallo. Nils schaut sich unsicher um. Plötzlich geht mit lautem Knall die hintere Tür auf, Christina tritt mit einem Teller voller Donuts ein und laute Musik ertönt. Alle schwingen Fähnchen mit der Aufschrift "Welcome back". Er ist gerührt, es kostet ihn fast eine Träne.
"Wir haben dich vermisst, großer Mann", sagt Ralf und klopft ihm auf die Schulter. Alle kommen, klopfen, küssen und drücken ihn. Auch Christina, sie küsst ihn auf die Wange und flüstert ihm ins Ohr, während ihre Hand zu seinem Hintern wandert.
„Wenn du mal Abwechslung brauchst... du weißt wo ich zu finden bin." Nils nimmt ihre Hand und entfernt sie von seinem Körper. Er

flüstert ihr zu.
„Lass das, Christina. Du hast schon genug Schaden angerichtet, ich will nichts mehr mit dir zu tun haben." Gespielt enttäuscht schaut sie ihn an, macht ein beleidigtes Gesicht und verschwindet. Ralf gibt ihm grinsend ein Daumen-Hoch-Zeichen.

57 Ruby

Heute wird endlich die Schraube aus Rubys Wange entfernt, sie freut sich. Es ist eine kleine Operation; wenn alles gut geht, darf sie heute gleich wieder nach Hause. Im Krankenhaus meldet sie sich bei der Schwester und wird zu einem Zimmer begleitet. Da sitzt sie nun und wartet. Nach einer Stunde betritt eine andere Schwester das Zimmer und erklärt ihr den Ablauf.

Um 22 Uhr ist alles vorbei. Gelangweilt liegt sie im Zimmer und ist ziemlich groggy, aber es geht ihr gut. Der Arzt... Wie hieß er nochmal? Sie erinnert sich nicht. Aber seine Zuckungen hat er noch. Jedes Mal, wenn er mit dem Auge zuckt, muss Ruby die Augenbraue heben, es geht einfach nicht anders, sie kann es nicht kontrollieren. Er informiert sie darüber, dass alles reibungslos gelaufen sei und alles gut heile. Als ob er eine Glückwunschkarte vorlesen würde, sagt er, dass ihr Augenproblem wohl noch eine Weile bestehen wird. *Damit wird sie umgehen können.* Sie sieht doppelt auf dem linken Auge. Ziemlich nervig, aber es wird schon gehen. Es klopft und Nils tritt ein.

„Hey, alles klar?" Der Arzt verlässt eilig das Zimmer, als fürchte er, alles noch einmal erklären zu müssen. „Ja, noch ein bisschen müde, aber gut.“ Auf ihrer linken Wange präsentiert sich ein großes Pflaster.

58 Dienstag

Nils hatte gestern Abend eine tolle Idee. Er schlug Ruby vor, sich selbstständig zu machen: Ihr eigenes kleines Grafikstudio aufmachen, erst von zu Hause aus, später sehen, wie sich alles entwickelt. Ruby war sofort begeistert. Also arbeitete sie fast den ganzen Dienstag an Werbung und Design für ihr eigenes kleines Grafikstudio. Phönix Graphics wird sie es nennen. Es gefällt ihr. Es war einfach, ein Logo zu entwerfen, sie gestaltete es in einer Stunde. Es zeigt einen pinken Phönix, wie er gerade davonfliegen will, mit übergroßen Flügeln. Über ihm steht „Phönix" und darunter Graphics. Es sieht kraftvoll aus, findet sie. Fluffy sitzt neben ihr und winselt.

„Oh, kleiner Fluffy, willst du raus?" Fluffy sitzt da und schaut sein Frauchen an. Ruby kann nicht wegsehen, so etwas Süßes hat sie noch nie gesehen. Diese Augen wie kleine Knöpfe, das immerfeuchte Näschen und die Zähnchen.

„Also komm." Glücklich legt sie ihm seine Leine an und sie gehen raus. Es ist frisch draußen und riecht nach Herbst. Gemächlich schlendern sie die Straße hinauf zum Park. Es sind kaum Menschen auf der Straße. Fluffy spaziert nicht, er hüpft. Immer wieder knallt er in Rubys Beine; als ob es ihre Schuld wäre, beißt er voller Entrüstung in ihre Füße. Er bringt sie zum Lachen. *Mein allerbester Therapeut*, denkt sie. Plötzlich sieht sie zwei Gestalten auf sich zukommen. Mit ungutem Gefühl, verlangsamt sie das Tempo. Als die beiden näherkommen, sieht sie, dass es sich um eine Frau und einen Mann handelt, sie diskutieren laut. Es scheint sie nicht zu kümmern, dass

Ruby alles hört.
„Ich habe dich nicht geschlagen, ich habe dich gestoßen und du bist gegen die Wand geknallt!", schreit der Kerl seine Freundin oder Frau an.
Diese erwidert weinend: „Du hast mich geschlagen, und das nicht zum ersten Mal.“
„Heul doch, blöde Kuh", sagt er schroff.
„Wenn du das noch einmal tust, lass ich mich scheiden." Abrupt hält er inne, sein Gesicht verfinstert sich. Bedrohlich geht er auf sie zu. „Wenn du das tust, bist du tot, hörst du? Du gehörst mir." Die Frau sagt nichts mehr, sie weint nur noch. Langsam gehen sie an Ruby vorbei. Der Kerl sieht sie mit einem schmierigen Blick an und macht dazu einen anzüglichen Kussmund. Ruby zittert. Versucht, sich zu beruhigen. *Tief atmen, ein, aus, ein, aus*. Bilder fliegen vor ihrem inneren Auge vorbei. Von Michael, der sie schlägt, küsst, überall berührt, gegen ihren Willen. Ruby fällt in ein schwarzes Loch. Fluffys Bellen zieht sie aus der Dunkelheit. Sie schnauft durch und fasst einen Entschluss. Unauffällig folgt sie dem Paar. Die beiden streiten weiter. Ruby kann nicht verstehen, worum es geht. Mehr als einmal macht er Anstalten, sie zu schlagen. Ruby hält die Luft an. Aber hier in der Öffentlichkeit traut er sich nicht. Aus sicherer Entfernung folgt sie ihnen. *Wo wohnen sie? Ah, wir sind ja fast Nachbarn*. Zwei Straßen weiter verschwinden sie in einem Wohnblock. *Wir sehen uns!*
"Komm, Fluffy, gehen wir nach Hause.“
Zu Hause wartet schon Nils auf sie.

„Hallo Einhorn", sagt er. Sie lacht.
„Hallo Keinhorn." Er lacht auch.
„Und wie geht es Fluffy?", fragt er und streichelt dem kleinen Kerl über das drahtige, wuschelige Fell.
„Gut, er ist sehr süß. Das hast du gut gemacht, Nils."
„Ich wusste, dass er dir guttun würde. Und hast du heute jemanden umgebracht?" Ruby schaut ihn geschockt an, fühlt sich irgendwie ertappt. Unsicher sagt sie:
„Nnn nein." Er schaut sie ernst an, dann lacht er.
„Das war ein Witz, Ruby." *Sehr lustig*, denkt sie und verzieht ihr Gesicht zu einem missglückten Grinsen.
„Wie war es auf Arbeit?", fragt sie, um abzulenken und weil es sie interessiert.
„Schön, sie haben mich überrascht, mit Fähnchen und Donuts", freut er sich.
„Das ist ja süß, wer denn?"
„Alle."
„Alle?"
„Die, die da waren", sagt er kleinlaut.
„War sie auch da?"
„Wer? " Er weiß genau, wen sie meint.
„Christina!"
„Ja, Ruby, sie arbeitet da." Ruby ist gerade von sich selbst genervt.
„Entschuldige, Nils, das war dumm."
„Stimmt."

„Hast du sie flachgelegt?" Nils schaut sie sprachlos an. Dann lacht sie los.

„Nils, du hättest dein Gesicht sehen sollen!" Sie lacht noch immer.

„Das ist überhaupt nicht lustig", sagt er beleidigt.

„Doch, aber sowas von."

„Hast du schon gegessen?", fragt Nils.

„Nein, aber irgendwie habe ich keinen Hunger, vielleicht ein Brot oder so."

„Ich habe mit Ralf Mittag gegessen."

„Oh, wie geht es ihm?"

„Gut, er hat mich vermisst."

„Das glaube ich."

„Er hat gefragt, ob wir mal zusammen essen gehen wollen? Wir vier."

„Wir zwei, Ralf und seine Frau?"

„Ja, was meinst du?"

„Wie ist denn seine Frau so?", will Ruby wissen.

„Sie ist nett."

Nett! Sehr aussagekräftig. „Das klingt doch gut."

„Dann mach ich was ab mit ihm." Ruby denkt grimmig: *Sag mir aber vorher, ob du mit der Frau von Ralf Sex hattest*. Sie erschrickt ob ihrer bösen Gedanken und entschuldigt sich stumm.

Gut gelaunt essen sie zusammen und quatschen. „Hast du Lust auf The Good Place?", fragt Nils plötzlich.

Ruby lacht: "Wir haben doch alle Staffeln fertig gesehen."

„Wir können ja nochmals von vorne anfangen", sagt Nils.
Ruby lacht.

59 Mittwoch

Ruby hat Pläne für heute. Tagsüber will sie an ihrer Webseite arbeiten. Und abends hat sie eine Verabredung mit der kleinen Ruby. *Du wirst bekommen, wonach du dich sehnst*, denkt sie. Sie hat ein schlechtes Gewissen Nils gegenüber. Aber es muss sein, sie kann nicht einfach aufhören; es ist ihre Mission, sie schuldet es der kleinen Ruby. Nils kommt heute erst sehr spät nach Hause, er hat gesagt, er habe irgendein Meeting. Ruby ist sich nicht sicher, ob sie ihm glaubt. Irgendwie ist sie misstrauisch. Grübelnd geht sie zu ihrem Wagen, es ist schon 20 Uhr. Schon etwas aufgeregt holt sie ihre Tasche aus dem Auto, die sie seit dem letzten Mord in Herkules versteckt hat. Zu Hause reinigt sie Omas Totschläger, es klebt noch getrocknetes Blut daran. Motiviert zieht sie sich um, schlüpft in ihre schwarze Kleidung. Fokussiert und entschieden beginnt sie ihre Mission. Trotzdem hat sie heute ein seltsames Gefühl. Als ob irgendetwas in ihr sie warnen will. Wovor? Das weiß sie nicht. Mit geübten Griffen steckt sie sich Omas Schlagstock in den Hoodie und los geht's. Es ist kalt. Zielstrebig geht sie zum Wohnblock, wo sie gestern Abend das streitende Paar gesehen hat. *Nachdenken Ruby, denk nach*. Ruby geht davon aus, dass der Typ unterwegs ist. Gestern war es 21:30 Uhr, als sie nach Hause kamen. Sie lehnt sich an die Hauswand drei Häuser entfernt. Wieder warten.

Um diese Zeit sind kaum Menschen unterwegs. Ohnehin ist es eine eher ruhige Seitenstraße, kaum Straßenverkehr. Perfekt. Von Weitem hört sie Stimmen. Gespannt schaut sie in die Richtung. *Scheiß Auge!* Sie sieht alles doppelt. Ruby hat gehofft, dass der Kerl allein kommt, aber seine Frau ist dabei. „Ich hasse dich", sagt die Frau dem Typen, als sie an ihr vorbeigehen. Es muss schnell gehen. Ruby nähert sich dem Kerl unauffällig. Einige Meter gehen sie so die Straße hinunter. Jetzt ist sie nah dran, nah genug. Behutsam nimmt sie Omas Schläger raus. Ab sofort sieht sie alles wie in Zeitlupe, in dem Moment, in dem sie den Schläger hochhebt, dreht sich die Frau um, schaut sie entsetzt an und schreit! *Halt die Schnauze,* denkt Ruby und schlägt zu. Einmal! Der Kerl liegt am Boden und wimmert. Und noch einmal! Sie sieht das verzerrte Gesicht ihres Vaters vor sich. Wieder und wieder schlägt sie zu. Begeistert sieht die kleine Ruby zu. Klein Ruby ist zufrieden mit ihr. Erst jetzt bemerkt Ruby, dass die Frau wie von Sinnen auf sie einschlägt. *Was tut die da, blöde Kuh? Ich tu ihr einen Gefallen!* Ruby und rennt weg. In die Gegenrichtung, nicht nach Hause. Die Frau schreit hysterisch. Ruby rennt und denkt: *Ich versteh Frauen nicht.* Zu Hause angekommen, begrüßt Fluffy sie freudig. Den Hoodie hat sie wie immer entsorgt, Omas Schläger reinigt sie gründlich und verstaut ihn im Auto. Das Telefon klingelt. Es ist Nils.
„Hi", sagt sie freudig.
„Hi." Er klingt ernst. Ruby mag diesen Ton nicht.
„Ich komme später."
„Ich weiß." *Das hat er ja gesagt.*

„Es gab einen Mord, ein Mann wurde erschlagen."
„Oh!" Nein, ihr gefällt sein Ton überhaupt nicht. „Okay", sagt sie knapp. Und weg ist er. Um sich abzulenken schaut sie fern. Fluffy liegt schlafend auf ihrem Schoß. Es gefällt ihr. Es ist schon 2:30 Uhr, als die Tür aufgeht und Nils hereinkommt.
„Verdammte Scheiße Ruby, warst du das?", schreit er. Sie droht zu versinken. Mit großen Augen schaut sie ihn an.
„Was?", fragt sie fast flüsternd.
„Du weißt ganz genau, wovon ich rede!" Er schreit immer noch. Klein Ruby kommt langsam herausgekrochen.
„Scheiße Ruby, scheiße, warum?"
„Er hat sie geschlagen!"
„Tausende von Männern schlagen ihre Frauen, willst du sie alle umbringen?" *War das jetzt eine rhetorische Frage?* „So geht es nicht weiter, es geht einfach nicht, was kann ich denn noch tun, Ruby, wie kann ich dir helfen?" *Du kannst mir nicht helfen*, denkt Ruby.
„Man kann nicht einfach Menschen umbringen, auch wenn sie es vielleicht verdient haben. Es gibt Gesetze!" *Die nicht funktionieren,* denkt Ruby. „Und Moral, was ist mit deiner Moral?" *Moral gibt es eigentlich gar nicht, die wurde von Menschen erfunden*, würde sie gerne sagen, aber sie bleibt stumm. Plötzlich verliert sie den Boden unter den Füßen. Ihr Vater grinst ihr fies ins Gesicht. Vor zwei Stunden hat sie ihm den Schädel eingeschlagen, jetzt lacht er sie schon wieder an. „Siehst du, du machst nur Ärger, bereitest allen Schmerzen. Du bist einfach nichts wert, sieh es doch endlich ein, nicht gut genug,

nicht gut genug für diese Welt, kleine Ruby." Plötzlich schmerzt ihr Kopf, sie steht auf und geht ins Bett. Lässt Nils einfach stehen. Fluffy sitzt dazwischen, er weiß nicht, auf welche Seite er sich schlagen soll. Nils ist fassungslos und wütend, dass Ruby einfach wegläuft, er geht ihr nach. Immer noch schreiend sagt er:
„Jetzt haust du einfach ab, ist das deine Art, mit Problemen umzugehen? Einfach abhauen?" Ruby hat sich in die Decke gewickelt und wimmert. *Ich stürze, ich stürze ab,* denkt sie besorgt.
„Schrei mich nicht an", sagt sie leise.
„Was?", schreit er. Ruby ist jetzt angekommen in der anderen Welt, in ihrer persönlichen kleinen Hölle, begleitet von den Dämonen der Vergangenheit.
Nils schreit weiter: „Schau mich gefälligst an, wenn ich mit dir rede!" Wütig geht er zum Bett und schleudert die Decke weg. Er zuckt zusammen. Ruby liegt da in Embryo Haltung mit der Jeans bekleidet und ihrem T-Shirt, das sie am ersten Tag, an dem sie sich bei ihr getroffen haben, getragen hat. Ein weißes Shirt mit schwarzem Aufdruck "Why". Sie zittert und wimmert. Er setzt sich auf die Bettkante.
„Ruby hey", flüstert er.
„Scheiße Ruby." *Du bist ein verdammter Idiot Nils,* sagt er zu sich selbst. Er bemerkt, dass sie irgendwie nicht anwesend ist. Nils steht auf und holt Fluffy. Er setzt ihn neben sie. Fluffy beginnt sofort mit seiner Arbeit, wedelnd leckt er ihre Tränen ab.
„Ruby, komm schon, es tut mir leid. Ich hätte dich nicht anschreien

dürfen, es tut mir leid.“ Ruby nimmt Fluffy in die Arme und drückt ihn. Er scheint nicht begeistert und knabbert mit seinen kleinen scharfen Zähnchen an ihrer Hand. Es kümmert sie nicht. Nils erkennt, dass er ein Narr war, allen Ernstes zu glauben, mit einem Hund und einem Coach aus Ruby eine normale junge Frau machen zu können. Er legt sich neben sie, vorsichtig schlingt er seinen Arm um sie. Er riecht nach Schweiß, aber es ist Ruby egal; es ist ihr alles egal, sie will nur raus aus der Hölle.

60 Mittwoch

Nils ging wie immer früh zur Arbeit. Ruby ist lange im Bett liegen geblieben, sie fühlt sich leer und erschöpft. Fluffy fand das nicht gerecht und hat vor die Schlafzimmertür gepinkelt.
„Sorry, kleiner haariger Freund. Los, gehen wir raus.“ Die frische Luft tut ihr gut. Die Abstürze fordern ihren Tribut. Sie ist ausgelaugt, traurig, energielos.
„Ich werde das in den Griff bekommen, Fluffy, ich werde es schaffen.“ Wenn diese verdammte Traurigkeit doch nicht wie Pech an ihr kleben würde. Als sie am Kiosk vorbeikommt, stockt ihr der Atem. Gespannt liest die Überschrift der Bild-Zeitung: „Racheengel der gequälten Frauen hat wieder zugeschlagen! Viertes Opfer brutal erschlagen. Polizei tappt im Dunkeln.“ *Racheengel der gequälten Frauen?*, wiederholt Ruby ungläubig. *Etwas Originelleres ist ihnen nicht in den Sinn gekommen?* Fast etwas stolz kauft sie sich ein Exemplar, dann

spazieren sie nach Hause, Ruby und ihr kleiner haariger Freund. Da angekommen setzt sich an den Küchentisch und liest aufgeregt den Artikel.

„Gestern Abend gegen 23:00 Uhr hat der Racheengel der gequälten Frauen wieder zugeschlagen. Das Opfer, ein 32-jähriger Deutscher, wurde, besonders tragisch, vor den Augen seiner Frau erschlagen. Leider konnte sie keine genaue Personenbeschreibung abgeben, da der Täter vermummt war. Eher klein von Statur und wohl sehr jung. Sie erwähnte, dass sie oft Streit mit ihrem Mann hatte, er immer öfter ihr gegenüber gewalttätig wurde." Und dann steht am Schluss geschrieben: Schreiben Sie uns ihre Meinung über diesen Bericht. WhatsApp, dann die Telefonnummer oder auf Facebook. Ruby klappt ihren Laptop auf und sucht das Profil der Bild-Zeitung auf Facebook. Da steht der Artikel auch. Und darunter 5.488 Kommentare. Nervös klickt sie welche an.

„Endlich jemand, der etwas gegen diese Idioten unternimmt", sagt ein User.

„Mord kann nicht die Lösung sein", meint ein anderer.

„Ich war selber in der Situation, dass mein Ex-Mann gewalttätig war. Ich wäre dankbar gewesen, wenn ihn jemand umgebracht hätte, mein Leben war die Hölle".

„Wir sind mit dir Racheengel".

„Mord ist Sünde so oder so". *Und Frauen schlagen nicht, oder was? Idiot*, denkt Ruby wütend. Sie ist fast gerührt über so viel Zustimmung.

„Wir sind mit Dir Racheengel" hat 1.500 Daumen hoch, 832 Herzen, 367 Drück-Dich und nur 21 wütende Smilies. Die Leute mögen mich, sie finden gut, was ich mache. Sie fühlt sich wie Superman. Bip-Bip, Nachricht von Nils.
„Alles okay? Wie geht es Dir?"
„Ja, alles okay, war gerade mit Fluffy draußen und bei dir?"
„Alles okay, komme gegen 20 Uhr nach Hause."
„Okay." Bedrückt denkt sie nach. *Warum erst um 20 Uhr? Normalerweise kommt er gegen 18 Uhr nach Hause. Geht er mir aus dem Weg? Ich könnte es ihm nicht verübeln. Die letzten Wochen waren ein Albtraum, auch für ihn. Es ist nicht leicht, ich zu sein, aber es ist wahrscheinlich auch nicht einfach, mit mir zu leben,* denkt Ruby. Um sich von Nils und ihren Ängsten abzulenken, arbeitet sie weiter an der Webseite. Um 18 Uhr winselt Fluffy an der Tür, sie entschließt sich, in den Park zu gehen, damit Fluffy ein paar Hundedamen kennenlernen kann. Er soll mehr soziale Kontakte haben als sie. Es wird kälter von Tag zu Tag, heute trägt sie zum ersten Mal die warme Winterjacke. Ihre Wange ist bei der Kälte viel schmerzempfindlicher. Der Arzt hat sie vorgewarnt, dass mit der Kälte auch die Schmerzen kommen. Nach einem kurzen Fußmarsch erreicht sie den Park, sie schaut sich um. In einiger Entfernung sieht sie einen Mann mit einem Hund. Müde setzt sie sich auf eine Parkbank und lässt Fluffy an der Flexileine springen. Er rennt, jagt seinen Schwanz, gräbt Löcher, verfolgt Vögel, schaut umher und bellt wahllos alles an. *Was für ein verrückter Hund,* denkt Ruby amüsiert.

„Hallo", sagt plötzlich jemand neben ihr. Sie schaut auf.

„Hallo", erwidert sie. Es ist der Mann mit dem Hund, den sie schon gesehen hat. Er hat einen kleinen Hund mit vielen Haaren, undefinierbar, was hinten und was vorne ist. *Hat er überhaupt Augen?*

„Darf ich mich setzen?"

„Klar." Er setzt sich, schaut sie an und sagt:

„Ich bin Michael." Ruby sieht ihn geschockt an.

Etwas verunsichert stottert er: „Hab ich... hab ich etwas Falsches gesagt?"

„Nein, entschuldige bitte, wie unhöflich von mir. Ich bin Ruby."

„Freut mich, dich kennenzulernen, Ruby."

„Mh."

„Bist du öfters hier?"

„Ab und zu. Damit mein Hund Freundschaften schließen kann."

„Ja, verstehe. Und du willst keine Freundschaften schließen?" *Wie meint er das?*

„Mh, ich weiß nicht."

Er grinst. Was will er von ihr? Er sieht ziemlich gut aus. Groß, dunkle kurze Haare, dunkle Augen, schlank, älter als sie, vielleicht 35, schätzt sie.

„Du bist mir schon von Weitem aufgefallen." *Es ist dunkel, ich kann dir gar nicht aufgefallen sein,* denkt Ruby.

„Ah."

„Hast du einen Freund?"

Hoppla, denkt Ruby. „Ja."
„Schade."
Eigentlich nicht.
„Und verliebt?"
„Sehr."
„Was hast du an der Wange gemacht?"
Ein Michael wollte mich umbringen. Neugieriger Kerl. „Kleiner Unfall."
„Hat bestimmt weh getan."
„Ja, schon."
„Okay, Ruby, dann ich möchte nicht weiter stören. Vielleicht treffen wir uns ja mal wieder hier im Park, das wäre schön."
„Vielleicht."
„Tschüss."
„Tschüss." *Was war denn das jetzt?* Komm, Fluffy, wir gehen nach Hause. Da angekommen kocht Ruby Spaghetti für Nils und sie. Es ist 20:15 Uhr. Nils ist noch nicht zu Hause. *Wo bleibt er nur?* Sie schreibt ihm eine Nachricht.
„Wo bist du?"
„Es wird noch später, muss noch etwas fertig machen." Ihre Augen füllen sich mit Tränen. *Nein, nein, stopp, heul jetzt nicht schon wieder los!* Mit aller Kraft stemmt sie sich gegen einen weiteren emotionalen Zusammenbruch. Ihr Vater meldet sich zuverlässig wie immer in diesen Momenten. „Ich habe es dir gesagt Ruby, er hat die Schnauze voll von dir, wie lange hat es gedauert? Zwei Monate? Er schaut sich

nach einer anderen um, wahrscheinlich liegt er gerade auf der Blonden mit den dummen Augen und vergnügt sich mit ihr. Du bist aber auch eine Spaßbremse. Sieh dich an. Heulst die ganze Zeit nur rum. Furchtbar, da ist jeder früher oder später weg. Du kannst es einfach nicht, Ruby, du bist einfach nicht gut genug.“ Wütend und traurig zugleich steht sie auf, nimmt die Spaghetti und schleudert sie gegen die Wand. Fluffy freut sich. Sie packt die Jacke und geht raus. Ziellos läuft sie die Straßen auf und ab. Versucht, klare Gedanken zu fassen, wehrt sich gegen den absoluten und gefürchteten Absturz in ihre Hölle. Sie läuft und läuft.

Gegen 23:40 Uhr kommt auch Nils endlich nach Hause. Das Licht in der Wohnung ist an.

„Hallo!", ruft er. „Jemand zu Hause?" Er geht zur Küche, sieht den gedeckten Tisch und die Spaghetti am Boden. Die, die noch übrig sind. Fluffy liegt fett und vollgefressen daneben. Er kann sich kaum bewegen, sein kleiner rosa Bauch glänzt, so dick ist er.

„Ruby!", ruft Nils jetzt mit einem unguten Gefühl. Er hastet zum Schlafzimmer.

„Ruby, verdammt." Er schaut aus dem Fenster, um zu sehen, ob ihr Wagen noch da ist. Er steht wie gewohnt auf dem Parkplatz.

Verdammt Ruby, denkt Nils und geht wieder raus auf die Straße. Voller Angst läuft er auf und ab, schaut in jeden Hauseingang. Nach einer geschlagenen Stunde findet er sie im Park. Halb erfroren sitzt sie unter der großen Eiche und starrt vor sich hin.

„Ruby, da bist du ja, ich habe mir Sorgen gemacht.“

„Mh." Leise sagt sie "Du brauchst nicht mit mir zusammen sein, wenn du nicht willst. Ich weiß, dass ich anstrengend bin, nicht das, was man sich für eine Beziehung wünscht."
„Was sagst du denn, Ruby?“
„Die Wahrheit", erwidert sie mit tränenerstickter Stimme. „Seit zwei Wochen mach ich dir nur Probleme, du hast einen Menschen erschossen meinetwegen, ich mach dir Szenen, heul rum und zerstöre jeden Abend, benehme mich wie ein kleines Mädchen. Ich kann das nicht ändern, nicht von einem Tag auf den anderen. Aber ich will nicht, dass du nur aus Mitleid bei mir bleibst.“
„Ruby, ich liebe dich. Wann glaubst du mir das endlich? Meinst du nicht, dass ich schon lange weg wäre, wenn ich dich nicht lieben würde? Ich weiß nicht, warum du mir so misstraust, was hab ich getan? Du musst mir einfach glauben, wenn ich sage, dass ich dich liebe. Ich habe einmal meine große Liebe verloren, ich will das nicht noch einmal erleben, bitte Ruby.“
„Warum bist du denn nicht nach Hause gekommen?"
„Ich habe doch gesagt, dass ich noch etwas fertig machen muss.“
„Das war nicht gelogen?"
Erstaunt schaut er sie an: „Warum sollte ich dich anlügen? Komm, lass uns nach Hause gehen, du bist ja tiefgefroren.“ Stumm laufen sie nach Hause. Fluffy liegt noch immer neben den Spaghetti.
„Fluffy”, sagt Ruby, „scheiße, er hat fast alle Spaghetti gefressen.“
„Ja, schau ihn dir an, dummer Hund", lacht Nils. Ruby geht heiß duschen. Sie spürt ihren Körper nicht mehr, so kalt ist ihr. Danach legt

sie sich direkt ins Bett. Nils geht nochmals mit Fluffy vor die Tür, der arme Kerl kann sich kaum bewegen.
„Bist du überhaupt in der Verfassung, morgen mit Ralf und Maja essen zu gehen?" *Ach ja, das war ja morgen!*
„Ja klar, wieso nicht.“ *Ich werde mich bemühen, den Abend nicht zur Katastrophe verkommen zu lassen.*
„Wir haben für 20 Uhr einen Tisch in der Pizzeria reserviert.“
„Okay.“
„Schlaf gut.“

60 Donnerstagabend

Punkt 20 Uhr stehen Nils und Ruby vor dem Restaurant. Eine schicke Pizzeria. Fünf Minuten zu spät erscheinen Ralf und seine Frau Maja. Ruby ist nervös, sie will nichts mehr, als dass es ein schöner Abend wird. Sie begrüßen sich.
„Hallo Ruby, ich bin Maja, die Frau von Ralf.“
„Hallo Maja", sagt Ruby. Maja ist ein bisschen größer als Ruby, sie trägt eine schwarze Hose und eine schwarze Jacke. Etwas übergewichtig. Ruby glaubt, dass sie schwarz gekleidet ist, weil sie meint, dass schwarz schlank macht. Ihre Haare sind dunkelbraun, schulterlang, zu einem langweiligen Pagenschnitt geschnitten. In ihrem Gesicht liegen kleine, eng aneinander liegende Augen. Eine kleine hübsche Nase und ein kleiner runder Mund. Dazu ein ziemlich

langes Gesicht. Sympathisch, findet Ruby.
„Hi Ruby, schön, dich mal näher kennenzulernen", freut sich Ralf.
„Ja, das finde ich auch.“ Nils beobachtet sie aufmerksam. Ruby bemerkt es. *Vertraue mir Nils*, denkt sie. Sie setzten sich an einen großzügigen Vierer-Tisch. Eine schöne Pizzeria mit massiven Holztischen und gemalten Bildern von Italiens schönsten Sehenswürdigkeiten an den Wänden. Als Maja ihre Jacke ablegt, findet Ruby, dass schwarz tatsächlich schlank macht. Das Licht ist angenehm gedimmt. Der Kellner, ein waschechter Italiener, kommt mit der Weinkarte. Alle lehnen ab. Wir geben die Bestellung auf.
„Was machst du denn in deiner Freizeit?" Interessiert sich Maja an Ruby gerichtet.
„Ich reite und male gerne.“
„Und gut", ergänzt Nils.
„Oh, ich liebe Pferde", freut sich Maja.
„Reitest du auch?", will Ruby wissen.

„Ich bin als Kind mal vom Pferd gefallen, seither habe ich Angst." *Die Geschichte, die jeder erzählt*, denkt Ruby. *Fast jeder ist angeblich als Kind vom Pferd gefallen. Wieso geben die Leute so schnell auf? Radfahren kann ja auch jeder, und jeder ist sicherlich mindestens einmal vom Rad gestürzt. Wenn sie Angst hat, kann sie nicht sagen, dass sie Pferde liebt. Man kann nichts lieben, wovor man Angst hat. Das geht nicht*. Nils schaut Ruby besorgt an; er weiß, was los ist. In ihrem Kopf braut sich gerade etwas zusammen. Sie spürt seinen Blick. *Der arme Kerl hat Panik, dass der Abend zum Desaster wird.*

„Das ist schade, sonst hättest du mein Pferd mal reiten dürfen", sagt Ruby lächelnd. Nils scheint erlöst. Sie legt ihre Hand auf seinen Schenkel. Er legt seine darauf. Das essen wird gebracht. Hungrig stürzen sich alle auf ihre Pizzen, nur Maja knabbert elend langsam an ihren Spaghetti rum. *Tut mir leid, Nils, aber ich mag Maja nicht, werde mir aber Mühe geben, sie es nicht spüren zu lassen,* denkt Ruby.
„Ruby", sagt Maja, nachdem auch sie fertig gegessen hat nach einer gefühlten Stunde, „was hast du denn mit deiner Wange gemacht? Hast du dir den Knochen gebrochen? Sie ist ein bisschen... schief, nicht?" Und wieder gefriert die Luft. *Ralf, du Idiot, hast du deine Frau nicht aufgeklärt, dass es Tabuthemen gibt,* denkt Nils genervt. Nils und Ralf starren Ruby erwartungsvoll an, nur Maja grinst blöd.
Nils ergreift das Wort: „Sie..." Ruby unterbricht ihn: „Ja, das Jochbein ist gebrochen, es ist aber schon sehr gut verheilt. Leider sehe ich jetzt auf diesem Auge alles doppelt." Ralf und Nils entspannen sich etwas. Nur um gleich wieder in Schockstarre zu verfallen.
Weil Maja fragt: „Oh, das war sicher sehr schmerzhaft, bist du vom Pferd gefallen?" *Schön wär's*, denkt Ruby.
„Nein", sagt sie mit fester, klarer Stimme, „mein Ex-Freund wollte mich umbringen." *Ruby muss lachen. Majas Gesicht wird immer länger, fast unheimlich. Nils und Ralf atmen gefühlt schon seit ein paar Minuten nicht mehr*. „Er hat mir das Jochbein gebrochen", fährt Ruby fort, „danach hat er versucht, mir die Kehle durchzuschneiden." *Wieder ihr Gesicht, zum Schießen!* „Dann kam Nils und hat ihn mit

drei Schüssen erledigt, wie im Film." *Ihr Gesicht zu lustig.*
„Das... ist ja... furchtbar, das wusste ich nicht. Es tut mir leid."
„Schon okay, ich lebe ja noch", sagt Ruby locker und bestellt sich noch eine Coke.
„Will noch jemand etwas?" Alle sind stumm. „Eine Cola Light bitte", ruft sie dem Kellner zu. Am Tisch sagt keiner ein Wort. Ruby nimmt die Unterhaltung wieder auf:
„Hast du Hobbys, Maja?"
„Ja, ich gehe zum Yoga und mache Pilates."
„Ah, mh, cool", sagt Ruby mit schiefem Grinsen. Nils verliebt sich gerade neu in sie. *Wie viele Seiten hat diese Frau?*, denkt er grinsend.
„Du kannst ja mal mitkommen, es ist wirklich ganz toll", meint Maja.
„Ja, das wäre doch was", erwidert Ruby. *Der Traum meiner schlaflosen Nächte, Pilates und Yoga! Vorher reiße ich mir jedes Haar einzeln aus.* Nils legt seine Hand auf die ihre und drückt sie.
„Ihr seid ein schönes Paar", sagt Maja entzückt. *Na ja, vielleicht ist sie doch nicht so blöd.* Ralf übernimmt das Wort.
„Weißt du noch, Nils, als wir zu einem Einsatz gerufen wurden, weil der Liebhaber einer Frau draußen am Fenster hing, da der Ehemann früher nach Hause kam und die beiden fast in flagranti erwischt hat?" Er lacht fröhlich. Nils ist unsicher, er schaut verstohlen zu Ruby. *Entspann dich Nils,* denkt sie.
„Ich erinnere mich", sagt er schließlich kurz angebunden.
„Wir mussten dem armen Kerl helfen, wieder hereinzukommen, er war splitternackt. Der Ehemann wollte ihm an die Kehle." *Oh Ralf,*

denkt Nils. *Halt deinen Mund.* Ruby denkt nach. Sie findet das überhaupt nicht lustig. Es ist gemein und hinterhältig, dass die Frau heimlich eine Affäre hat. Das ist nicht lustig. Maja und Ralf lachen herzlich. Nils verzieht sein Gesicht zu etwas, was wahrscheinlich ein Grinsen sein sollte. Ruby trinkt von ihrer Cola. Alle bestellen noch Nachtisch. Ralf und Maja nehmen Panna cotta, Nils und Ruby teilen sich ein Tiramisu. Satt und glücklich fragt Maja: „Wie alt bist du eigentlich, Ruby?" *Die ewig wiederkehrende Frage*, denkt Ruby.
„27, und du?"
„Oh, du siehst jünger aus, ich dachte, 24 oder so. Ich bin 34" lächelt sie Ruby an. *Oh, ich dachte, du seist älter so, 45 oder so*, denkt Ruby und grinst freundlich.
„Wie alt bist du, Ralf?", will Ruby von Ralf wissen.
„Ich bin knackige 35." Damit sich keiner ignoriert fühlt, fragt Maja noch Nils, wie alt er ist.
„41 und somit der Älteste am Tisch."

„Mit der jüngsten Freundin", ergänzt Maja fröhlich. *Was für ein Füchslein.*
Maja fährt fort: „Was arbeitest du, Ruby?"

„Ich bin Grafikdesignerin, habe mich gerade selbstständig gemacht."

„Oh, das ist ein schöner Beruf, läuft es denn gut, dein Geschäft?"

„Ich weiß nicht, hab erst vor vier Tagen angefangen", grinst Ruby.

„Das wird bestimmt gut."

„Und was arbeitest du Maja?"

„Ich bin Chefsekretärin bei einer Versicherungsgesellschaft.“

Darauf wette ich, denkt Ruby. „Schön. Habt ihr auch Lebensversicherungen?", fragt sie. Nils und Ralf schauen sie verwirrt an. *Da ist wieder dieses lange Gesicht.* Ruby lacht.

„Öhm."

Ruby unterbricht sie: „Habt ihr Haustiere, Maja?"

„Nein, dafür haben wir leider keine Zeit, wir haben ja noch unsere Tochter.“

„Wie alt ist sie?", will Ruby wissen.

„Sieben.“

„Ist ja auch ein bisschen wie ein Hund", meint Ruby. Nils prustet los und spuckt seine Cola über den ganzen Tisch.
„Entschuldigt bitte", lacht er verstohlen. Ruby grinst, Ralf verkneift sich ein Lachen. Maja ist verwirrt.

"Habt ihr ein Haustier, Ruby?"
„Ja, einen kleinen Hund, Nils hat ihn mir diese Woche geschenkt.“
„Ach, wie niedlich, wie heißt er?"
„Fluffy, weil er so fluffig ist. Leider pinkelt und kackt er noch überall hin, aber das kriegen wir auch noch in Griff.“
Ganz unerwartet fragt Maja: „Wollt ihr heiraten?" *Touche!* Ruby weiß nicht, was sagen. Nils irgendwie auch nicht.
Ralf ergreift das Wort: „Sie sind erst zwei Monate zusammen, Maja Schatz.“

„Ja, Ralf, weißt du noch? Wir haben nach einem Monat schon unsere Hochzeit geplant.“
„Ja, du hast recht."
Nils räuspert sich: „Ich würde Ruby sofort heiraten, wir haben aber noch nicht darüber gesprochen." Er schaut Ruby tief in die Augen, die Szene ist surreal. Sie versinken in ihren Blicken. *Oh Gott, Nils wieso hast du so schöne Augen?*, denkt Ruby verliebt. Schmetterlinge tanzen in ihrem Bauch. Der Moment scheint ewig anzuhalten. Ralf und Maja beobachten die beiden, Maja mit ihrem langen Gesicht. Dann kommen sie sich näher Zentimeter für Zentimeter, ihre Lippen berühren sich, sie küssen sich innig. Ihre Zungen liebkosen sich. Alles um sie herum gerät in Vergessenheit. Maja ist völlig überfordert und studiert den Kronleuchter, Ralf schaut den beiden zu und freut sich für seinen Freund. Als sie voneinander ablassen, ist es die Rückkehr aus einer anderen Welt.
„Oh", sagt Nils, „entschuldigt bitte.“

„Schon okay", meint Ralf grinsend „ich glaube, wir beenden den Abend hier, ihr habt sicher noch etwas anderes vor.“ Maja grinst nervös und gequält. Sie bezahlen. Ralf lädt alle ein.
„Vielen Dank, Ralf."

„Gern geschehen.“

„Das war ein schöner Abend", meint Maja, „müssen wir unbedingt wiederholen.“
„Unbedingt", bestätigt Ruby und meint es so. Eng umschlungen

spazieren Nils und Ruby zum Wagen. „Du warst Hammer, Ruby."
„Danke, hat Spaß gemacht."
„Komm, lass uns nach Hause gehen."
"Oh ja."

61 Freitag

Heute ist eigentlich die Coaching, aber Frau Hermann hat gestern angerufen und nahegelegt, dass Ruby bei einem Psychiater besser aufgehoben wäre. Die Traumata seien zu ernst und zu tief. Sie fühle sich nicht qualifiziert, Ruby weiterzuhelfen. Nils hat diese Information etwas beunruhigt. Er glaubt, dass ihm das Ausmaß von Rubys Trauma und Verletzungen nicht wirklich bewusst sind. Frau Hermann hat ihm auch gleich einen Ersatz angeboten. Alexander Friedrich, ein erfahrener Psychiater. Kurzfristig hat er Ruby einen Termin gegeben. Freitag, 17 00. Uhr. Nils hat extra freigemacht. Er will sicher sein, dass sie da auch erscheint. Um 16:40 Uhr fahren sie los.
„Ruby?"
„Ja" antwortet sie gelangweilt.
„Eselmodus?"
„Was?"
„Bist du wieder bockig? Oder siehst du endlich ein, dass du Hilfe brauchst und es dir gut tut?" *Jetzt bin ich bockig*. Sie sagt nichts und starrt aus dem Fenster.
„Wir sind da."

„Wie heißt der Typ?", will sie wissen.
„Alexander Friedrich", *wieder so ein beschissener Name, das sind zwei Vornamen*, bockt Ruby. Nils begleitet sie in die Praxis. Herr Alexander, ach nein, Herr Friedrich hat wohl eine Assistentin. Sie empfängt uns mit einem Werbelächeln. Sie könnte auch bei einem Zahnarzt arbeiten.
„Guten Tag, Ruby Bergmann?" *Auch sie hat hellseherische Fähigkeiten.*
„Ja." „Bitte setzen Sie sich noch einen Moment, Herr Doktor ist gerade noch beschäftigt." *Herr Doktor*, wiederholt Ruby.
„Hey, ich gehe, du bleibst schön hier, okay?", warnt Nils sie.
„Ja, klar, wo sollte ich auch hingehen?"
„Als ob das ein Problem wäre", grinst Nils, „in einer Stunde bin ich wieder hier, es wird gut." „Okay, tschüss." Nach zwei Minuten kommt die Assistentin und bittet Ruby, im Zimmer Platz zu nehmen. Lustlos tritt sie ein. Auch hier ein helles Zimmer. Aber statt einem Sofa und einem Sessel stehen da zwei Sessel, die verdächtig bequem aussehen. *Soll ich mich jetzt einfach setzen oder was?* Verloren steht Ruby da, als auch schon die Tür aufgeht. Ein großer schlanker Mann tritt ein. Er ist zirka 40, hat dunkelbraune Haare mit grauen Schläfen. Er trägt eine runde Brille, die ihm zugegeben gut steht. Braune wache Augen und ein schmales Gesicht. Er trägt eine dunkelgraue Hose und ein dunkelblaues Hemd. Die obersten zwei Knöpfe sind geöffnet. Er riecht gut. Und sieht gar nicht schlecht aus.
„Hallo, Sie sind Ruby Bergmann? Wenn es Ihnen recht ist, nenne ich

Sie Ruby. Ist das okay? Ich bin Alexander Friedrich, nennen Sie mich Alexander.“ *Oder Friedrich,* denkt Ruby. Er streckt ihr seine schlanke große Hand entgegen. „Dann setzten Sie sich doch einfach mal.“
„Wo?“
„Wo sie wollen.“
Ruby setzt sich auf den Sessel, der zum Fenster hin steht.
„So, Ruby, nun erzählen Sie mal, wieso Sie hier sind. Was erwarten Sie von unseren Sitzungen.“
Here we go again, denkt Ruby. Sie beschließt eine neue Taktik.
„Ich wurde als Kind geschlagen und missbraucht, meine Mutter hat zugeschaut und nie etwas unternommen. Mein Vater hatte vor zwei Monaten einen Haushaltsunfall und ist ums Leben gekommen, nein, ich bin nicht traurig darüber. Danach ist meine Mutter mit einem Typen aufgetaucht und hat mir glücklich erzählt, dass der andere gar nicht mein Vater war, sondern dieser hier. Jetzt versuchen sie, eine Happy Family zu sein. Mein Ex-Freund hat mich geschlagen, dabei hat er mir mein Jochbein gebrochen, dann hat er versucht, mich umzubringen, aber mein Freund Nils kam zur Rettung und hat ihm drei Kugeln in den Kopf gejagt. Und ja, er darf das, er ist Polizist. Ich spreche mit mir selber oder, besser gesagt, mit meinem 7-jährigen ich. Sie gibt mir Ratschläge und hilft mir, aus kindheitsähnlichen Situationen zu entfliehen, indem ich in ein tiefes schwarzes Loch falle. Ich habe Angst, dass ich da irgendwann nicht mehr rauskomme.“
Zufrieden verschränkt Ruby die Arme und schaut Alexander erwartungsvoll an.

Alexander hat einen Schreibblock auf seinem Schoß und kommt mit schreiben kaum nach. Nach einer Weile schaut er hoch, er bewegt seine Nase nach links und rechts,
wie ein Kaninchen.
„Das sind viele Informationen.“
Das war die Kurzfassung, denkt Ruby.
„Okay, dann wollen wir mal. Was erwarten Sie von den Sitzungen?”
„Ich würde gern ein normales Leben haben, ohne immer wieder in die Dunkelheit der Traurigkeit abzustürzen.“
„Ich muss Ihnen sagen, dass ich etwas überrascht bin. Sie sehen aus wie ein positiver Mensch, machen einen offenen, freundlichen Eindruck. Das überrascht mich nach allem, was ich gehört habe. Sie sagen, Sie wurden geschlagen und missbraucht, wir gehen später noch tiefer darauf ein. Ich möchte wissen, wie Sie reagiert haben, während ihr Vater Sie...", er räuspert sich, „misshandelt hat. Was ist mit Ihnen geschehen?”

Der kann ja in richtigen Sätzen sprechen, staunt Ruby.
„Ich habe mich zurückgezogen.“
„Sie meinen Ihr inneres ich, nennen wir es mal so.“
„Ja.“
„Und wo gingen sie hin?"
Es kostet Ruby Überwindung, zu antworten. Weil es kein schöner Ort ist.
„In die Hölle.“
„Beschreiben Sie diese Hölle.“

„Es ist die absolute emotionale Dunkelheit. Die tiefste Traurigkeit. Es ist alles schwarz und dunkel. Es gibt keine Farben, keine Fröhlichkeit. Keine Hoffnung, keine Liebe. Nur Angst, Schmerz und diese Scheiß Traurigkeit. Ich war da immer wieder und bin es heute noch. Heute ist es noch schlimmer."

„Weshalb?"

„Weil ich ja eigentlich heute eine andere Person bin, ich bin stärker, ich habe einen Weg gefunden, trotz allem mein Leben zu leben. Freunde und Hobbys zu haben. Einen Beruf, einen Freund. Und wenn es dann passiert, dass ich an diesen Ort gehe, ist es schlimmer, weil ich zurückgehe, in meine Kindheit mit der kleinen Ruby. Dasselbe fühle wie damals. Ich zittere und weine, kann nicht mehr sprechen, bin zu nichts mehr zu gebrauchen."

„Das ist schlimm".

Ach, was.

„In welchen Situationen passiert das, haben Sie ein Beispiel?"

Tausende.

„Ja, vor wenigen Tagen hat mein Freund mich angeschrien. Da bin ich abgestürzt. War ganz tief in meiner kleinen Hölle mit all den Dämonen der Vergangenheit."

„Weshalb hat er Sie angeschrien?"

Ohje, weil ich ein Ekel erschlagen habe, er Polizist ist und es nicht gut findet.

„Weil ich etwas nicht gut gemacht habe."

„Er sollte Sie nicht anschreien."

Sehr gut, Sherlock.

„Das habe ich ihm auch gesagt.“

„Haben Sie das Gefühl, dass Sie in diesen Momenten, die Kontrolle über sich selbst verlieren? Und jemand anders die Kontrolle übernimmt?"

Er kritzelt ununterbrochen in seinen Schreibblock. *Was er wohl schreibt?*

„Ja.“

„Und wer?"

„Die kleine Ruby, die 7-jährige Ruby, kurz bevor es soweit ist, sehe ich sie. Wie sie traurig in der Ecke steht. Dann gehe ich zu ihr und ihre Traurigkeit wird zu meiner.“

„Wenn Sie heute zu dieser kleinen Ruby reisen könnten, was würden Sie ihr sagen?"

„Ich würde ihr sagen: Bring ihn um.“

Er hebt die Augenbrauen und bewegt die Nase wieder wie ein Kaninchen.

„Hätte das ihr Leben verändert?"

Ja, aber hallo.

„Natürlich. Es wäre mir so vieles erspart geblieben, wenn die 7-jährige Ruby ihn umgebracht hätte."

„Verstehe. Und wenn sie ihr einen anderen Ratschlag geben könnten?“

Ruby überlegt.

„Ich würde ihr sagen, dass sie so bald wie möglich von einer Brücke springen soll.“

Wieder zuckt seine Nase.
„Sind sie selbstmordgefährdet?"
„Wahrscheinlich."
„Was hält sie davon ab?"
Also nein, noch einer, der komische Fragen stellt.
„Die Hoffnung."
„Hoffnung auf was?"
Tränen füllen ihre Augen.
„Hoffnung auf Befreiung, darauf zur Ruhe zu kommen, Liebe anzunehmen, das Leben zu genießen, geliebt zu werden und Liebe weitergeben zu können."
„Als ich Sie gefragt habe, was Sie der kleinen Ruby sagen würden, wählten Sie Option eins, dass sie Ihren Vater tötet, und – Option zwei – dass Sie sich selber töten. Ihr Vater ist tot. Hat sich etwas geändert? Ist es besser geworden?"

Ruby stellt entsetzt fest, dass es, seit sie ihren Vater ermordet hat, alles viel schlimmer geworden ist.
„Nein."
„Schlimmer?"
„Ja."
„Inwiefern ist es schlimmer geworden?"
„Er erscheint in gewissen Situationen, also seine Stimme. Das war früher nicht so."
„In welchen Situationen und was sagt er?"
„Wenn es um Zweifel geht, wenn ich an mir selber zweifle, oder an

jemanden, den ich liebe. Dann sagt er mir, dass ich nichts kann, nichts bin, es nicht wert bin und so weiter.“

„Hat ihr Vater das früher gesagt?"

„Ja, immer und immer wieder.“

„Und glauben Sie es?"

„Ich denke schon.“

„Erzählen Sie mir von ihrem Ex-Freund.“

„Michael?”, fragt Ruby verdutzt.

„Ja.”

Ruby schaut ihn verwirrt an. Sie hat ihm nicht gesagt, dass er Michael hieß.

„Wir waren ein knappes Jahr zusammen, er war ganz nett, aber er hat mir nicht genug Raum gelassen, hat mich mit seiner Liebe erdrückt. Ich habe Schluss gemacht mit ihm. Dann kam ich mit meinem jetzigen Freund zusammenkam.“

„Nils”, unterbricht er sie.

„Ja, Nils. Und plötzlich ist er wieder auf der Bildfläche aufgetaucht. Jedes Mal, wenn ich mit Nils zusammen war, hat er Stoffherzen vor meiner Haustür abgelegt. Wie ein Psychopath. Irgendwann kam er dann zu mir nach Hause, hat mich geschlagen, wollte mich vergewaltigen und schlussendlich umbringen. Aber wie schon gesagt, da kam mein Freund dazwischen.”

„Ist Ihr Freund Nils Ihnen gegenüber gewalttätig?”

„Nein! Niemals! Er ist der liebenswerteste Mensch, der mir in meinem Leben begegnet ist.”

„Also Ruby, ich habe mir, wie Sie sicherlich bemerkt haben, einige Notizen gemacht. Es hilft mir, die Person zu verstehen, die Probleme zu definieren. Sie haben ein sehr tiefes Trauma, das wir mit ein paar Sitzungen nicht in den Griff kriegen werden. Ich werde alles in meiner Macht stehende versuchen, um Ihnen zu helfen. Gern würde ich sie psychotherapeutisch auf Ihrem Weg begleiten, denke aber auch, dass eine medikamentöse Behandlung sinnvoll wäre."

Ruby erschrickt.

„Ruby, ich nenne es beim Namen: Sie sind hochgradig depressiv, Ihre Traumata reichen für zehn Patienten."

Witzbold.

„Darüber will ich erst nachdenken."

„Ja, natürlich. Besprechen Sie es mit Ihrem Freund. Wenn Sie einverstanden sind, würde ich Sie gern nächste Woche wiedersehen. Möchten Sie das auch?"

Nein, das möchte ich nicht.

„Ja, natürlich."

„Schön, dann wird meine Assistentin einen Termin mit Ihnen abmachen."

Er nimmt ihre Hand, legt die andere darauf und schaut ihr tief, zu tief in die Augen. Ruby kann diesen Blick nicht deuten, er verwirrt sie.

„Haben Sie eine schöne Woche."

„Ja, danke." Sie stürmt raus.

Beim Empfang wird sie schon von der Assistentin erwartet:

„Für nächsten Freitag?"

Woher weiß sie das? Hat sie etwa gelauscht?

„Ja.“

„Hallo." Nils kommt herein.

„Hi.“

„Dann sehen wir uns nächsten Freitag um 18 Uhr", sagt die Assistentin und lässt ihre blitzeblanken Beißerchen blitzen.

„Okay.“

„Wie war es?", fragt Nils neugierig.

„Ich weiß nicht, Nils. Er meinte, ich sei hochgradig depressiv und habe genügend Traumata für zehn Patienten. Und will er mir Medikamente verschreiben." Nils zieht sich der Magen zusammen.

„Okay."

„Was meinst du mit okay?"

„Ich weiß nicht, Ruby, das musst du für dich entscheiden. Aber vielleicht würde es dir helfen, du kannst es ja einfach ausprobieren", meint Nils.

„Ich weiß nicht, ich muss darüber nachdenken.“

62 Samstag

Heute freut sich Ruby, endlich Hipster zu sehen. Der Arzt meinte, sie solle noch nicht reiten, aber sie will ihn wenigstens besuchen. Vielleicht ein bisschen longieren. Nils will sie begleiten. Er hat wahrscheinlich noch nie ein Pferd aus der Nähe gesehen. Fluffy ist

wieder auf mehr oder weniger normale Größe geschrumpft. Aber er hat ziemlich sicher Bauchschmerzen. Selber schuld, dummer kleiner Kerl. Sie fahren gegen Abend zum Stall in Rubys Wagen, Nils darf fahren. Er soll auch mal ein tolles Auto fahren dürfen. Die ganze Fahrt über hat er ein Grinsen im Gesicht. Männer und Autos. Im Stall angekommen, stellt Ruby mit Schrecken fest, dass Wendys Pferde Ausgang haben. Es wimmelt von langhaarigen, in viel zu enge Reithosen gepresste Mädchen. Noch ein Plus für das Westernreiten. Man reitet mit Jeans und Boots. Sie gackern und benehmen sich affig. Ruby versucht, sich die Laune nicht verderben zu lassen.
Vor Hipsters Box angekommen, sagt Ruby: „Darf ich vorstellen, Nils, das ist Hipsters best Day, Du darfst ihn Hipster nennen. Hipster, das ist Nils." Nils schaut Rubys Freund an:
„Das ist doch ein Pony? Nicht? Der ist... winzig."
„Vielleicht, wenn man 1,85 Meter groß ist", grinst Ruby. „Hipster ist ein Quarter Horse, klein, aber kompakt, athletisch, schnell und stark." Nils nickt beeindruckt. Das pinke Halfter wird fachmännisch an seinem Kopf angebracht, und sie schlurfen zusammen zum Putzplatz. Ausgiebig schrubbt sie ihr Pony, das es sichtlich genießt, er biegt seinen Körper in alle Richtungen.
„Es stinkt", sagt Nils und verzieht das Gesicht.
„Was?" Ruby kann es nicht glauben.
„Dein Pony stinkt." Nils fühlt sich jetzt sichtlich unwohl.
„Er riecht nach Pferd."
„Er riecht nicht gut."

„Meine Güte, er ist ja auch keine Parfümflasche. Hättest du so viele Haare, würdest du auch nicht besser riechen". Nils muss lachen. Er streichelt Hipster am Hals, kann es dann aber nicht lassen, an seiner Hand zu riechen. Er verzieht das Gesicht schon wieder. Ruby tut so, als ob sie es nicht gesehen hätte.
„Schönes Pferd", kommentiert er verloren.
„Ja, ja, versuche, Deinen Arsch zu retten, würde ich auch machen", sagt Ruby trocken. „Nein, ich meine wirklich, er ist hübsch, hat schöne Augen und die Farbe ist... speziell wie Milchkaffee. Die Haare sind lang, sehr lang irgendwie."
„Das heißt Mähne."
„Ah okay, Mähne. Muss man die nicht schneiden?" Er schaut sich um, beobachtet die langhaarigen Barbies mit ihren polierten Pferden. „So wie diese Mähnen, die haben alle ganz kurze Mähne", bemerkt er.
Ruby seufzt: „Beim Westernreiten findet man es toll, wenn die Mähne lang ist, je länger, umso besser. Es ist cool." Sie steht nun direkt vor ihm und streckt ihm einen Hufkratzer entgegen. „Mach seine Hufe sauber."
„Die was?"
„Sein Horngebilde unten an den Beinen, los schöner Mann, mach dich nützlich." Ruby lehnt sich gegen die Wand und beobachtet ihn. Auch die Wendys haben ihn im Auge, schon die ganze Zeit. *Gierige kleine Weiber*, denkt Ruby. Er stellt sich neben Hipster hin und beugt sich runter. Er versucht, Hipsters Bein zu heben. Hipster denkt nicht daran und schnüffelt interessiert an seinem Hintern rum.

„He, lass das, komm, gib mir schon deinen Fuß." Ruby biegt sich vor Lachen. Dümmer kann er sich nicht anstellen.
„Komm schon, gib her." Erleichtert drückt Nils ihr den Hufkratzer in die Hand. Ruby fährt mit der Hand am Bein entlang, und zack, hebt Hipster das Bein. Nils ist beeindruckt. Autorität nennt man das wohl. Im Round Pen – einer runden Vorrichtung, in der man sein Pferd bequem longieren kann – bewegt sie Hipster ein paar Runden. Nils betrachtet sie. Es gefällt ihm, sie im Umgang mit Hipster zu beobachten. Ruby strahlt Ruhe aus und macht einen zufriedenen Eindruck. *Hipster ist gut für sie*, denkt er zufrieden. Nach getaner Arbeit nimmt sie Hipster das Halfter ab und entlässt ihn in seine Box. Frisches Heu und leckerer Hafer erwarten ihn schon.
„Wollen wir etwas essen gehen?", will Nils wissen.
„Oh ja, gute Idee."
„Und wo?"
„Mh, ich hätte Lust auf Fleisch", sagt Ruby, ihr läuft das Wasser im Mund zusammen.
„Wie wär's mit dem Argentinier?"
„Gerne."
Beim Argentinier gibt es noch einen freien Zweiertisch. Angeregt unterhalten sie sich und haben einen schönen Abend. Nils fragt Ruby nie über die Morde aus. Er will es gar nicht wissen, es würde ihn belasten. Aber eine Frage brennt ihm doch unter den Nägeln.
„Ruby."
„Ja, Nils?"

„Wenn du die Männer, du weißt schon, wenn du sie...", er sieht sich um und flüstert, „kalt machst..." Ruby schaut ihn nun mit steigendem Interesse an.
„Hast du da einen Trigger? Passiert irgendetwas vorher, was dich zur Tat verleitet, irgendetwas, was dich motiviert es zu tun?" *Vielleicht kann man ja daran arbeiten*, hofft er.
Ruby denkt nach. „Mh, ja, schon", gespannt schaut Nils Ruby an. Sie fährt fort. „Meistens ein emotionaler Crash." *Halleluja kommt ja zum Glück kaum vor*, denkt Nils sarkastisch. „Oder Taten so wie bei meinem Vater, er war eine direkte Bedrohung. Oder Michael. Ich hätte auch ihn erschlagen, hätte ich Omas Schläger dabei gehabt."
„Omas Schläger?", wiederholt er.
„Ja, du kennst die sicher, diese Schläger, die man ausfahren kann. Ich weiß nicht, sind sie aus Eisen? Auf jeden Fall sehr massiv."
Nils schaut sie an: „Die sind verboten", sagt er entsetzt. Ruby kann es nicht fassen – ein Polizist, wie er im Buche steht.

„Soll ich ein Schlagstock-Modell suchen, das erlaubt ist, um Männer zu erschlagen?", fragt sie und zieht die Augenbrauen hoch.
„Du sollst überhaupt nicht morden", flüstert er. „Lassen wir das, nicht hier."
„Du hast angefangen."
„Ja, ich weiß." *Und er bereut es auch schon.* „Möchtest du noch einen Nachtisch?"
„Nein, danke."
Zu Hause angekommen, hat Nils das Bedürfnis, ausgiebig zu duschen.

Er riecht Pferd überall. Wie das stinkt, denkt er, und es gruselt ihn. Ruby tut es ihm gleich, danach gehen sie erschöpft ins Bett. Sie küsst ihn und beißt ihn in sein Ohrläppchen. Ruby weiß genau, dass ihn das heiß macht. Er grinst und erwidert ihre Küsse.
„Komm her, du kleines Monster." Nils schämt sich für seine Gedanken, die Vorstellung daran, dass Ruby Männer kaltblütig umbringt, es macht ihn an, er findet es, ja er muss zugeben, er findet es verdammt sexy. *Oh mein Gott, wie tief bin ich gesunken?,* denkt er. Seine Hände sind nun überall, sie küssen und liebkosen sich. Es wird eine sehr lange leidenschaftliche Nacht.

63 Montag

Ruby langweilt sich. Nils ist unterwegs, er muss noch einige Dinge erledigen. Sie hat keine Ahnung, was er zu erledigen hat, aber sie erlaubt ihrem Kopf nicht, sich darüber Gedanken zu machen. Um 20 Uhr beginnt seine Spätschicht. Ihre Kreativität lässt sie heute im Stich, sie ist nicht in der Stimmung, an ihrem Phönix-Graphics Projekt zu arbeiten. So entscheidet sie sich spontan, ein bisschen auf der Seite der Opferhilfe für Opfer häuslicher Gewalt zu stöbern. Die Geschichten ähneln sich: Mann oder Frau schlägt Partner, diese oder dieser hat Angst, sich zu wehren... Dann stößt sie auf den Fall von Lorena Weiß, 24 Jahre alt. Ihr Leben lang wurde sie von ihrem Vater geschlagen und missbraucht und befindet sich jetzt in einer Beziehung mit einem gewalttätigen Mann. Lorena hat Angst, dass er sie im Fall einer Trennung tötet, was er auch schon des Öfteren gesagt hat. Zwei Selbstmordversuche waren zum Glück erfolglos. *Oh mein Gott,* denkt Ruby. *Lorena braucht Hilfe. Echte Hilfe.* Aufgeregt notiert sie die Adresse in ihrem kleinen Notizblock. Wie immer sucht sie zuerst ihr Facebook-Profil. Lorena Weiß gibt's mehrere. *Davon vier in Berlin.* Aufmerksam schaut sie sich die Profilbilder an. Nummer eins ist zirka 60 Jahre alt. Nummer zwei muss um die 40 sein. Nummer drei könnte es sein. Eine junge Frau, schlank, sehr schlank, zu schlank. Die menschgewordene Traurigkeit. *Das muss sie sein!* Neugierig stöbert sie durch die Bilder und ihren Beziehungsstatus. In einer Beziehung mit Harald Klein. Neugierig guckt sie sich die Bilder von Harald Klein an. Ein blonder Jüngling mit leichtem Bartwuchs. Durchtriebenes Grinsen. Kleine fiese Augen. *Harald Klein, du bist ein kleines Arschloch.* Wahrscheinlich eher ein großes. *Wir sehen uns heute.* Die Tür geht auf, Fluffy bellt, er bellt wie ein Teenager, der gerne ein ausgewachsener Mann wäre. Ruby klappt den Laptop zu und steckt sich den Zettel mit der Adresse ein.

„Hallo", sagt Nils gut gelaunt.

„Hallo", erwidert Ruby. Sie gibt ihm einen Kuss.

„Guck, ich habe mir neue Felgen aus Carbon für mein Bike gekauft", präsentiert er stolz die beiden Reifen.

„Oh cool, du musst dein Rad aber auch mal fahren." Seit sie zusammen sind, ging er nur einmal biken, als sie im Krankenhaus war. Schuldbewusst erwidert Nils: „Ja, ich werde die Felgen einbauen, dann kann's losgehen." Also bastelt er an seinem Bike herum. Ruby

spürt jetzt doch noch Muße, um an ihrem Projekt zu arbeiten.
„Phönix", sagt sie leise.
Sie denkt nach. Wenn sie heute diesen Typen umbringe, werden die Zeitungen morgen wieder vom Rächer der gequälten Frauen schreiben. Das muss sie verhindern, sie findet diesen Namen unerträglich. Gewusst wie ändert sie die IPN ihres Laptops mit einem speziellen Programm, sie erstellt eine neue E-Mail Adresse auf Gmail und sucht die E-Mail der Bild-Zeitung. Sie schreibt:
„Liebe Bild-Zeitung,

ich bin der Rächer der gequälten Frauen, wie sie ihn schrecklicherweise nennen. Ich bin überhaupt nicht damit einverstanden und möchte, dass sie mich fortan als "Teufelskind" in Ihrer Zeitung betiteln.

Dafür bedanke ich mich im Voraus.

-Teufelskind-„

Yeah, denkt Ruby. Sie würde gerne "Teufelsmädchen" nehmen, so wie ihre Oma sie immer genannt hat. Aber dann wüsste jeder, dass sie weiblich ist. Sie könnte ein Logo gestalten und T-Shirts und Sticker verkaufen.
"Teufelskind, Sie haben es verdient". Eine Person, abgebildet von hinten mit einem Hoodie und einem Schlagstock in der Hand. Blutstropfen überall. Ruby zerspringt fast vor innerlicher Freude.
Der weitere Tag vergeht ereignislos. Um 19:30 Uhr geht Nils zur Arbeit. Er verabschiedet sich von ihr mit einem Kuss.

„Sei ein braves Mädchen", sagt er. Erschrocken schaut sie ihn an.
Warum sagt er das?
„Wie immer", erwidert sie und schaut zu Boden. Nachdem er die Wohnung verlassen hat, zieht Ruby sich um. Schwarze Hose, schwarze Sneakers und ein Schwarzes Hoodie. Omas Schläger ist im Wagen.
„Fluffy, süßer kleiner Fluffy, du bleibst zu Hause." Traurig sitzt er da und guckt sie an mit seinen wunderbar süßen Augen. Es ist kaum auszuhalten.
„Wie kann ein Hund so süß sein?", fragt sie ihn. Aus der Küche holt sie ihm einen großen Knochen.
„So, damit solltest du eine Weile beschäftigt sein." Mit ihrer Mission vor Augen verlässt sie die Wohnung.
15 Minuten später erreicht sie die Adresse von Lorena Weiß und Harald Klein. *Der kleine Harald,* denkt Ruby. Sie platziert ihren Wagen so, dass sie die Eingangstür im Blick hat.

Nils ist heute mit Ralf auf Streife. Sie fahren die Straßen auf und ab und beobachten. Die Polizei, dein Freund und Helfer.
Um 22:56 Uhr kommt der kleine Harald aus der Tür. Ruby setzt sich auf. Sie kann ihr Glück nicht fassen. *Keiner kann behaupten, dass das Universum nicht auf meiner Seite steht,* denkt sie grinsend. Flink nimmt sie Omas Schläger, steigt aus und macht sich auf den Weg.
„Teufelskind auf Mission", sagt sie leise. Vorsichtig heftet sie sich an Haralds Fersen. Kein Mensch zu sehen. Kein Auto, nichts. Sie nähert sich Harald, nimmt Omas Schläger hervor. „Hey", flüstert sie. Harald dreht sich um, und – Bäng! – hat er den Schläger im Gesicht.

Grunzend fällt er zu Boden. Ihr Arm holt weit aus für den zweiten Schlag.
„Hey, Nils, da schlägt jemand einen Mann am Boden!" Nils fährt erschrocken auf. *Verdammte Scheiße,* denkt er. Er stellt die Sirene an.
„Was zur Hölle tust du da?", fragt Ralf verwundert.
„Er soll wissen, dass wir kommen", antwortet Nils. *Ruby soll wissen, dass sie kommen.* Sein Herz droht zu explodieren.
Ruby schreckt auf. *Oh nein! Scheiße, scheiße, scheiße!* Sofort lässt sie von Harald ab und rennt los.
Ralf und Nils springen aus dem Wagen.
Nils ruft Ralf zu: „Schau nach dem Opfer. Ich versuche, den Täter einzuholen."
Nils ist fitter und schneller als Ralf – logisch, dass er sich um den Täter kümmert.
„Okay, ich rufe einen Krankenwagen!" Nils rennt hinter Ruby her. In einem Hinterhof holt er sie ein und stellt sie.
„Verdammt, Ruby, was tust du?"
„Ich konnte nicht anders Nils, er hat sie geschlagen, sie wurde ihr Leben lang missbraucht, sie brauchte Hilfe." Nils hält sich am Kopf, er ist außer Atem.
„Ich dachte, wir haben das besprochen."
„Denkst du, ich kann mich von heute auf morgen ändern?"
Plötzlich hört er Ralf von Weitem: „Nils, hast du ihn?"
„Scheiße, Ruby, schlag zu!"
„Was?" *Ist er jetzt total verrückt?*

„Es ist der einzige Weg, hier rauszukommen. Schlag mich.“ Ruby zieht die Augenbrauen hoch. „Scheiße, Nils!"
„Mach schon!"
„Wohin?"
„Egal, nur nicht ins Gesicht". *Er ist eitel,* denkt Ruby. Sie holt mit dem Stock aus und – Peng! –sackt Nils zusammen. Ruby ist geschockt.
„Hau ab, Ruby, lauf!", stöhnt er. Ralf kommt um die Ecke gespurtet, er ist nur noch wenige Meter von ihr entfernt.
„Nils!", ruft er, „Nils!“ Ruby rennt wie nie zuvor in ihrem Leben.
„Stehenbleiben!", hört sie Ralf, „oder ich schieße!" Sie biegt um eine Ecke, sie rennt und rennt.
„Nils, bist du okay?" Ralf kniet sich hin. Nils röchelt und windet sich, Blut strömt aus seinem Mund. Er sieht nicht gut aus.
„Nein, ich glaube nicht.“
„Scheiße, ich ruf den Krankenwagen!“

Nach zwei Stunden kommt Ruby endlich zu Hause an. Kopflos irrte sie in den Straßen umher, bis sie schließlich mit Herkules nachhause fuhr. Fluffy springt glücklich an ihr hoch.
„Nicht jetzt, Fluffy.“ *Das lief total aus dem Ruder!* Es erscheint ihr surreal, dass sie Nils niedergeschlagen hat; sie kann nicht glauben, dass sie das wirklich getan hat. Erschöpft atmet sie tief durch. In diesem Moment klingelt das Telefon. Erschrocken schaut sie auf das Display.
„Ralf", sagt sie laut. Angstvoll drückt sie auf „Annehmen“.
„Hallo", sagt sie, so ruhig es ihr möglich ist.

„Hallo, Ruby, ich bin es, Ralf."

„Hallo, Ralf, was ist los?" Ihr Herz schlägt immer schneller, es ist ganz bestimmt kein gutes Zeichen, dass Ralf um 1 Uhr nachts anruft.

„Ich rufe aus dem Krankenhaus an." *Nein!*, denkt Ruby.

„Was ist mit Nils?", fragt sie mit zittriger Stimme.

Er nimmt einen tiefen Atemzug. „Wir haben den Schläger von Berlin oder den Rächer, wie sie ihn nennen, auf frischer Tat ertappt." *Ich weiß...* „Nils ist ihm nachgerannt. Der Arsch hat in niedergeschlagen."

„Wie geht es ihm?"

„Na ja, er hat ihm drei Rippen gebrochen." *Oh Gott!*, denkt Ruby. „Aber das Schlimmste ist, dass eine Rippe die Lunge ziemlich schwer verletzt hat. Er muss notoperiert werden." „Nein!" Ruby bricht in Tränen aus.

„Wo ist er jetzt?"

„Sie operieren gerade, im Martin-Luther-Krankenhaus."

„Ich komme sofort."

„Okay, ich bin auch hier, ich warte auf dich."

Ruby stürmt zum Wagen. Sie rast los wie eine Verrückte. Und wieder weint sie, sie weint den ganzen Weg. Es scheint ein Alptraum zu sein. Bilder erscheinen vor ihren Augen, von Nils. Wie er sie ansieht, wie er sie küsst, wie er Michael erschießt, wie er ihr sagt, dass sie etwas Besonderes sei. *Mein Gott, ich bin ein Fluch für diesen Mann,* denkt sie schluchzend. Und da ist er wieder, zuverlässig wie die Deutsche Bahn. „Alles vermasselst du. Jetzt bringst du noch die einzige Person um, die dich liebt", er lacht verächtlich, „unbrauchbar, nicht gut

genug, hörst du, nicht gut genug. Du bist ein Fluch für diesen Mann.“
Ruby sieht die Straße kaum noch vor lauter Tränen. Nach wenigen Minuten erreicht sie das Krankenhaus. Eilig rennt sie hinein und schaut sich hektisch um.
„Ruby." Sie hört Ralf, kurz darauf sieht sie ihn auch. Erleichtert rennt sie zu ihm direkt in seine Arme. Und immer noch weint sie, sie kann einfach nicht aufhören. Ralf tröstet sie.
„Er wird schon wieder, Nils ist ein harter Kerl." Er versucht zu lächeln. Sie setzten sich in den Wartesaal. Ralf hat den Arm um Ruby gelegt. Es tut ihr gut. Nach drei Stunden endlich kommt der Arzt aus der Tür. Es ist derselbe, der Ruby behandelt hat.
„Sie?", fragt er überrascht. Sein Auge zuckt.
„Ja, wie geht es ihm?”
„Er hat Glück gehabt, dass so schnell Hilfe vor Ort war. Wir konnten ihn zusammenflicken. Ein paar Wochen Ruhe, und er wird wieder wie neu sein.“ Erleichtert umarmt Ruby Ralf. „Er muss 5 bis 7 Tage hier bleiben.“
„Kann ich ihn sehen?"
„Nicht vor morgen. Fahren Sie nach Hause und kommen sie morgen wieder. Versuchen Sie, sich etwas auszuruhen", sagt der Doc fürsorglich.
„Schaffst du es nach Hause, Ruby? Oder soll ich dich fahren?"
„Es geht schon, Ralf, danke.“
„Ich hätte ihn erschießen sollen", sagt Ralf ernst.
„Was?", fragt Ruby erschrocken.

„Den Schläger. Ich hatte ihn genau in der Schusslinie, ich habe gezögert." *Gott sei Dank,* denkt Ruby.
„Mh, Hauptsache, Nils wird wieder gesund", sagt sie knapp und verabschiedet sich.
Zu Hause angekommen, legt sie sich ins Bett; sie ist leer, kann nicht mehr denken. Fluffy kuschelt sich an ihren Bauch. Und wieder weint sie, wie so oft in den letzten Wochen.

64 Dienstag

Um 8 Uhr fährt sie ins Krankenhaus. Nils wurde auf die normale Station verlegt, sie darf ihn besuchen. Voller Vorfreude klopft sie an die Tür.

Als sie nichts hört, tritt sie leise ein. Keiner hat sie darauf vorbereitet, was sie zu sehen bekommt. Schläuche und Kabel führen in oder aus seinem Mund und Nase, die Augen sind geschlossen. Wäre das Piepen der Maschine nicht, würde sie sagen, er ist tot. Ihre Beine werden weich, sie weiß nicht, ob sie sich aufrecht halten kann. Schnell setzt sie sich auf den Stuhl neben seinem Bett.
„Oh Gott, was hab ich nur angerichtet?", schluchzt sie. Und schon wieder weint sie, sie weint und weint. *Scheiße, wo kommt all das Wasser her?,* denkt sie ehrlich erstaunt. Nils öffnet die Augen, er sieht sie an, versucht zu lächeln, was ihm kläglich misslingt. Er bewegt seine Hand, sie legt die ihre in seine und schaut ihn gespannt an.

Erwartungsvoll hofft sie, dass er etwas sagt, irgendetwas Wunderbares, Schönes. Aber er sagt nichts, liegt nur da. Wie soll er auch sprechen mit all den Schläuchen? Erschöpft fallen ihm die Augen zu und er schläft wieder ein. Ruby sitzt da in ihrer Hülle, sie weiß gerade nicht, wo sie ist. In der totalen Leere, im Nichts. Ein Arzt kommt herein. Er begrüßt sie flüsternd. Schaut auf den Monitor, macht sich Notizen, blendet Nils in die Augen mit einem kleinen Licht. Ruby beobachtet ihn aufmerksam, seine Reaktion, sein Gesicht. Der Arzt lächelt sie sanft an.
„In ein paar Tagen wird es ihm besser gehen." Er verschwindet. Ruby braucht Luft, sie muss raus, hält es kaum aus, Nils so zu sehen. Im Erdgeschoss des Krankenhauses setzt sie sich in das krankenhauseigene Restaurant. Gedankenverloren starrt sie auf den Kiosk gegenüber, da springt ihr die Bildüberschrift ins Auge: "Teufelskind hat wieder zugeschlagen. Opfer hat überlebt, Polizist schwer verletzt.“ Was würde sie geben, um es ungeschehen zu machen? Sie hat es vermasselt, wieder mal. Am Ende hat ihr Vater doch recht. Sie kann es einfach nicht, nicht gut genug. Ruby geht nach Hause, sie muss schlafen. Ohne ein einziges Mal aufzuwachen, schläft sie durch bis um 19 Uhr. Fluffy, der arme Kerl, hat die Wohnung als Toilette benutzt. Ruby kann ihm nicht böse sein. Aufgelöst sitzt sie am Küchentisch und weint immer noch oder wieder, sie weiß es nicht.
„Fluffy, das muss ein Ende haben.“
Fluffy hält seinen Kopf schief, erst nach links, dann nach rechts, als ob es ihm helfen würde, sie zu verstehen.

„Ich kann nicht mehr, es ist aus, Fluffy das war's." Liebevoll umarmt sie ihren kleinen Freund.
„Mach es gut, kleiner Kerl, pass auf Nils auf, okay?" Sagt sie mit tränenerstickter Stimme. Liebevoll nimmt das kleine Einhorn, das sie Nils geschenkt hat, packt es ein. Wie im Traum fährt zum Krankenhaus. Geht direkt zum Zimmer von Nils. Es hat sich nichts geändert. Er liegt noch immer da mit den Schläuchen und Kabeln, die Maschine piept. Traurig setzt sie sich neben ihn, nimmt seine Hand.
„Es tut mir leid, Nils, alles, was ich dir angetan habe. Ich kann nicht mehr, du hast etwas Besseres verdient. Ich liebe dich." Liebevoll drückt sie ihm das Einhorn in die Hand und verlässt das Zimmer. Ruby parkt den Wagen zu Hause, aber sie geht nicht nach Hause. Die Autoschlüssel legt sie in den Briefkasten. Zielstrebig geht sie zum Park. Wenn sie durch den Park geht, dann noch ein bisschen weiter, kommt sie zur Rudolf-Wissell-Brücke. Da wird sie ihrem beschissenen Leben ein Ende setzen. Aus, vorbei. Besser für alle. Und wie sollte es anders sein, ihr Vater meldet sich zu Wort:
„Endlich eine gute Entscheidung, Ruby, endlich siehst du es ein. Hat ja verdammt lange gedauert. Glaub mir, keiner wird dich vermissen. Alle werden merken, wie viel besser es ihnen geht, wenn du weg bist.“ Ruby glaubt ihm. Zerstreut geht durch den Park. Sieht nichts und niemanden, alles ist benebelt, ihre Gedanken, sie sieht nur noch Schwarz, Dunkel, Schmerz und Tränen. Keinen einzigen Farbklecks, nicht einer. Da sitzt klein Ruby in der Ecke mit ihrem Stoffpferdchen. Auch sie weint.

„Es tut mir leid, dass ich dir nicht helfen, deine Schmerzen nicht lindern konnte", flüstert sie.
„Hallo", ertönt plötzlich eine sanfte Stimme.
Überrascht schaut sie sich um. Michael aus dem Park. *Wo kommt denn der her? Nicht jetzt. Bitte.* Sie ignoriert ihn einfach und geht weiter.
„Hey."
„Keine Zeit." Zielstrebig geht sie weiter.
„Tu es nicht."
Sie wird langsamer, schaut ihn verdutzt an.
„Tu es nicht, Ruby, es gibt immer einen Weg", sagt er und blickt ihr tief in die Augen. Erst jetzt bemerkt sie den Schmerz in seinen Augen.
Ist das ein Engel oder was?, denkt sie ungläubig.
„Ich habe deinen Schmerz und deine Traurigkeit schon bei unserem ersten Treffen gesehen. Du bist nicht alleine, Ruby. Aufgeben ist keine Lösung. Ich weiß nichts von deinem Leben, ich weiß nicht, durch welche Hölle du gegangen bist."
Ruby hört ihm aufmerksam zu. „Meine Frau hat sich vor zwei Jahren das Leben genommen und genau denselben Weg gewählt wie du. Durch diesen Park zur Autobahnbrücke."
Scheiße, denkt Ruby.
„Ich konnte ihr in ihrem Schmerz nicht helfen, obwohl ich sie über alles geliebt habe. Wenn du diesen Schritt gehst, Ruby, wird dein Freund nie mehr derselbe sein. Er wird gezeichnet sein für den Rest seines Lebens, er wird sich Vorwürfe machen. Es gibt Leute da

draußen, die dir helfen können und wollen, lass es zu. Du bist der Gestalter deiner Realität. Es ist in deiner Hand.“
Ruby denkt an Nils, sein Lachen, seine Liebe, seine Augen, sie denkt an Hipster, an Fluffy, ein Lied erscheint in ihren Gedanken es ist ein Lied von Mika, es heisst ME MYSELF. Es wird über jemand gesungen der Entscheidungen getroffen hat die falsch waren, immer wieder in Wände gelaufen ist. Fehler gemacht hat, ein gebrochenes Herz hat. Sich seiner Gefühle stellen muss, nicht mehr davon laufen kann. Es ist ok gebrochen zu sein. Ich bin es und keiner sonst. Ich ging durch die Hölle aber ich weiss alles wird gut, es wird dauern, aber alles wird gut.
„Danke, Mika."
„Du kannst es, Ruby, du bist eine Kämpferin. Du gibst nicht einfach auf, gib deinem Leben noch eine Chance." Eine Träne läuft über sein Gesicht. Dankbar umarmt sie Michael.
„Danke, Michael, danke." Sie rennt nach Hause. Wie durch ein Wunder lichtet sich die Dunkelheit, die Wolken verziehen sich. Es hat sie hineingezogen in das schwarze Loch, in das Loch der Finsternis, der Hoffnungslosigkeit, der Traurigkeit. Aber jetzt kämpft sie sich hinaus, raus ans Licht. *Verdammt, Ruby wach auf! Kämpfe, schau nach vorne. Nach vorne, nach vorne, nicht zurück, da willst du nicht hin! Schau dahin, wohin du willst, nach vorne.* Wiederholt sie wieder und wieder. Sie stürmt in die Wohnung, packt Fluffy, der weiß gar nicht, was ihm geschieht. *Wie konnte sie ihn zurücklassen?* Ausgelassen küsst sie ihn, er beißt in ihre Nase mit seinen kleinen fiesen Zähnchen. Es ist ihr egal. Sie rennt wieder zur Tür hinaus,

nimmt den Autoschlüssel aus dem Briefkasten und rast ins Krankenhaus. Sie rennt sie durch die Wartehalle an der Anmeldung vorbei. Es ist 22:30 Uhr. Eine Krankenschwester ruft ihr nach.
„Hey, die Besuchszeit ist vorbei." Es kümmert Ruby nicht, sie rennt weiter und platzt zur Tür herein. Bip-bip. Abrupt bleibt sie stehen. Es hat sich noch nichts geändert. Nach wie vor liegt er da, mit all den Schläuchen und Kabeln. Langsam nähert sie sich ihm. Das Einhorn sitzt auf dem Nachttisch. Hat er es dahingestellt? Zitternd hält sie seine Hand, aber es ist ihr nicht genug. Vorsichtig legt sie sich neben ihn. Hält ihn fest. *Ich liebe dich, Nils.*

65 Mittwoch

Die ganze Nacht verbringt Ruby im Bett bei Nils. Um 7 Uhr wird sie vom Arzt geweckt. Nils ist in der Nacht nicht einmal aufgewacht. Sie fährt nach Hause und verbringt den Tag mit Fluffy.
Um 19 Uhr kommt sie zurück. Unsicher tritt sie ins Zimmer ein. Ihr erster Blick fällt auf Nils. Er hat immer noch den Schlauch im Mund, aber ein Kabel weniger. Er schläft. Neben ihm sitzt eine junge hübsche Frau. Dunkelbraune gelockte lange Haare, braune Augen, liebenswerte Ausstrahlung. Rubys Kopfkino geht auf Sendung. *Wer zur Hölle ist das? Irgendeine Ex?*
„Hallo!", unterbricht sie Rubys Gedanken. „Ich bin Anna Kramer, Nils kleine Schwester." Sie lächelt freundlich.
Tausend Steine fallen Ruby vom Herzen.

„Du musst Ruby sein, Nils hat viel von dir erzählt."
Hat er das? „Hallo Anna, ja, ich bin Ruby. Ich war gerade etwas überrascht; ich habe nicht erwartet, dass jemand hier ist."
„Ralf hat mich gestern Abend noch angerufen und mich über Nils "Unfall" informiert. Ich bin gleich losgefahren. Ich wohne in Leipzig."
„Ah." Ruby ist überrascht. Ihr fehlen die Worte, aber sie ist froh, nicht alleine hier zu sein.

„Nils ist mein Lieblingsbruder."
Sie hat doch nur einen? „Hast du noch mehr Brüder?"
„Nein." Sie grinst. „Der Arzt sagte, dass der Schlauch morgen raus kann. Die Lunge kann wieder alleine arbeiten, das sind doch gute Neuigkeiten." Aufmunternd lächelt sie Ruby an.
„War er... war er wach, während du da warst?"
„Nein, ich bin vor einer Stunde gekommen. Nichts, schläft wie ein Bär im Winterschlaf."
Ruby ist etwas überfordert, mit der offenen fröhlichen Art seiner Schwester.
„Wollen wir etwas trinken gehen im Café unten?", fragt Anna.
Ruby würde gerne hier sein, wenn Nils aufwacht, sagt aber: „Na klar."
„Tschüss, Nils, bis gleich", sagt sie laut und springt vom Stuhl auf.
Im Restaurant trinkt Ruby eine Cola Light und Anna einen Kaffee.
„Du bist ganz schön fertig, huh?", stellt Anna fest.
„Mh ja, ich mache gerade die schlimmsten Wochen meines Lebens durch." *Das stimmt nicht ganz, aber annähernd.*
„Nils ist stark, er kann einstecken. Sensibel, aber stark. Er wird bald

wieder der Alte sein", sagt Anna und lächelt Ruby aufmunternd zu. „Er musste schon einige Schicksalsschläge einstecken, hat er dir sicher erzählt."
„Ja."
„Von unserem Vater und Helena, seiner Frau. Ich habe meinen Vater nie kennengelernt, meine Mutter war schwanger mit mir, als er ermordet wurde."

„Oh!" *Scheiße,* denkt Ruby.
„Nils hat diese Aufgabe übernommen. Hat sich wie ein Papa aufgeführt, der konnte ganz schön nerven, glaub mir."
Ruby kann es sich gut vorstellen und denkt an sein Verhalten, wenn sie zur Therapie gingen.
„Ich bin froh, dass er dich hat. Du tust ihm gut." Ihre Augen fixieren Ruby.
Ruby fühlt sich unwohl. Wenn sie wüsste, dass er im Krankenhaus liegt wegen ihrer Schlagkraft. „Meinst du?"
„Glaub mir, ich kenne ihn gut, er war schon sehr lange nicht mehr so glücklich."
Diese Aussage muntert Ruby auf, sie kann ein Lächeln nicht unterdrücken.
„Ich mag dich, Ruby Bergmann, du darfst bleiben." Sie nimmt die Kaffeetasse und prostet Ruby zu.

66 Freitag

Heute wird der Schlauch aus Nils Rachen entfernt. Ruby ist froh, es sieht so... brutal aus. Sie hofft, dass er heute Abend wieder lebendiger ist. Im Moment begnügt sie sich damit, seine Hand zu halten und ihm beim Schlafen zuzusehen. Anna, Nils Schwester, ist heute Morgen wieder zurückgefahren, sie musste zur Arbeit. Ruby mag sie, auch wenn sie etwas überfordert war. Unter anderen Umständen würden sie sich sicher super verstehen. Heute ist Freitag, damit Therapietag. Ruby wollte eigentlich nicht gehen. Nils ist ja nicht da. Aber sie empfand es dann doch irgendwie gemein. Jetzt will sie erwachsen sein, was auch immer das bedeuten soll. Pünktlich um 17 Uhr sitzt sie im Wartezimmer von Alexander Friedrich.

„Hallo, Ruby", kommt der gut gelaunt ins Wartezimmer.

Wie kann man so gute Laune haben, wenn man den ganzen Tag mit den Abgründen der Menschheit zu tun hat?, wundert sich Ruby.

„Hallo, Alexander."

„Wollen wir?", fragt er.

Na ja, so würde ich das nicht formulieren. „Ja."

„Wie war Ihre Woche, Ruby?"

„Ein einziger Albtraum."

„Oh, das ist nicht gut. Weshalb?"

„Mein Freund liegt schwer verletzt im Spital, er wurde im Dienst niedergeschlagen.“

„Nils?"

Ja, natürlich Nils, wer sonst?

„Ja", sagt sie etwas bissig.

„Oh, Ruby, das tut mir aufrichtig leid." Er schaut sie besorgt an: „Wie geht es ihm?"

„Die Ärzte meinen, er wird wieder."

„Das ist gut."

„Das ist noch nicht alles. Dienstag wollte ich mir mein Leben nehmen."

Er schaut sie sichtlich erschrocken an. „Es wurde alles zu viel."

Sie weiß nicht, ob das eine Feststellung oder eine Frage war.

„Ja."

„Etwas kam dazwischen, sodass Sie es nicht getan haben?"

Wieder so ein Satz: Frage oder Feststellung?

„Ja, ein Engel."

„Ein Engel?", wiederholt er überrascht und zieht die Augenbrauen hoch.

„Ich traf einen Mann im Park, der mich davon abbringen konnte."

„Wow, Ruby." Er kratzt sich am Ohr.

Er ist mit dieser Information sichtlich überfordert.

„Haben Sie Stimmen gehört? Hat Ihr Vater wieder zu Ihnen gesprochen?"

„Ja."

„Was hat er gesagt?"

„Dasselbe wie immer, dass ich nichts kann, nichts bin, bla-bla-bla."

„Ruby, was tun Sie, wenn er Ihnen das sagt?"
„Ich höre ihm zu."
„Und dann?"
„Dann glaube ich ihm das."
„Sie müssen verstehen, dass in Ihrem Kopf und Ihrer Gefühlswelt ein Krieg herrscht. Da geht es um Macht."
Interessante Vorstellung, denkt Ruby.
„In einem Krieg braucht man eine Strategie. Man muss wissen, was man tun wird, wenn der Feind kommt, und vor allem muss man wissen, wer der Feind ist. Ihr Vater ist Ihr Feind, das wissen Sie. Ich sage Ihnen, dass auch klein Ruby Ihr Feind ist. Sie will nichts Gutes, sie nutzt Sie aus. Sie will, dass Sie für ihre Traurigkeit einstehen. Das sind nicht Sie als Kind. Das ist ein verzerrtes Bild der Gefühle in Ihrer Kindheit."
Wow! Ruby ist beeindruckt.
„Sie müssen weder Ihrem Vater noch klein Ruby zuhören. Es liegt in Ihrer Macht, Sie können sie unterbrechen, stoppen. Sagen Sie, dass Sie nicht wollen, dass sie zu Ihnen sprechen. Verstehen Sie?"
„Ich glaube schon."
„Was wäre das Schlimmste, was man Ihnen antun könnte?"
Beeindruckend, wie er wieder von einem Thema zum anderen springt.
„Wie meinen Sie das? Ich würde sagen, dass mir schon fast alle schlimmen Sachen passiert sind." Ruby findet diese Frage seltsam, aber wahrscheinlich hat er einen Plan.

„Eine spezifische Art zu sterben zum Beispiel, oder von Folter", erklärt Herr Friedrich, als ob er gerade ein Bilderbuch kommentiert.
Ruby überlegt.
„Zu verdursten und zu verhungern muss schlimm sein."
„Okay." *Okay was? Doch kein Plan?*
„Haben Sie sich Gedanken gemacht wegen der medikamentösen Behandlung? Nach allem, was sie mir heute erzählt haben, würde ich es wirklich von Herzen empfehlen."
Ruby hat sich keine Gedanken darüber gemacht und weiß nicht, was sie sagen soll.

„Sie können es ausprobieren. Wenn Sie merken, dass Sie es aus irgendeinem Grund nicht gut finden, hören sie auf, sie einzunehmen. Keiner zwingt sie dazu."
Ruby denkt nach: „Okay, versuchen kann ich's ja."
„Dann stelle ich Ihnen ein Rezept aus."
„Gut."
Ruby nimmt das Rezept entgegen, macht einen neuen Termin für nächsten Freitag und geht.
„Gute Besserung an Ihren Freund", ruft der Arzt ihr nach.
Das werde ich ihm sicher nicht ausrichten. „Ja, danke."
Erleichtert, dass es für heute vorbei ist, winkt sie ihm zu. Sie ist stolz auf sich, dass sie den Termin wahrgenommen hat. Ohne Eselmodus.
Den kann ich wieder auffahren, wenn Nils dabei ist, denkt sie.
Später geht sie – wie jeden Abend – zu Nils. Wie jeden Abend steht sie um Punkt 19 Uhr in seinem Zimmer. Wie immer fühlt sie sich unwohl,

hat Angst vor dem Anblick. Obwohl es jeden Tag dasselbe ist, sie gewöhnt sich einfach nicht daran. Doch heute könnte sie an die Decke springen vor Freude: Kein Schlauch, und Nils hat die Augen offen. Es hängen noch einige Kabel an ihm, der Monitor ist noch angeschlossen. Er streckt ihr die Hand entgegen. Außer sich vor Freude geht sie zu ihm und ergreift dankbar seine Hand. Aber da steckt kein Leben in dieser Hand, schlaff hängt sie in Rubys Hand. G*ott, er sieht scheiße aus, müde, krank und er hat abgenommen.*

„Hey, wie geht es dir?" *Blöde Frage*, denkt sie. Er versucht zu sprechen, kriegt aber kaum ein Wort raus. Ruby vermutet, dass es wegen des Schlauchs ist, der drei Tage in seinem Rachen steckte.

„Du brauchst nicht zu sprechen, es reicht mir, wenn du mich anschaust." Er verzieht seinen Mund zu einem Lächeln. Der Arzt kommt rein.

„Hallo, Herr Kramer, endlich sind Sie wieder unter uns." Lächelnd macht er das Daumen hoch Zeichen. Er schaut auf die Monitore und scheint mit den Werten zufrieden zu sein. Ruby fragt sich, wie er die Tage über gegessen und getrunken hat? Glücklich erzählt sie Nils von Fluffy, von ihrem Phönix-Projekt, dass seine Schwester da war. Was sie jeden Tag gekocht und im Fernsehen gesehen hat. Ganz stolz erzählt sie auch, dass sie heute beim Psychiater war. Aber sie verschweigt ihm, was am Dienstagabend vorgefallen ist; er braucht nicht zu wissen, dass sie nur dank Michael aus dem Park,neben ihm sitzt.

67. 1 Woche später

Nils kommt endlich nach Hause. Seine Rippenbrüche heilen gut, es wird sicherlich noch fünf bis sieben Wochen dauern, bis sie ganz geheilt sind, aber die Schmerzen sind jetzt erträglich. Atmung und Herzschlag sind stabil, alles funktioniert wunderbar. Ralf hat angeboten, ihn nach Hause zu bringen. Sie hat das Sofa vorbereitet und viele Kissen darauf verteilt. Und sie hat gekocht. Heute hat sie sich an Lasagne getraut. Fluffy läuft ihr überallhin nach. Er ist gewachsen, aber immer noch süß. Er wird wohl immer süß bleiben.
Die Tür geht auf, Fluffy bellt, rennt zur Tür und springt an Nils hoch. Er verzieht sein Gesicht. Sein Anblick schmerzt Ruby, er läuft geduckt und sieht immer noch übel aus. Immer noch krank, müde und zu dünn. Ralf begleitet ihn ins Wohnzimmer, legt da die Tasche ab.
„Setz dich hin, alter Mann", sagt Ralf mit einem frechen Grinsen. „Ich gehe dann gleich wieder, Maja wartet mit leckerem Essen. Obwohl es hier auch verführerisch riecht."
„Danke, Ralf, dass du Nils gebracht hast."
„Aber bitte, das war doch selbstverständlich. Ich komme die Tage mal vorbei, wenn ich darf."
„Natürlich darfst du", lacht Ruby.
„Pass auf dich auf, Nils, tschüss."
Ruby setzt sich zu Nils. Sie traut sich nicht, ihn anzufassen, will ihm keine Schmerzen verursachen. Nicht noch mehr. „Willst du etwas

essen? Ich habe Lasagne gemacht.“
„Ja, bitte, ich habe Riesenhunger", meint Nils mit kratziger Stimme.
Gemeinsam genießen sie Rubys gelungene Lasagne. Er isst zwei volle Teller. *Gut so, er ist wirklich furchtbar dünn geworden.* Nachdem sie die Teller weggeräumt hat, setzt sie sich wieder zu ihm.
„Ruby, das war's jetzt, ja?" Er schaut sie ernst an.
Ruby verliert die Gesichtsfarbe. „Was meinst du?"
„Du wirst keine Männer mehr töten, okay?"
„Ich weiß nicht, Nils, ich werde es versuchen.“
„Ruby, verdammt, du musst es mir versprechen, du hast mich fast umgebracht.“

„Du hast gesagt, ich soll zuschlagen.“
„Aber doch nicht mit voller Kraft.“
„Ich wusste nicht, dass du aus Zucker bist." Sie schaut verlegen auf den Boden.
Nils will nicht, aber er muss lachen. „Ich meine es ernst. Wenn ein Polizist verletzt wird, fährt die Polizei noch einen Gang hoch und tut alles, um den Täter zu finden. Du hast keine Sympathien mehr bei der Polizei.“
„Ich war heute nicht in der Therapie", wechselt Ruby das Thema.
Nils nimmt einen tiefen Atemzug, zuckt aber gleich zusammen. Seine Rippen bestrafen ihn sofort. „Weshalb nicht?"
„Weil ich mich auf dich gefreut habe.“
„Das ist eine billige Ausrede, böses Mädchen.“
Ausrede ja, billig nein.

„Nimmst Du eigentlich die Medizin, die der Arzt dir verschrieben hat?"
„Ja, aber nur die Hälfte.“
Muss sie immer ihren eigenen Weg gehen?, fragt sich Nils. „Okay, und merkst du was?"
„Ja, dass ich öfters müde bin und ständig Hunger habe.“
„Das meine ich nicht.“
„Ich weiß nicht, schwer zu sagen.“
Nils legt seinen Arm um Ruby: „Ich liebe dich, du verrücktes Ding.“
Ruby sieht ihm in die Augen: „Ich liebe dich auch, mehr als alles auf der Welt." Fluffy setzt sich auf und schaut die beiden empört an, als ob er verstanden hätte, was sie gerade gesagt hat. Sie lachen. „Ja, wir lieben dich auch, verrückter Hund. Alle sind verrückt in diesem Haus.“
In der Nacht wacht Nils schweißgebadet auf. Sein Herz schlägt schnell, viel zu schnell, als wolle es aus seiner Brust springen. Die noch geschwächte Lunge schmerzt. Langsam findet er zurück aus dem Traum. Er schaut sich um. *Es war nur ein Traum, Nils, nur ein Traum*, beruhigt er sich selbst. In seinem furchtbaren Albtraum sah er den völlig zerstörten Wagen seiner Frau. Helene lag seltsam verdreht darin. Tot. Am Boden davor lag sein Vater, blutend und röchelnd. Er sagt immer wieder: „Ich liebe dich, Nils.” Daneben stand Ruby, als plötzlich mehrere Männer erschienen und sie packten, sie gierig zu sich zogen. Ruby schrie: „Nils! Nils!” Panisch rannte er zu ihr, als sich unerwartet der Boden unter ihm auftat und er in ein großes schwarzes Loch stürzte. Er fiel und fiel. Hörte nur noch Rubys Schreie.

Nur ein Traum, Nils, nur ein verdammter Traum! Er erholt sich kaum. Zitternd steht er auf und geht ins Bad. Vor dem Spiegel betrachtet er sich. Wie aus heiterem Himmel heult er los. Die Angst, Ruby auch noch zu verlieren, ist so real, so nah. *Das würde ich nicht überleben,* denkt er. Alles kommt hoch, die Trauer um seine Frau, seinen Vater. Die Trauer, die er seit Jahren zu ignorieren versucht. Sie steht leibhaftig und mächtig vor ihm. Seine Theorie, dass die Vergangenheit einen in Ruhe lässt, wenn man sie auch in Ruhe lässt, scheint sich nicht zu bewahrheiten. Plötzlich klopft es an der Tür. Er zuckt zusammen. „Nils, bist du okay? Mach auf!" Er spritzt sich kaltes Wasser ins Gesicht, endlich schließt er die Tür auf.

„Du zitterst ja, hast du geweint?", fragt Ruby überrascht.
Nils kann sich nicht mehr zurücknehmen, er weint wieder hemmungslos.
„Ruby, du musst aufhören, Männer umzubringen. Ich würde es nicht ertragen, wenn dir etwas passiert, wenn du..", er schnieft, „sterben würdest. Ich will nicht ein drittes Mal erleben, wie ich jemanden verliere, den ich liebe." Ruby steht neben sich, ist überfordert. So hat sie ihn noch nie erlebt. Unsicher denkt sie: *Ich glaube, ich nehme ihn mit zum Psychiater.*
„Nils, beruhige dich bitte." Liebevoll umschlingt sie ihn mit ihren Armen. Er schluchzt.
„Hör einfach auf damit, mir zuliebe, bitte."
Das kann sie ihm nicht versprechen und macht nur „shhhhhhhhhh."
Zusammen gehen sie zurück ins Bett. Ruby ist verwirrt. Es ist neu für

sie, dass andere Menschen sich seltsam benehmen, emotionale Abstürze haben. Fürsorglich legt sie ihren Arm um ihn. Schließlich schlafen sie zusammen ein.

68. 4 Wochen später

Die letzten vier Wochen waren seit langem wieder erholsam. Nils geht es gut. Ab und zu spürt er die Rippen noch, aber es verheilt alles einwandfrei. Bis die Brüche ganz zusammengewachsen sind, wird es noch ein bisschen dauern. Ruby war jeden Freitag bei Alexander Friedrich, ihrem Psychiater. Sie weiß nicht, ob es etwas bringt, ganz ehrlich. Es ist nett, mit ihm zu plaudern. Aber sie könnte nicht sagen, dass es ihr besser oder schlechter geht. Die verschriebenen Tabletten hat sie vor 8 Tagen abgesetzt. Nils weiß es nicht, Alexander natürlich auch nicht. Jeden Tag spült sie eine die Toilette runter, damit Nils es nicht merkt. Sie findet dass die Tabletten sie nur müde und hungrig gemacht, sonst nichts. Vor zwei Wochen hat sie ihre Wohnung gekündigt. Ihr geliebtes Pinke Sofa hat seinen Platz in Nils Wohnzimmer gefunden. Da steht es jetzt in seiner vollen Pracht. Und alle ihre Bilder hängen an den Wänden. Ein bisschen Farbe tut seiner – ihrer – Wohnung gut. Sie wohnen jetzt offiziell zusammen. Zudem hat sie Werbung für Phönix Grafik geschaltet. Tatsächlich kamen fast sofort Anfragen und Aufträge rein. Vor 4 Tagen hat mich meine Freundin Mirjam, die vor 3 Jahren nach England ausgewandert ist, angerufen. Am Wochenende ist sie in Berlin und will mich unbedingt sehen. Darauf freue ich mich sehr. Samstag wollen wir in der Stadt eine Pizza essen gehen.

69 Samstag

Ruby freut sich riesig auf das Treffen mit Mirjam. Zuletzt haben wir uns vor 9 Monaten gesehen. Vor genau einer Schwangerschaft. Voller Vorfreude fährt sie zur Pizzeria, Mirjam steht schon da und lacht, als sie ihre Freundin sieht. Eilig steigt Ruby aus dem Wagen, ergreift ihre Handtasche und rennt ihr entgegen. Innig umarmen sie sich. Es tut ihr gut, sie zu spüren.

Gut gelaunt reden und lachen sie über Belangloses, bis sie sagt: „Ich muss dir etwas erzählen, Ruby.“
„Oh oh, etwas Gutes?”, fragt Ruby ängstlich.
„Jaaaaa”, lacht Mirjam.
„Dann schieß los.” *Das sollte man lieber nicht sagen.*
„Ich bin schwanger!” Sie explodiert fast vor Freude.
„Wasssss, das ist ja... das ist ja...” *Ja, genau, was ist es?* „Super”, glaubt Ruby.
„Ja, das ist es, ich freue mich riesig, ich bin im vierten Monat.“
„Was wird es? Junge oder Mädchen?“
„Ein Junge”, sagt Mirjam und strahlt über das ganze Gesicht.
Ruby kann ihre Freude nicht teilen. Es macht sie traurig. Es fühlt sich an, als hätte sie soeben ihre beste Freundin verloren. Verloren an ein

kleines, schreiendes, nervendes Etwas, das fortan bei jedem Treffen dabei sein wird und die ganze Aufmerksamkeit für sich beansprucht. Nein, Ruby freut sich überhaupt nicht.

„Bist du okay?", fragt Mirjam besorgt.

„Ja, super, bisschen überrascht, aber super. Freue mich für dich."

Nein, das tut sie gar nicht.

„Henry und ich wollen vor der Geburt noch heiraten."

Dann aber schnell, sonst sieht das nicht mehr schön aus mit dem großen runden Bauch, denkt Ruby und schämt sich für ihre Gedanken.

„Wann und wo wollt ihr heiraten?"

„Im März, in London. Du bist herzlich eingeladen. Du musst kommen!", sagt sie entzückt.

Sie war noch nie auf einer Hochzeit.

„Ja, klar, wir kommen."

„Wir? Michael?"

Ruby zuckt zusammen. *Oh Gott, wir haben uns wirklich schon seit einer Ewigkeit nicht mehr unterhalten,* denkt sie. Ihr flimmern Bilder von Michael durch den Kopf, wie er sie gierig und lüstern ansieht.

„Nein, wir sind schon lange nicht mehr zusammen."

„Oh, wie schade. Der sah gut aus."

Ja, man kann auch scheiße sein, wenn man gut aussieht.

„Wer ist es denn jetzt? Erzähl schon. Ich muss dir ja jedes Wort aus der Nase ziehen."

„Er heißt Nils, ist Polizist."

„Oh wow, Ruby, ein Polizist. Wie sieht er aus, Ruby? erzähl!"
Er sieht so gut aus, dass ich ihn dir nicht präsentieren werde. Hallo Ruby, was ist denn schon wieder mit dir los?, wundert sie sich über ihre eigenen Gedanken.
„Ja, er ist sehr hübsch, sehr groß."
„Das ist alles? Hübsch und groß? Hast du ein Bild von ihm?"
Ruby überlegt, ob sie ein Bild hat. Hat nicht Ralf eins geschossen, als sie alle zusammen essen waren? Eines von Ruby und Nils? Sie nimmt ihr Smartphone hervor und sucht im Album nach dem Bild. Hipster, Hipster, Hipster, Hipster, Fluffy, Fluffy, Fluffy, Fluffy, Herkules, ah, da ist es. Es ist ein schönes Bild von den beiden, findet sie. Stolz zeigt sie es Mirjam. Die zieht langsam die Augenbrauen hoch. Theatralisch öffnet sie ihren Mund, schaut Ruby an, dann wieder das Bild.
„Verdammt, Ruby, der ist megahübsch." Sie verfällt in ein nervöses Lachen. „Ich will ihn kennenlernen." Ruby schaut sie misstrauisch an.
Ganz bestimmt nicht!
„Aber ist er etwas älter als du, kann es sein?"
„Ja, er ist 41."
„Ohhhh, sexy, ein älterer Mann. Und Michael, hast du den abgeschossen?"
Treffender hätte sie es nicht ausdrücken können.
„Ja, schon vor 10 Monaten."
„Und wie lange seid ihr schon zusammen, du und der heiße Nils?"
Ruby muss rechnen. „Mh, vier Monate, glaub ich."
„Oh, nicht schlecht. Und wann zieht ihr zusammen?" Sie lacht, als

hätte sie einen grandiosen Witz gemacht.
„Wir wohnen schon zusammen."
Überrascht schaut sie Ruby an: „Ah, so kenne ich dich gar nicht, dass du so schnell zur Sache kommst. Schön, das freut mich echt."
Mirjam hält inne und schaut Ruby etwas länger an:
„Sag mal, ist deine Wange nicht etwas schief, ein kleines bisschen? Und die Narbe, hattest du einen Unfall?"
Ruby hat keine Lust auf Erklärungen. Sie hat überhaupt keine Lust mehr, sie will nach Hause. Vielleicht war es ein Fehler, die Tabletten abzusetzen.
„Ja, ein Unfall, hab das Jochbein gebrochen."
„Oh, das ist ja schlimm. Du Arme."

Wieso fühlt sie sich so mies? So minderwertig? Rubys Vater klopft an ihre Gedankentür. Nein, er klopft nicht. Er tritt ungefragt ein: „Guck mal, die Mirjam, was für eine hübsche Frau sie geworden ist. Schwanger und heiratet bald. Sie hat es zu was gebracht. Das schaffst du nie. Du wärst eine furchtbare Mutter." Ruby schreit laut:
„Halt deine verdammte Fresse, ich will dir nicht zuhören!"
Mirjam schaut sie mit großen Augen an.
„Entschuldige, Mirjam, ich meinte nicht dich. Es geht mir im Moment nicht so gut im Kopf und so. Hab ziemlich viel durchgemacht die letzten Wochen."
„Was ist denn passiert Ruby? Du kannst mir alles erzählen, das weißt du."
Nicht mehr Mirjam, nicht mehr. Irgendetwas ist anders, die

Vertrautheit ist weg, das Vertrauen.
„Ich möchte, ehrlich gesagt, nicht darüber reden."
„Das verstehe ich. Hör mal, ich habe einen Vorschlag. Henry kommt morgen früh am Flughafen an, wir bleiben noch bis Dienstag. Wir haben die Reise verlängert, ich muss ein paar Behördengänge erledigen für die Hochzeit." *Komm zum Punkt,* denkt Ruby. „Wollen wir morgen essen gehen, zu viert?"
Auf gar keinen Fall! „Ja, das können wir machen", sagt sie stattdessen.
„Oh super, wann und wo?"
„Ich weiß nicht, sag du."
„20 Uhr beim Griechen? Beim Ku'damm, du weißt welchen, oder?"

„Ja, klar." Ruby hat keine Ahnung, welchen Griechen sie meint, sie wird Google fragen.

„Super, dann lerne ich auch deinen heißen Freund noch kennen." *Na, ganz toll!*
„Du kennst Henry ja auch noch nicht."

„Nein." *Ist mir auch egal.*

„Er sieht auch gut aus." *Wunderbar, dann ist ja alles in Butter.*

„Er ist Grundschullehrer." *Das tut mir leid.*

„Er liebt Kinder, er wird ein guter Vater sein."

„Bestimmt." *Okay, ich habe verstanden, dein Leben ist vorüber. Sie ist jetzt nur noch die Frau von... Mutter von...,* denkt Ruby traurig.

„Ich muss nach Hause, Mirjam, ich bin todmüde. Wir sehen uns ja morgen wieder.“

„Ja, klar.“

Sie bezahlen getrennt, spazieren dann gemeinsam zu den Wagen.

„Oh, du hast deinen Herkules noch.“

„Klar, du weißt ja, dass ich ihn sehr lieb habe.“

Mirjam lacht. Sie geben sich Küsschen auf die Wangen und verabschieden sich.

Niedergeschlagen kommt Ruby zu Hause an.

„Hey, alles schön?”, ruft Nils aus dem Wohnzimmer.

„Ja.“

Das klingt nicht gut, denkt Nils. Manchmal hat er Mühe, Ruby zu verstehen. Er kann ihre Gedanken einfach nicht nachvollziehen. Was wahrscheinlich ein Segen ist.

„Na ja, es war seltsam. Nicht mehr dasselbe.“

„Menschen ändern sich Ruby, sie entwickeln sich weiter. Ihre Lebensumstände verändern sich.“

„Das wird es wohl sein. Sie ist schwanger und heiratet nächstes Jahr.“

„Das ist doch schön”, sagt Nils zaghaft. „Oder?”

„Ja, eigentlich schon. Ach, ich geh ins Bett. Übrigens gehen wir morgen mit ihnen essen.“

„Gehen wir das? Wer ist ihnen?”

„Mirjam und ihr Freund Harry, oder Henry.“
„Okay.” Nils zieht eine Grimasse.

70 Sonntagabend

Ruby hat null Bock auf das Essen, aber sie will ihre Freundin nicht enttäuschen. *Spricht Henry überhaupt Deutsch?* Nils kommt geduscht und angezogen aus dem Bad.
„Siehst du nicht ein bisschen... zu gut aus?” Sein dunkelblaues Hemd hängt locker über der Hose. Die obersten drei Knöpfe sind offen. Schwarze Jeans. Und die weißen Retro Treter von Adidas. Warum er die so mag, bleibt ihr ein Rätsel.

„Wie bitte?” Nils grinst verlegen, er hat keine Ahnung, ob sie es ernst gemeint hat.
„Ach, nichts.” Sie schluckt es runter.
Wie immer trägt Ruby eine Jeans und dazu eine schwarze Bluse. An den Füßen ihre geliebten Western Boots.
Würde ich an einen Gott glauben, würde ich ein Gebet an den Himmel senden, dass dieser Abend nicht in einer Katastrophe endet, denkt Nils. *Auf in die Schlacht.*
Fünf Minuten zu früh erreichen sie den Griechen, aber Mirjam und Henry warten schon vor dem Restaurant.
Freudig begrüßen sie sich.
„Ruby, das ist Henry, Henry das ist Ruby, meine Freundin, schon seit

vielen Jahren.“ Stellt Mirjam sich die beiden vor. „Oh, that's wonderbar”, sagt dieser in einem Deutsch-Englisch-Mischmasch. „Hi”, sagt Ruby, „schön dich kennenzulernen.“ Henry ist sympathisch, aber definitiv nicht hübsch. Er hat rötliche Haare, hellblaue Augen, Sommersprossen und lächerlich kleine Zähne. Hoffentlich erbt das Baby die nicht, sorgt sich Ruby. Jetzt ist sie dran.

„Mirjam, das ist mein Freund Nils, Nils, das ist Mirjam, meine Freundin schon seit vielen Jahren.“ Sie weiß nicht, warum sie denselben Wortlaut gewählt hat. Mirjam strahlt Nils mit ihrem allerbesten Lächeln an.

„Hallo, Nils freut mich sehr, dich kennenzulernen.” Mirjam ist sichtlich begeistert.

„Freut mich auch“, erwidert Nils. Ruby entgeht kein einziges Zucken, keine Geste, kein Wimpernschlag. Auch wenn sie immer noch Probleme mit ihrem linken Auge als Andenken an den Jochbeinbruch hat... Heute sieht sie alles und noch viel mehr.

Freundlich werden sie an den Tisch geleitet. Das Restaurant ist in Weiß-Blau gehalten. Wie sollte es auch anders sein? Ruby war noch nie in einem griechischen Restaurant, auch noch nie in Griechenland. Aber sie weiß, dass alles, was aus Griechenland kommt, blau-weiß ist. Gut gelaunt nehmen sie Platz. Nils legt seine Hand auf ihren Schenkel. Er will sie beruhigen. *Ich bin ruhig, Nils, beruhig du dich*, denkt sie bockig.

„Let's make a Bestellung”, sagt Henry. Alle schauen gespannt in die Speisekarte. Alles hat Fetakäse und Joghurt. Und Gemüse. Endlich

findet Ruby das richtige: Schnitzel mit Pommes.
Alle haben sich etwas mit Fleisch bestellt, nur Mirjam hat einen Gemüseteller gewählt. *Das hätte sie früher nie getan*, denkt Ruby. *Reiß dich zusammen, Ruby bitte,* sagt sie zu sich selbst.
Das Essen kommt schnell. Das Schnitzel schmeckt gut. Gar nicht griechisch. Ruby ist zufrieden.
„What a wonderbar Restaurant“, sagt Henry.
„Ja, it's very wunderschön”, antwortet Ruby. *Gott, wie der nervt.*
Mirjam schaut Ruby überrascht an, sie ist sich nicht sicher, ob das ein Witz war. Sie weiß, dass Ruby sehr gut Englisch spricht.
Mirjam ergreift das Wort: „Nils, erzähl doch mal, wie du Ruby kennengelernt hast?” Sie strahlt in an.

Nils räuspert sich einmal, zweimal. „Ähm, ich, ich habe ihre Eltern besucht. Ich musste etwas bei ihnen abladen. Genau, ich musste eine Busse, ich bin Polizist, eine Busse zu Rubys Eltern liefern.“
Mirijam wundert sich. *Seit wann bringt die Polizei Bussen persönlich*?, fragt dann aber.
„Oh, und dann?”
„Da habe ich sie gesehen und mich sofort verliebt”, zwinkert er Ruby zu.
Ah, ja? Schon beim ersten Mal? Ruby ist überrascht.
„Wow, das ist schön”, strahlt Mirjam. Und sieht dabei so aus, als ob sie es tatsächlich so meint.
„Und du Henry, wie hast du Mirjam kennengelernt?”, fragt Nils Henry, der die ganze Zeit mit einem Grinsen da sitzt und seine

furchtbar kleinen Zähne präsentiert.
„Oh, it was wonderbar." *Kennt er auch ein anderes Wort?* Ruby ist missmutig. „It was in a Disco in London, she was Tanzen so wonderbar that I fall in Liebe sofort". *Oh mein Gott,* denkt Ruby. Mirjam sitzt mit einem verklärten Grinsen da, der Joker hätte seine helle Freude an ihr.
„I asked sie to come raus of the Disco to speak ein bisschen". *Himmel.* „And da we kissed like verrückt, it was so wonderbar. And now we heiraten soon. Ich hope that you guys kommt to unserer Hochzeit next Jahr." *Nichts würde ich lieber tun*, denkt Ruby sarkastisch.
„That's a wunderschöne Story", grinst Ruby. Keiner lacht. Mirjam schaut sie eindringlich an. Ruby meidet ihren Blick und spielt mit ihrer Gabel.
„Erzähl mal, Nils, wie ist es denn so mit Ruby? Sie ist ja nicht immer ganz einfach. Hast du sie im Griff?" Ungläubig schaut Ruby ihre Freundin an. Mirjam schaut sie etwas feindselig an. *Was soll das denn jetzt?*
Nils bemitleidet sich selber: *Ich bin mitten im Zickenkrieg*. Ruby schaut ihn starr an. *Verdammt, hat sie schöne Augen*, denkt Nils. „Nun, ich finde nicht, dass sie schwierig ist". *Lügner*, denkt Ruby. „Sie ist speziell, ohne Frage anders. Ein Rebell, jemand, der ausbrechen will, der Liebe sucht, geliebt sein will, jemand, der viel durchgemacht hat, viel Traurigkeit und Schmerzen in sich trägt. Ruby ist jemand, der seinen Platz in dieser ihr viel zu großen und lauten Welt sucht. Mühe hat, ihn zu finden. Sie ist ein Kreis in einer Welt voller Quadrate." Alle

Augen sind auf Nils gerichtet. „Sie ist jemand, der in den tiefsten Abgründen war, sie war in der Hölle, aber sie kam zurück. Und ist jetzt hier. Sie ist eine Kämpferin, und dafür liebe ich sie.“ Alle sehen ihn stumm an. Klapp, klapp, klapp, Henry klatscht langsam in die Hände: „Das was wonderbar, so wonderschön.” Ruby ist gerührt und schaut ihm tief in die Augen, eine Träne sucht seinen Weg in die Freiheit. Nils erwidert ihren Blick. „Ich liebe dich, Ruby Bergmann”, flüstert er ihr zu. Auch Mirjam kommen Tränen der Rührung. Bis Henry Nils in die Seite boxt und sagt: „You have a wonderbar Girl.” Nils klappt zusammen wie ein Schweizer Sackmesser und stöhnt. Ruby springt auf, legt ihren Arm um ihn: „Bist du okay?” Mirjam und Henry verstehen die Welt nicht mehr, sie sitzen da und glotzen, Henry mit seinen kleinen Zähnen an der frischen Luft. Nils krümmt sich und stöhnt immer noch. „Ruhig atmen, einatmen, 1, 2, ausatmen, 1, 2, einatmen, 1, 2, ausatmen.“ Langsam normalisiert sich seine Atmung. Aber der Schmerz ist kaum auszuhalten. „Was is wrong with him?”, fragt Henry verunsichert. „Nils hat gebrochene Rippen und eine verletzte Lunge.“

„Oh Shit”, sagt Kleinzahn in perfektem Englisch. „Oh, Ruby, das wusste Henry ja nicht”. *Man boxt nicht einfach so Leute in die Seite, sagt die, die Männer mit einem Schlagstock erschlägt*, meldet sich eine kleine Stimme in Ruby. *Schnauze!*

„Ich glaube, wir bezahlen schnell und gehen lieber nach Hause”, meint Ruby besorgt.

„Ja, geht nur, wir laden euch ein. Das ist das Mindeste, was wir tun

können", erwidert Mirjam.
„Es tut mir so very sorry." *Schnauze!*
„Mirjam, wir chatten, ja? Ich melde mich. Bye."
Ruby hilft Nils auf die Beine. Er stöhnt, geht in kleinen Schritten gekrümmt auf Ruby gestützt. Ihm ist schlecht. Mirjam schaut den beiden nach. Sie schaut Henry an. Und seufzt.
Nach einer schrecklichen Autofahrt, bei der Nils bei jeder kleinen Bodenwelle aufstöhnt, kommen sie endlich zu Hause an.
„Bist du sicher, dass wir nicht besser ins Krankenhaus fahren?"
„Nein, das geht schon wieder, ich nehme Schmerzmittel und leg mich hin."
„Wie du meinst. Schauen wir, wie es dir morgen geht."

Sie hilft ihm in die Wohnung und bringt Schmerzmittel und ein Glas Wasser.
„Danke." Er trinkt und geht ins Bett.
Ruby muss noch schnell mit Fluffy raus, er will nochmal Pipi machen.
Am nächsten Morgen fühlt sich Nils tatsächlich besser, er ist nur noch etwas berührungsempfindlich. Pflichtbewusst wie immer geht er zum Dienst.

71. 2 Monate Später

Als Nils nach Hause kommt, spürt Ruby sofort, dass etwas nicht stimmt. Als Begrüßung verlässt nur ein kurzes "Hi" seine Lippen, kein

Lächeln, kein Kuss. *Scheiße, was ist los?*, sorgt sich Ruby. *Ist es wegen mir?* „Hi", erwidert sie unsicher. „Was ist los?"
Er verschwindet ohne ein weiteres Wort im Bad.
„Nils?" Sie würde gerne versinken, gerade jetzt, sie fühlt sich schuldig und weiß nicht, weshalb. Nach 10 Minuten kommt er aus dem Bad, seine Augen sind verheult.
Ruby traut sich nicht, ihn noch einmal zu fragen, und beschließt, ihm einfach etwas Zeit zu lassen.
Sie setzen sich ins Wohnzimmer. Rubys Hände zittern. Endlich räuspert er sich und erzählt:
„Als wir heute auf Streife waren, fiel uns ein Wagen auf, der gefährliche Manöver fuhr. Er überfuhr Rotlichter, verursachte um ein Haar mehrere Unfälle. Dass er keinen überfahren hat, grenzt an ein Wunder."
Ruby atmet erleichtert aus. Seine Laune hat nichts mit ihr zu tun! Gespannt hört sie ihm zu.
„Wir hefteten uns an ihn ran, bis wir etwas außerhalb der Stadt endlich die Möglichkeit hatten, ihn anzuhalten. Er war total betrunken. 1,8 Promille."
„Wow", sagt Ruby beeindruckt.
„Wir checkten seine Personalien. Es war Stefan Winkler. Ich habe ihn auf den ersten Blick nicht gleich erkannt, aber dann ist alles hochgekommen."
Ruby weiß, wer Stefan Winkler ist. Es hat Nils' Frau in betrunkenem Zustand totgefahren.

„Scheiße, Nils."
„Es ist alles hochgekommen, Ruby. Alles war plötzlich wieder da, als wäre es gestern gewesen." Er weint.
Der Anblick ist für Ruby unerträglich, mit der Trauer von anderen kann sie nicht umgehen. Nils ist in seine kleine Hölle abgetaucht. Er schluchzt und zittert. Ruby hat ihren Arm um seine Schultern gelegt, versucht ihn irgendwie zu trösten. Sie weiß, was jetzt kommt. Er wird für einige Tage verstummen, kein Wort sagen. Gefangen sein in seiner Gefühlswelt. Nur eine Hülle sein. Doch sie wird da sein für ihn, an seiner Seite.
Nils hat sich ein paar Tage freigenommen. Wie von Ruby vorhergesehen, spricht er die Tage kaum. Es ist okay für sie, sie gibt ihm die Zeit, die er braucht. Keiner weiß besser als sie, wie es ist, wenn man ihn seiner kleinen Hölle gefangen ist.
Ruby hat Stefan Winkler schon lange auf ihrer Abschussliste. Nils zuliebe wollte sie eigentlich niemanden mehr töten. Aber sie wird eine Ausnahme machen. Für Stefan Winkler wird sie sich etwas ganz Besonderes einfallen lassen.
Als Nils nach 5 Tagen wieder zur Arbeit geht, beginnt sie, ihre Tat zu planen. *Es soll dem Arsch wehtun, er soll leiden.*

72 Montag

Heute ist Tag X. Nils hat die ganze Woche Spätschicht. Was ihr erlaubt, die Nacht für ihren Plan zu nutzen. Es war leicht herauszufinden, wo Stefan Winkler wohnt. Google sei Dank. Er wohnt an der Prenzlauer Allee. Stark belebte Gegend. Aber Ruby ist gut vorbereitet. Alles ist sorgsam in ihrer Tasche verstaut. Omas Schlagstock, Kabelbinder, Duck Tape und das beste Messer, das sie in der Küche gefunden hat. Außerdem Latex Handschuhe und ein Plastikanzug. Als Nils um 19:30 Uhr die Wohnung verlässt, macht sie sich 15 Minuten später auch auf den Weg. Die Mission, auf der sie ist, fühlt sich gut an. Teufelskind ist zurück. Um 19:45 Uhr kommt sie an ihrem Ziel an. Sie findet einen Parkplatz zwei Straßen weiter. Die Kapuze von ihrem Hoodie tief ins Gesicht gezogen, spaziert sie durch die Straßen. Die Haustür des Wohnhauses, in dem Stefan Winkler lebt, ist verschlossen. *Mist*, denkt Ruby. Doch es dauert nicht lange, bis eine ältere Dame die Tür aufschließt und hineinwatschelt. Bevor die Tür zuschnappt, setzt sie ihren Fuß dazwischen. *Erledigt*. Sie ist drin, ihr Herz schlägt schnell, aber nicht vor Angst, sondern vor Freude. Mit großen Schritten steigt sie die Treppen hinauf. Es riecht nicht gut. Irgendwie süßlich, nach Abfall und Katzen. Endlich erreicht sie die Tür von Stefan Winkler. Sie weiß nicht, ob er zu Hause ist. Dingdong, erklingt es; sie hat den Klingelknopf gedrückt. Die Kapuze hat sie sich vom Kopf gemacht. Zum Zerspringen gespannt lauscht sie an der Tür. Nichts. „Hallo?” Erschrocken fährt sie herum, geistesgegenwärtig zieht sie sich die Kapuze aber zuvor wieder auf. „Wollen Sie zu Stefan?”, fragt ein Mann Mitte dreißig. „Mh”, antwortet Ruby mit verstellter Stimme. „Der kommt erst gegen 21 Uhr nach Hause“, informiert sie der Fremde und geht weiter. *Scheiße, es ist*

20:04 Uhr. Einen Stock weiter oben setzt sie sich auf die Treppe und wartet. Gegen 21 Uhr geht unten tatsächlich die Tür auf. Sie hört Stimmen. Nein, sie hört eine Stimme, sie spricht laut und aufgeregt oder doch eher wütend? *Oh nein, er ist nicht allein,* fürchtet Ruby. Sie erspäht einen Blick durch das Treppengeländer. Da sieht sie ihn. Stefan Winkler, die Dunkelheit im Leben von Nils. Sein ganz eigener Dämon. Stefan ist Ende dreißig. Er hat aggressive, unsympathische Gesichtszüge, eine eingedrückte Nase. Wahrscheinlich schon mehr als einmal gebrochen. Eng aneinander liegende Augen. Von der Statur ist er nicht zu groß, nicht dick, aber auch nicht dünn, irgendwo dazwischen. Dunkle fettige Haare, die mal unbedingt wieder geschnitten und vor allem gewaschen werden müssten. Aber er ist alleine, sein Gesprächspartner ist am Telefon. Ruby ist erleichtert. Stefan schließt auf und verschwindet in seiner Wohnung. Ruby lässt ihm 10 Minuten Zeit, um auf die Toilette zu gehen. Dann steht sie auf, die Kapuze hat sie sich vom Kopf geschoben. Aufgeregt klingelt sie an seiner Tür. Ihre Hände schwitzen, ihr Herz rast, sie atmet tief durch. Nach wenigen Sekunden öffnet sich die Tür. Überrascht schaut Stefan auf Ruby herab. Sie sagt aufgeregt: „Hallo, entschuldigen Sie, ich wollte oben meine Freundin besuchen, aber sie ist nicht zu Hause. Ich habe Diabetes und bin, glaube ich, gerade unterzuckert, ich bräuchte unbedingt etwas Zuckerhaltiges zu trinken. Dürfte ich schnell hereinkommen? Können sie mir etwas geben? Bitte?“ Flehend sieht sie ihn an, mit ihren großen blauen Augen. Wie könnte er auch nein sagen? Stefan macht einen Schritt zur Seite, um ihr zu verstehen zu geben, dass sie eintreten soll. Er geht zum Kühlschrank „Ich habe Cola, hilft das?", fragt er genervt. „Ja, Cola ist super." Omas Schlagstock hält sie schon in ihren Händen. Verborgen hinter ihrem Rücken. Er kommt aus der Küche geschlürft mit der Cola in der Hand. „Bitte", sagt er, „aber danach müssen Sie gehen, ich will meine Ruhe haben."

„Ja, natürlich", antwortet Ruby und nimmt ihm das Glas ab. Er entfernt sich von ihr. Von ihm unbemerkt nimmt sie den rechten Arm hinter ihrem Rücken hervor. Ganz ruhig stellt sie die Cola auf den Tisch. Leise schleicht sie sich an Stefan ran, hebt ihren Arm und... Stefan merkt etwas, dreht sich blitzschnell um und kann Rubys Schlag abwehren.

„Du verrückte Kuh, was tust du denn da?", schreit er.

Scheiße, nein, denkt Ruby. Er holt aus, und seine Hand landet in ihrem Gesicht. Sie geht zu Boden.

„Was soll das, hast du nicht mehr alle Tassen im Schrank?"

Blutend kniet sie am Boden. *Nein, Ruby, komm schon.* Sie hat Angst, dass das verdammte Jochbein wieder gebrochen ist, Angst zu sterben. Wutentbrannt geht er auf sie zu und kickt sie in ihren Unterleib. Vor Schmerzen sackt sie zusammen. *Nein, nein, nein. Schluss, fertig. Plan B Ruby los. Nicht aufgeben. Denk an Nils.*

„Da ist man einmal nett und dann sowas, was willst du von mir? Los, sag schon, was willst du von mir?" Sie sortiert sich am Boden. Hustet, spuckt Blut. Um ihren Kopf tanzen Sterne in allen wunderschönen Farben. Ihr linkes Auge sieht nur noch dunkle Umrisse. Es war endlich

wieder mehr oder weniger gut. Es dreht sich alles... Plötzlich klingelt es an der Tür. Stefan schaut überrascht zur Tür.
„Verdammt, wer ist das jetzt, mach keine falsche Bewegung, Miststück, oder du bist dran.” Er geht zur Tür. *Wo ist Omas Schläger?* Vorsichtig tastet sie den Boden ab. Da ist er, Ruby nimmt die Chance wahr, vielleicht ihre Einzige, und schnappt sich den Schläger. *Komm schon, Ruby, steh auf.* Verlässlich wie immer in diesen Momenten erscheint ihr Vater. „Stirb endlich, Ruby, du willst es doch auch. Lass es zu.“ *„Schnauze!“*, zischt sie ihn an, *„halt deine verdammte Schnauze!”* Mühsam steht sie auf. Stefan ist noch an der Tür und sagt laut:
„Ja, was ist los?”
Eine weibliche krächzende Stimme ertönt: „Ich habe Lärm gehört, ist alles in Ordnung?”
„Ja, ich hatte den Fernseher etwas laut. Ich stell gleich leiser. Neugierige blöde Kuh”, sagt er genervt. Er will sich wieder Ruby widmen. „So, jetzt zu dir, Kleine!” Er dreht sich zu ihr und wird mit voller Kraft von Omas Totschläger im Gesicht getroffen. Peng! Er schlägt auf dem Boden auf. *Guter Schlag,* denkt Ruby. Sie stützt sich am Stuhl ab. Sieht auf Stefan hinab. *So, mein Dicker, jetzt geht die Party erst los.* Vergeblich versucht sie, ihn auf den Stuhl zu hieven. Unmöglich. *In Filmen ist das immer so einfach.* Sie kann ihn kaum vom Boden wegbewegen. Ihre Wange schmerzt und ihr Unterleib noch viel mehr. *Hoffentlich ist nichts kaputt.* Okay, Planänderung. Mit den eingepackten Kabelbindern bindet sie ihn an den Tischbeinen an. Die

Beine bindet sie auch mit Kabelbindern zusammen, sie muss sicher sein, dass er nicht entkommen kann. Dann setzt sie sich hin und wartet, bis er wieder zu sich kommt. Der Schlag muss hart gewesen sein, es dauert eine Ewigkeit, bis er zu sich kommt. Als er bemerkt, dass er gefesselt ist, wird er nervös.

„Hey, was soll das? Mach mich los", sagt er verzweifelt.

„Wir haben noch gar nicht angefangen."

„Was willst du von mir, du bist verrückt."

„Ich möchte, dass du dich entschuldigst."

Sie steht auf, nimmt ihr Smartphone zur Hand.

„Wofür? Ich habe nichts getan."

Ruby lacht. Sie befestigt ihr Smartphone auf ein kleines Stativ, das sie mitgebracht hat. „Du hast nichts getan?"

„Ich wüsste nicht, was", sagt er.

„Du hast das Leben von meinem Freund zerstört."„Ah ja, und wie bitte habe ich das getan?"

„Erinnerst du dich nicht?"

Er denkt nach. „Die alte Frau, die ich angefahren habe?"

Ruby schaut ihn überrascht an. „Mh, nein. Rate weiter." D*as kann ja interessant werden.*

„Bist du eine Freundin von der Tusse, die ich geschlagen habe?"

„Oha. Vielleicht. Was hast du mit ihr gemacht? Erzähl mal."

„War halt meine Ex. Sie hat genervt, und ich habe sie ein bisschen erzogen." „Ja, dann war sie ja selber schuld, wenn sie genervt hat", sagt Ruby.

„Ja, genau", sagt Stefan erfreut. „Ich sehe, wir verstehen uns. Mach mich los. Ich lass dich auch gehen."

Ruby lacht. „Natürlich." Sie verzieht ihr Gesicht, die Schmerzen im Unterleib sind ganz schön heftig, sie macht sich Sorgen.

Stefan bemerkt es. „Du brauchst einen Arzt, mach mich los, ich fahr dich ins Krankenhaus."

„Nein, danke, geht schon. Rate weiter."

„Puh, ich weiß nicht, bist du das Frauchen von dem verdammten Köter, den ich überfahren habe?"

Was? Er hat einen Hund überfahren? Das hätte er besser nicht gesagt.

„Ich helfe dir auf die Sprünge. Es ist vor 8 Jahren passiert. Mit Auto."

„Vor 8 Jahren." Er denkt nach. „Die Tussi, die mir im Auto entgegenkam?"

„Mehr Details bitte", wünscht Ruby.

„Ich war besoffen, okay, da kam plötzlich der VW-Käfer auf mich zu."

„Ich glaube, du warst es, der auf den Käfer zuraste, nicht umgekehrt."

„Ich weiß es nicht, wie gesagt, ich war besoffen. Konnte mich an nichts erinnern. Ich musste in den Knast wegen der dummen Kuh."

Ruby schaut ihn ungläubig an.

„Sie war verheiratet."

„Ja und?", sagt er patzig.

„Ihr Mann war nach ihrem Tod nie mehr derselbe."
„War das nicht der Bulle, dieser Schönling, der die ganze Zeit rumgeheult hat?"
„Genau der."
„Mit dem Aussehen hatte er bald eine Neue", grinst er.
Wieso dürfen solche Menschen leben?, denkt Ruby.
Er schaut sie eindringlich an. Es ist ihm anzusehen, wie sein Hirn arbeitet. „Jetzt verstehe ich, du bist die seine Neue, und was du hier abziehst, ist die Rache oder so. Wie romantisch."
Ruby nimmt einen tiefen Atemzug.
„Aber hör mal, Mädchen, wenn du jetzt mit ihm zusammen bist, musst du mir eigentlich dankbar sein. Wäre seine Frau noch am Leben, wäret ihr ja nicht zusammen."

Wie scharfsinnig. So habe ich es noch nie gesehen.
„Du wirst dich bei ihm entschuldigen."
„Spinnst du? Die hat mir mein Leben zerstört. Ich habe meine Arbeit verloren. Freunde haben sich abgewendet. Ich entschuldige mich ganz bestimmt nicht."
Ruby grinst. Jetzt kommt der lustige Teil ihres Plans. Insgeheim hat sie gehofft, dass er sich weigern würde. Sie geht zu ihrer Tasche und holt das Duck Tape heraus.
Erschrocken schaut er sie an. „Was tust du? Was hast du vor?"
Stumm reißt sie ein paar Streifen von dem Tape ab und nähert sich ihm.
„Hau ab, lass das." Er zappelt panisch.

Mit wenigen Handbewegungen klebt sie ihm den Mund zu. Seine Augen scheinen aus den Augenhöhlen zu ploppen. Wieder öffnet sie die Tasche. Holt das große Messer raus. Ein Fleischmesser? Brotmesser? Käsemesser? Sie weiß es nicht, aber es ist scharf, sehr scharf. Langsam kniet sie sich zu ihm hinunter. Ihre Nase ist nah an seiner. Ihr Blick durchdringt ihn, er sieht ihre Entschlossenheit.
„Es wird wehtun", flüstert sie ihm zu.
Er bewegt seine Beine hysterisch. Strampelt und schlägt aus.
„Oh, das hätte ich fast vergessen." Ruby erinnert sich an den Plastikanzug, den sie überziehen wollte. Schnell geht sie zu ihrer Tasche. Stefan beobachtet sie mit weit aufgerissenen Augen. Sorgsam zieht sie sich den durchsichtigen Anzug über.

„So, perfekt, das schützt mich vor der gröbsten Sauerei", grinst sie Stefan entgegen. Der Arme ist nun richtig panisch. Ruby genießt jede Sekunde davon.
Wieder kniet sie sich nieder. „So, mein Kleiner, jetzt zu dir." Ihre Augen wandern zu seinen Händen. „Welchen der 10 brauchst du nicht mehr?", fragt sie amüsiert. Er schüttelt den Kopf, schnaubt laut. „Hast du Angst?" Er nickt. „Das ist gut." Ruby hält seine ohnehin festgebundene Hand fest. „Einer ist meiner, und meiner ist keiner." Sie zählt im Rhythmus seine Finger ab. „In der Ecke ist 'ne Hecke..." *Wie geht's weiter? Gibt's das überhaupt? Egal.* „1, 2, 3 und du bist raus. Oh, schau an, der Mittelfinger. Passt doch irgendwie." Sie genießt ihre Rolle der... ja, der... Rächerin? Der Verrückten? Vielleicht ein bisschen von beidem.

„Uh, mal sehen." Sie sieht Stefan an und lacht: „Ich habe das noch nie gemacht." Langsam führt sie die Klinge an den Finger genau über dem Fingergrundgelenk und beginnt, das Messer hin und her zu bewegen. Stefan dreht fast durch, vor Schmerzen? Vor Angst? Sie weiß es nicht. Blut fließt aus der Wunde. Entschlossen schneidet sie tiefer und tiefer. „Das ist ziemlich ekelhaft", kommentiert sie und versucht, mit voller Kraft durch den Knochen zu schneiden. Wie im Wahn, aber ganz ruhig sieht sie Stefan an, der scheint kurz vor der Bewusstlosigkeit zu stehen. Sie klatscht ihm ihre Hand ins Gesicht. „Hey, bleib gefälligst hier. Ich lass den einfach so hängen, den Knochen krieg ich nicht ab. Also, lieber Stefan, wenn ich dir jetzt das Klebeband wegmache, schreist du dann?" Stefan ist wieder bei sich und schüttelt hektisch den Kopf. „Ganz sicher? Du hast noch 9 weitere Finger, du weißt das?" Er nickt.

Langsam zieht sie ihm das Klebeband vom Mund. Er stöhnt.

„Du bist ja total durchgeknallt!", schreit er.

„Nein, ich glaube nicht. Also ich möchte jetzt, dass du dich entschuldigst, zuerst bei meinem Freund für den Mord an seiner Frau. Danach bei allen anderen."

„Nein, du verrückte Kuh, das werde ich nicht tun!" Er schreit schon wieder.

"Hör auf, mich anzuschreien, ich mag das nicht, okay? Und dann tust du, was ich dir sage oder der nächste Finger ist dran."

„Das wagst du nicht! Du bist ja total durchgedreht, man muss dich einsperren!"

„Das war jetzt aber sehr unhöflich", spielt Ruby die Beleidigte. Unter Schmerzen bückt sie sich, greift in ihre Tasche und nimmt das Duck Tape wieder hervor.
„Nein, nein, bitte nicht! Ich mache alles, was du willst, ich entschuldige mich bei allen."
„Zu spät, mein Hase. Das ist wie bei kleinen Kindern, sie müssen lernen, dass, wenn man nicht beim ersten Mal hinhört, es dann wehtut."
Ruby reißt drei Streifen von dem Duck Tape ab und klebt ihm mit Genuss den Mund zu. Insgeheim hat sie gehofft, dass er sich etwas widerwillig anstellt. Sie will, dass er leidet.
„Welcher Finger soll es diesmal sein?"

"Ich bin klein, mein Herz ist rein, dass niemand drin wohne – das passt irgendwie nicht mit dem Spruch – als Jesus allein. Na schön, also der Zeigefinger. Gut."
Ohne zu zögern nimmt sie das Messer, das sie schön säuberlich auf eine Plastiktüte abgelegt hat, in die Hand. Stefan schwitzt, er ist knallrot, seine Augen stehen bedrohlich aus den Augenhöhlen heraus. *Dass die nur nicht rausfallen, das wäre ekelhaft,* denkt Ruby.
Mit größtem Vergnügen beginnt sie, an Stefans Finger herumzuschnipseln. „Als ob man ein Hühnchen zubereitet", grinst sie begeistert. Stefan windet sich und schreit tonlos. „Weißt du Stefan, das ist, was ich an euch am meisten hasse. Ihr teilt aus, verletzt Menschen mit Worten und Schlägen. Und wenn ihr dann dran seid, heult und jammert ihr. Reiß dich mal zusammen und benimm dich wie ein

echter Mann“, schimpft Ruby.
„Mh, ja, also den Knochen schaff ich echt nicht, das muss so bleiben.“
Sie betrachtet ihr Werk. An Stefans linker Hand hängen zwei Finger nur noch lose an den Knochen. Blut fließt aus den schmerzhaften Wunden. Es sieht verstörend aus.
„Also, ich mach dir jetzt das Tape ab, du wirst nicht schreien, okay?”
Er nickt. Ruby reißt ihm das Tape mit einer schnellen Bewegung ab.
Er weint, ist am Ende seiner Kräfte. „Und jetzt, mein lieber Stefan, wirst du dich bei allen höflich und herzlich entschuldigen, hast du das verstanden?”
Mit schmerzverzogenem Gesicht und voller Grauen in seinen Augen begutachtet er seine halb abgeschnittenen Finger.

„Okay!” Er schnieft.
„Sehr gut, ich wusste, du wirst vernünftig. Moment, ich positioniere die Kamera besser.“ Ruby richtet ihre Smartphone-Kamera so aus, dass man sie nicht sehen kann, aber Stefans Kopf und Oberkörper gut sichtbar sind.
„Voilà, du kannst loslegen und guck schön in die Kamera, ja?”
Widerwillig beginnt er: „Es tut mir leid, dass damals diese Frau meinetwegen beim Autounfall gestorben ist. Ich war betrunken und kam von meiner Fahrbahn ab.“ Ruby zeigt ihm das „Daumen hoch“-Zeichen, macht ihm dann mit einer fordernden Handbewegung klar, dass er weitermachen soll.
„Ja, und die Alte!” Ruby schaut ihn böse an und schüttelt den Kopf.
„Die Oma, die mir vors Auto lief. Auch das tut mir leid. Ich wollte es

nicht.“ Wieder gibt‘s „Daumen hoch“ von Ruby. Er macht weiter, fast scheint es, als würde es ihm gefallen. „Und Jennie, meine Freundin, Ex-Freundin, es tut mir leid, dass ich dich krankenhausreif geprügelt habe.“ Ruby zieht die Augenbrauen hoch. Er schaut sie erwartungsvoll an. „Das war's”, sagt er kraftlos. Ruby stoppt die Videoaufnahme. „Du hast da wen vergessen.“

„Ich wüsste nicht, wen”, erwidert er.

„Den Hund”, klärt Ruby ihn auf.

„Du willst, dass ich mich beim verdammten Hund entschuldige?”

„Nicht beim Hund, den hast du ja umgebracht, bei seinen Besitzern.“

„Du hast sie echt nicht mehr alle.“ Er schüttelt den Kopf.

Wieder stellt sie die Kamera auf Aufnahme.

„Es tut mir leid, dass ich den verdammten Köter überfahren habe.” Ruby schaut ihn vorwurfsvoll an und schüttelt langsam den Kopf. Er lenkt ein.

„Es tut mir leid, dass ich den Hund überfahren habe, auch da hatte ich zu viel getrunken, und plötzlich stand der verdam... der Hund auf der Straße, ich konnte nicht mehr reagieren.“ Daumen hoch und Cut.

„Das hast du gut gemacht, Stefan, ich bin stolz auf dich.” Sie lacht. Er glotzt sie an wie ein kleiner Schuljunge, der gerade ein Kompliment von seinem Lehrer bekommen hat.

Ruby geht zur Tasche und reißt nochmal ein paar Streifen Klebeband ab. Wieder in Panik fleht er sie an. „Ich habe dir doch gegeben, was du wolltest, was machst du denn jetzt?”

„Sssshhhhhhhh.” Wieder zappelt er und benimmt sich total daneben, findet Ruby. Sie klebt ihm den Mund zu.

„So, mein lieber Stefan, hier trennen sich unsere Wege. Ich kann dich leider nicht am Leben lassen, das ist dir schon klar, oder?“ Er schüttelt den Kopf, Tränen wandern seine Wangen hinunter.

„Weinst du etwa? Ich bin gerührt. Deine Reue kommt leider viel zu spät. Du hast es nicht verdient weiterzuleben. Du hast so vielen Menschen ganz große Schmerzen bereitet, das kannst du auch mit deinen billigen Entschuldigungen nicht wiedergutmachen.“ Jetzt wimmert er nur noch. Ein Häufchen Elend. Fast hat Ruby ein bisschen Mitleid. Aber eben nur fast. Langsam ergreift sie Omas Schläger. Sie baut sich vor Stefan auf. Mit einem tiefen letzten Blick in seine panischen Augen sagt sie: „Auf Wiedersehen, Stefan, ich wünsche dir eine gute Reise in die Hölle.“ Mit einem lauten Krachen landet der Schläger in seinem Gesicht. Einmal, zweimal, dreimal. Sie weiß nicht, wie oft. Aber wie immer fühlt es sich wunderbar befreiend an. Jetzt schaut sie ihn an. Das, was von seinem Kopf übrig geblieben ist. Eine ekelige Masse. Sie nimmt ein Papier aus der Tasche, darauf steht mit aus der Zeitung geschnippelten Buchstaben SCHULDIG. Jetzt melden sich die Schmerzen zurück. *Ich muss weg von hier*. Sorgsam packt sie alles zusammen. Aufmerksam schaut sie sich noch einmal um, sie will sicher sein, dass sie keine Spuren hinterlässt. Den Plastikanzug verstaut sie in ihrer Tasche. Sie wird ihn irgendwo in Berlin in einer Mülltonne entsorgen. Mit der Kapuze tief ins Gesicht gezogen, verlässt sie die Wohnung. Erst läuft sie normal, dann rennt sie schneller und schneller. Bei Herkules angekommen, wirft sie die Tasche auf die

Rückbank und setzt sich mit schmerzverzogenem Gesicht in den Wagen. Kupplung, Bremse, 1. Gang und weg. Nach einer kleinen Extrafahrt durch Berlin, um den Müll loszuwerden, kommt sie erschöpft und gezeichnet zu Hause an. Eigentlich wollte sie das Video noch bearbeiten, um es gleich an die Bild-Zeitung zu senden. Aber das muss warten, sie muss sich hinlegen. Fluffy begrüßt sie freudig, der kleine Kerl ist schon groß geworden, und seine Zuneigung schmerzt. Auch Fluffy muss warten, Ruby geht auf direktem Weg ins Bett. Sie friert. Komplett bekleidet legt sie sich hin und deckt sich bis über die Nase zu. Sie schaut auf die Uhr, es ist 6:34 Uhr. Nils wird in zwei Stunden nach Hause kommen. *Ich werde schlafen oder sterben,* denkt sie plötzlich besorgt. Fluffy macht es sich neben Ruby bequem und schläft mit.

73 Donnerstagmorgen

Um 8:30 Uhr kommt Nils zur Tür herein. Als er die offene Schlafzimmertür sieht, stutzt er. Normalerweise schläft Ruby bis 9 Uhr. Es gibt eigentlich keinen Grund, sich Sorgen zu machen, aber sein Gefühl sagt ihm, dass etwas nicht stimmt. Verschlafen kommt ihm Fluffy entgegen. Er streckt sich genüsslich.
„Hallo, Kleiner", sagt er liebevoll. Mit mulmigem Gefühl tritt er ins Schlafzimmer. *Sie ist hier, sie schläft*. Langsam nähert er sich der schlafenden Ruby. Die Decke hat sie bis über die Nase gezogen. Er schaut sie genauer an. Ist da eine neue Verletzung auf der Wange? Er

zieht die Decke etwas weg. „Verdammt, Ruby, was hast du wieder angestellt?", flüstert er. „Ruby", sagt er leise. Keine Reaktion. „Ruby", etwas lauter. „Ruby!", noch lauter. Er kriegt es mit der Angst zu tun und fühlt ihren Puls. Etwas flach, aber fühlbar. „Ruby, verdammt, wach auf!", schreit er jetzt. Sie stöhnt. Langsam öffnet sie die Augen. „Ruby, was ist los, was hast du getan?" Er will es gar nicht wissen. „Bist du okay?" Sie schüttelt langsam den Kopf und zeigt auf den Bauch. Er hebt den Pullover hoch, ihm stockt der Atem. Alles ist blau, grün und violett. „Scheiße, du musst zum Arzt." „Nein, denk nach, ich kann nicht schon wieder ins Krankenhaus. Das wäre langsam auffällig. Irgendwann werden sie 1 und 1 zusammenzählen." Sie hat recht, aber er sagt: „Willst du hier sterben, oder was?" Auch auf diese Frage will er eigentlich keine Antwort.

„Nein, gib mir Schmerztabletten und lass mich einfach schlafen, das wird schon wieder. Sei keine Memme Nils. Ich sterbe nicht so schnell". Sie grinst und schläft wieder ein. *Was für ein seltsamer Mensch,* denkt Nils aufrichtig überrascht. Er holt Schmerztabletten und ein Glas Wasser und stellt beides auf den Nachttisch. Er fühlt sich nicht gut dabei, aber er sieht ein, dass alles andere ein großes Risiko wäre. *Was hat sie nur getan?* In der Nachtschicht ging keine Meldung über einen Mord ein. Er packt sich Fluffy und entscheidet sich für einen kleinen Spaziergang im Park. Als er zurückkommt, legt er sich neben Ruby und versucht, etwas zu schlafen. Aber an Schlaf ist nicht zu denken. Ohne Unterlass beobachtet er Rubys Atmung.

74 Dienstagabend

Ruby schläft schon den ganzen Tag. Nils misst immer wieder ihre Temperatur und den Blutdruck. Am Anfang hatte sie noch etwas Fieber, das hat sich gelegt. Er hat auf dem Revier angerufen, dass er heute nicht zum Dienst kommen kann, weil es Ruby nicht gut geht. Ralf hat ihm daraufhin eine Nachricht gesendet: „Sag Bescheid, wenn ihr etwas braucht." „Danke, Ralf, mach ich."

Gegen 21 Uhr wacht sie endlich auf. „Hey“, sagt er liebevoll.

"Hey", sagt sie schwach.

„Geht's besser?"

„Ja, gehen wir tanzen?", antwortet sie sarkastisch.

Nils hebt die Augenbraue: „Du musst trinken.“

Gehorsam trinkt Ruby. Alles tut ihr weh, aber es fühlt sich nicht mehr so kaputt an.

„Willst du mir erzählen, was du getan hast?"

„Wieso meinst du, dass ich etwas getan habe? Vielleicht ist mir einfach etwas passiert.“

Stumm schaut er sie an, Worte erübrigen sich.

„Ja, okay, ich habe es getan, Nils. Und er hat gelitten wie ein Schwein.“

Oh Gott, denkt Nils. „Was hast du getan, Ruby, wer hat gelitten?"

Sie schaut ihm tief in Augen: „Stefan Winkler, er ist tot.“

Nils starrt sie an, er ist sprachlos.
„Ich habe es für dich getan, ich hoffe, es befreit dich wenigstens ein bisschen von deinen Schmerzen."
Nils ist hin- und hergerissen zwischen Rührung, Entsetzen und Dankbarkeit. Trotzdem sagt er: „Du hättest das nicht tun sollen, Ruby, es muss Schluss sein. Du hättest niemanden mehr umbringen sollen. Schau dich an: Wie du aussiehst, hätte es auch ganz anders ausgehen können."
„Ich habe das Richtige getan, glaub mir, Nils. Ich lebe noch, oder? Das ist es, was zählt. Er hat sich entschuldigt bei all seinen Opfern. Ich habe es auf Video aufgenommen. Und werde es der Presse senden. Die Welt soll wissen, dass er es verdient hat."

„Er hat sich entschuldigt?", fragt Nils ungläubig.
„Ja, nicht ganz freiwillig." *Natürlich.*
„Und das Video willst du der Presse schicken?"
„Ja, sie werden es lieben. Es stellt meinen Ruf wieder her", sagt sie fröhlich.
Nils kann es kaum fassen, dass sie ihn immer noch schockieren kann.
„Das war meine letzte Tat."
„Versprochen?"
„Ich habe Hunger, kannst du mir etwas machen?" Sie sieht ihn unschuldig an.
„Du bist verrückt, Ruby, total verrückt." Er schüttelt den Kopf und geht zur Küche.

75 Mittwoch

Ruby hat gestern Nacht noch das Video bearbeitet und versendet. Besonderes Augenmerk legte sie darauf, dass man sie weder hören noch sehen konnte. Den fertigen Schnitt sendete sie an die Bild-Zeitung, sie sollen damit machen, was sie wollen. Dazu schickte sie die Adresse von Stefan Winkler, damit sie den armen Kerl aus seiner Wohnung holen können.
Schon Mittwochmorgen war die Story als Titelgeschichte in der „Bild“ zu lesen. „Teufelskind hat wieder zugeschlagen. Mehrfach vorbestrafter Mann in seiner eigenen Wohnung brutal gefoltert und erschlagen. Das Opfer von Teufelskind entschuldigt sich bei allen seinen Opfern per Videobotschaft.“
Um 8:30 Uhr klingelt es an der Tür. Besorgt öffnet Nils. Es ist Ralf.
„Oh, hi Ralf”, begrüßt ihn Nils.
„Hi, wie geht es Ruby?”, fragt Ralf misstrauisch.
„Besser, ich kann heute Abend wieder zum Dienst kommen”, erwidert Nils und versucht, so locker wie möglich zu klingen.
„Darf ich eintreten?”
„Ja, klar”. Nils öffnet die Tür.
„Wo ist Ruby?”, will Ralf wissen.
Es erwacht etwas in Nils, ein Beschützerinstinkt, er fühlt das Bedürfnis, Ruby zu beschützen, vor seinem besten Freund. „Sie schläft.“

Sie schläft nicht. Ruby klebt mit dem Ohr an der Schlafzimmertür. Aber sie kann nur einzelne Worte auffangen. Ihr Herz rast.
„Nils, willst du mir etwas sagen?" Ralf schaut ihn ernst an.
„Nein, Ralf, ich wüsste nicht was."
„Hast du die Überschrift in der „Bild" gelesen?"
Was jetzt? Hab ich, habe ich nicht?
„Nein, ist nicht meine typische Morgenlektüre." Er versucht zu lächeln, es misslingt kläglich.
„Stefan Winkler ist tot." Er schaut Nils eindringlich an. „Du weißt, wer Stefan Winkler ist, richtig?"
„Natürlich weiß ich das."
„Meinst du nicht, dass das ein seltsamer Zufall ist?"
„Ralf, wenn du etwas bestimmtes wissen willst, dann raus damit." Er ist genervt über die Fragerei und weiß genau, wohin sie führen soll.
„Nils, ist Ruby Teufelskind?"
So eine direkte Frage hat er nicht erwartet, aber er wollte es ja so. Ihm stockt der Atem.
„Meinst du nicht, dass es auffällig ist, dass Ruby fast jedes Mal, wenn Teufelskind oder der Rächer oder was auch immer zugeschlagen hat, verletzt ist? Dass wir jedes Mal, wenn der Täter zuschlägt, Nachtschicht haben? Dass das letzte Opfer der Mörder deiner Frau ist? Sind das nicht zu viele Zufälle?"
Reiner Zufall wäre Zufall, denkt Nils, *verdammt, ich drehe auch langsam durch*. Er weiß noch immer nicht, was er sagen soll. Sitzt nur da und starrt auf seine Füße. Als langsam die Schlafzimmertür

aufgeht. Nils schreckt vom Sofa auf. Ralf erhebt sich. „Ruby”, sagt er überrascht. Sie sieht mal wieder aus wie durch den Fleischwolf gedreht. Blaues Auge, blaue Wange. „Hi Ralf.“

„Hallo Ruby.” Ralf fühlt sich unwohl bei ihrem Anblick.

„Ja, Ralf, ich bin Teufelskind.“

„Ruby... nicht...”, unterbricht Nils flehend.

„Ich konnte es nicht mit ansehen, wie diese Männer ungeschoren davonkommen. Wie sie Leben zerstören und noch darüber lachen.“

„Aber du kannst doch nicht einfach um die Häuser ziehen und Menschen erschlagen.“

„Doch, ich kann, hast du doch gesehen.“

„Verdammt, Ruby, Nils. Und warum hast du Nils fast umgebracht?”, will er wissen.

„Das war nicht geplant, Nils wollte, dass ich ihn schlage. Aber ich wollte ihn nicht so schwer verletzen.”

„Ich hätte dich fast erschossen, ist dir das klar?” Ralf schaut Ruby scharf an.

„Und dein Vater? Hast du den auch umgebracht?”

„Ja, aber es war Notwehr.“

Ralf sackt ins Sofa zurück. Man sieht ihm den inneren Kampf an.

„Diese Männer hatten keine Skrupel, Ralf, sie haben nicht verdient, am Leben zu sein.“

„Und wer bist du, dass du darüber entscheidest?”, will Ralf wissen.

„Ich bin ihr Opfer, Ralf, ich lebe in der Dunkelheit, damit andere das Licht sehen. Ich stehe stellvertretend für alle diese Frauen, die von ihren Männern geschlagen und missbraucht werden. Ich bin ihre Stimme.“

Nils hebt beeindruckt die Augenbraue.

„Ich komme nicht mehr los davon, lebe die Auswirkungen meiner Kindheit. Meine Welt ist geprägt von Gewalt, Ignoranz und Schmerz. Was ihr auf eurer Arbeit seht, war mein tägliches Dasein. Gewalt, Missbrauch, Erniedrigung. Fast 27 Jahre lang. Weißt du, wie es ist, wenn man nie Liebe erfährt? Ich meine nie, 27 Jahre lang habe ich mich nicht einmal geliebt gefühlt, bis ich Nils kennengelernt habe. Und selbst seine Liebe kann ich nicht einfach so annehmen. Ich muss lernen, geliebt zu werden. Für mich ist es zu spät, ich muss damit leben. Aber dadurch, dass ich diese Männer eliminiert habe, habe ich zukünftige Kinder und Frauen vor meinem Schicksal bewahrt. Ich weiß, du bist Polizist und darfst das nicht verstehen.“

Ralf unterbricht sie: „Nils ist auch Polizist.”

„Ja, ein verliebter Polizist.” Ralf starrt sie an, Nils räuspert sich.

„Scheiße, Nils, Ruby. Was soll ich nur tun?”

„Tu, was du für richtig hältst”, sagt Ruby.

„Krieg ich einen Kaffee?”, will Ralf wissen.

„Cola Light?“

„Ihr seid echt seltsam, alle beide”, staunt Ralf.

76 Freitag

Ralf hat sich nicht mehr zu Ruby geäußert, er verhält sich, als wäre nichts gewesen. Nils traut dem Frieden nicht ganz, versucht seine Angst, dass Ralf doch noch reden könnte, auszublenden.
Ruby geht heute mal wieder zu ihrem Psychiater. Die Sitzungen waren die letzten Male ziemlich locker. Sie verstehen sich gut. Duzen sich sogar, was Nils nicht zu gefallen scheint. Er mag ihn nicht.
Ruby fährt wie immer gegen 17 Uhr zu Alexander. Dort setzt sie sich ins Wartezimmer; es dauert nicht lange, bis Alexander mit einem freundlichen Gesicht erscheint und sie ins Therapiezimmer bittet. Ruby setzt sich vorsichtig hin, ihr Körper schmerzt noch immer. Sie versucht nicht, ihr Gesicht zu verziehen.
„Hallo, Ruby."

„Hallo, Alexander."
Er sieht sie besorgt an: „Hattest du einen Unfall?"
„Ja, ich bin in die offene Tür gelaufen, habe nicht gesehen, dass sie offen war, weil ich auf das Smartphone geglotzt habe." *Etwas Blöderes konnte ihr nicht einfallen!* Sie lacht verlegen.
„Ich hoffe, es ist nichts gebrochen?"
„Nein, zum Glück nicht."
„Hattest du eine gute Zeit? Du hast ja die letzten Termine nicht wahrgekommen."
„Ja, alles schön, meine Freundin kam mich besuchen, sie wohnt in

London, wir sehen uns nur ein oder zweimal im Jahr."
„Das ist schön, hat es dir gutgetan?"
„Ja, es war sehr schön", lügt sie.
„Wie läuft es mit deinen Selbstgesprächen? Den Stimmen von deinem Vater und der kleinen Ruby?"
Irgendwie läuft das zäh heute, denkt Ruby.
„Es ist besser, ich konnte ihn schon zum Schweigen bringen."
„Ruby, ich muss dich etwas fragen." *Oh, oh.*
„Als Psychiater habe ich Einsicht in deine Krankenakte." *Was?*
„Ich habe sie mir heute schicken lassen."
„Das darfst du ohne mein Einverständnis?", will Ruby wissen.
„Ja, das darf ich, wenn ich einen bestimmten Verdacht hege."
Aha.
„Und, ehrlich gesagt, glaube ich, dass ich richtig gehandelt habe, wenn ich dich heute so ansehe."

Was meint er? Ruby wird von Sekunde zu Sekunde nervöser.
Er nimmt eine Akte hervor. "Der erste Krankenhausaufenthalt nach einem angeblichen Sturz vom Pferd, schwere Gehirnerschütterung. Kurz darauf ein angeblicher Überfall. Wieder Gehirnerschütterung, Lippe und Stirn mussten genäht werden."
Ruby ist wie gelähmt.
„Kurze Zeit später Jochbeinbruch, nachdem dein Ex-Freund, der von deinem jetzigen Freund erschossen wurde, dich angeblich geschlagen hat. Und jetzt tauchst du auf mit einer Gesichtsverletzung und offensichtlichen Unterleibsverletzungen. Warst aber laut Akte nicht

damit in Behandlung, obwohl es offensichtlich notwendig wäre."
Ruby sitzt nur da, sie weiß nicht, wohin das führen soll. Was will er?
„Willst du mir deine Verletzung zeigen?"
„Nein."
„Ich bin auch Arzt, das weißt du doch."
Widerwillig hebt sie ihr Shirt an. Er kommt näher und drückt auf ihr herum. Es tut weh.
Besorgt schaut er sie an: „Das sieht nicht gut aus, könnte ein Milzriss sein."
Er nimmt einen tiefen Atemzug.
„Schlägt dein Freund dich?"
„Was?" Sie kann nicht glauben, was sie hört.
„Dein Freund Nils Kramer, schlägt er dich?"
„Nein, natürlich nicht."
„Weißt du, dass viele Frauen, die in ihrer Kindheit missbraucht wurden, sich genau solche Männer suchen?"
„Das ist ja krank! Nils würde mich niemals schlagen."
„Alles, was du sagst, bleibt unter uns, du kannst offen zu mir sein."
Sie kann nicht glauben, was sie hört. *Was fällt dem Kerl eigentlich ein?*
„Ich mochte ihn von Anfang an nicht", sagt Alexander.
„Bitte?"
„Dein Freund, er sieht so nett aus, fährt dich her, holt dich wieder ab. Aber irgendetwas stört mich seit der ersten Begegnung an ihm."
„Das reicht jetzt, den Scheiß muss ich mir nicht anhören." Ruby steht

auf.
„Noch etwas, Ruby.“
„Was?”, fragt sie ihn genervt.
„Ich weiß, was du getan hast.“
Alle Farbe weicht aus ihrem Gesicht, sie starrt ihn an.
„Ich weiß, dass du Teufelskind bist.“

77 Freitag

Ruby bleibt stumm, sie hat keine Worte. Soll sie es abstreiten? Soll sie fragen, woher er es weiß? Er nimmt ihr die Entscheidung ab.
„Du fragst dich sicher, woher ich das weiß?” Ruby nickt. „Ich nehme an, dir ist der Name Michael Hofmann ein Begriff?“
Ruby zieht sich der Magen zusammen, ihr wird schlecht.
„Michael war seit dem Kindergarten mein bester Freund. Als ich 17 war, lernte ich ein paar Jungs kennen, schlechter Einfluss, du verstehst. Ich hatte zwei Jahre lang mit Drogen zu tun. Michael hat mich da rausgeholt. Er hat mich nie aufgegeben. Dank ihm bin ich heute noch am Leben und führe ein mehr oder weniger normales Leben.“
Mehr oder weniger. Ruby wüsste gerne, was er mit „weniger“ meint. Noch immer ist sie nicht fähig, etwas zu sagen. In Gedanken sieht sie sich schon im nächsten Alptraum.
„Wie du weißt, hat Michael ein interessantes Video von deinem kleinen Hobby gemacht. Nun, bevor dein lieber Polizist meinem

Freund das Licht ausgepustet hat, hat er mir eine Kopie des Videos geschickt. Er sagte, solle sein Plan nicht aufgehen, dann mach die Kleine fertig.“ Ruby starrt ihn an. Angstschweiß bildet sich auf ihrer Stirn.
„Was willst du von mir?“, fragt sie kaum hörbar.
„Für den Moment möchte ich nur, dass du weiter in meine Therapiesitzungen kommst und alle meine Fragen beantwortest.“
Ruby versteht nicht, wozu? Fragend sieht sie ihn an.
„Kein Wort an deinen Polizisten. Wenn du jemandem etwas von dieser Unterhaltung erzählst, wandert das Video zur Polizei. Und wenn du meinst, dass dir das egal ist, dann lass dir gesagt sein, dass ich deinen Nils mit reinziehen werde. Mir wird schon etwas Nettes einfallen.“
Er schaut sie lange und eindringlich an.
„Na, dann Ruby, ich glaube, die Sitzung ist für heute beendet.“ Er steht auf und öffnet ihr die Tür. „Wir sehen wir uns Montag wieder um 17 Uhr.“
„Wir sehen uns doch immer freitags?“, widerspricht Ruby mit leichter Verzweiflung.
„Wir haben doch besprochen, dass es besser ist, wenn wir uns ab sofort zweimal die Woche sehen, und du hast begeistert zugestimmt. Schon vergessen?“
„Mh“.
Die Assistentin lächelt freundlich. „Also Montag, 17 Uhr“, wiederholt sie und tippt den Termin in ihren Computer ein.

„Auf Wiedersehen, Ruby, genieß dein Wochenende“, ruft Alexander ihr nach.
Ruby ist unfähig, einen klaren Gedanken zu fassen. Verstört setzt sie sich in ihren Audi TT. *Jetzt fängt die ganze Scheiße von vorne an!* Die letzten Tage hatte sie sich gut gefühlt, da war Hoffnung, dass alles gut wird. Dass ihr Leben einigermaßen normal wird. Und jetzt das.
Ausgelaugt fährt sie nach Hause. Nils ist noch auf Arbeit. Aber Fluffy freut sich. Der freut sich immer. Wie gerne wäre sie wie Fluffy, immer glücklich und unbeschwert. „Na komm, du verrückter Hund, gehen wir spazieren.“ Zusammen gehen sie in den Park. Die frische Luft tut ihr gut. Ihre Gedanken laufen Sturm. *Er will mich fertigmachen, aber alles, was er will, ist, dass ich weiter zur Therapie komme? Was hat er vor?* Ruby hat Angst, sie fühlt sich wie ein Kalb, das zur Schlachtbank geführt wird. Auf dem Rückweg nach Hause springt Fluffy immer noch wie ein Verrückter jedem Auto nach und möchte jeden Fußgänger begrüßen. Nils ist sicher schon zu Hause. Er darf nichts merken. Schauspielerische Fähigkeiten sind jetzt gefragt.
„Hallo“, sagt sie freudig, als sie die Wohnung betritt.
„Hey“, antwortet Nils genauso freudig. *Nils ist irgendwie auch wie Fluffy, wenn er nicht gerade einen Absturz hat... immer glücklich,* denkt Ruby etwas neidisch.
„Und wie war’s bei Alexander?”, will er wissen.
„Ganz okay.“
„Ist ganz okay besser als nur okay?“, will Nils mit einem Grinsen im Gesicht wissen.

„Mh, ich weiß nicht, vielleicht bisschen besser."
„Bist du okay?" Er schaut sie plötzlich beunruhigt an.
Wieso spürt er immer alles?
„Ja, alles okay, du weißt, die Sitzungen sind immer etwas anstrengend", weiß sie sich zu retten.
„Ja klar, verstehe."
„Wir haben besprochen, dass ich ab sofort zweimal die Woche hingehe."
Nils ist sichtlich überrascht. „Ah, ja? Woher dieser Sinneswandel?"
„Ich weiß nicht, er meint, es sei besser. Ich kann es ja einfach mal ausprobieren."
Eigentlich findet Nils es gut, auch wenn er diesen Alexander nicht sonderlich mag. Aber es kommt ihm etwas seltsam vor.

78 Montag

Ruby hat es tatsächlich geschafft, Nils das ganze Wochenende an der Nase herumzuführen. Er merkte sehr wohl, dass sie bedrückt war, aber sie meinte nur, dass sie wahrscheinlich bald ihre Tage habe. Damit gab er sich zufrieden.
Heute hat er Nachtschicht und muss erst um 20 Uhr los.
„Soll ich dich zur Sitzung fahren? Wir könnten danach ja noch etwas trinken gehen, bevor ich zur Arbeit muss."
„Ja, wenn du willst".
„Wow, diese Begeisterung", staunt Nils.
„Nein, sorry, ja klar, können wir gerne so machen."

Die Fahrt zu Alexander verläuft wortlos. Ruby ist übel, sie hat Angst, unheimlich Angst davor, was wohl auf sie zukommen wird. Davor, was Alexander vorhat.
Nach kurzer Fahrt kommen sie an, Ruby springt aus dem Wagen und gibt Nils einen Kuss.
“Ich warte im Wagen in einer Stunde.“
“Okay.“
„Hallo, Frau Bergmann“, begrüßt sie die Assistentin freundlich.
„Setzen Sie sich noch einen kleinen Moment, der Doktor ist gleich soweit.“
Ruby hat Magenkrämpfe. *Umbringen kann er mich ja nicht einfach so hier in aller Öffentlichkeit. Solange die Assistentin da ist, ist alles okay,* denkt sie und beruhigt sich ein bisschen.
„Auf Wiedersehen, Frau Bergmann“, ruft die Assistentin und winkt um die Ecke.
Ruby verliert alle Farbe aus ihrem Gesicht. „Sie gehen?“ Da steht auch schon Alexander vor ihr. „Ja, du bist meine letzte Patientin heute, Ruby. Ich habe meiner Assistentin gesagt, dass sie etwas früher nach Hause gehen darf.“ *Scheiße!*
Er führt sie ins Behandlungszimmer. „Setz dich.“ Sie setzt sich, ihre Hände zittern. „Entspann dich, Ruby, es wird eine ganz normale Sitzung, aber du musst alle Fragen beantworten.“
Ruby schaut ihn einfach nur an, sie versteht nicht, was das alles soll.
„Also, Ruby, fangen wir von vorne an.“ *Schon mal nicht gut.*
„Was sind deine frühesten Kindheitserinnerungen an deinen Vater?“

Ruby gibt sich Mühe und entscheidet, dass sie das jetzt einfach über sich ergehen lässt und kollaboriert. Dann lässt er sie vielleicht in Ruhe. Sie glaubt es selber nicht, was sie denkt.
„Das habe ich ja erzählt, er hat mich angeschrien und erniedrigt."
„Beantworte einfach meine Fragen", sagt Alexander streng. „Was hat er gesagt?"
Verdammt, das habe ich dem Arsch schon tausendmal erzählt. Was soll das?
„Dass ich nichts kann und nichts bin. Dass ich niemals etwas werde, dass alle anderen besser sind und dass ich gar nicht hätte geboren werden sollen."
„Okay, und die Schläge, wann fing das an?"
Das habe ich auch schon tausendmal erzählt, aber bitte.
„Als ich 7 war, vielleicht auch 6."
„Erinnerst du dich an das erste Mal?"
„Ich hatte mich in den Finger geschnitten mit einem Blatt Papier und habe geweint. Er kam und hat mich mitten ins Gesicht geschlagen. Und sagte: „Damit du einen Grund hast zu heulen."
„Hat er dich nur ins Gesicht geschlagen?", will er wissen. Die ganze Zeit über macht er sich Notizen.
Wo führt das hin, was soll das?
„Nein, auch in den Bauch, Rücken – alles, was er gerade erwischen konnte. Einmal hat er mir die Rippen gebrochen."
„Wie hat er das angestellt?", fragt er interessiert.

„Ich weiß nicht mehr, warum, was davor passiert ist, ich kann mich nur daran erinnern, dass ich im Elternschlafzimmer war. Ich stand auf dem Bett. Er hat mich gepackt und gegen die Wand geschleudert."
„Mh", sagt Alexander, sein Blick ist auf seine Notizen fixiert.
„So, und jetzt möchte ich gerne Details von einem Thema, das wir nur angeschnitten haben."
Ruby erschrickt. *Was meint er?*
„Die Vergewaltigungen, wie lief das ab?"
„Nein", sagt Ruby entschieden.
„Nein?" *Genauso.*
„Muss ich dich daran erinnern, was auf dem Spiel steht?"
Scheiße, was habe ich falsch gemacht in meinem Leben? Welche verdammten Götter habe ich beleidigt, dass ich von einem Alptraum in den anderen rutsche?, denkt sie verzweifelt.
Alexander schaut sie geduldig an. „Ich habe Zeit", sagt er entspannt.
Rubys Magen rebelliert, ihr wird heiß und kalt zur selben Zeit. Ihr Herz schlägt schneller. Ihr Mund ist ausgetrocknet. Sie droht, den Alptraum wieder zu beleben. Noch nie hat sie mit jemandem darüber gesprochen. Es fühlt sich an, als sei es gestern gewesen.
„Meine Mutter war bei ihren Freundinnen. Einmal die Woche unternahm sie etwas mit ihnen. Ich ging dann immer schon ins Zimmer und früh zu Bett. Ich wollte nicht mit meinem Vater alleine sein."
„Was ist geschehen? Wie alt warst du?"

„12, die Tür ging plötzlich auf. Ich lag schon im Bett. Mein Vater stand vor mir. Ich war gelähmt vor Angst. „Komm Ruby, wir könnten doch mal ein bisschen Spaß haben. Ich verstand nicht, was er wollte.“ Eine Träne läuft über Rubys Gesicht. Ihr Zittern wird immer stärker. Die kleine Ruby versucht, sie in die Dunkelheit zu ziehen.
„Sprich weiter.“
„Er zog seine Hose aus.“ Ruby durchlebt die Situation jetzt nochmal, sie weint hemmungslos, fühlt sich wie ein kleines Kind. Sie kann nicht mehr sprechen, zwischen Schluchzen und Zittern kommt kein Wort mehr über ihre Lippen.
„Dann hat er dich vergewaltigt?“, fragt Alexander distanziert.
Ruby nickt. Sie fühlt sich nackt, schutzlos, jämmerlich.
„Und das hat er ab diesem Tag öfters wiederholt?“
Ruby nickt wieder.
„Wie oft?“
“Wenn meine Mutter weg war, fast jede Woche”, schluchzt Ruby.
„Und wie lange ging das?“
„Bis ich 16 war.“
„Hat es dir gefallen?“
Ruby sieht ihn ungläubig an. „Wie bitte?“
„Hat es dir gefallen? Hat es dich angemacht?“ Er grinst lüstern.
„Endlich hat er dir Beachtung geschenkt. War es nicht das, was du all die Jahre von ihm wolltest?“ Ruby sagt nichts, sie kann nicht. Sie ist geschockt darüber, dass er auch nur denken kann, dass sie Gefallen an den Vergewaltigungen ihres Vaters gefunden hatte.

„Okay, das war's, du kannst gehen. Vergiss nicht: Kein Wort an den Polizisten. Du brauchst Freitag nicht zu kommen. Ich informiere dich, wie es weitergeht.

Ungläubig sieht Ruby ihn an. Verheult und fertig mit der Welt stürmt sie raus. Obwohl die Sitzung nur 30 Minuten dauerte, wartet Nils schon im Auto. Hastig setzt sich Ruby auf den Beifahrersitz.

„Ruby, was ist los?“ Es klopft plötzlich an der Fensterscheibe. Nils fährt die Scheibe runter. „Hallo, Herr Kramer, die Sitzung heute war sehr gut, sehr tief, wir sind vorangekommen. Lassen Sie ihr Zeit. Danach wird es ihr besser gehen.“ Kommentarlos fährt Nils das Fenster wieder hoch und gibt Gas. *Ich mag den Kerl nicht*, denkt er angewidert.

„Willst du darüber reden?“ Nils fährt Ruby liebevoll über ihr Bein. Sie zuckt zusammen. Er macht sich Sorgen. „Nein.“ Sie zittert noch immer wie Espenlaub und, wenn er sich nicht täuscht, ist sie kurz davor, in eine andere Welt abzutauchen. Zu Hause angekommen, geht Ruby direkt ins Bett, ohne Gute Nacht zu sagen. Hätte sie gewusst, was sie am nächsten Tag erwartet, hätte sie sich zumindest von Nils verabschiedet.

79 Dienstag

Zärtlich weckt Nils Ruby: „Hey, ich geh einkaufen und einige Sachen erledigen, okay? Ich bin gegen Nachmittag zurück“. Ruby ignoriert ihn, aber sie hat ihn gehört. Als er weg ist, steht sie auch auf. Sie hat 13

Stunden geschlafen. Kraftlos geht sie duschen und Zähne putzen. Sauber und mit frischen Kleidern fühlt sie sich gleich etwas besser. „Komm, Fluffy, ein kleiner Spaziergang, wird uns guttun." Sie spazieren die Straße hoch zum Park. Da sind kaum Menschen um diese Zeit. Dem blauen Lieferwagen, der fünf Meter vor ihr geparkt steht, schenkt sie keine Beachtung. Als sie an dem Wagen vorbeigehen, springt Fluffy zwei Meter zur Seite, als mit einem Wumms die Tür aufgeschoben wird. Ruby hat keine Zeit zu reagieren. Schon hat sie ein feuchtes Tuch vor ihrem Gesicht und döst weg. Grob wird sie in das Frachtteil geschubst. Der Motor geht an, der Wagen fährt mit quietschenden Reifen los. Fluffy bleibt verwirrt zurück.
Nils ist auf dem Nachhauseweg, als sein Smartphone klingelt. „Unbekannter Teilnehmer", sagt er verwundert. „Nils Kramer, hallo?" Eine freundliche Frauenstimme ertönt. „Ja guten Tag, gehört Ihnen ein Hund namens Fluffy?" Nils hat ein ungutes Gefühl. „Ja", sagt er ängstlich. „Ich habe ihn vor 10 Minuten im Park eingefangen. Er lief vergnügt im Park umher, die Leine noch an seinem Halsband festgemacht. Ich dachte, er ist sicherlich ausgerissen, der Kleine. Auf seinem Namensschild sind zwei Telefonnummern. Bei der ersten Nummer ist keiner rangegangen", informiert sie Nils. Sein Herz droht ihm aus der Brust zu springen, sein Mund ist trocken. „Wo sind Sie jetzt?"
„Im Park".

„Bin in 5 Minuten da.“ *Was zur Hölle ist jetzt schon wieder los? Ruhig, Nils, vielleicht ist Fluffy einfach weggerannt, und Ruby sucht ihn gerade.*
Im Park angekommen, kommt ihm die junge Frau auch schon entgegen. Fluffy freut sich, ihn zu sehen. „Vielen herzlichen Dank. Wo haben Sie gesagt, haben Sie ihn gefunden?“
“Na hier, er hat den ganzen Park unterhalten.“ Sie lacht. „Danke“, sagt er noch einmal. Mit beklemmendem Gefühl fährt er nach Hause. Bevor er in die Wohnung eintritt, schaut er in den Briefkasten. Es liegt ein Blatt Papier darin, Computer geschrieben und ausgedruckt: „Ich brauche Zeit, such mich nicht. Ruby“. Er verliert den Boden unter den Füßen. Mit letzter Kraft schafft er es aufs Sofa. Er schaut auf das Papier, als könnte es ihm mehr erzählen. Mehr als die wenigen Worte, die darauf geschrieben stehen. „Das ergibt alles keinen Sinn, wieso hat sie Fluffy mitgenommen und ihn dann einfach losgelassen?“, sagt er laut. Er weint, er weint viel zu oft in den letzten Monaten. *Wird das endlich ein Ende haben?* Eine geschlagene Stunde sitzt er einfach nur auf dem Sofa. Fluffy auf ihm. *Du musst jetzt stark sein, Nils, komm schon, hier stimmt etwas nicht, du musst Ruby finden, reiß dich zusammen.* Er ruft Ralf an: „Ralf, ich brauche deine Hilfe.“ „Was ist los, Nils?“, fragt er besorgt. „Ruby ist verschwunden.“ Er erzählt ihm von Fluffy im Park und dem Papier im Briefkasten. „Warte doch bis morgen, Nils, Ruby ist ja nicht, ähm, wie soll ich sagen, also du weißt...“

„Nein, ich weiß nicht“, fährt ihm Nils wütend dazwischen. „Was willst du sagen, Ralf?“
„Na ja, dass sie manchmal bisschen launisch ist. Vielleicht hat sie tatsächlich einfach nur eine Auszeit genommen.“
„Ich werde sie auch alleine finden. Ach ja, ich komme heute nicht zum Dienst.“ Wütend beendet er den Anruf.
„Nils? Nils?“

80 Dienstag Ruby

Langsam kommt Ruby zu sich. Alles ist noch etwas verschleiert. Aber sie kann ein kleines Zimmer erkennen. Kahl ohne jegliche Einrichtung. Eine Toilette, eine Dusche, ein Bett – mehr nicht. Keine Decke, kein Kissen, nichts. Eine Tür, die aus Stahl zu sein scheint. In Panik stürzt sie sich darauf. Voller Kraft hämmert sie dagegen. „Hallo, ist da jemand? Bitte!“ Es scheint alles so sinnlos und gleichzeitig so unglaublich. Was ist jetzt wieder passiert? Ist sie gerade am Träumen? *Ruby, denk nach.* Ihr Kopf spielt nicht mit, sie erinnert sich an nichts. Langsam erwachen alle ihre Sinne wieder. Sie schaut sich im Zimmer um. Was liegt da in der Ecke? Neugierig nähert sie sich dem Gegenstand. *Scheiße, was soll das?* Ein Stoffpferdchen, fast identisch mit dem, das Ruby als Kind hatte. Mit einem unguten Gefühl hebt sie es vom Boden auf. Als wäre es ihre letzte Hoffnung, hält sie es fest in ihren Händen. Sie kneift sich in den Arm, vielleicht ist es doch ein Traum. Nein, Fehlanzeige. Fluffy, hoffentlich hat ihn jemand

gefunden. Nils. Sucht er sie schon? Sucht er sie überhaupt? Das Pferdchen fällt ihr aus der Hand, als plötzlich die Tür aufgeht.
„Hallo, wieder unter den Lebenden?“, sagt Alexander mit dreckigem Grinsen im Gesicht. *Ja, klar, sie hätte darauf kommen müssen. Wer sonst.*
„Was soll das? Was hast du vor?“
„Du hast mir meinen besten Freund genommen. Wer würde eine Racheaktion nicht besser verstehen als du?“ Er schaut sie prüfend an. „Herzlich willkommen in deiner kleinen Hölle, gefällt es dir?“
„Was?“ Ruby stockt der Atem.
„Ich habe nicht vor, dich umzubringen Ruby, nicht körperlich, wenn du hier hinausgehst, falls das überhaupt der Fall sein wird, wird nichts mehr von dir übrig sein, außer deiner Hülle. Du wirst gebrochen sein, kaputt, fertig. Das ist viel schlimmer, als sterben. Dachtest wohl, nur du hast eine Schraube locker?“ Er lacht, als hätte er einen grandiosen Witz gemacht. Panik macht sich in Ruby breit.
„Du hättest Michael nie verlassen sollen. Er hat dich geliebt, Ruby, er hätte alles für dich getan. Er war nicht mehr derselbe, nachdem du ihn verlassen hattest. Besessen, ja, er war besessen von dir. Und dann tauchst du plötzlich mit diesem Nils auf. Das hat ihm das Herz gebrochen. Er wollte dich nur lieben, und du hast ihn abgestoßen. Zweimal umgebracht, erst seelisch und dann körperlich. Ach ja, bevor ich's vergesse. Es wird dich niemand hören hier, wir sind mitten auf dem Land, außerdem sind die Wände abgedichtet. Hochsicherheitstür. Ich hatte genügend Zeit, dein kleines Zimmer vorzubereiten. Gefällt es

dir?“, fragt er stolz. „Und noch etwas, es gibt kein Wasser, weder in der Dusche noch in der Toilette. Ein kleines Extra, damit du siehst, wie gut ich dir zugehört habe. Wir sehen uns später, dann fängt unsere kleine Show an.“ *Scheiße, Ruby, denk nach. Plan B, C, D...* Nein, sie hat keinen Plan.

Drei Stunden später ist er zurück. Alexander tritt ein, forsch und selbstsicher schreit er Ruby an: „Du bist ein Niemand, ein Nichts, du wirst es niemals zu irgendetwas bringen!” *Was ist das denn für eine klägliche Show?,* denkt Ruby.

„Hörst du, du kannst nichts und bist nichts!” *Das ist wirklich eine schauspielerische null Leistung*. Fast schämt sie sich für ihn. Er schaut sie so lächerlich böse an, dass sie jetzt wirklich lachen muss. Aber das Lachen vergeht ihr schnell. Seine rechte Faust landet mit voller Kraft auf ihrer linken Gesichtshälfte. Gelähmt vor Schmerzen klappt sie zusammen. Voller Panik hofft sie, dass das Jochbein nicht wieder gebrochen ist, sie ist sich nicht sicher. „Ist dir das Lachen nun vergangen?“, zischt Alexander sie jetzt wirklich wütend an. „Lach mich nie wieder aus, hast Du verstanden? Niemals!“ Noch einmal landet seine linke Faust diesmal in der rechten Gesichtshälfte. Benommen sackt sie zusammen. Blut, überall Blut. Nase, Mund, Wange. *Wenn das schon so anfängt, wie soll sie die nächsten Tage überleben?,* fragt sie sich. Alexander dreht sich um und verlässt den Raum. Ruby hat Durst, Traurigkeit nimmt Besitz über sie. Das Stoffpferdchen ist jetzt über und über mit Blut bedeckt, sie hält es trotzdem in ihren Händen.

Es gibt ihr Trost. Tränen erfüllen ihre Augen. Nils, sie kann nur noch an Nils denken.

81 Mittwoch Nils

Nils hat kein Auge zugetan. Seine Gedanken fahren Achterbahn. Er findet einfach keine logische Erklärung. Verzweifelt überlegt er seine nächsten Schritte, aber auch die sind unklar. Nach stundenlangen Überlegungen entscheidet er, dass er zu Alexander Friedrich geht. Es ist der einzige Anhaltspunkt, irgendetwas muss in der Sitzung geschehen sein. Nicht grundlos hat sie so geweint und war drei Tage bedrückt. Um 10 Uhr erreicht er die Praxis von Alexander. Er tritt ein. Verdutzt, aber freundlich begrüßt ihn die Assistentin. „Herr Kramer, kann ich Ihnen behilflich sein?“, fragt sie gut trainiert.
„Ich muss mit Herrn Friedrich reden, sofort.“ Schon geht die Tür zu dessen Sitzungszimmer auf.
„Herr Kramer“, sagt dieser überrascht. „Was führt sie denn hierher?“
„Ich muss mit Ihnen reden, sofort.“
„Okay.“ Er weist seine Assistentin an, sie nicht zu stören.“
Nils wartet nicht, bis die Tür zu ist, sofort fragt er: „Was ist letzten Freitag vorgefallen?“
„Was meinen Sie?“, stellt sich Alexander dumm.
„Sie war total aufgelöst, drei Tage lang bedrückt, bis sie dann gestern einfach verschwunden ist.“

„Sie ist verschwunden?", fragt Alexander und gibt sich überrascht. Nils mustert ihn aufmerksam. „Ja, sie ist gestern nach dem Spaziergang mit dem Hund nicht nach Hause zurückgekehrt." Bei diesen Worten zieht es Nils den Magen schmerzlich zusammen. *Nicht nach Hause zurückgekehrt,* die schlimmsten Worte in seinem Leben.
„Oh."
Ist das alles, was dieser Arsch zu sagen hat?, fragt sich Nils.
„Es wundert mich nicht, Herr Kramer."
„Wie bitte?"
„Wussten Sie, dass Ruby sich vor wenigen Wochen das Leben nehmen wollte?"
Nils setzt sich nun endlich auch hin. Leise erwidert er: „Nein."
„Als Sie im Spital waren, Herr Kramer, spazierte sie durch den Park in Richtung Brücke. Sie wissen, was sie da tun wollte?", fragt Alexander.
„Mh", ist alles, was Nils sagen kann.
„Ein Mann, den sie als Engel beschrieb, hat sie im Park davon abgehalten."
Nils versteht überhaupt nichts mehr. Welcher Mann, wieso hat sie ihm nichts davon erzählt?
„Ihre Freundin ist hochgradig selbstmordgefährdet. Und sie leisten Ihren Beitrag dazu."
„Was meinen Sie?", will Nils wissen.
„Sie hat mir erzählt, dass Sie sie schlagen."
Nils kann nicht glauben, was er hört. „Wie bitte?"

„Sie hat mir unter Tränen erzählt, dass Sie sie regelmäßig krankenhausreif schlagen.“
Nils hat genug gehört, wütend steht er auf. „Das hat sie niemals gesagt, ich kenne sie. Ich weiß nicht, warum Sie das sagen, aber ich werde es herausfinden!“ Wutentbrannt stürmt er hinaus, knallt die Tür hinter sich zu.
„Auf Wiedersehen, Herr Kramer“, sagt die Assistentin, die wirklich hervorragend ausgebildet ist. Alexander bleibt mit einem zufriedenen Grinsen im Zimmer zurück.
Nils quält seinen Honda Civic aggressiv durch die Straßen Berlins. Er weiß nicht, wohin er weiß nicht weshalb und überhaupt, er hat einfach keine Ahnung, was er tun soll. Den ganzen Tag irrt er in der Stadt umher, versucht, klare Gedanken zu fassen, einen Plan zu erstellen. Als er zu Hause ankommt, steht Ralf vor der Tür.
„Nils, ist sie wieder da?“
„Nein“, antwortet dieser kurz angebunden. „Scheiße Nils, du kannst natürlich auf mich zählen, okay?“ Er würde Ralf am liebsten umarmen, aber er tut es nicht, stattdessen geht er an ihm vorbei in die Wohnung. „Willst du reinkommen?“
„Ja.“
Nils erzählt von seinem Treffen mit Alexander. Ralf will seinen Ohren nicht trauen.

82 Mittwochabend Ruby

Ruby hat einen der schlimmsten Tage in ihrem Leben verbracht. Aber es soll noch viel schlimmer kommen. Ihr Gesicht ist blutverschmiert. Die Wange schmerzt fast unerträglich. Sie spürt es, das Jochbein ist wieder gebrochen. Seit über 24 Stunden hat sie keinen Tropfen Wasser mehr getrunken und nichts gegessen. *Was hat er vor, will er, dass ich verdurste*? Sie weiß, dass es relativ lange geht, bis man verhungert, aber Verdursten soll, so glaubt sie, schon in 3 bis 4 Tagen eintreten. Ihr ist hundeelend zumute. Da knallt die Tür auf. Ihr Herz setzt mindestens zwei Schläge aus. Alexander steht da, er scheint wütend zu sein. „Dein kleiner Polizeifreund war heute bei mir." *Nils!* „Ich rechnete nicht damit, dass er so schnell bei mir auftauchen würde. Wir müssen uns etwas beeilen." Noch bevor Ruby Zeit hat, darüber nachzudenken, was er wohl meint, packt er sie und drückt sie brutal an die Wand. „Er wird dich nicht suchen. Ich habe ihm erzählt, dass du mir gesagt hast, dass er dich schlägt."

„Nein, bitte nicht."

„Schau nicht so geschockt, doch, und er hat es geglaubt. Ich hab' ihm gesagt, dass du hochgradig selbstmordgefährdet bist. Wahrscheinlich schon irgendwo tot im Gebüsch liegst. Er wird dich nicht mehr suchen Ruby, er wird schon bald eine Neue und dich vergessen haben. Du hast ihn nicht verdient. Nils Kramer ist zu gut für dich." Diesmal hat er die richtigen Knöpfe gefunden. Ruby fällt in sich zusammen. Sie kann sich nicht mehr auf den Füßen halten. Liegt auf dem blanken Boden und weint nun hemmungslos. Fällt immer tiefer in ihre kleine Hölle, wo klein Ruby sie schon erwartet. Aber Alexander ist noch nicht fertig. Brutal tritt er sie in den Magen, einmal, zweimal, dreimal. Mit kaum zu ertragenden Schmerzen hustet sie Blut. „Na wie gefällt dir das, Ruby? Und weißt du was? Wir sind noch nicht fertig. Morgen geht es in die dritte Runde. Freu dich." Zufrieden lächelnd geht er aus dem Zimmer.

Wie viel kann ein Mensch aushalten? Sie will sterben auf der Stelle, bitte, sie kann nicht mehr. Wieder hustet sie Blut. Unbeholfen tastet sie nach dem Stoffpferdchen. Es ist mit Blut vollgesogen. Mit letzter Kraft nimmt sie es in ihre Hände, hält es fest, als ob es ihr helfen könnte. Ihr ist kalt, unheimlich kalt. *Scheiße,* denkt sie und wird bewusstlos.

Nils und Ralf wollen morgen nochmals zu Alexander Friedrich. Ralf will sich ein Bild machen. Es ist ihre einzige Spur.

83 Donnerstag

Nils hat sich ein paar Tage freigenommen. Ralf muss heute arbeiten, aber er macht um 17 Uhr Feierabend, damit sie noch zu Alexander Friedrich können. Um 17:20 Uhr erreichen sie die Praxis. Wieder werden sie freundlich von der Assistentin begrüßt. Alexander steht in der kleinen Küche draußen und bereitet sich gerade einen Kaffee zu.
„Sie schon wieder?“, sagt er entgeistert. „Und heute in Begleitung.“ Er führt sie ins Sitzungszimmer.
„Was wissen sie über das Verschwinden von Ruby Bergmann?“, ergreift Ralf das Wort.
„Ich habe es gestern schon Ihrem Kollegen... Freund erklärt, dass Frau Bergmann schwerwiegende Probleme hat. Es würde mich nicht überraschen, wenn sie ihrem Leben ein Ende bereitet hat.“ Nils schaut sich im Zimmer um. Ralf fixiert den Doktor. Er mag ihn nicht.
„Wir haben ein Auge auf Sie, Herr Friedrich.“
„Ja, das ist kein Problem”, sagt dieser ganz ruhig.
„Sollten wir noch Fragen haben, stehen wir morgen wieder hier und sollten sie sich an irgendetwas erinnern, was wichtig sein könnte, haben sie ja die Telefonnummer von Herrn Kramer.“
„Ja, natürlich. Würde mich freuen, wenn ich behilflich sein kann“, sagt er und schleimt dabei fast den Boden voll.
Ruby hat den ganzen Tag geschlafen, oder war sie bewusstlos? Sie ist sich sicher, dass sie sterben wird. Wahrscheinlich ist sie schon sehr nahe dran. Ihr Bauch fühlt sich nicht gut an. Immer wieder hustet sie Blut. Das ist kein gutes Zeichen, das weiß sie. Sie kann sich kaum

bewegen, und der Durst macht sie fast wahnsinnig. Ihre Kehle fühlt sich an, als ob sie ein Sägeblatt verschluckt hat. *Was auch immer heute noch passiert, ich hoffe, es geht schnell.* Noch nie hat sie sich den Tod so herbeigesehnt. Wenn sie nur Nils tschüss sagen könnte. In Gedanken bedankt sie sich für die bedingungslose Liebe, die er ihr entgegengebracht hat. Gerne würde sie ihm sagen, dass er bitte einfach weiterleben soll. Sich nicht in die grausame Dunkelheit ziehen lassen soll. Hipster, was wird aus Hipster? Mom, wird sie traurig sein? Fluffy, kleiner, verrückter Fluffy, danke, dass du mich so oft zum Lachen gebracht hast. Die Tür knallt auf. Ruby liegt auf dem Bett. Es dauerte eine geschätzte Stunde, bis sie vom Boden auf dem Bett war.
„Dein verdammter Freund war heute wieder bei mir. Verdammt. Diesmal mit Verstärkung.“ Ruby freut sich. Nils – er hat sie nicht aufgegeben!
„Wasser“, flüstert Ruby.
„Ja, du kriegst Wasser, ich will, dass du duschen gehst. Du siehst erbärmlich aus. Ich habe dir auch etwas mitgebracht.“ Er nimmt eine kleine Schachtel aus seiner Tasche. *Parfum?*
„Ralph von Ralph Lauren. Dein Lieblingsparfüm.“ Er grinst. *Woher weiß er das*? “Los, steh auf, dusch dich und benutze das Parfum. Ich möchte, dass du gut riechst.“ Die Vorstellung, endlich etwas zu trinken, verleiht ihr Kräfte. Unter Schmerzen erhebt sie sich und geht im Schneckentempo zum Bad. Alexander muss irgendwo einen Hauptwasser Griff betätigt haben. Denn es gibt tatsächlich Wasser.
“Fünf Minuten“, sagt er ernst und wütig.

Die Schmerzen sind unerträglich, sie kann kaum gerade stehen, aber das Wasser ist wie ein Geschenk Gottes. Jede Sekunde genießt sie, trinkt, so viel sie kann. Wäscht sich die verklebten Haare und das blutverkrustete Gesicht. "Fünf Minuten sind vorbei!", ruft Alexander. Ruby gehorcht und kommt in weißen Boxershorts und weißem Tank Top, das er ihr gegeben hat, aus dem Bad. „Ganz schön sexy", sagt er und schaut sie gierig an. Ruby ist sich sicher, dass sie in ihrem ganzen Leben noch nie weniger sexy ausgesehen hat als in diesem Moment. Grob stößt er sie aufs Bett, er nimmt ihre Arme und bindet sie hinter ihrem Rücken mit Kabelbindern zusammen. Sie hat keine Kraft sich gegen ihn zu wehren.

„Nein, bitte nicht, alles, aber nicht das", fleht sie.

„Du kennst meinen Plan. Ich habe dir gesagt, wenn wir hier fertig sind, wird von dir nichts mehr übrig sein. Du hast gewusst, was ich damit meine, hast es aber bevorzugt, es zu verdrängen. Typisches Verhalten von schwachen Menschen."

Langsam beugt er sich zu ihr hinunter. Sie spürt ihn über sich, seinen Atem, seinen Blick, sie kann ihn riechen, eine Mischung aus Parfum und Schweiß. Ruby fühlt keine Schmerzen mehr, sie hat nur noch Angst, sie zittert und wimmert, bittet ihn immer wieder, es nicht zu tun. Was diese Nacht passiert, wird Ruby an die Grenze des Abgrundes bringen. Dunkler und schwärzer als je zuvor. Er wird sich alles nehmen von ihr. Und sie kann nichts dagegen tun. Das schwarze Loch macht sich auf und verschluckt sie. Sie hat nur noch den Wunsch, nie mehr aufzuwachen.

84 Freitag

Nils hat seit Tagen nicht mehr geschlafen und gegessen. So sieht er auch aus. Er hat Augenringe und Gewicht verloren. Er denkt über den letzten Besuch bei Alexander nach. Es ist, als ob ihm sein Unterbewusstsein etwas mitteilen möchte, aber er kommt nicht drauf. Plötzlich fällt es ihm wie Schuppen von den Augen: Das Parfüm auf dem Tisch neben dem Computer. Ralph von Ralph Lauren. *Verdammt, das ist Rubys Lieblingsparfüm.* Er springt auf, es ist 7:30 Uhr. Aufgeregt wählt er Ralfs Nummer.
„Ralf, ich gehe zu der Wohnadresse von Alexander Friedrich. Ich glaube, Ruby wird dort festgehalten." Nils spricht so schnell, dass Ralf ihn kaum verstehen kann.
„Was, nein, warte. Ich rufe Verstärkung, wenn du wirklich sicher bist."
„Ich bin nicht völlig, aber ziemlich sicher." *Na super,* denkt Ralf.
„Ich fahre auch, kann aber erst in zehn Minuten los."
„Okay." Nils rennt aus der Wohnung und nimmt den Wagen von Ruby. Mit quietschenden Reifen fährt er los. Er holt alles aus dem grauen Audi TT. Alexander wohnt außerhalb Berlins auf einem abgelegenen Landhaus. Nils erreicht die Adresse in 20 Minuten, Herkules sei Dank. Er rast auf den Hof zu. Der Wagen von Alexander steht vor der Garage. Nils zieht seine Waffe. Vorsichtig, aber zügig geht er zur Tür. Er klingelt, hört aber keine Klingel. „Polizei!" Er poltert gegen die Tür und hat gerade wieder ein Déjà-vu. Er fackelt nicht lange rum und wirft sich dreimal gegen die Tür, bis diese aufspringt. Vorsichtig sieht er sich um. Sichert Zimmer um Zimmer.

Draußen hört er, wie ein Automotor angelassen wird. Wahrscheinlich ist es Alexander, der gerade das Weite sucht. Es ist ihm egal, er will nur Ruby finden.

„Ruby!" Er geht weiter, bis er links einen Treppenabgang sieht. Er hört auf sein Bauchgefühl, das ihn selten im Stich lässt. Vorsichtig steigt er die Treppen hinunter. Die Treppe führt in einen Raum mit einer Tür wie in einem Luftschutzkeller. Er dreht und dreht, bis sie mit einem Plopp aufspringt. Er hat Angst davor, was ihn dahinter erwartet. Nils holt tief Luft und betritt den Raum. Ein kleines Zimmer. Und da liegt sie. Ruby. Ihm stockt der Atem. Sie ist überall mit Blut bedeckt. Ihr Gesicht, das T-Shirt, überall. Ihre Hände auf dem Rücken zusammengebunden. Neben ihrem Kopf liegt ein blutdurchtränktes Stoffpferdchen. Ist sie...? Er fühlt den Puls: schwach, aber er fühlt ihn. Eilig nimmt er sein Smartphone zur Hand, wählt den Notruf und danach Ralf.

„Ralf, sie ist hier."

„Nils, ist sie okay?"

„Nein Ralf, es geht ihr gar nicht gut. Ich weiß nicht, was das Schwein mit ihr gemacht hat."

„Okay, Nils, wir kommen schnellstmöglich." Er kniet neben Ruby. Mit seinem Sackmesser öffnet er die Kabelbinder. Die Handgelenke sind blutig. Sie riecht nach Schweiß, Blut und Ralph von Ralph Lauren.

„Was hat das Schwein dir angetan?" Und wieder weint er, er hat es so satt, aber es geschieht einfach. *Seit wir zusammen sind, ist es, als hätte jemand die Pforten der Hölle geöffnet,* bemerkt er nüchtern.

Liebevoll hält er ihre Hand und redet ihr gut zu. Er hofft, dass sie ihn hören kann. „Ruby, hörst du mich? Ruby, bitte.“ Nils weiß genau, wo sie ist. Sie zittert, er rennt nach draußen, im Vorzimmer hat er eine Wolldecke gesehen. Eilig holt er sie und deckt sie fürsorglich zu. „Halte durch, bitte. Du musst durchhalten.” Sie hustet, Blut läuft aus ihrem Mund. Nils erträgt den Anblick kaum. Nach wenigen Minuten hört er die erlösenden Sirenen. Er eilt hinaus, um die Sanitäter einzuweisen. Mit einer Liege stürzen sie die Treppe hinunter. Nils droht auch abzustürzen in seine eigene kleine Hölle. Ein genauso beschissener Ort. Aber er wehrt sich. *Nicht jetzt, ich werde hier gebraucht.* Wenig später trifft auch Ralf mit zwei weiteren Streifenwagen ein. Ralf eilt die Treppe hinunter. Er sieht, wie sich die Sanitäter um Ruby kümmern, sie befestigen Schläuche, stechen und drücken. Es sieht schrecklich aus. Fürsorglich legt er einen Arm um Nils. Einmal mehr ist es Ralf, der ihm seine tröstende Schulter anbietet.

Im Krankenhaus angekommen, stürmen die Pfleger mit Ruby in die Notaufnahme. Das ungewisse Warten beginnt.

Fünf Stunden später betritt ein alter Bekannter den Wartesaal, Oliver Schröder, der Arzt. „Guten Tag, Herr Kramer, Herr Teufel.“ Sein Auge zuckt, er sieht besorgt aus. „Wir mussten Frau Bergmann notoperieren. Sie hat schwere Verletzungen an der Milz und Leber. Dadurch ist Blut in den Bauchinnenraum getreten, was lebensgefährlich ist. Zwei Rippen sind gebrochen. Und das Jochbein

wieder gebrochen. Seit drei Tagen hat sie kaum getrunken oder gegessen, was sie zusätzlich geschwächt hat.
„*Verdammtes Schwein*, denkt Nils. Ralf spricht aus, was Nils nicht hören will.
„Hat er sie…", Er schaut den Arzt an. Dieser räuspert sich.
„Ja." Nils muss sich setzen, jetzt weint er hemmungslos; es ist ihm egal, was die anderen von ihm denken. Ralf legt seinen Arm um ihn.
„Wird sie durchkommen?", setzt Ralf an.
„Das liegt an ihr. Aber sie ist jung und stark, die Prognosen stehen gut." Mit einem Kopfnicken verabschiedet sich der Arzt.
Nils wird von regelrechten Weinkrämpfen heimgesucht. Ralf fürchtet, dass er kurz vor einem Zusammenbruch steht.
„Sie wird es schaffen, Nils, sie ist eine Kämpferin", versucht er seinen Freund zu trösten.
„Wir müssen sofort eine Fahndung einleiten, Alexander Friedrich darf nicht entkommen."

85 Sonntag

Zwei Tage sind vergangen, ohne dass sich an Rubys Zustand etwas geändert hätte. Der Arzt meint, sie will nicht zurückkommen. Nils weiß ganz genau, was er meint. Sie liegt da mit all den Schläuchen und Kabeln. Es zerreißt ihn fast. Das gleichmäßige Piepen der Monitore zermürbt ihn. Plötzlich geht die Tür auf und Nils erblickt seine kleine Schwester Anna.

Er steht auf: „Hey, was machst du denn hier?“
„Ralf hat mich angerufen, sag mal, was treibt ihr eigentlich die letzten Monate? Das ist doch nicht normal“, fragt sie besorgt.
“Ich weiß es nicht wirklich.“ Sie umarmen sich innig.
„Du siehst schlimm aus.”
„Wie geht es ihr?“
„Nicht gut. Eigentlich müsste sie bei Bewusstsein sein. Aber sie will nicht.“
Anna erwidert: „Kannst du sie nicht zurückholen irgendwie?“
„Was meinst du?“
„Man liest doch immer von Komapatienten, die durch ein Lied oder ein Gedicht, eine Stimme, irgendetwas wieder zu sich kommen.“
„Glaubst du so was funktioniert?“
„Es scheint schon einige Male funktioniert zu haben.“
Nils überlegt. „Nein, wir haben kein Lied oder...“ Plötzlich hält er inne. Er schaut Anna an und grinst hoffnungsvoll.
„Komm mit.” Er zieht sie am Pullover aus dem Zimmer. Hastig rennen sie die Treppen hinunter.
„Kannst du mich aufklären, was du vorhast?“, will Anna wissen. Sie kann fast nicht mit ihm mithalten.
„Du wirst es gleich sehen.“ Mit seinem Honda fahren sie in ein Geschäft für Babyerstausstattungen.“
„Nils? Kannst du mir bitte sagen, was du vorhast?”
„Du wirst es in zwanzig Minuten wissen.“ Eilig fährt er nach Hause, Anna weiß nicht, ob sie sich Sorgen machen muss. Nils hat im

Babygeschäft einen Babywagen gekauft. Mit einem Fragezeichen im Gesicht sitzt sie auf dem Beifahrersitz, stellt ihm keine Fragen mehr. Zu Hause angekommen, packt Nils den Babywagen aus dem Kofferraum und sprintet in die Wohnung. Anna versucht mitzuhalten. Fluffy begrüßt ihn stürmisch. Anna wird etwas misstrauisch beschnüffelt, kriegt dann aber das okay von Fluffy.

„Fluffy, mein Kleiner, ich brauche dich."

„Nein", dämmert es Anna. „Du willst doch nicht mit dem Hund ins Krankenhaus?"

„Doch, genau das. Fluffy hat Ruby schon mehr als einmal aus ihrer Hölle geholt."

„Na ja, ein Versuch ist es wert", sagt sie schließlich. „Mehr als Rauswerfen können sie uns nicht." So eilig, wie sie gekommen sind, fahren sie wieder ins Krankenhaus. Anna schiebt den Babywagen und versucht, unauffällig auszusehen. Nils geht nebenher und gibt Acht, dass Fluffy nicht bellt oder aufsteht und rausspringt. Nach einem nervenaufreibenden Gang durch das Krankenhaus kommen sie endlich bei Ruby an. *Gut, dass kein Arzt und keine Schwester im Zimmer sind.* Fluffy wird neben Ruby geparkt, Nils hebt ihn aus dem Wagen. „Du bist ganz schön schwer geworden." Mit einem Stöhnen stellt er ihn auf Rubys Bett ab. „Pass auf, dass er sie nicht umbringt", bemerkt Anna. Fluffy ist außer sich vor Freude, als er Ruby erkennt. Tatsächlich muss Nils den kleinen Kerl im Schacht halten. Fluffy ist kein vorsichtiger Hund. Er möchte unbedingt an Rubys Gesicht. Und was Fluffy will, erreicht Fluffy auch. Er wedelt in alle Richtungen mit atemberaubender Geschwindigkeit. Es wäre zum Lachen, wäre die Situation nicht so verdammt ernst. Ruby reagiert nicht. In Nils macht sich Enttäuschung breit. Fluffy hat sich etwas beruhigt und liegt jetzt ganz nahe bei ihr. Anna legt ihre Hand auf seine Schulter. „Es war einen Versuch wert."

„Mh".

„Ich muss los, Nils, morgen muss ich wieder arbeiten. Ich versuche, am Wochenende wieder zu kommen, okay?" Herzlich umarmen sie sich zum Abschied. Nils könnte schon wieder losheulen. Er sitzt auf dem Sessel neben Rubys Bett und starrt vor sich hin. Fluffy schläft tief und fest. Auch Nils fallen langsam die Augen zu. Er schreckt auf, als er von leisem Stöhnen aufgeweckt wird. Ruby! Sie bewegt ihre Hand und macht seltsame Geräusche. Sofort steht er auf und hält ihre Hand. Sie soll wissen, dass er hier ist. Fluffy schaut sie verstört an, und dreht seinen Kopf nach links, dann rechts. Links, rechts, links, rechts – als ob sie so verstehen würde. Vielleicht tut er das ja? „Nils", flüstert Ruby schwach.

„Ich bin hier." Nils ist außer sich vor Freude.

„Nils." Und wieder ist sie weg. Nils packt Fluffy in den Wagen und rennt mit dem Hund im Babywagen hinunter zum Parkplatz. Unterwegs bellt Fluffy zweimal. Die Leute schauen ihm verstört nach. „Vielen Dank, Fluffy, du kriegst deine Belohnung später." Er gibt dem Foxterrier einen Kuss auf seine feuchte kalte Schnauze und lässt ihn im Auto zurück. Wieder rennt er hinauf in Rubys Zimmer und ruft eine Schwester.

„Sie war kurz wach", sagt er atemlos. Die Schwester ruft den behandelnden Arzt, Herrn Schröder. Schon steht auch er im Zimmer und kontrolliert die Monitore, die Infusionen, leuchtet Ruby mit einer kleinen Lampe in die Augen.
„Frau Bergmann, hören Sie mich? Frau Bergmann?“ Er spritzt ihr irgendetwas, erhöht die Dosierung der Infusion. Ruby stöhnt wieder.
„Nils“, flüstert Ruby wieder.
„Ihr Freund ist hier.“ Er nickt Nils zu, gibt ihm zu verstehen, dass er näher kommen soll.
„Hey, Ruby, ich bin hier.“
Ruby flüstert kaum hörbar: „Er hat es nicht geschafft, Nils“. Der Arzt und Nils schauen sich fragend an.
„Was hat er nicht geschafft, Ruby?“
„Mich brechen.“ Nils‘ Augen füllen sich mit Tränen. *Was schon kaputt ist, kann man nicht kaputt machen.* Er drückt ihre Hand. Hochkonzentriert, nicht schon wieder loszuheulen, setzt er sich, aber ohne ihre Hand loszulassen. Der Arzt schaut ihn aufmunternd an. „Sie ist wieder da, Herr Kramer, jetzt können wir uns auf die Heilung konzentrieren.“ Er drückt Nils‘ Schulter und verlässt das Zimmer. Nils sieht Ruby an. Sie ist furchtbar dünn. Ihr Anblick raubt ihm den Atem. Die Schwester kommt und wuselt durch das Zimmer. Pflichtbewusst klopft sie das Kissen von Ruby auf. Plötzlich hält sie inne und sagt: „Was sind denn das für seltsame drahtige Haare auf dem Kissen?"
„Keine Ahnung.“
Erschöpft fährt Nils mit Fluffy nach Hause. Er gibt ihm einen leckeren

Knochen. Der kleine Kerl hat ihn sich verdient. Es ist die erste Nacht, die Nils nach vielen Tagen durchschläft. Am nächsten Morgen wacht er relativ erholt auf.

86 Montag

Um 10 Uhr ist Nils bereits wieder im Krankenhaus. Die Polizei fahndet nach Alexander Friedrich. Bisher sind keine brauchbaren Hinweise eingegangen. Heute Nachmittag wird er mit Emma Hermann, der Coachin sprechen, schließlich war sie es, die ihm Alexander Friedrich empfohlen hat. Aber jetzt gehört seine Zeit Ruby. Mit einem wie immer mulmigen Gefühl betritt er das Zimmer. Doktor Schröder ist wieder bei ihr, schaut sich die Monitore an.

„Herr Kramer, Sie sehen heute besser aus“, stellt er sichtlich erfreut fest.

„Danke, ich fühle mich auch besser“, erwidert Nils und fragt sich, ob der Arzt auch mal frei hat. „Wie geht es ihr?“, will Nils wissen.

„Unverändert, die Werte sind gut, es kommt jetzt darauf an, wie sie mit dem ganzen Trauma umgeht. Das wird die schwierigste Hürde werden.“ Nils graut davor, er hat Angst, wie Ruby jetzt nach diesem schrecklichen Erlebnis ist. Ob sie fähig ist, es zu verarbeiten, ob er fähig ist, ihr beizustehen.

Der Arzt nähert sich Nils und flüstert ihm zu: „Sie müssen das Monster finden, das ihr das angetan hat.”

„Wir werden alles unternehmen, glauben Sie mir. Wenn ich den Kerl in die Finger kriege, wird er nichts zu lachen haben.“ Zufrieden nickt der Arzt und verlässt das Zimmer. Nils setzt sich auf den Sessel neben Ruby.

„Ruby, hey, hörst du mich?” Sie blinzelt schwach. Ihr Gesicht hat ein Riesenpflaster auf der linken Wange. Darunter ist alles grün und blau. Auch die andere Gesichtsseite leuchtet in allen Farben. Es ist schwer für Nils, den Anblick auszuhalten. Er schluckt.

„Ruby, hörst du mich?“

„Ja“, sagt sie knapp.

„Ich liebe dich.“

Sie versucht zu lächeln.

„Hast du ihn?“, will sie wissen.

„Du meinst, Alexander?”

„Ja“, antwortet sie leise.

„Nein, er ist entkommen”, sagt Nils, und Wut schäumt in ihm auf.

„Ich kümmere mich darum“, wimmert sie und schon dämmert sie wieder weg. Nils schaut sie ungläubig an. Sie schafft es immer noch, ihn zu überraschen. Nils fragt sich, ob Rubys Mutter schon hier war. Ob sie überhaupt Bescheid weiß. Auch wenn sich alles in ihm sträubt, beschließt er, sie anzurufen. Er geht vor die Tür und sucht den Kontakt. Hier, Melissa, Mutter von Ruby. Nach mehrmaligem Klingeln ist sie dran.

„Ja, Melissa Bergmann am Apparat.“ Er muss sich ein Grinsen verkneifen. *Am Apparat, wer sagt denn das heute noch?* „Wer ist da?”

„Nils Kramer."
"Ah."
„Ich bin mir nicht sicher, ob Sie informiert wurden, dass Ruby im Spital ist", sagt Nils vorsichtig.
„Was? Schon wieder? Was ist geschehen? Haben Sie sie geschlagen?"
Was ist los mit dieser Frau? Nils würde sie am liebsten wieder aus der Leitung werfen.
„Natürlich nicht. Sie wurde entführt und... misshandelt."
„Das ist ja schrecklich, wie geht es meinem Schatz?" *Warum macht mich diese Frau so wütend?* „Sie hat schwere Verletzungen, aber sie wird durchkommen."
„Oh, mein Gott, das ist ja schrecklich, ich fahre sofort los."
Nils erinnert sich an das letzte Mal, als Ruby im Krankenhaus war mit dem Jochbeinbruch und sie ihre Mutter nicht sehen wollte. „Frau Bergmann, ich wollte Sie nur informieren. Ich weiß nicht, ob Ruby Sie sehen will. Es ist wahrscheinlich besser, wenn sie auf ihren Anruf warten."
Leitung tot. Sie hat aufgehängt. *Ich habe meine Pflicht getan.*
Um 17 Uhr fährt Nils vor der Praxis von Emma Hermann ein. Sie erwartet ihn schon. Im Besprechungszimmer setzten sie sich. Nils beginnt die Unterhaltung.
„Wie Sie sicher in den Nachrichten gehört haben, wurde Ruby Bergmann von Alexander Friedrich entführt, misshandelt und...", er kann es kaum aussprechen, „... vergewaltigt."
Frau Hermann schaut ihn ernst an.

„Ja, ich kann es noch immer nicht glauben, und ich fühle mich mitschuldig“, bedauert sie. „Weshalb haben Sie Alexander Friedrich empfohlen?“, will Nils wissen.
„Er hat mich angerufen, hat gesagt, der Fall sei zu komplex für mich. Ich hatte bis dahin noch nie von ihm gehört. Er meinte, Ruby benötige echte Hilfe, einen Psychiater, keinen Coach. Er meinte, ein Coach dürfe solche Fälle gar nicht übernehmen. Wenn ich ihn nicht weiterempfehle, würde er dafür sorgen, dass ich nicht mehr praktizieren darf. Er hat mich eingeschüchtert, ich war unsicher. Schließlich habe ich ihr diesen Friedrich empfohlen.“
„Fanden Sie sein Interesse an Ruby nicht seltsam?“, wundert sich Nils.
„Ehrlich gesagt, habe ich nicht groß darüber nachgedacht. Ich dachte, er kennt sie vielleicht.“ Sie fühlt sich schuldig, Nils spürt es.
„Es ist nicht Ihre Schuld, Frau Hermann, er hätte einen Weg gefunden, an Ruby ranzukommen, so oder so.“ Betrübt nickt sie.
„Wie geht es ihr?“
“Besser, sie wird durchkommen“.
“Die arme junge Frau, sie hat schon so viel durchgemacht und jetzt noch so etwas. Da fragt man sich, wie viel ein Mensch ertragen kann.“
Nils schaut sie nachdenklich an. Das fragt er sich schon lange.

87. 2 Wochen später

Piep-piep. Rhythmisch piept der Monitor in Rubys Krankenzimmer. Ihre Verletzungen heilen gut. Die körperlichen, die seelischen nicht.

Eigentlich müsste es ihr schon viel besser gehen. Sie will nicht über das Geschehene sprechen. Nicht mit der Polizei, nicht mit den Ärzten, nicht mit Psychologen und nicht mit Nils. Keiner weiß, was in den vier Tagen, in denen sie in der Gewalt von Alexander Friedrich war, geschehen ist. Man kann es nur ahnen anhand der schweren Verletzungen. Den Tag verbringt Ruby überwiegend schlafend. Sie möchte woanders sein, überall, nur nicht hier auf dieser grausamen Welt. Nils ist überfordert mit der Situation. Rubys Zustand zerreißt ihm das Herz. Er hat Angst vor der Zukunft – vor Rubys und ihrer gemeinsamen. Er hatte allen Ernstes gedacht, Ruby wird aufwachen, und alles wird sein wie zuvor. Seit einer Woche arbeitet er wieder, es lenkt ihn ab und tut gut. Heute wird er zu einem ehemaligen Freund von Alexander Friedrich gehen. Nils stellt eigene Nachforschungen an. Keiner weiß davon, auch Ralf nicht. Auf der Facebook Seite von Alexander Friedrich findet er mehrere Einträge eines Holger Starke. Er macht seine Adresse ausfindig ruf ihn an und vereinbart ein Treffen. Punkt 19 Uhr klingelt er an der Haustür von Holger Starke. Dieser öffnet ihm freundlich die Tür und bittet ihn herein. Er weiß nicht, dass Nils privat und nicht als Polizist ermittelt. Das Haus ist geräumig, hell steril eingerichtet, aber schön. Holger Starke ist Arzt, er betreibt eine kleine Praxis etwas außerhalb von Berlin. Sie setzten sich auf das weiße Ledersofa. „Wie kann ich Ihnen helfen?“, fragt Holger Starke freundlich. Nils räuspert sich.

„Hm, Sie kennen Alexander Friedrich?“

„Ja, ich kenne ihn seit 9 Jahren, jedoch haben wir seit einem Jahr keinen Kontakt mehr.“
„Wo haben sie ihn kennengelernt?“
„Das war auf Mallorca, ich war in den Ferien da, bisschen Party machen, sie verstehen.“ Er schaut Nils verschwörerisch an. Nils verzieht die Mundwinkel. Er konnte noch nie verstehen, was die Leute dazu bringt, sich in den Ferien bis zur Ohnmacht zu besaufen. Holger fährt fort.
„Ich bekam eines Abends Probleme mit der Polizei, sie dachten, ich hätte jemanden zusammengeschlagen, was natürlich nicht stimmte. Auch wenn auf Mallorca alle Deutsch sprechen, die Polizei tut es nicht. Er hebt die Augenbrauen: „Ich habe kein Wort verstanden von dem, was sie gesagt hatten, was sie von mir wollten. Der eine Polizist wurde immer lauter, ich immer nervöser. Bis Alexander plötzlich neben mir stand und sich anbot, die Übersetzung zu übernehmen.“
„Er spricht Spanisch?“
„Ja, perfekt. Er hat mich aus der misslichen Lage befreit. Danach lud ich ihn zu ein paar Drinks ein. Wir redeten und fanden heraus, dass wir beide in Berlin wohnen und Ärzte sind. Wieder in Deutschland, trafen wir uns gelegentlich. Discos, was trinken, essen. Das Übliche halt.
„Wie würden Sie ihn beschreiben?“
„Mh, sehr selbstbewusst, was er will, das bekommt er auch. Etwas narzisstisch veranlagt. Charismatisch, er kann gut reden. Die Leute glauben ihm, egal was er sagt.“

„Kennen Sie einen Michael Hofmann?“
„Ja, das war Alexanders bester Freund, seltsamer Kerl. Sie hatten eine sehr tiefe Freundschaft, wie ich sie bei Männern noch nie gesehen hatte.“
„Kennen sie Ruby Bergmann?“
„Sagt mir nichts. Ist das die Frau die er... die er....“
„Ja“, fährt Nils dazwischen. „Wissen Sie, ob er irgendwo ein Haus hat? Ein Ferienhaus vielleicht?“
„Er erzählte mal von einem Haus in Alicante, aber nur einmal, dann nie wieder.“
„Haben Sie eine Ahnung, wo er sich versteckt haben könnte?“
„Nein, keine Ahnung, aber er liebte Spanien. Hat immer erzählt, dass er eines Tages da leben wird. Vielleicht finden Sie ihn am ehesten da.“
„Vielen Dank, dass sie sich Zeit für mich genommen haben”, bedankt sich Nils und steht auf.
„Bitte, gern geschehen, ich hoffe, ich konnte Ihnen etwas weiterhelfen. Die junge Frau... wissen Sie, wie es ihr geht?“
Nils schluckt. „Nicht gut.“
„Das tut mir leid.“
Ohne weiteren Kommentar verlässt Nils das Haus, setzt sich in seinen Honda und denkt über das Gespräch nach. „Spanien“, sagt er leise. Nachdenklich fährt er nach Hause, er wird erst morgen wieder zu Ruby gehen. Er braucht eine Auszeit. In der Wohnung angekommen, überkommt ihn eine tiefe Traurigkeit. Fluffy sitzt auf seinem Schoß, er starrt ihn an. Er könnte jetzt einfach losheulen. Aber er weigert sich.

Er hat genug geheult, er mag nicht mehr. Abwesend zappt er durch die Fernsehkanäle, auf denen nichts läuft. Ausgelaugt, traurig und hoffnungslos schläft er auf dem pinken Sofa ein.

88.2 Wochen später

Nach vier Wochen Krankenhausaufenthalt darf Ruby endlich nach Hause. Nils ist aufgeregt. Er freut sich, gleichzeitig hat aber auch Angst davor, wie es sein wird. Um 11 Uhr betritt er das Zimmer. „Hey", sagt er liebevoll.

„Hey", erwidert Ruby.

„Freust du dich?"

„Ja."

Ruby sitzt schon startbereit auf dem Bett. Nils findet, dass sie immer noch schlecht aussieht. Ausgezehrt, zu dünn, traurig, fertig, gebrochen.

„Na dann, los, Fluffy erwartet dich schon sehnsüchtig." Ruby lächelt ein bisschen. Nils gibt sich damit zufrieden. Doktor Schröder hat ihn angewiesen, professionelle Hilfe hinzuzuziehen. Er meinte, sie müsse darüber sprechen, sonst würde sie daran zerbrechen. Nils fürchtet, dass das schon geschehen ist. Stumm fahren sie nach Hause. Als er die Tür öffnet, kommt Fluffy wie angerannt und springt Ruby an. Voller Hingabe kniet sie sich zu ihm hinunter und streichelt ihn. Das ist zu viel für den armen Hund. Er rast durch die Wohnung, schlägt Haken,

knallt dreimal in die Tischbeine. Er weiß nicht, wohin mit seinen Emotionen, bis er sich ausgepowert auf den Wohnzimmerteppich legt.
„Ich bestelle was zu essen, ja?”
„Ja“, antwortet Ruby leise.
„Chinesisch?”
„Ja.“ Nils legt seinen Kopf in den Nacken. *Bitte Ruby, sprich mit mir.* Er weiß nicht, wie lange er die Situation aushalten kann.
Während sie essen sprechen sie kein Wort. Plötzlich sagt Ruby: „Ich weiß nicht, was ich hier noch soll.“
Nils ist überrascht: Was meinst du?“
„Ich bin nichts mehr, Nils. Es ist nichts mehr übrig von mir. Es schwebt eine Riesenwolke über mir, schwarz wie die Nacht. Ich habe neue Alpträume, schlimmer als je zuvor, ich höre Stimmen, gierig und bösartig, ich spüre die Schläge jedes Mal, wenn ich nur daran denke.“ Tränen laufen über ihr Gesicht. „Warum hast du mich nicht einfach sterben lassen?“ Sie schaut ihn an. Nils schaut Ruby an, sein Herz schmerzt, es zerreißt ihn fast, und das Schlimmste ist, dass er nicht weiß, was er sagen soll. Die Leere in ihrem Blick erschreckt ihn.
„Ich dachte erst, er hat sein Ziel nicht erreicht. Er wollte mich brechen, er wollte, dass ich körperlich überlebe, aber seelisch sterbe. Er hat es geschafft, Nils.“
„Ruby, bitte.“ Er wischt sich seine Tränen aus den Augen. Unbeholfen greift er nach ihrer Hand. „Ich liebe dich, Ruby, es gibt einen Weg, es gibt immer einen Weg. Das sind deine Worte. Du brauchst Zeit. Du wirst es schaffen.“

„Er hat mich angeschrien, erniedrigt, geschlagen und schlussendlich…“, sie hält inne und flüstert, „vergewaltigt“. Bei unserer vorletzten Sitzung hat er mir verraten, dass er weiß, was ich getan habe, dass ich Teufelskind bin. Er war Michael Hofmanns bester Freund. *Ich weiß*, denkt Nils, aber er will Ruby aber nicht unterbrechen. „Michael hat ihm eine Kopie des Videos, wo man sehen kann, wie ich all die Typen umbringe, zukommen lassen.“ *Scheiße*, denkt Nils. „Er sagte, wenn ich nicht tue, was er von mir verlangt, wird er es der Polizei zukommen lassen. Und er wird dich mit reinziehen.“ Nils kann nicht glauben, was er hört. „Alles, was er wollte, war, dass ich weiterhin zur Therapie gehe. Das habe ich getan.“ Nils erinnert sich an die letzte Sitzung, aus der Ruby weinend heraus kam. „Er wollte genau wissen, was mein Vater mir alles angetan hat, alles.“ Nils dämmert, wozu er das wissen wollte. „Ich habe ihm alles erzählt. Dienstag dann oder Mittwoch, ich weiß es nicht mehr, war ich mit Fluffy draußen, als mir jemand ein chloroformgetränktes Tuch an die Nase hielt und mich in ein Auto zerrte.“ Ruby schaut auf den Boden, versucht, sich zu sammeln. „Du hast das Zimmer gesehen, wo er mich festgehalten hat.“ Nils nickt. „Er hat am ersten Tag schon begonnen, er wollte mich erniedrigen, hat meinen Vater imitiert. Ich habe ihn ausgelacht, es war lächerlich.“ *Meine Ruby,* staunt Nils. „Er wurde wütend und hat mich ins Gesicht geschlagen. Da hat er mir das Jochbein gebrochen.“ *Oh Gott,* denkt Nils, *am ersten Tag*. „Am nächsten Tag,” sie räuspert sich, „hat er mir erzählt, dass du in seiner Praxis warst. Er war wütend. Freudig erzählte er, er hätte dir erzählt, dass ich dir gesagt hätte, dass du mich schlägst. Dass du mich nicht weiter suchen würdest, sondern denkst, dass ich irgendwo tot im Gebüsch liege.“ Eine Träne kullert über Rubys Wange. „Danach hat er mir in den Bauch getreten, zweimal oder dreimal, ich weiß es nicht.“ Nils kann es kaum noch ertragen. „Und am dritten Tag kannst du dir ja vorstellen, was geschehen ist.“ *Ja, das kann er, und er will es nicht hören.* „Er hat mir die drei Tage nichts zu trinken gegeben, nichts zu essen. Nur am Abend des letzten Tages. Er wollte, dass ich duschte.“ *Ich bringe das Schwein um!,* denkt Nils. „Da konnte ich etwas trinken. Aber ich war schwach, und genau das wollte er. Nils, es war schlimmer als all die Jahre mit meinem Vater.“ Jetzt kann sie sich nicht mehr zurückhalten, sie weint hemmungslos und befreiend. Nils nimmt sie in die Arme. Worte wären jetzt fehl am Platz. „Ich weiß nicht, wo ich die Kraft zum Leben herholen soll. Ich sehe das Licht nicht. Wo ich zuvor nur ab und zu in der Dunkelheit gefangen war, ist es jetzt mein ständiger Aufenthaltsort. Ich weiß nicht, wie ich da rauskommen soll. Ich weiß es einfach nicht.“ Nils darf nicht auch ins schwarze Loch fallen. Einer von ihnen muss stark sein.

Die Nacht war ein Alptraum. Ruby war unruhig, hat sich tausendmal gedreht und gewimmert. Und immer wieder seinen Namen genannt. Er hat kein Auge zugetan.

89 Eine Woche später

Die letzte Woche war schwierig. Ruby spricht jeden Tag etwas mehr, sie kämpft, will ihr Leben zurück. Aber die Abstürze sind heftig. Keine Nacht ohne Alpträume und Schreie. Auch Nils kommt an Grenzen.

Als Ruby aufsteht und sich zu Nils an den Tisch gesellt, lächelt sie ihn an. Es tut gut. Er findet, dass sie schon etwas besser aussieht. Heller, lebendiger. Früh morgens ging er Croissants beim Bäcker holen. Als sie frühstücken, sagt er plötzlich:
„Hey, lass uns zu Hipster fahren, der arme Kerl ist sicher schon fett wie ein Nilpferd." Er versucht zu lachen, aber das misslingt kläglich.
„Nein, ich will nicht raus, ich bin müde."
„Ruby, das war keine Frage, okay. Ich werde dich zu Hipster fahren, und wenn ich dich tragen muss."
Sie ist nicht begeistert, weiß aber, dass Nils genauso stur sein kann wie sie. Also gibt sie nach. Im Auto plappert Nils ohne Unterbruch: Über das Wetter, das Fernsehprogramm und Fluffy. *Er versucht, sich selbst in gute Stimmung zu quatschen*, denkt Ruby. Aber sie genießt es, genießt sein Geplapper. Im Stall angekommen, spürt Ruby doch Freude aufkommen, Hipster zu sehen. Von Weitem schon wiehert der kleine Wallach ihr entgegen. Voller Freude läuft sie schneller. Nils fällt auf, dass sie immer noch leicht geduckt läuft. *Sie hat immer noch Schmerzen,* denkt er. Herzlich nimmt Ruby den Kopf ihres Pferdes in die Arme und drückt ihn. Hipster hat nur einen Gedanken: KAROTTEN. Wahrscheinlich ist er enttäuscht, weil Ruby keine

Karotte dabeihat. *Können Pferde enttäuscht sein*? Er weiß es nicht.
„Reite ihn doch ein bisschen", schlägt Nils vor.
„Willst du mich umbringen?", sagt Ruby ungläubig. Nils deutet diese Aussage als gutes Zeichen. Weil eigentlich, so denkt er, müsste sie ja alles, was sie dem Tod näherbringt, dankbar annehmen.
„Ein bisschen Schritt reiten, wird dich ja wohl nicht gleich umbringen", entgegnet er ihr provokativ. Sie mustert ihn aufmerksam, sie hat seinen Plan durchschaut.
„Okay, wieso nicht." Sie schaut ihn herausfordernd an. „Aber du musst ihn satteln, ich kann nicht." Nils grinst. Da ist ein kleines Flackern in ihren Augen, ein klein bisschen Ruby ist soeben zurückgekehrt.
„Hab' ich noch nie gemacht, aber kann ja nicht so schwer sein."
„Du musst ihn auch putzen". *Scheiße,* denkt Nils, *der Gestank*.
„Ja, okay." Sie zeigt ihm die Sattelkammer. Da ist alles, was sie brauchen, ordentlich verstaut. Nils putzt Hipster mehr schlecht als recht. Vorsichtig legt er das Pad auf seinen Rücken. Er holt den Sattel.
„Verdammt, was ist das denn?", hört Ruby ihn motzen. „Das arme Pferd, das Ding wiegt ja eine Tonne." Nils ist überrascht über das Gewicht des Westernsattels. Ruby grinst. „Wie bringst du das Ding mit deiner Größe auf das Pferd?", wundert er sich aufrichtig.
„Technik", antwortet sie kurz. Sie muss gestehen, es amüsiert sie köstlich, Nils zuzusehen, wie er den Sattel unbeholfen auf Hipster hievt. „So geschafft, und jetzt der Gurt oder so." *Oder so, da ist es wieder.*

Ruby grinst: „Genau, jetzt musst du den Gurt festmachen." Nils betrachtet den Sattel aufmerksam. Der Gurt hängt lose runter. Er hat keine Idee, wie das jetzt befestigt wird.
„Du musst das Latigo durch die Schnalle ziehen, umwickeln und dann mit einem Krawattenknopf festmachen." Nils versteht kein Wort.
„Das was mit dem wem? Ein Krawattenknopf?" Ruby fragt sich, ob er jemals eine Krawatte getragen hat. „Ach, lass, das krieg ich schon selber hin." Mit wenigen geübten Handgriffen macht sie den Sattel fest. Nils staunt. Gemächlich schreiten die drei zur Halle. Wie zu erwarten, reitet an einem Dienstag keiner in der Halle. Ruby sucht die Aufstiegshilfe – ein Hilfsmittel insbesondere der englischen Reiter, um schonender den Rücken des Pferdes zu erklimmen. Bei den Riesengiraffen ist es sicherlich von Vorteil. Unsicher stellt sich Nils vor Hipster und hält ihn fest. „Was tust du?", will Ruby wissen.
„Ich halte ihn fest?" *Sieht sie das nicht,* denkt Nils.
„Du brauchst ihn nicht festhalten, der ist gut erzogen. Hipster wird keinen Schritt machen, bevor ich es ihm nicht sage."
Nils tritt beiseite.
Plötzlich ist sich Nils gar nicht mehr so sicher, ob es eine gute Idee war. Der Rippenbruch ist bestimmt noch nicht verheilt, die inneren Verletzungen, das Jochbein. *Nils Kramer, du bist ein Idiot.*
Kreuz und quer reitet Ruby im Schritt in der Halle umher. Sie sieht glücklich aus, tatsächlich Ruby sieht glücklich aus. *Nils Kramer, vielleicht bist du doch kein Idiot.* Verträumt beobachtet er die beiden, wie sie im Schritt ihre Runden drehen. Bis, und er hätte es wissen

müssen, Ruby Luftküsschen gibt und Hipster auf Kommando angaloppiert. „Ruby, das ist sicherlich keine gute Idee“, ruft er Ruby besorgt zu. „Schnauze, Nils, Schnauze“, lacht sie und galoppiert mit ihrem Pony auf dem Zirkel. Große schnelle Zirkel und kleine langsame, in der Mitte ein perfekter Galoppwechsel. Nils ist beeindruckt. Nach einer halben Stunde parkiert Ruby Hipster neben der Aufstiegshilfe und steigt langsam ab. Sie verzieht ihr Gesicht vor Schmerzen. Nils greift nach ihr. „Lass nur, geht schon“, unterbricht sie sein Vorhaben. *Sturkopf,* denkt Nils. Zufrieden gehen sie zurück zum Putzplatz. „Du musst ihn absatteln. Das ist einfacher.” Mit leicht verzerrter Miene tastet sie ihre Rippen ab. „Bist du okay?“, fragt Nils besorgt. „Ja, ja geht schon, kümmer’ dich um Hipster.“ Das versucht er, aber er kriegt den verdammten Krawattenknopf nicht auf. Ruby ist sich jetzt sicher, dass er noch nie eine Krawatte gebunden hat. Mit wenigen Handgriffen öffnet sie den Knoten. Er hebt den tonnenschweren Sattel vom Pferd. Als er das Pad abnimmt, fällt er fast in Ohnmacht. Das verschwitzte Pferd stinkt schlimmer als vergammelter Fisch. Er macht vier Schritte zurück. Erschrocken fragt Ruby: „Was ist los?“

„Das stinkt ja furchtbar.” Er hält sich den Unterarm vor die Nase. „Nils Kramer, du bist ein Weichei.” In diesem Moment fühlt sie sich glücklich, einfach nur glücklich. Wie ist es möglich? Manchmal reicht ein kleiner Lichtstrahl, um den ganzen Raum zu erhellen. Sie steht auf, geht zu Nils und umarmt ihn, so fest sie kann. Er erwidert die Umarmung dankbar. „Wir schaffen das, Ruby“, sagt er und küsst sie

auf ihre Haare. Auf ihre Haare, die er so liebt. Trotzdem steht fest.
„Das Pferd stinkt."

90. 1 Woche später

Die Heilung von Ruby schreitet voran, sie hat etwas zugenommen, und die Schmerzen haben abgenommen. Aber noch immer ist sie auf Schmerztabletten angewiesen, um durch den Tag zu kommen. Ihre Seele ist weiterhin schwer geschädigt, sie hat Alpträume fast jede Nacht und geht nicht allein aus dem Haus. Nils begleitet sie jeden Tag, wenn sie mit Fluffy zum Park gehen. Wenn sie an einem blauen Transporter vorbeikommen, beginnt sie zu zittern und ihr Herz rast.
Heute kommen Melissa und Bernd zum Essen. Nils hielt es für keine gute Idee, aber Ruby wollte es so. Sie wollen beim Pizzakurier Pizza bestellen, denn keiner hatte Lust zu kochen. Um 20 Uhr ist es soweit.
Es klingelt. Nils schleicht unmotiviert zur Tür. Seine Begeisterung hält sich in Grenzen. Freudestrahlend steht Melissa mit ihrem Schatten vor der Tür. Garfield und Odie.
„Guten Abend, Herr Krämer", begrüßt ihn Melissa.
„Kramer." Nils ist genervt.
„Hallo, Herr Kramer."
„Hallo, Herr Fuchs."
Melissa stürmt zu Ruby, die ihr langsam entgegenkommt.
„Mein Gott, mein Schatz, wie siehst du denn aus?" Emotionsgeladen will sie Ruby umarmen.

„Nein, Mom, bitte nicht. Es ist alles ein bisschen empfindlich, lieber nicht anfassen", klärt Ruby sie auf. Melissa sieht sie an, eine Träne kullert über ihre Wange.
„Mein armes Mädchen, du bist so dünn und die Wange schon wieder."
„Ja, Mom, es geht schon wieder."
Nicht einmal Fluffy hat Interesse an Rubys Mutter, er sitzt in seinem Körbchen und beobachtet das Geschehen. Nichts entgeht ihm. Sie bestellen ihre Pizzen und setzten sich.
„Was ist denn geschehen, mein Schatz? Herr Krämer wollte ja nichts sagen." *Kramer.*
Nils ergreift das Wort. „Frau Bergmann, Ruby zuliebe wäre es angebracht, wenn wir heute weder von der Vergangenheit noch von dem sprechen, was geschehen ist. Lassen Sie uns einfach einen schönen Abend haben." Er schaut sie eindringlich an. „Sonst wäre ich gezwungen, Sie aus unserer Wohnung zu werfen."
Geschockt schaut Melissa Nils an.
„Ja also, ich", stottert sie herum. Bernd versucht, die Situation zu retten:
„Wir haben gute Neuigkeiten", verkündet er. *Was denn, zieht ihr auf den Mond?* Ruby bereut schon, dass sie die beiden eingeladen hat.
„Noch nicht Bernd", unterbricht ihn Melissa. „Warte noch bis nach dem Essen." Er guckt enttäuscht. Es ist offensichtlich, wer in dieser Beziehung das Sagen hat.
Endlich kommt die Pizza, Nils nimmt sie dem Kurier ab, bezahlt und verteilt sie auf dem Tisch.

Hungrig essen alle ihre Pizzen.
„Die war sehr lecker“, sagt Bernd, ein Stück Käse hängt auf seinem Maulwinkel. Ruby kann nicht wegsehen.
„Also jetzt kannst du es sagen, Bernd.“
„Sag du es, Maus.“ *Maus! Ich fasse es nicht!,* denkt Ruby.
„Nein Hase, du wolltest es vorhin erzählen, also mach du.“ *Hase und Maus, aus welchem Zoo sind die beiden entflohen?,* staunt Ruby.
„Ja also, deine Mutter und dein Vater, also ich“, *das war so was von überflüssig,* „wir werden heiraten.“ Ruby verschlägt es die Sprache. Nils wohl auch, denn er sagt nichts, schaut nur Ruby an mit seinen wunderschönen Augen. In Rubys Bauch machen sich Schmetterlinge bereit zum Abflug. Sie würde sich jetzt am liebsten auf ihn stürzen. Er scheint es ihr anzusehen, und grinst verlegen.
„Ja, wir werden heiraten noch dieses Jahr.“ Melissa ist gerührt und freut sich selbst am meisten über ihre Neuigkeiten.
„Das ist ja eine Überraschung!“, meint Ruby.
„Du musst natürlich auch kommen, Ruby.“ Nils glaubt, sich verhört zu haben. Ruby sieht sie ungläubig an: „Ich? Nur ich?“
„Na ja, ihr seid ja nicht verheiratet. Herr Krämer kann natürlich auch kommen, wenn es sein muss.“ *Kramer!*
„Hör mal, Mom, ab sofort gibt es mich nur noch zusammen mit Nils, und er heißt Kramer, nicht Krämer, merk dir das endlich mal. Was hast du eigentlich gegen ihn?“
Melissa erwidert unsicher:
„Nichts, also ich weiß nicht, seit du mit ihm zusammen bist, passieren

dir schreckliche Dinge, Kind. Schau dich doch mal an. Da zähle ich 1 und 1 zusammen und komme zum Schluss, dass er nicht gut ist für dich.“ Ruby staunt, sie würde ihr jetzt gerne alles Hässliche an den Kopf werfen, aber sie möchte glauben, dass sie es eigentlich gut meint.
„Mom, ich möchte, dass du mir zuhörst und mir glaubst, was ich dir jetzt sage. Nils ist das Beste, was mir in meinem Leben passiert ist. Es ist nicht so, dass er nicht gut ist für mich, Mom, ich bin nicht gut für ihn.“
„Ruby“, will Nils sie unterbrechen.
„Sein Leben ist die Hölle, seit er mit mir zusammen ist, und trotzdem steht er zu mir, kratzt mich immer wieder vom Boden auf. Gibt mir wieder Hoffnung, immer und immer wieder. Und das, obschon er selber mit sich und seiner Vergangenheit zu kämpfen hat. Mom, er hält immer zu mir, er hat mich nicht einmal fallen lassen, nicht einmal als ich mich selber habe fallen lassen. Er ist ein Geschenk des Himmels, und du sollst wissen, dass ich ohne ihn schon lange nicht mehr am Leben wäre. Wenn Du ihn noch einmal beleidigst oder ihn nicht annehmen kannst als meinen Freund, dann möchte ich dich nicht wiedersehen. Er ist das Wichtigste in meinem Leben.“ Ruby schaut Nils an, Nils sieht Ruby mit einem schiefen Lächeln an.
„Ah ja, also..., ja, dann... Das wusste ich ja so nicht“, stottert Melissa.
„Jetzt weißt du es.“
Der weitere Abend verläuft überraschenderweise ereignislos, Small Talk über Gott und die Welt.
Plötzlich sagt Melissa: „Ich werde zu Bernd nach Köln ziehen, er hat

ein schmuckes Häuschen auf dem Land. Ich werde unser Haus verkaufen, außer du möchtest darin wohnen, Ruby?“

Zur Hölle, nein, niemals. „Nein, verkauf es nur.“ *Oder besser, fackle es nieder.* „Schön, dass ihr nach Köln zieht. Ich meine, ich weiß ja, dass du immer auf dem Lande wohnen wolltest, Mom.“ Melissa lächelt sanft.

Bernd fügt hinzu: „Vielleicht kaufe ich mir ein Pferd, dann kannst du reiten, wenn du zu Besuch kommst.“ *Ja, genau,* denkt Ruby.

Nils holt sich eine Serviette aus der Küche. Als er zurückkommt, bleibt er bei Ruby stehen und massiert ihr sanft die Schultern. Sie zuckt zusammen, entspannt dann aber sofort. *Er riecht wieder so gut.* Ihr Herz klopft. Bernd und Melissa beobachten stumm, was sich vor ihnen abspielt. Nils beugt sich runter und beginnt, Ruby sanft auf den Hals zu küssen. Es sind die ersten Zärtlichkeiten seit ihrer Entführung. Nils hat ihr Zeit gelassen, wollte sie nicht drängen. *Der arme Kerl hat wohl echte Not,* denkt Ruby grinsend, *dass er sich vor meinen Eltern über mich hermacht.* Vorsichtig beißt er in ihr Ohrläppchen, es macht sie fast verrückt. Entrückt schaut sie ihre Mom und Bernd an. Sie muss lachen. *Atmen sie noch?* Nils ist nicht mehr zu bremsen, er küsst sie leidenschaftlich, aber sanft und fragend. Ruby erwidert seinen Kuss. Sie hatte Angst vor diesem Moment, Angst, dass sie es nicht genießen kann, aber sie kann es genießen, die Sorge war umsonst.

„Schweratmend flüstert er ihr ins Ohr „Komm, lass uns ins Schlafzimmer gehen.“ Ruby grinst. Vorsichtig hebt er sie in seine Arme und trägt sie ins Schlafzimmer. Ruby winkt den beiden

Wachsfiguren zum Abschied. Mit einem lauten Rums knallt er die Tür zu. Melissa und Bernd sitzen da wie zwei Vögel auf der Starkstromleitung. Bernd bemerkt nüchtern: „Ich glaube, den Nachtisch essen wir wo anders." Melissa nickt. Stumm verlassen sie die Wohnung. Endlich kann Fluffy sich hinlegen und entspannen. Seine kleine Welt ist wieder in Ordnung.

91. 2 Wochen später Ruby

Heute ist Nils Geburtstag. Ein alter Mann von 42 Jahren. Wir gehen mit Ralf und seiner Frau Maja essen. Anna, die Schwester von Nils, wollte auch kommen, musste aber leider absagen. Ruby kämpft sich durch die Tage. Körperlich fühlt isie mich um einiges besser. Aber ihre Seele leidet, klein Ruby wurde eingetauscht gegen das Gesicht von Alexander Friedrich. Sie erlebt ihr Martyrium immer und immer wieder, selbst die Schmerzen fühlen sich real an. Die Schläge, der emotionale Missbrauch und schließlich die brutale Vergewaltigung. Es reicht, jemanden zu sehen, der sie an Alexander erinnert, und das Tor zur Hölle öffnet sich. Schwärzer, tiefer und trauriger als je zuvor. Ruby hat Angst, Angst vor diesem schrecklichen Ort. Angst, dass sie nicht mehr da rauskommt. Für immer gefangen bleibt. Sie dachte, sie habe ihr Leben unter Kontrolle. Nach all den Jahren des Missbrauchs als Kind, das keine Kontrolle darüber hatte, was ihm geschieht, dachte sie, dass sie es als Erwachsene kontrollieren kann. Alexander hat hat sie eines Besseren belehrt. Zu erleben, dass jemand einfach so die

Macht über Rubys Leben übernehmen kann, sie misshandeln kann, nehmen und gebrauchen kann, hat ihr ganzes Sein zutiefst erschüttert. Aus der Balance gebracht, wobei ihr klar ist, dass sie auch davor nicht wirklich im Gleichgewicht war. Ihr Leben besteht jetzt aus zwei Teilen. Das Leben vor und nach Alexander. Nils ist ihr Fels in der Brandung. Aber es ist ihr Kampf, den sie alleine kämpfen muss. Ganz allein, sie mit sich – ihren Gedanken, ihren Gefühlen, ihren Ängsten. Noch immer geht sie nicht alleine raus, die Rückkehr ins normale Leben fällt Ruby schwer. Was ist, wenn er zu Ende bringen will, was er angefangen hat? Wenn er zurückkommt und ihr den finalen Todesstoß versetzt? Die Polizei meint, er wird nicht wieder auftauchen. Wieso können sie da so sicher sein? Wenn sie in den Spiegel schaut, wird sie an ihn erinnert. Die Narbe an ihrer Wange wird sie für immer zeichnen. Es ist wie die Signatur des Teufels. Manchmal frage fragt sie sich, um was es eigentlich geht im Leben. Einfach irgendwie die Jahre durchbringen? Die Schmerzen besiegen? Die Dunkelheit bekämpfen? Den Dämonen ins Gesicht zu lachen?

92. Geburtstag Nils

Happy-Birthday-Ballone schweben in der Pizzeria über einem hübsch gedeckten Vierertisch. In guter Stimmung setzten sich Nils, Ruby, Ralf und Maja an den Tisch. Der Kellner bringt die Speisekarten und möchte wissen, welchen Wein die Herrschaften trinken möchten. Kein Wein. Er kann es nicht fassen, ein Geburtstag ohne Wein.

„Na, wie fühlst du dich ein Jahr älter Nils, mein alter Freund?“, fragt Ralf mit seinem typischen frechen Grinsen.
„Eigentlich nicht anders als gestern“, erwidert Nils.
„Jetzt musst du dir langsam Gedanken machen, Viagra zu kaufen“, grinst er. *Ganz sicher nicht,* denkt Ruby.
Maja ist entrüstet: „Ralf, also wirklich“. Nils lacht.
Sie fährt fort: „Wie alt warst du nochmal Ruby?“ *Jetzt geht das wieder los.* „Immer noch 27, ich habe erst im Januar Geburtstag“, antwortet Ruby freundlich.
„Dann habt ihr jetzt 15 Jahre Altersunterschied.“ Staunend bewegt sie ihren Kopf mit dem langen Gesicht auf und ab, sieht Nils und Ruby abwechselnd an. Ruby findet, sie hätte Mathematiklehrerin werden sollen.
„Wollt ihr Kinder?“, will sie wissen.
Nils antwortet: „Das haben wir noch nicht besprochen.“ Ruby würde gerne nach Hause gehen.
„Magst du Musik, Ruby? Welche Musik magst du?“ *Warum quetscht sie mich immer aus mit ihren dämlichen Fragen?* „Ich mag Musik, die von Herzen kommt“, antwortet Ruby ehrlich. Anerkennend geht Majas Kopf hoch und runter.
„Ich mag klassische Musik. Klassische Musik erweitert das Bewusstsein.“
Die Pizzen werden von dem freundlichen Italienischen Kellner an den Tisch gebracht. Die Pizzen und die Spaghetti Carbonara, die Maja – Ruby weiß es – elendig langsam essen wird. Aber schon zehn Minuten

später ist auch sie fertig und Ruby mit der Welt. In ihrer Gefühlswelt kündigt sich etwas an, aber sie ist sich nicht sicher, was. Auf keinen Fall will sie Nils seinen Geburtstag zerstören.

„Im Sommer gehen wir zwei Wochen nach Spanien in die Ferien“, erzählt Ralf aufgeregt. *Lass mich raten, Mallorca,* denkt Ruby. Sie ist im Eselmodus angekommen.

„Oh, das ist ja schön, wo denn in Spanien?”, will Nils wissen.

„Alicante”, sagt Maja stolz.

„Meine Eltern haben da ein Ferienhaus. Und im nächsten Sommer bleiben sie zu Hause, also gehen wir dahin“, antwortet Ralf.

„Ja, wir waren früher öfters unten, haben auch einige Freunde, die wir mal wieder besuchen möchten.“

„Sprecht ihr Spanisch?”, wundert sich Nils.

„Hablo un poco español. Ralf no tanto, nos gusta mucho España, en especial Alicante. Un sitio maravilloso con gente muy amable“, sagt sie mit einem fürchterlich deutschen Akzent. Maja platzt fast vor Stolz. Ruby spricht perfekt Spanisch, nur weiß das niemand. Sie liebt sprachen. Spricht Englisch, Spanisch, etwas Französisch und Italienisch.

„Habt ihr etwas verstanden?”, fragt Maja mit roten Bäckchen.

„Nein, kein einziges Wort, du sprichst ja toll Spanisch”, freut sich Ruby gespielt.

Nils fixiert sie, es gefällt ihm nicht, was er sieht und fühlt. Maja fällt es nicht auf, und sie antwortet stolz: „Danke, ich habe über zwei Jahre einen Abendkurs gemacht, weil ich die Sprache so schön finde.”

„Alicante“, sagt Nils interessiert. Er erinnert sich an die Worte von Holger Starke. *Wenn er sich versteckt hat, dann in Spanien, ziemlich sicher in Alicante.*
„Wenn ihr mal in Alicante Ferien machen wollt, dann dürft ihr gerne das Haus benutzen.“
„Oh, danke, das ist sehr lieb”, findet Nils.
„Sagt mal, gibt’s eigentlich etwas Neues über dieses Teufelskind, oder wie die Presse ihn nennt? Man hört gar nichts mehr“, will Maja wissen.
Nils, Ruby und Ralf erstarren. „Ich denke nicht, dass wir über die Arbeit reden sollten“, ermahnt sie Ralf.
„Ja, ich meine ja nur, war doch ein interessanter Fall. Und plötzlich hört man nichts mehr. Ich dachte, vielleicht habt ihr ihn ja geschnappt. So einer sollte nicht frei herumlaufen.”
Boden, tu dich auf und lass mich auf der Stelle verschwinden, wünscht sich Nils.
„Weshalb?”, mischt sich Ruby mit ernster, zu ernster Miene ein. „Sie... ähm... Er hat sich nur stark gemacht für die Frauen, die missbraucht und misshandelt werden. Diese Männer haben es nicht anders verdient. Sie waren Abschaum. Eigentlich müsste er eine Auszeichnung bekommen.”
Maja ist entsetzt: „Nein, man kann doch nicht einfach auf die Straße gehen und Menschen erschlagen. Das ist schrecklich.“
“Und dass diese Männer Frauen geschlagen und missbraucht haben, ist nicht schrecklich?“, will Ruby wissen, ihre Augen haben sich in

kleine Schlitze gewandelt. Nils weiß, dass jetzt höchste Vorsicht geboten ist.
„Mädels, Mädels", versucht Ralf zu schlichten.
„Ja, ja, du hast recht, wir reden lieber von anderen Dingen." Maja schaut Ruby herablassend an.
Ruby sitzt nur da und starrt vor sich hin. Sie ist irgendwo, aber nicht hier. Nils sorgt sich. Er legt seine Hand auf ihr Bein und schaut sie an. Sie kommt zurück von ihrem Ausflug, wohin auch immer. Sanft lächelt sie ihn an.
„Willst du Geschenke aufmachen?", fragt sie ihn.
„Oh, ja klar, gerne."
Zufrieden packt Ruby zwei Geschenke für Nils aus einer großen Tüte. Liebevoll in rosa Einhorn-Geschenkpapier eingehüllt. Neugierig packt Nils aus. „Wow, Turnschuhe!" *Richtige, nicht die Retro Teile.* „Die gefallen mir." Er gibt Ruby einen Kuss auf die Stirn und macht sich über das zweite Geschenk her. Ein Bild. Ruby hat es gemalt. Farbig, mit Herzen und Sternen. In der Mitte steht „Forever yours". Nils ist gerührt, küsst sie jetzt sanft auf den Mund. Maja und Ralf sitzen grinsend da.
„Wir haben auch etwas Kleines für dich, Ruby." Sie ist überrascht.
„Ich habe doch gar nicht Geburtstag."
„Ist nur was Kleines, ich hab's gesehen und musste an dich denken."
Nils packt erst seines aus. Ein Buch über Mountain Biken. Er freut sich. „Danke, das ist super", sagt er. Nun ist Ruby an der Reihe. Gespannt packt sie es aus, es ist ein Stoffpferdchen. Zaghaft hält sie es

in den Händen. Ihr Atem stockt, ihr Magen zieht sich zusammen, Angstschweiß sammelt sich auf der Stirn. Sie gerät sie in Panik. Hektisch steht sie auf und rennt zur Toilette. Maja und Ralf schauen Nils erschrocken an. Er folgt Ruby. Sie übergibt sich, immer und immer wieder. *Scheiße, die Pizza ist am Arsch.*
„Ruby, was ist los?“, fragt Nils besorgt. Ihm sind die hasserfüllten Blicke der Frauen in der Toilette egal. Schwach und zitternd öffnet sie die Tür. Aufgelöst fällt sie Nils in die Arme. Wie immer ist er da und fängt sie auf. Ruby schluchzt: „Das Pferdchen, es sieht aus wie das, das Alexander mir in das... das Zimmer gelegt hat.“ „Scheiße, Ruby“, sagt Nils ruhig. „Lass uns nach Hause gehen.“ „Nein, es ist dein Geburtstag, lass uns zurückgehen, es geht schon. Nimm einfach das Pferdchen weg.“ Nils sendet Ralf eine WhatsApp. „Leg bitte das Pferdchen außer Sichtweite, sorry.“ Hand in Hand kehren sie an den Tisch zurück. Die Stimmung ist nicht mehr zu retten. Nils sieht, wie Ruby mit sich kämpft, wie sie gerade einen fürchterlichen inneren Kampf führt. „Es tut mir leid, ich wusste nicht... Ich wollte dir eine Freude machen“, erklärt Maja. Nils hebt die Hand. „Schon gut. Ich glaube, wir gehen jetzt nach Hause.“ „Ja, Nils, macht das.“ Ralf schaut sie besorgt an. „Geht ihr nur, ihr seid eingeladen.“ “Vielen Dank, Ralf und Maja. Wir sehen uns morgen, Ralf.“ Er packt die Geschenke zusammen, nimmt Ruby an die Hand und eilig verlassen sie das Restaurant. „Was für ein komisches Mädchen“, meint Maja kopfschüttelnd. Ralf bestraft sie mit einem bösen Blick.

Endlich zu Hause, setzen sie sich auf das pinke Sofa. „Es tut mir so leid, Nils“, schluchzt Ruby.
„Du brauchst dich nicht zu entschuldigen, Ruby, du hast nichts Falsches getan. Es war zu früh, wir hätten zu Hause bleiben sollen.“
„Ich werde ihn umbringen“, sagt Ruby entschlossen und schaut Nils tief in seine Augen, in seine wunderschönen Augen.
„Nein, Ruby, das wirst du nicht“, erwidert Nils.
„Und was willst du, was ich tue? Den Rest meines Lebens in Angst leben? Darauf warten, dass er irgendwann an meine Tür klopft und zu Ende bringt, was er begonnen hat? Einen weiteren Angriff werde ich nicht überleben. Das kann ich dir garantieren.“
Nils denkt nach. „Aber du wirst ihn nicht alleine erledigen, ich werde dabei sein.“
Ruby kann nicht glauben, was er gesagt hat: „Du wirst was?”
„Wir werden das gemeinsam durchführen, aber dazu müssen wir ihn erst mal finden. Aber wir werden ihn nicht umbringen, Ruby, hörst du? Wir werden ihn der Polizei überführen.”
Ruby ist plötzlich hellwach und fühlt sich lebendig. „Hast du eine Idee, wo er sein könnte?”
„Ehrlich gesagt, ja. Holger Starke hat mir erzählt, dass er sich seiner Meinung nach in Spanien versteckt hält.“
„In Spanien?”, staunt Ruby.
„Ja, in Alicante“. Er spricht Alicante ganz langsam aus.
„Was für ein Zufall”, grinst Ruby zufrieden. „Wann kannst du Urlaub nehmen?”

„Langsam, langsam. Wir müssen das erst organisieren.“
„Was organisieren? Ralf hat uns angeboten, das Haus seiner Eltern zu benutzen. Jeden Tag gehen Flieger nach Alicante. Was willst du organisieren?”
Hilfe, wehe, wenn sie losgelassen, denkt Nils.
„Na ja, ich muss schauen, wann ich Urlaub nehmen kann, und mit Ralf reden.“
„Alle wissen, was du in den letzten Monaten durchgemacht hast, du kriegst sicher frei.“
„Mh”, brummt Nils.
„Was mh?”
Stockend fährt Nils fort: „Ich kann nicht fliegen.“
Was soll denn das jetzt?
Ungläubig schaut sie ihn an. „Ja, es tut mir leid, dich zu enttäuschen, aber ich kann auch nicht fliegen.” Sie verzieht ihr Gesicht. „Ich meine, ich kriege Panik im Flugzeug, ich drehe durch in Räumen, wenn ich nicht raus kann.“
Oh Shit, sein Vater. Ruby schaut ihn lange an. Er scheint verlegen.
„Dann fahren wir mit Herkules”, sagt sie.
„Mit dem Auto? Nach Spanien?”
„Warum nicht? Ein kleines Abenteuer.“
„Lass mich nachdenken.“
„Du musst nicht nachdenken, sei mal spontan, Nils Kramer, du denkst zu viel.“

Mit seinem schrägen Grinsen, das Ruby so liebt, sieht er sie an. „Na dann, auf nach Alicante verrückte Ruby Bergmann“.

93. 5 Tage später

Ohne Probleme wurden Nils zwei Wochen Urlaub bewilligt. Sein Chef war nicht begeistert, meinte aber, dass es ihm wahrscheinlich guttun würde. Ralf hat sofort seine Eltern angerufen und gefragt, ob Nils und Ruby zwei Wochen im Ferienhaus in Alicante leben dürften. Sie waren einverstanden. Ralf und Maja passen auf Fluffy auf. Hoch motiviert fahren sie los. Natürlich fahren mit Herkules, Rubys Audi TT. Nils fährt. „Hast du dich mal gefragt, weshalb Alexander das Video nie der Polizei geschickt hat?”, will Ruby von Nils wissen.

„Ja, ich habe oft darüber nachgedacht.“

„Mit welchem Ergebnis?”

„Er hat keins.“

„Mh, meinst du?”

„Ja, oder er hat irgendeinen anderen Plan. Ich glaube, er hat es gesehen, aber keine Kopie davon.“

„Mh.”

„Ruby, wir sind uns einig über unser Vorgehen. Ja?”

Ruby bleibt stumm.

„Ruby?”

Stumm.

„Ruby, wir werden ihn ins Auto packen, vorausgesetzt wir finden ihn. Dann werden wir ihn zur Wache bringen. Okay?"
Stumm.
„Hallo!"
„Welche Strafe wird er bekommen? Ich lebe ja noch, also wegen Mord kommt er nicht dran. Ein Jahr? Zwei?"
Nils weiß, dass sie recht hat.
Sie fahren Nonstop bis zur spanischen Grenze. In La Junquera übernachten sie in einem einfachen Autobahnhotel. Am frühen Morgen fahren sie weiter Richtung Valencia.
„Guck mal, Nils", sagt Ruby, als sie bei Barcelona auf der Autobahn fahren. Neben ihnen fährt ein Ford Kuga, sein Fahrer, wahrscheinlich ein Osteuropäer, vermutet Ruby, fuchtelt wild mit den Armen.
„Da neben dir, der Mann will uns etwas sagen."
Ruby versucht seine Handzeichen zu verstehen.
„Rad, das Rad. Explodiert? Das Rad, das Rad ist kaputt, das hintere Rad ist kaputt."
Nils gibt dem Fahrer des Kugas Zeichen, dass er weiterfahren soll.
Ruby schaut ihn fragend an.
Nils erklärt: „Das ist Masche hier, das ist die Mafia. Die irritieren die Fahrer, wollen ihnen weismachen, dass das Auto ein Problem hat und sie sofort anhalten sollen. Dann hältst du auf dem Pannenstreifen an, sie lenken dich ab und räumen das Auto aus. Niemals anhalten, Ruby, niemals. Beeindruckt von Nils Wissen beobachtet Ruby, dass der

„Osteuropäer“ davonfährt. Fünf Minuten später stehen sie mit plattem Hinterreifen auf dem Pannenstreifen. Nils flucht.
Genervt wechselt er das Hinterrad aus. Ruby knabbert an einem Apfel, als ein Wagen der Guardia Civil hinter ihnen anhält. Zwei Polizisten, einer bleibt im Wagen, der andere steigt aus. Nils geht auf ihn zu.
Gespannt beobachtet Ruby die Szene.
“Hola, que ha pasado?”, fragt der gut aussehende spanische Polizist.
Nils versucht es mit Englisch oder etwas Ähnlichem.
„Ähm, wheel broken. Kaputt.“ Ruby lacht und geht auf den Polizisten zu.
“Hola, tenemos la rueda Pinchada, pero ya casi está arreglado.“ Nils glotzt sie an. Der Polizist erwidert freundlich: „Okay, vale, no necesitáis ayuda?”
„No, gracias, casi esta.“ Der Polizist geht zurück zu seinem Wagen.
„Du sprichst Spanisch?”, fragt Nils ungläubig.
„Wie kommst du denn darauf?” Ruby strahlt.
„Ruby Bergmann, du steckst voller Überraschungen.”
„Bist du endlich fertig, das dauert ja ewig”, neckt sie ihn.
„Ja, fertig. Wir können weiter.“
Noch sieben Stunden bis nach Alicante, wenn alles reibungslos läuft.
„Du sprichst also Spanisch.” Nils kann es noch immer nicht fassen.
„Ja, genau.“
„Noch mehr Überraschungen, von denen ich nichts weiß?”, fragt er sie.
„Das willst du nicht wissen”, erwidert sie grinsend.
Oh Gott, nein, er will es tatsächlich nicht wissen.

Um 17 Uhr kommen sie in Alicante an. Ruby ist vom Meer geflasht. *Wie viele tote Menschen wohl in einem Meer treiben? Welch skurriler Gedanke.* Das Haus von Ralfs Eltern liegt etwas außerhalb am Rande von San Vicente del Raspeig. Dank Navi kommen sie ohne weitere Probleme an. Herkules wird vor dem hübschen Ferienhaus geparkt und das Gepäck hereingetragen. Ein weißes Haus, mit viel Land drum rum. Grüne Fensterläden, zweistöckig. Neugierig treten sie ein. Rechts vom Eingang befindet sich ein spärlich eingerichtetes Wohn- und Esszimmer. Links die geräumige Küche. Ein kleiner Korridor neben der Treppe, dann rechts noch ein kleines Zimmer und winziges Bad. Gespannt steigen die Treppen hoch. Rechts ein großes Schlafzimmer mit riesigem Bad, links nochmals zwei Zimmer. „Wow, sehr schön." Ruby ist verzückt.
„Hier lässt es sich aushalten", sagt Nils genauso angetan.
„Wir haben es geschafft, mein Großer, hast du gut gemacht." Liebevoll küsst sie Nils auf die Wange. Er küsst sie zärtlich auf ihren Mund. Ruby erwidert sanft seinen Kuss. Sie hebt fast ab vor Verlangen und Lust nach dem Mann ihrer Träume, ihrem Retter, ihrem Held. Stürmisch küssend aneinanderklebend gehen sie ins Schlafzimmer. Nils reißt sich sein Shirt vom Körper. Vorsichtig setzt er Ruby auf das Bett. Zieht ihr behutsam ihr schwarzes Shirt über ihren Oberkörper. Der Anblick ihrer Narben versetzt ihm einen Stich in seinem Herzen. Sanft streicht er mit seiner Hand darüber. Er schaut ihr tief in die Augen. Ruby versinkt in seinen Augen, taucht ein in die Tiefen seiner wunderschönen Seele. Mit unbändigem Verlangen küssen sie sich.

Seine Hände streichen vorsichtig über ihre Brüste. „Ich liebe dich, Ruby, du bist das Beste, was mir je passiert ist.“ Ruby zieht ihn zu sich heran, küsst ihn leidenschaftlich auf seinen Mund. „Ich liebe dich Nils.“ Behutsam öffnet er ihre Jeans.
„Hast du ein Kondom?”, flüstert sie.
„Immer.“
Ruby knöpft Nils Jeans auf. *Wer kam eigentlich auf die Idee, Knöpfe an eine Jeans zu machen?* Sie vergessen die Welt um sich herum, ihre Probleme, ihre Leiden, ihre Ängste. Es gibt nur noch sie beide. Vereint. Verliebt. Füreinander bestimmt.

94 Mittwoch

Wie immer steht Nils gegen 8 Uhr auf. „Ruby”, flüstert er ihr ins Ohr. Schlaftrunken stöhnt sie.
„Ich geh’ schnell etwas einkaufen, okay? Oder willst du mit?”
„Nein, geh nur, aber komm wieder zurück.“
„Keine Angst, ich spreche kein Spanisch. Wo soll ich auch hin?” Er drückt ihr einen Kuss auf die Wange.
Nach einer knappen Stunde ist er zurück mit Toastbrot, Nutella, Butter, Milch, Schokokeksen und einem Riesenpaket Cola Light-Dosen. Ruby liegt noch immer im Bett.
„Jetzt aber auf, du faules Ding.“
Er wird frech, denkt Ruby.

Zufrieden frühstücken sie. „Alicante scheint kein Dorf zu sein. Wie finden wir ihn?“, will Ruby wissen.
„Wir suchen nach Hausbesitzern, die Alexander Friedrich heißen.“
„Das kann man so einfach?”, wundert sich Ruby.
„Ja, es gibt ein Registro de Propiedad oder so, da kann man einen Namen eingeben und sehen, wie viele Häuser oder Wohnungen er oder sie besitzt.“
„Und das geht Online?”
„Ja, ich denke schon. Ich weiß es ehrlich gesagt nicht“, gibt Nils zu.
Ruby steht auf und holt sich ihren Laptop. In der Google-Search-Seite gibt sie „Registro de Propiedad“ ein. Einige Seiten bieten sich an. Gleich die erste sieht interessant aus. Gespannt liest sie den Text.
„Oh”, sagt sie schließlich. Aus diesem kleinen Laut spricht die pure Enttäuschung.
„Was? Oh?”
„Man muss das einsenden. Dauert ewig bis Antwort kommt.”
Ruby schaut Nils an. An ihrem Blick sieht er, dass sich etwas Illegales in ihrem hübschen Kopf zusammenbraut. Mit einem tiefen Seufzer fragt er:
„Was hast du vor, Ruby?”
„Ich werde die Seite hacken.” Nils möchte nein sagen, aber er weiß, dass er keine Chance hat. Wenn sie es nicht vor seinen Augen macht, dann tut sie es hinter seinem Rücken. Motiviert legt sie los und ist nach einer halben Stunde drin.
„Drin”, ruft sie. Nils stöhnt.

Ruby tippt ALEXANDER FRIEDRICH und beginnt zu zittern. Nils bemerkt es.
„Bist du okay?”
„Geht schon.“
Kein Treffer. „Versuch mal Friedrich Alexander.“ Ruby tippt. Kein Treffer. Mh, sie versucht Alex Friedrich – kein Treffer.
„Mist”, sagt Ruby wütend und enttäuscht zugleich.
„Lass uns den heutigen Tag etwas genießen. Wir können uns Alicante anschauen, etwas essen, am Strand spazieren gehen“, schlägt Nils vor.
„Gute Idee.” Ruby zieht sich an, und sie fahren nach Alicante.
Eng umschlungen spazieren sie durch die Gassen. Eine wunderschöne Stadt. Nicht zu groß, nicht zu klein. Staunend betrachten sie die Plaza de Toros. Ein beeindruckendes Bauwerk mit einer imposanten Statue davor. Ein Reiter, der mit einer garrocha vier spanische Bullen vor sich hertreibt. Ruby blüht auf. Es tut ihr gut. Alleine mit Nils, das angenehme Wetter und das Beste: weit, weit weg von Zuhause. Sie spazieren durch die schöne Marktgasse mit den verschiedenen kleinen Verkaufsständen und gelangen schließlich an den Hafen, wo beeindruckende Jachten und Katamarane angelegt sind. Sie erreichen den Stadtstrand. „Komm, wir ziehen die Schuhe aus und laufen im Meer.” Nils zieht seine Schuhe aus. Ruby nicht.
„Hey, was ist los?”, will er wissen.
„Nein”, kommt die kurze Antwort von Ruby.

„Nein was?”

„Ich werde meine Schuhe nicht ausziehen und schon gar nicht im Meer laufen.“ Nils schaut sie verwirrt an. „Weshalb nicht?”

„Es ekelt mich”, sagt sie und schaut auf ihre Füße.

„Es ekelt dich?”

„Ja, musst du alles wiederholen, was ich sage? Es ekelt mich, das Getier, das im Sand rumkriecht, was da alles rumliegt. Und das Meer, was alles darin schwimmt. Hast du dich schon mal gefragt, wo Fische pinkeln und kacken? Oder kotzen, wenn ihnen übel ist?“ *Kotzen Fische*? „Das ist ein Riesenbehälter, voll mit seltsamen Tieren und Abfall. Da geh ich nicht rein.“ Nils schaut sie ungläubig an. Ruby wird verlegen und weiß nicht, wohin sie schauen soll. Plötzlich lacht er laut los.

„Du bist die seltsamste Frau, die ich in meinem Leben getroffen habe.”

„Ist das positiv?”, will Ruby wissen.

„Das ist das positivste Positiv, das es gibt.” Er packt sie und trägt sie über den Sand auf eine Sitzbank. „Weißt du was, Ruby Bergmann?”

„Was?”

„Es war eine gute Idee, nach Alicante zu kommen. Ich bin glücklich, einfach nur glücklich.“ Er sitzt da mit ausgestreckten Beinen, das Gesicht in die Sonne gestreckt. Die Augen geschlossen. Ruby schaut ihn an. Es macht sie glücklich, ihn so unbeschwert und gelöst zu sehen. Bisher war ihre Beziehung eine Achterbahnfahrt. Sie legt ihren Kopf auf seine Brust, genießt es, seinen Herzschlag zu hören und zu spüren. Nils legt seinen Arm um sie. Und so verharren sie eine ganze

Weile.
„Wollen wir essen gehen?", schlägt Nils vor.
„Oh ja, ich habe echt Hunger."
„Was wollen wir essen?"
"Alles, nur kein Fisch oder sonst was, was aus dem Meer kommt", erwidert Ruby.
Nils grinst: „Wir könnten schauen, ob wir eine Paella finden, ohne Meerestiere."
„Ja, wenn es das gibt." Sie spazieren durch die Restaurantzone und schauen sich die draußen angeschlagenen Speisekarten an. Vor fast jedem Restaurant sprechen die Kellner die Leute direkt an. Ruby fragt einen, ob sie auch Paella ohne Fisch haben. Er antwortet, dass die Original-Paella von Valencia mit Hühnchen- und Kaninchenfleisch zubereitet wird.
Sie bestellen eine solche Paella. Serviert wird sie in der typischen Paella-Pfanne direkt auf dem Tisch. Es riecht gut und sieht auch so aus.
„Oh wow, das ist ja eine Menge Futter", meint Nils erstaunt. Sie lassen es sich schmecken.
Zufrieden und satt kehren sie ihn das Ferienhaus zurück. Es ist schon Abend, und es war ein wunderschöner Tag. Plötzlich hat Ruby einen Einfall. Eilig holt sie ihren Laptop vom Wohnzimmertisch, setzt sich an den Esszimmertisch und tippt los.
„Willst du mir sagen, was los ist?", fragt Nils und befürchtet, dass sie

wieder eine Eingebung hat. Manchmal fühlt er sich einfach zu alt für Rubys Verrücktheit.
„Habe eine Idee."
„Das habe ich befürchtet."
„Alexander Friedrich..." Sie kriegt Gänsehaut. „... heißt auf Spanisch Alejandro Federico." *Schlaues Mädchen*, denkt Nils anerkennend.
„YES", sagt Ruby laut. „Alejandro Federico hat ein Haus in La Nucia. Hier steht die Adresse." Ruby strahlt.
Nils ist beeindruckt. „Wollen wir morgen noch etwas unternehmen? Und statten ihm erst Freitag einen Besuch ab? Wäre doch schade, wenn wir morgen schon wieder nach Hause müssen." Er hat recht, findet Ruby, aber sie würde es gerne so schnell wie möglich hinter sich bringen. Trotzdem sagt sie: „Ja, und was wollen wir morgen unternehmen?"
„Ich weiß nicht. Hast du eine Idee?"
„Ich wollte schon immer mal am Strand reiten, es gibt bestimmt geführte Ausritte", schlägt Ruby vor.
„Reiten?", wiederholt Nils entsetzt.
„Keine Sorge, das ist für Anfänger, da sitzt du auf einem braven Pferd, das dem Tod näher ist als dem Leben."
„Aber dann schuldest du mir etwas, das tu ich nur für dich!"
Ruby lacht: „Was schulde ich dir denn?"
„Ich überlege mir noch etwas", sagt Nils gespielt verärgert. Ruby tippt sich wieder in rasendem Tempo durch das Internet.

„Guck hier.“ Sie dreht den Laptop zu Nils. „Geführte Ausritte zum Strand, für Anfänger geeignet steht da.“ Nils bemitleidet sich selber, stimmt aber zu. Ruby meldet sich für den Donnerstagvormittag an. Nils könnte heulen.

95 Donnerstag

Punkt 11 Uhr erreichen Nils und Ruby den Stall El Sol. Einige Pferde stehen angebunden an der Sonne. „Englische Sättel, scheiße”, kommentiert Ruby. Daran hat sie gar nicht gedacht. Nils ist egal, welcher Sattel auf dem Pferd liegt, sein Problem ist das Pferd. Ein freundlicher junger Mann kommt aus dem Stall und stellt sich als Miguel vor. Er informiert sich über die Reiterfahrung von Ruby und Nils. „Erfahren und total grün“, beantwortet Ruby seine Frage. Nachdenkend betrachtet er Nils. Plötzlich sagt er: „Vale, para ti – Romantico.“ Er zeigt auf einen für Nils viel zu kleinen Schimmel, dessen Unterlippe entspannt nach unten hängt; die Augen sind geschlossen, der Rücken hängt fast bis zu den Knien durch. Nils findet, dass das Pferd vertrauenswürdig aussieht. „Y para ti”, fährt Miguel fort und zeigt auf Ruby und Fuego, ein hübsches schwarzes Pferd. Es starrt Ruby an, als hätte es einen Plan. Miguel erklärt, dass sie die einzigen sind, die heute kommen. Die Saison ist vorbei. *Besser*, denkt Ruby. Es ist ein wunderschöner Novembertag, die Sonne gibt ihr Bestes, es sind zirka 23 Grad. Sie steigen auf. Nils Beine berühren fast den Boden, es sieht wirklich lustig aus. Fuego marschiert strammen Schritts vorwärts. Immer wieder müssen Ruby und Miguel auf Romantico und Nils warten. Das Pferdchen schleicht durch die Landschaft, als hätte es alle Zeit der Welt. Seine Unterlippe hängt noch immer schlaff herab. Ruby ist verunsichert wegen seiner Augen: Das Pferd schläft im Gehen. Erstaunliches Tier. Nils sieht zum Schießen aus. Seine Beine berühren fast den Boden, er sitzt übertrieben gerade und hält die Zügel wie einen Fahrradlenker fest. Nach kurzer Zeit erreichen sie den Strand. Ruby genießt jede Sekunde, die scheinbar unendliche Weite des Meeres, die Wärme, die leichte Brise und den Anblick von Nils auf seinem Pferdchen. Plötzlich sagt Miguel: „Vamos a galopar." Nils' Herz hat einen Aussetzer, als sein Romantico plötzlich abspringt, als wäre der Leibhaftige hinter ihm her. Ruby galoppiert neben Miguel, sie wagt es kaum, nach hinten zu schauen. Muss sie auch gar nicht, da Romantico wie ein Rennpferd an ihnen vorbeischießt. Nils fliegt bei jedem Galoppsprung einen Meter in die Luft und knallt dann zurück in den Sattel. Jetzt versteht Ruby, weshalb Romanticos Rücken durchhängt. Ruby möchte Nils zurufen, dass er an den Zügeln ziehen soll. Aber sie kann nicht, weil sie selber fast lachend vom Pferd fällt. Miguel sagt nur: „Va a parar ahi delante." Wie von Miguel vorausgesagt, hält Romantico ein paar Meter weiter vorne von allein an. Nils sieht fertig aus. Ruby sieht ihn an und versucht nicht zu grinsen. „Das, junge Frau wird dich sehr, sehr, sehr teuer zu stehen kommen." Beleidigt schaut er weg. Ruby erwidert: „Aber du hast es doch super hingekriegt." Miguel grinst nur verschmitzt. Der Heimweg ist entspannter. Nils rutscht seltsam auf dem Sattel hin und her, als versuchte er, eine bequeme Position zu finden. Zufrieden steigt Ruby ab, gibt Fuego einen Kuss auf die Nüstern und verabschiedet sich von Miguel. Nils küsst kein Pferd, schon gar nicht dieses. Er läuft stocksteif und hält sich den Hintern mit beiden Händen. „Verdammt Ruby, das war die Hölle. Ich spüre nichts mehr. Mein Hintern, meine... alles tot." Ruby muss lachen. „Ach Nils, ich habe schon lange nicht mehr so gelacht. Vielleicht sogar noch nie." Beleidigt sagt er: „Ja dann, wenn es dich glücklich gemacht hat, der Gaul wollte mich umbringen." Ruby legt ihren Arm um seine Hüften: „Ich bin stolz auf dich!"

„Das wird trotzdem teuer." Er schmunzelt.

Ruby freut sich auf einen romantischen Abend, aber Nils kann weder sitzen noch auf dem Rücken liegen, sein Hintern hat stark gelitten. Also schauen sie fern. Nils liegt bäuchlings auf dem Sofa. Ruby küsst ihn auf den Nacken. „Mein Held, mein Ritter mit dem wilden Pferd", flüstert sie.

„Machst du dich etwa lustig über mich?"

„Ich? Das würde ich niemals tun."

„Ja ja."

Er genießt ihre Liebkosungen. Gelangweilt zappen sich durch die spanischen TV-Kanäle. In Spanien läuft derselbe Müll in der Kiste wie in Deutschland.

96 Freitag

Heute ist der große Tag. Sie wollen Alexander Friedrich, der sich in Spanien angeblich Alejandro Federico nennt, aufspüren. Nils hat Zweifel. Ruby ist voller Tatendrang. Er macht sich Sorgen. „Ruby, was machen wir bei Alexander, wenn es wirklich Alexander ist?"
„Wie meinst du das?", stellt sich Ruby dumm; sie weiß genau, wie er es meint.
„Na ja, meinst du, er kommt einfach so mit uns mit? Ich glaube nicht."
„Willst du jetzt einen Rückzieher machen, Nils?"
„Nein, aber wir müssen doch planen, was wir da tun werden, wenn er es wirklich ist."
„Wir gehen hin und sagen, dass er mitkommen muss. Wenn er nicht freiwillig kommt, werden wir einen Weg finden, ihn zu zwingen."
Toller Plan, denkt Nils. Er bezweifelt, dass Alejandro Federico ihr Alexander ist.
„Es ist zu spät, um einen Rückzieher zu machen, Nils."
„Hast du die Adresse?"
„Ja."
Sie verlassen das Ferienhaus. Ruby fährt.
Sie erreichen La Nucia, das Städtchen, in dem sich die Wohnadresse von Alexander befindet. Laut Google Maps liegt sein Häuschen ziemlich abgelegen. Gespannt und etwas nervös fahren sie eine lange Straße hoch von Kreisel zu Kreisel. „Oh, Polizeikontrolle", sagt Ruby plötzlich. 50 Meter vor ihnen stehen drei Streifenwagen und sechs Polizisten der Guardia Civil. Ruby bringt ihren Herkules zum Stehen

neben einem... verdammt nochmal, schon wieder ein hübscher Polizist. Das Land der gut aussehenden Polizisten. Sie fährt die Fensterscheibe herunter. Der Polizist lächelt sie nett an, Ruby lächelt zurück. Nils verdreht die Augen.
“Buenos días, documentación, por favor.” Ruby sucht die Papiere zusammen – Ausweis, Fahrausweis – und übergibt sie dem netten Polizisten. Er schaut sie kurz an.
“ Alemania”, stellt er fest. “Vacaciones?”
“ Si, disfrutando el buen tiempo”, erwidert Ruby.
“ Si me imagino, el tiempo en alemania no esta muy bueno.” Er schaut sie an. Zu lange, findet Nils. „Hallo”, sagt er leise.
„Bueno que tengas un buen viaje.” Er zwinkert Ruby zu. Langsam rollt sie weg.
„Was war denn das jetzt?”, fragt Nils fast entsetzt. Ruby grinst.
„Hat der etwa mit dir geflirtet, vor meinen Augen?”, will er wissen. „Er hat dich gar nicht gesehen”, schmunzelt Ruby.
„Ich mag dieses Land”, fügt Ruby hinzu. Nils mustert sie nur von der Seite, er sagt nichts mehr. Es amüsiert Ruby, dass er auf einen spanischen Polizisten eifersüchtig ist.
Nach weiteren zehn Minuten erreichen sie den möglichen Wohnort von Alexander Friedrich, ihrem neuen Dämonen, ihrem Alptraum. Plötzlich ist auch sie nicht mehr sicher, was sie hier überhaupt tun. Vielleicht etwas naiv zu denken, dass er einfach so widerstandslos mit ihnen kommt. Wird sie seinem Anblick überhaupt standhalten? Nils steigt aus, sieht sich das Haus an. Ruby folgt ihm, sie will ihn nicht

spüren lassen, dass sie Angst hat. Ihre Lippen sind trocken und sie zittert. „Bist du okay?”, fragt Nils.
„Alles gut”, lügt sie.
„Noch können wir abblasen.“
„Nein”, sagt sie entschlossen.
Gemeinsam gehen sie zur Tür. Er klingelt. Sie warten. Nichts. Nils klingelt noch einmal. Wieder nichts.
„Keiner zu Hause”, sagt er fast erleichtert.
„Lass uns hineingehen.“
„Bist du verrückt?”
„Wir müssen wissen, ob er es ist. Lass uns reingehen.“
„Und wie?”
Ruby streckt sich nach vorne und drückt den Türgriff herunter. „So“, sagt sie vorwitzig.
Nils nimmt einen tiefen Atemzug. Auf leisen Sohlen betreten sie die Wohnung. Ruby hat Angst, richtig Angst, sie hat ein schlechtes Gefühl. Nils geht voran, Ruby krallt sich an seinem grauen Poloshirt fest. Neugierig schauen sie sich um, halten Ausschau nach Hinweisen, Anhaltspunkten, dass es sich um Alexander Friedrich handelt, ihren Alexander Friedrich. Nils öffnet Schubladen und Schränke. Ruby hält sich nur fest, sie muss sich konzentrieren, dass sie auf den Beinen bleibt. Nils öffnet eine weitere Schublade, ihm stockt der Atem. Er hält inne.
„Was ist, was hast du gefunden?”, will Ruby wissen. Nils zögert. „Zeig her.” Ruby schiebt sich an ihm vorbei und schaut in die Schublade. Sie

bereut es sofort. Darin liegt das blutverkrustete Stoffpferdchen. Nils schaut sie an, Ruby sinkt auf den Boden. Er duckt sich zu ihr, dann geht alles viel zu schnell. Alexander kommt aus einem Zimmer geschossen. In einer Hand hält er ein Riesenküchenmesser. Ruby sieht alles wie in Zeitlupe. Nils hat keine Chance. Alexander rammt ihm das Messer in die Brust. Er klappt sofort zusammen und bleibt benommen an die Wand gelehnt sitzen. *Nein, nein, nein, nicht schon wieder, das ist alles nur ein Scheißalptraum,* denkt Ruby.
„Na, was für eine Überraschung", sagt Alexander freudig.
„Ich dachte nicht, dass du zu mir kommst, um die Sache zu beenden. Ich wollte eigentlich erst in ein paar Monaten nach Deutschland fahren, um dir einen Besuch abzustatten. Wir wurden ja leider unterbrochen bei unserem letzten Treffen." Ruby ist übel, sie kriegt kaum Luft. Besorgt schaut sie zu Nils. Der Blutfleck unter seinem Herzen wird immer größer, er ist kaum noch bei Bewusstsein. Alexander nähert sich Ruby. „Wir hatten doch eine wunderschöne Nacht, findest du nicht?" Nils stöhnt, Ruby weint. Wie dumm sie waren, ohne Waffe zu kommen. Sie haben Alexander unterschätzt und bezahlen jetzt dafür. Alexander streicht ihr über die Narbe an der Wange. „Ist das mein Werk?", fragt er gespielt besorgt. „Oh, das tut mir leid. Aber es steht dir gut, es gibt dir das gewisse etwas." *Wir werden hier sterben. Wir beide. In Spanien,* denkt Ruby. Sie hat keinen Plan, keine Idee. Wieder schaut sie zu Nils. Er hat die Augen geschlossen. *Nils, nein. Bitte.* Plötzlich fliegt die Eingangstür auf. Ein uniformierter Polizist steht mit Waffe im Anschlag in der Tür. „Manos

arriba, policia!" *Heilige Scheiße, vielleicht gibt es ja doch einen Gott,* denkt Ruby benommen. Alexander reagiert blitzschnell. Er packt Ruby, zieht sie auf die Beine, nimmt sie in den Schwitzkasten und hält ihr ein Riesenmesser an den Hals. Der Polizist fixiert Alexander. *Alles schon mal da gewesen,* denkt Ruby traurig. Die beiden Männer schauen sich starr an, Ruby spürt, wie ihr Blut aus einer Wunde am Hals tropft. Benebelt sieht sie zu Nils. Er hat die Augen geschlossen, das Shirt ist blutdurchtränkt. *Ist er...?* Sie wagt nicht, den Gedanken fertig zu denken. Aber sollte er tot sein, will sie auch nicht mehr leben. Plötzlich stößt Alexander sie voller Kraft in die Arme des Polizisten und flüchtet. Der junge Polizist fängt sie auf.
„Estas bien?", fragt er fürsorglich. „Si, necesito una ambulancia", stottert Ruby. Er setzt einen Funkspruch ab und macht sich an die Verfolgung von Alexander. Ruby geht auf allen vieren zu Nils. Ängstlich fühlt sie seinen Puls. Schwach, aber sie kann ihn spüren. Verzweifelt drückt sie beide Hände auf die Verletzung, um die Blutung zu stoppen. „Verlass mich nicht, Nils, bitte, bitte. Ich brauche dich." Außer Atem kehrt der Polizist zurück. „Se ha escapado." Alexander ist entkommen. Besorgt schaut er Nils an, er kniet sich hin. Routiniert bringt er ihn in die stabile Seitenlage. Ruby weint nun hemmungslos. Tröstend nimmt der Polizist sie in die Arme. Kurze Zeit später hört sie die erlösende Sirene der Ambulanz. Sanitäter stürmen herein, knien sich neben Nils und beginnen sofort mit lebenserhaltenden Maßnahmen. Ruby darf im Krankenwagen mitfahren, sie sitzt vorne und schaut durch ein kleines Fenster nach hinten. Die Sanitäter

kämpfen um das Leben von Nils, das kann sie erkennen. Sie weint nicht, sie hat keine Tränen mehr. Fühlt nichts mehr. Es fühlt sich an, als sei sie in einem anderen Universum. Der Weg zur Notaufnahme passiert wie im Traum. Schläuche, Kabel, Spritzen, Blut und das Schlimmste – die besorgten Gesichter der Ärzte und Pfleger. In höchster Eile verschwinden sie hinter einer großen Tür. „Aquí no puedes pasar", sagt eine Krankenschwester bedauernd. Ruby schaut ihr nach. „Bringt ihn mir zurück, bitte", flüstert sie. Erschöpft setzt sie sich in den Warteraum. Sie hat es so satt, nie mehr möchte sie ein Krankenhaus von innen sehen. Wenn Nils überlebt, ihr stockt der Atem bei diesem Wort, wird sie ihr Leben ändern. Keine Morde mehr, keine Rache. Sie wird ein normaler junger Mensch sein. Das glaubst du ja selbst nicht, sagt die kleine Stimme in ihr. Ruby wartet. Nach zirka zwei Stunden nervenzehrenden Wartens klingelt das Telefon. „Ralf?", sagt Ruby überrascht. *Weshalb ruft er an? Fluffy? Ist etwas mit Fluffy? Das würde gerade noch fehlen*. Zaghaft drückt sie den grünen Button. „Ja?", sagt sie mit schwacher Stimme. „Hey, ich bin es, Ralf", er klingt bedrückt. „Wie geht es Nils?" Ruby versteht die Welt nicht mehr. *Woher weiß er? Was weiß er?* „Was meinst du?" Sie stellt sich dumm. „Ruby, ich weiß, was passiert ist. Was meinst du, woher der Polizist gekommen ist, der euch den Arsch gerettet hat?", sagt er etwas ungehalten. „Man kann euch keine Sekunde alleine lassen. Mir war schon klar, dass ihr nicht Ferien macht, wie jedes andere normale Paar auf dieser Welt. Rodrigo ist mein Freund. Ich habe ihn gebeten,

ein Auge auf euch zu werfen.“ *Danke,* denkt Ruby. „Und jetzt raus mit der Sprache, wie geht es Nils?”
„Ich weiß es nicht, sie operieren gerade.“ Ralf bleibt stumm. Nach einer Weile sagt er:
„Halte mich bitte auf dem laufenden, Ruby.“ Er beendet den Anruf. Ruby ist sicher, dass er sie hasst. Was für ein schlechter Einfluss auf seinen besten Freund.
Nach weiteren zwei oder drei Stunden, sie ist sich nicht sicher, geht endlich die große Tür auf. Ein kleiner Arzt mit Nickelbrille geht auf sie zu. Ruby versucht, in seinem Blick zu lesen, ob er gute Nachrichten überbringt, aber er ist nicht zu durchschauen.
„Su Novio tenia mucha suerte.” Sie würde ihn am liebsten umarmen. Der Arzt erklärt ihr, dass das Messer die Lunge nur leicht verletzt hat, und einen Muskel. *Schon wieder die Lunge,* denkt Ruby besorgt. Das größte Problem war der große Blutverlust. Er erhielt mehrere Bluttransfusionen. Aber er wird es schaffen. Er soll vier bis fünf Tage hier bleiben. Jetzt kann Ruby sich nicht zurückhalten und umarmt den verdutzten Arzt. „Gracias”, sagt sie erleichtert. “Puedo verlo?”, fragt Ruby hoffnungsvoll.
„Mañana.“ Sofort ruft sie Ralf an und informiert ihn.
„Soll ich kommen?”, will Ralf wissen.
„Wenn Du willst. Nils muss vier bis fünf Tage im Spital bleiben. Sobald es geht, werden wir nach Hause fahren.“
„Okay Ruby, ich schau mal nach, ob ich ein paar Tage frei bekomme, okay?”

„Ja, okay.“

Ruby ruft ein Taxi, da ihr Herkules noch bei Alexanders Haus steht. Da angekommen bittet sie den Taxifahrer zu warten, bis sie im Wagen sitzt. Als sie endlich das Ferienhaus erreicht, merkt sie, dass sie Angst hat, allein zu Haus zu sein. Alexander ist auf freiem Fuß. Was liegt näher, als sie aufzuspüren.Diese Nacht schläft sie mit einem Küchenmesser unter ihrem Kissen.

97 Samstag

Früh am Morgen macht sie sich auf den Weg ins Krankenhaus. Sie hat die Nacht kaum geschlafen. Bei jedem Geräusch ist sie hochgeschreckt zwischen Albträumen und kurzen Schlafphasen. Im Spital angekommen, fragt sie bei der Information, auf welchem Zimmer Nils liegt. Ruby rennt, sie explodiert fast vor Freude. Sie fühlt sich, als ob ihr jemand ein neues Leben geschenkt hat. Vor der Tür sammelt sie sich und öffnet vorsichtig. Nils schläft, in seinem Hals steckt ein Rohr, schon wieder. Kabel überall. Ruby schluckt und geht langsam auf ihn zu. Vorsichtig setzt sich auf den Stuhl neben seinem Bett und hält seine Hand, in der Infusionen stecken. Gedankenverloren sitzt sie einfach nur da und starrt ihn an. Unvermittelt öffnet er die Augen und schaut sie an. „Es tut mir leid”, sagt sie. Tränen gleiten ihre Wangen hinunter. Er kann nicht sprechen, wie auch mit dem Schlauch im Hals. Schwach drückt er ihre Hand.

98 Samstagabend

Alleine sitzt Ruby vor dem Fernseher und zappt durch das Spanische TV-Programm. Ohne Nils, ohne Fluffy. Nur sie mit sich alleine. *Alleine ist so alleine allein.* Was für ein Gedanke, aber er ist wahr. Ihre Gedanken belasten sie permanent. Vorwürfe, Anklagen, Ängste, Zweifel.
Müde schaltet sie den Fernseher ab und ist sich zum ersten Mal der die Stille in diesem Haus bewusst. Man könnte eine Maus atmen hören. Ihr ist mulmig zumute, plötzlich schleicht sich lähmende Angst an. Alle Türen sind geschlossen, die Fenster verriegelt, das hat sie schon viermal kontrolliert. *Ich hätte im Hotel übernachten sollen*, denkt sie verunsichert. Ruby ist todmüde, die letzte Nacht hat sie kaum geschlafen. Angst und Ungewissheit haben an ihren Kräften gezehrt. Sie legt sich ins Bett und zieht sich die Decke bis über den Kopf. Ihr Herz schmerzt, als sie an Nils denkt. Schon wieder geht er durch die Hölle, leidet wegen ihr. Nur dank Ralf ist er überhaupt noch am Leben, und sie auch. *Ralf, so einen Freund sollte jeder Mensch haben.* Langsam dämmert sie weg. Sie träumt von Nils, er ist tot; von Alexander, wie er hinter ihr steht und lacht. Ihr Vater, der lacht, und klein Ruby, die weinend mit ihrem jetzt blutgetränkten Stoffpferdchen in der Ecke steht. Alle vereint, ihre ganz persönliche kleine Horrorshow.
Plötzlich schreckt sie auf, als jemand grob seine Hand auf ihren Mund presst.

„Shhhhhhhh", es ist Alexander. Ruby reißt die Augen auf, versucht, ihre Gedanken zu sortieren. „Endlich sind wir ungestört und können in Ruhe weitermachen, wo wir aufgehört haben", flüstert er. Er hebt eine schwarze Tasche hoch und zeigt ihr deren Inhalt. „Schau, was ich mitgebracht habe. Kabelbinder, Duck Tape, ein Messer und dein geliebtes Stoffpferdchen. Wenn du es nur nicht so schmutzig gemacht hättest. Aber es verleiht ihm irgendwie mehr Ausdruck, findest du nicht?" Er grinst schmierig. Gelähmt vor Angst, versucht Ruby, zu atmen. Er hält noch immer seine große Hand auf ihrem Mund. „Ist dein Polizeifreund tot?" Ruby starrt ihn einfach nur an. „Woher kam überhaupt der Scheißbulle?" Ruby fixiert ihn, er bemerkt nicht, wie sich ihre rechte Hand unter das Kissen vortastet. Hat er wirklich gedacht, dass sie unvorbereitet auf ihn wartet. Er starrt sie an, Ruby starrt zurück. Sein Blick wandert auf ihre Hand unter dem Kissen. „Hey, was?" Weiter kommt er nicht, blitzschnell zieht Ruby ihren Elektroschocker, den sie sich heute besorgt hat, hervor und jagt ihm 50.000 Volt durch seinen Körper. Stöhnend unter Zuckungen fällt er vom Bett, schlägt hart auf dem Boden auf. Jetzt muss es schnell gehen. *Komm schon Ruby, los.* Sie packt eine Holzfigur, die einen spanischen Stier darstellt, und schlägt sie ihm einmal heftig über den Kopf. Jetzt sackt er ganz in sich zusammen, Blut läuft aus einer kleinen Wunde an der Stirn. Eilig packt sie seine Tasche. „Danke Alexander, hast gleich selber mitgebracht, was ich brauche." Erst die Kabelbinder, sie fixiert seine Beine und Hände dreifach. Das Duck Tape lässt sie weg. Vorerst.

Gespannt sitzt sie auf dem Bett und schaut ihn einfach nur an. Wartet. Nach einigen Minuten stöhnt er und windet sich auf dem Boden.
„Hey, was soll das?", fragt er entrüstet.
„Hast du wirklich gedacht, dass ich hier auf dich warte, ohne mich vorzubereiten?"
Er schaut sie an. „Ich muss gestehen, dass ich dich unterschätzt habe, Ruby Bergmann."
„Wie bist du reingekommen, es ist alles abgeriegelt?"
Er lacht falsch. „Ich bin schon den ganzen Tag hier. Ich bin Dir gestern gefolgt,als Du das Krankenhaus verlassen hast. Heute morgen kam ich zurück, als Du das Haus verlassen hast, bin ich durchs Badezimmerfenster in das Haus rein.
Ruby schluckt. *Oh Gott, er war die ganze Zeit im Haus!* Ihr läuft es eiskalt den Rücken hinunter.
„Was willst du mit mir anstellen, Ruby?"
„Ich weiß es noch nicht. Ich habe 4 Tage Zeit, bis Nils zurückkommt."
„Er lebt?" Er kann es nicht fassen. „Ihr seid wie Unkraut, nicht totzukriegen. Jetzt komm, mach mich los, war doch alles nicht so schlimm, wir haben uns ein bisschen amüsiert, mehr nicht. Hat dir doch auch gefallen."
Ruby schaut ihn ungläubig an. Noch immer sitzt sie mit angezogenen Beinen auf dem Bett. „Du hast mich fast umgebracht!"
„Ach, übertreib' doch nicht, du lebst noch, richtig? Das ist alles, was zählt."
„Ich werde mir etwas ausdenken für dich."

“Du bist verrückt, Ruby, das wird niemals funktionieren. Du bist viel zu schwach, viel zu unstabil. Ich kenne deine Geschichte, ich kenne deine Kämpfe und deine Ängste.“
Meine Geschichte vielleicht, meine Kämpfe nicht annähernd.
„Ich gehe jetzt schlafen“, sagt sie plötzlich, „ich bin müde.“
Er grinst. „Wir können uns eine schöne Nacht machen, jetzt, wo du alleine bist und dein Nils nicht...“, weiter kommt er nicht. „Schnauze.“
Grob befestigt sie Duck Tape um seinen Kopf, dreimal rund herum über den Mund. Zufrieden schaut sie ihn an. Er grunzt.
„Ja, ganz deiner Meinung.“
Ruby verlässt das Schlafzimmer, schließt die Tür und kauert sich gegen die Wand. Sie zittert und friert fürchterlich. Vor Alexander will sie keine Schwäche zeigen, aber es geht ihr nicht gut. Erschöpft steht sie auf und läuft hinunter ins Gästezimmer. Sie legt sich hin und fällt sofort in einen tiefen traumlosen Schlaf.

99 Sonntag

Gegen 9 Uhr steht Ruby auf, duscht, putzt sich die Zähne, zieht sich an. Dann schaut sie nach Alexander. Sie hält inne vor der Tür, atmet tief durch und öffnet schließlich. Alexander liegt noch immer in derselben Position am Boden. Er grunzt und bewegt seinen Kopf hin und her, als er Ruby sieht.
„Du bist ja immer noch hier!”, sagt sie gespielt überrascht. Sie will cool wirken, er soll denken, dass sie sein Martyrium verarbeitet hat.

„Na, gut geschlafen?" Er schaut sie an. *Ist da Wut in seinem Blick?*
„Bist du wütend? Wir haben noch gar nicht angefangen. Ich habe ein Messer, ich könnte Gift auftreiben. Aber mit einem Messer bin ich sicherlich gut bedient. Du hast 10 Finger und 10 Zehen. Damit werde ich eine Weile beschäftigt sein, meinst du nicht?" Jetzt kann sie eindeutig Panik erkennen.
„Du hättest Nils nicht angreifen sollen. Es war mein Plan, dich hier umzubringen, aber Nils hat mich davon abgehalten. Nun, Nils ist nicht da." Sie hebt die Augenbrauen.
„Das hast du dir selber eingebrockt, Alexander", sagt sie und grinst.
„Okay, ich gehe jetzt ins Krankenhaus, sei brav, ja?"
Ruby nimmt ihm das Duck Tape mit einem kräftigen Zug ab. Er jammert.
„Autsch, das hat wehgetan. Du bist verrückt!" Alexander ist außer sich vor Wut.
„Ist das alles, was du mir sagen wolltest?"
„Wasser, bitte, ich habe Durst", sagt er weinerlich.
„Ja, genau", erwidert Ruby und klebt ihm das Duck Tape wieder auf den Mund. „Sei brav ja, ich bin bald zurück."
Sie steht auf und verlässt das Schlafzimmer. Wieder hält sie inne. Zitternd setzt sie sich auf die Treppe. Ein Weinkrampf überkommt sie. Es kostet sie alle Kraft, Alexander gegenüber zu treten. Nach einer Weile, hat sie sich wieder im Griff und freut sich darauf, Nils zu besuchen. Im Krankenhaus angekommen, geht sie mit mulmigem Gefühl zu Nils Zimmer. Vorsichtig öffnet sie die Tür und ist positiv

überrascht. Nils ist wach, kein Schlauch mehr im Hals. Er schaut sie an, noch immer müde, erschöpft. Von den Strapazen gezeichnet. Aber immer noch hübsch.
„Hey", sagt sie leise.
Er hebt die Hand. Versucht zu sprechen, aber kein Ton kommt raus.
Der verdammte Schlauch, denkt Ruby.
„Psssttt, nicht sprechen." Zärtlich streicht sie über seinen Arm. „Es tut mir so leid, Nils." Beschwichtigend hebt er die Hand. *Hat er nie die Schnauze voll von mir?,* denkt Ruby. Von Alexander wird sie ihm nichts erzählen, das ist ihr kleines Geheimnis, ihr Projekt.
„Ich werde heute noch einkaufen gehen, dann zu Hause abhängen. Sonst läuft nichts mehr", erzählt sie ihm. Nils kann seine Augen nicht mehr offen halten und schläft ein.

Ruby bleibt auf dem Sessel im Krankenzimmer sitzen. Regungslos schaut sie Nils einfach nur an, bis sie ausgelaugt und leer einschläft. Sie erwacht vom Knurren ihres Magens. Mit verschlafenen Augen schaut sie zu Nils, er schläft. Sie fährt Einkaufen. Sie muss etwas kochen, sie erinnert sich nicht, wann sie das letzte Mal etwas Warmes gegessen hat. Auf dem Nachhauseweg stoppt sie bei McDonalds. „Oh ja, beste Idee ever", sagt sie zu sich selber. Am Drive-In bestellt sie ein großes McChicken Menü. Dazu gibt's ein hübsches Cola Light-Glas gratis. Im Ferienhaus von Ralfs Eltern angekommen, setzt sie sich an den Esszimmertisch und verspeißt ihr Menü. Satt steigt sie die Treppen hoch und schaut nach Alexander. Vorsichtig öffnet sie die

Tür. Benommen liegt er am Boden. Mit einem Ruck nimmt sie ihm das Duck Tape ab. Er blinzelt und leckt sich die Lippen.
„Gib mir bitte was zu trinken", fleht er.
„Nop".
„Ach, komm Ruby, sei doch nicht so."
Ruby schaut ihn ernst an. „Du hast mir 4 Tage keinen einzigen Schluck Wasser gegeben."
„Aber du bist besser als ich", wimmert er.
Das ist ein Argument, denkt Ruby.
Sie bleibt hart: „Nein, kein Wasser, kein Essen, du kannst rumflennen, wie du willst. Ich habe eine Frage."
Alexander ist ganz Ohr. „Ich habe keine Lust, dich zu quälen, was ich nicht verstehe. Woran liegt das?"
„Du willst eine Therapiesitzung von mir?", will er wissen.
„Ja, genau."
„Das kostet."
Ruby schaut ihn ungläubig an: „Wie bitte?"
„Ich mach es, wenn du mir ein Glas Wasser gibst", handelt er mit ihr.
Ruby denkt nach. „Okay, aber du kriegst das Wasser danach, nicht davor."
„Ich kann nicht sprechen mit dem trockenen Hals."
„Du nervst." Sie geht in die Küche und lässt Wasser in ein Glas fließen. Vorsichtig geht sie die Treppen hoch, vor der Tür atmet sie tief ein. Sie findet, dass sie als Schauspielerin sicherlich eine blühende Zukunft hätte. Ruby tritt ins Schlafzimmer.

„Hier bitte." Mit gestrecktem Arm bietet sie ihm das Wasser an.
Er fixiert sie. „Schlechter Scherz."
Genervt verdreht sie die Augen. Widerwillig hält sie ihm das Glas an die Lippen. Gierig trinkt er.
„Hey stopp, die Hälfte jetzt, die andere Hälfte danach."
Er nickt. „Also los, Herr Psychiater."
Er hüstelt: „Also durch die etwas härtere Behandlung von Alexander Friedrich..." Sie unterbricht ihn: „Du bist Alexander Friedrich."
Ungläubig schaut sie ihn an.
„Ja, also durch die etwas härtere Behandlung durch...", er macht eine Pause, „mich." *Was für ein seltsamer Mann,* denkt Ruby. Sie fand Menschen, die in dritter Person von sich selber sprechen, schon immer sehr suspekt. „Und der Wiederholung der Kindheitstrauma. Aber im Erwachsenenalter gab es eine Verschiebung des Traumas. Die Angst vor mir hat die Angst vor deinem Vater abgelöst. Klein Ruby hat keinen Grund mehr zu erscheinen, da sie ja damit nichts mehr zu tun hat. Du bist erwachsen, kämpfst jetzt mit anderen Dämonen. Ob die schlimmer sind oder nicht, kannst nur du bewerten." Sie unterbricht ihn. „Du hast keine Lust, Alexand...",
„Bitte", er spricht weiter, „also du hast keine Lust, mich zu foltern, weil klein Ruby dein Mordantrieb ist. Sie möchte Rache, sie ist diejenige, die dich in deine Hölle zieht. Solange sie zu Wort kommt, möchte sie, dass du die Ungerechtigkeit, die ihr zugefügt wurde, rächst. Aber da sich, wie schon erwähnt, dein Trauma verschoben hat, hat klein Ruby im Moment nichts zu melden. Somit ist deine Mordlust nicht

vorhanden. Außerdem scheinst du glücklich zu sein. Und möchtest dieses neue Gefühl beibehalten.“ Treuherzig schaut er sie an. *Warum guckt er so?* Es verwirrt Ruby. Aber es ist durchaus einleuchtend und interessant, was er sagt. Darüber muss sie nachdenken. „Interessant”, sagt sie schließlich. Zufrieden nickt er.
„Wasser”, sagt er schließlich. Ruby hält ihm das Glas an die Lippen, er leert es gierig.
Sie fährt fort: „Könnte es passieren, dass sie wieder zurückkehren? Klein Ruby und mein Vater?”
“Das ist sogar sehr wahrscheinlich. Solltest du es schaffen, das Trauma, das dir Alexa…” Ruby hebt den Finger. Er spricht weiter: „Ich dir angetan habe, zu verarbeiten, erscheinen wahrscheinlich wieder deine alten Bekannten. Aber es könnte sein, dass sie sich anders verhalten. Oder auch du dich anders verhältst. Es könnte sein, dass du mehr Kontrolle über die Situationen, in denen sie erscheinen, gewinnst. Wie du siehst, habe ich dir einen Gefallen getan.“ Er lächelt unsicher.
“Ja, bestimmt. Du bist ganz schön durchgeknallt, weißt du das, Alexander. Nennen dich deine Freunde eigentlich Alex?”
„Ja, Ruby, du bist ja auch nicht das typische Beispiel einer normalen Frau. Ja, sie nennen mich Alex.“
“Okay, und was mach ich jetzt mit dir, Alex? Ich habe mich gefreut, dich 4 Tage lang zu foltern. Und jetzt habe ich keine Lust.“ Ruby sitzt auf dem Bett im Schneidersitz und guckt ihn freundlich an.
„Das ist doch schön.”

„Nein, ist es nicht. Ich habe mir in Gedanken ausgemalt, wie befriedigend es sein wird. Aber jetzt bin ich einfach nur glücklich. Und glaub mir, noch vor ein paar Wochen dachte ich, ich werde nie mehr wieder glücklich sein. Doch jetzt sitze ich hier und bin glücklich, glücklich darüber, dass Nils am Leben ist. Dass ich jemanden an meiner Seite habe, der mich liebt."

„Dein Freund ist ein Idiot", wirft Alex ein.

„Bitte?"

"Welcher Mann macht all das mit und ist immer noch verliebt? Der muss auch eine ganz schöne Schraube locker haben."

„Spuck mal lieber nicht so große Töne." Aber irgendwie hat er recht.

„Also, was mach ich jetzt mit dir?"

„Lass mich gehen", bittet Alex.

Ruby lacht laut auf: „Ja, klar, damit du mich bei der nächsten Gelegenheit durch den Fleischwolf drehst. Ich bin vielleicht etwas seltsam, aber ganz bestimmt nicht dumm."

„Ich konnte es nicht unversucht lassen", sagt Alex kleinlaut.

„Ich muss aufs Klo", flüstert er.

Ruby schaut ihn geschockt an. Daran hat sie keine Sekunde lang gedacht.

„Und wie stellst du dir das vor?", will sie wissen.

„Du machst mich los, und ich geh auf Toilette."

„Ich hasse es, wenn du mich für dumm hältst." Ernst schaut sie ihn an.

"Tut mir leid, Alexander, aber du musst in die Hose pinkeln. Ich werde dich nicht losmachen."

“Ach komm, das kannst du mir nicht antun“, fleht er Ruby an.
„Nein, keine Chance.“
Alexander ist beleidigt.
“Wir sehen uns morgen.”
Geschockt sagt er: „Morgen? Aber es ist erst Nachmittag.”
„Was glaubst du, wo du bist! Das sind keine Vergnügungsferien, du bist mein Gefangener.“
„Bring etwas zu essen.”
Ruby ist genervt. „Nein, hab ich dir schon erklärt: kein Essen, kein Trinken.“
“Ach bitte, du bist doch nicht so.” Bevor er weiterreden kann, klebt sie ihm den Mund zu und verlässt das Schlafzimmer.
Ruby atmet tief ein und aus, als sie das Schlafzimmer verlässt. Es klappt jedes Mal besser. Als folgte ihr Körper ihrem Kopf. Als glaubte ihr Körper die Schauspielerei und hätte sich darauf einstellt, dass er selbst denken kann, unabhängig von ihrem Kopf. *Eine unheimliche Erfahrung,* findet Ruby.

100 Montag

Der Wecker klingelt, eigentlich ist es das Smartphone, das Ruby aus einem tiefen traumlosen Schlaf zurückholt. Schlaftrunken steht sie auf, geht ins Bad und zieht sich an. Wie gestern geht ihr erster Blick ins Schlafzimmer zu Alex. Langsam öffnet sie die Tür einen Spalt. Er schläft oder ist tot. Leise schließt sie die Tür, toastet sich ein Brot in der Küche und frühstückt. Dann macht sie sich auf den Weg ins Krankenhaus. Mit noch immer mulmigem Gefühl öffnet sie die Tür zu Nils Zimmer. Er schaut fern und sieht viel besser aus als gestern. Nur noch eine Infusion steckt in seinem Arm. Er lächelt sie an, überglücklich lächelt sie zurück. Mit eiligen Schritten geht sie zu seinem Bett. „Hey”, flüstert er.

„Hey, alter Mann”, erwidert sie.

„Ich fühle mich alt.“

„Nur noch ein paar Tage, dann fühlst du dich wie neu.“

Neugierig fragt er: „Wie sind wir aus der ausweglosen Situation gekommen?”

Ah ja, klar, er weiß ja gar nicht, was geschehen ist, denkt Ruby.

„Mh, da kam plötzlich ein bewaffneter Polizist in die Wohnung gestürzt. Rodrigo hieß er, glaube ich. Und hat Alex in die Flucht getrieben.“

„Alex?”, wiederholt Nils.

„Alexander”, korrigiert sich Ruby, „Ralf hat ihn auf uns angesetzt.“

Jetzt versteht Nils gar nichts mehr.

„Er hat vermutet, dass wir irgendetwas Seltsames in Spanien treiben. Rodrigo ist sein Freund. Er hat ihn gebeten, uns im Auge zu behalten. Gott sei Dank.“

„Ralf”, flüstert Nils.

„Ralf hat unser Leben gerettet“, bestätigt Ruby.

„Haben sie Alexander geschnappt?”

„Nein, er ist entkommen", sagt Ruby und ist bemüht, sich nichts anmerken zu lassen. Sie schaut auf ihre Füße.
Nils bemerkt es: „Alles okay?"
„Ja, alles okay."
„Ich kann vielleicht morgen schon nach Hause", informiert er Ruby begeistert.
„Schon? Das ist ja super!"
„Ja, ich muss einfach ein paar Tage Ruhe haben, liegen und so."
Und so. „Ich liebe dich so sehr, Nils. Ich hatte solche Angst um dich. Wir müssen unser Leben ändern, so etwas möchte ich nie mehr wieder erleben."
Du musst dein Leben ändern, Ruby, denkt er.
Er hält ihre Hand fest. „Ich dachte, das war's, Ruby. Ich habe dich gesehen mit dem Scheißkerl und konnte nichts machen. Es war schrecklich." Er schaut sie an. „Willst du nicht lieber in ein Hotel gehen? Es gefällt mir nicht, dass du alleine in dem abgelegenen Haus bist." Ruby versucht weiter, sich nicht anmerken zu lassen. „Ich habe alles gut verriegelt, mach dir keine Gedanken." Eine sympathische Krankenschwester kommt strammen Schrittes ins Zimmer. „Ah, hola." Sie grinst beide mit einem verschmitzten Lächeln an. „Que tal? Oh, perdón. How are you?" Sie grinst Ruby an. *Was für ein sympathischer Mensch*, denkt sie.
„I am ok, a little pain here." Er zeigt auf die Fläche rechts unten neben dem Herzen. Ruby zieht sich alles zusammen. Wenn Alex das Herz getroffen hätte, wäre es aus gewesen. Die sympathische Schwester

erhöht die Anzahl der Tröpfchen, die in gleichem Rhythmus in die Infusion tropfen. Ruby nimmt an, dass es Schmerzmittel sind. Sie findet, dass es vielleicht doch etwas zu früh ist, nach Hause zu kommen. Sorgsam hebt die Schwester das Krankenhaus-Shirt, das Nils trägt, und schaut nach. Er hat ein Riesenpflaster auf der Operationswunde. Ruby fällt in sich zusammen. Ihr wird das ganze Ausmaß bewusst. Wie viel Glück Nils hatte. Wie viel Glück sie beide hatten. Sie könnte heulen. Nils schaut sie an, er lächelt schief. Zufrieden packt die Schwester Nils wieder ein. Grinsend sagt sie zu Ruby: "Mañana puede ir a casa, oh, perdón." Ruby unterbricht sie: „Hablo español." Erstaunt schaut die Schwester sie an. „Oh, que bien. Es su novio?" Sie will wissen, ob Nils Rubys Freund ist. „Si", antwortet Ruby. Mit gespielt trauriger Miene sagt die Schwester: „Que pena, es muy guapo", übersetzt: Wie schade, er ist sehr hübsch. Verschmitzt grinst sie und verlässt das Zimmer. Was hat sie gesagt?, will Nils wissen. „Mh, nur dass morgen die Sonne scheint."
„Ah, okay."
„Brauchst du irgendetwas?", will Ruby wissen.
„Dich", sagt er und schaut sie zufrieden an.
Sie kichert: „Ich bin hier, sonst noch etwas?"
„Nein, holst du mich morgen ab?"
„Klar, morgens oder abends?"
„Gegen 17 Uhr, haben sie gesagt, wollen nochmal Tests machen oder so."
Ruby lächelt: „Ich kann auch früher kommen und hier mit dir warten."

„Wie du willst”, erwidert Nils.
„Kannst du aufstehen? Wollen wir unten etwas trinken?”, schlägt Ruby vor.
„Ich weiß nicht, bin bis jetzt nur mit Hilfe zum Bad gekommen.“
„Und du sollst morgen nach Hause?“ Es macht Ruby Angst.
„Ja”, er schaut jetzt selber unsicher aus.
„Ich hole uns was zu trinken, okay? Was willst du?”
„Cola Light.“
Ruby holt die Getränke und legt sich neben Nils. So schauen sie fern und unterhalten sich, bis sie um 21 Uhr von einer Schwester, die nicht annähernd so nett ist wie die andere, rausgeworfen wird.

101 Montagabend

Zu Hause angekommen, sieht sie zuerst nach Alex. Er liegt auf dem Bett und scheint außer sich vor Wut. Nicht gerade zimperlich zieht sie ihm das Duck Tape ab.
„Wo steckst du den ganzen Tag, willst du mich hier sterben lassen, oder was?”
Ruby kann es nicht fassen. *Macht der mir jetzt echt eine Szene*?
„Ich sterbe vor Durst und Hunger, und das Scheißbett ist sowas von unbequem, ich komme um vor langer Weile, und ich weiß genau, wie viele verdammte Vierecke die Scheißtapete hat.“

„Wie viele?", will Ruby wissen.

Er schaut sie verdutzt an: „2.342."

Wenn Blicke töten könnten, wäre sie jetzt tot. Ruhig fährt sie fort: „Ich war bei Nils, er kommt morgen nach Hause."

„Und das heißt?", fragt er jetzt etwas ruhiger.

„Das heißt, dass sobald Nils reisen kann, machen wir uns auf nach Deutschland."

„Er wird mich umbringen."

„Du kennst Nils nicht."

„Lass mich gehen, Ruby."

Sie lacht: „Natürlich gib mir noch 5 Minuten."

Er schaut sie verunsichert an: „Wirklich?"

„Natürlich nicht." Sie kann nicht fassen, dass er glaubt, dass sie ihn laufen lässt. „Also Alex, die hellste Kerze, bist du nicht, wenn ich das mal so sagen darf." Beleidigt guckt er sie an.

„Gib mir wenigstens Wasser, BITTE. Ich habe schon furchtbare Kopfschmerzen, weil ich nichts zu trinken bekomme."

„Du Ärmster. Dir scheint nicht bewusst zu sein, was du mir alles angetan hast. Hast du eine Ahnung, wie schmerzhaft ein Jochbeinbruch ist? Gebrochene Rippen? Innere Blutungen? Und du jammerst rum wegen ein bisschen Kopfschmerzen?"

Er schaut sie an wie ein kleiner Junge: „Du bist eine Frau, Frauen halten mehr aus."

„Und du bist ein Idiot, Alex, die ertragen auch 'ne Menge."

Er hebt die Schultern. Alexander Friedrich weiß, dass er ein Idiot ist.

„Ich möchte, dass du mir etwas vorliest", sagt Ruby freundlich.
Alex glaubt, sich verhört zu haben: „Du willst was?"
Verlegen wiederholt Ruby ihre Worte: „Ich möchte, dass du mir aus einem Buch vorliest."
„Das ist verrückt."
„Möchtest du lieber, dass ich dir die Finger abschneide?", fragt Ruby jetzt etwas nachhaltiger.
„Ruby, du hast echt einen Schaden. Du hältst mich hier gefangen. Den Mann, der dich misshandelt und missbraucht hat, der deinen Lover fast erstochen hat, und du willst, dass ich dir aus einem Buch vorlese?"
Er kann es einfach nicht fassen.
Ruby schaut auf ihre Füße: „Mir hat noch nie jemand etwas vorgelesen."
Alex glotzt sie noch immer ungläubig an. „Was für ein Buch? Dann brauch ich aber Wasser, so kann ich nicht lesen, also sprechen."
Es widerstrebt Ruby, aber sie sieht ein, dass er recht hat. Eilig springt sie die Stufen hinab, holt ein Glas Wasser aus der Küche und nimmt das Buch aus ihrer Tasche. Wieder bei Alex angekommen, hält sie ihm das Glas an die Lippen. Seine Lippen sind aufgesprungen, ausgetrocknet. „Und wie soll ich die Seiten umblättern ohne Hände?"
Er ist bockig, Ruby spürt es.
„Die blättere ich um, du sagst, wann du am Seitenende bist, und ich blättere um."
Genervt verdreht er die Augen. „Und was ist das für ein Buch, zeig schon her." Wie ein kleines Mädchen legt sie ihm das Buch auf den

Schoß. Er sitzt aufrecht auf dem Bett, mit dem Rücken an die Wand gelehnt. Mit den Händen auf den Rücken gebunden muss es schmerzhaft sein. „Der Insasse, was ist das? Ein Krimi?"
„Ein Thriller." Plötzlich klingelt das Telefon. Ruby liest laut: „Ralf."
Unsicher nimmt sie den Anruf entgegen. „Hallo, Ralf."
„Hallo, Ruby, wie geht es Nils?", will er wissen.
„Besser, er darf morgen nach Hause", verkündet sie glücklich.
„Gott sei Dank. Hör mal, ich komme morgen Nachmittag mit dem Flieger in Alicante an. Kannst du mich abholen, oder soll ich einen Wagen mieten?"
„Mh, ähm, um welche Zeit genau kommst du an?"
„Moment, ich schau nach, ähm, um 15:40 Uhr."
„Ah ja, okay, das passt. Dann hole ich dich ab und wir fahren gleich zu Nils. Aber du brauchst ja eigentlich gar nicht zu kommen."
„Doch, doch, jetzt habe ich schon gebucht. Wir können uns dann abwechseln beim nach Hause fahren, Nils kann ja sicher nicht fahren."
„Ja, okay, wenn du meinst."
„Also, dann bis morgen."
„Bye." Ruby nimmt einen tiefen Atemzug.
„Wer kommt?", will Alex wissen.
„Ralf, der Freund von Nils."
„Noch ein Bulle", bemerkt Alex.
„Ja, also jetzt lies." Ruby macht es sich in einem bequemen Sessel gemütlich, der im Schlafzimmer steht. Alex liest, er liest und liest und geht sichtbar auf bei seiner Aufgabe. Nach zwei Stunden ist sie müde.

„Ja, okay, du kannst aufhören. Ich gehe schlafen.“
„Endlich”, sagt er erleichtert. „Kein Wunder, dass du so komisch bist, wenn du solche Sachen liest.“
„Dann bis morgen.” Ruby verlässt das Zimmer.

102 Dienstag

Punkt 15:40 Uhr steht Ruby am Flughafen Alicante. Ein kleiner, übersichtlicher Flughafen. Ralfs Flieger ist pünktlich gelandet. Nach 10 Minuten Wartezeit sieht sie ihn kommen. Er umarmt sie zur Begrüßung. *Oh, das hat er noch nie gemacht,* denkt Ruby.
„Ihr seid verrückt. Man kann euch keine Sekunde alleine lassen.“ Ruby schaut schuldbewusst zu Boden. Er sieht ihr an, dass sie verlegen ist.
„Los, holen wir den alten Mann aus dem Krankenhaus“, sagt er schließlich und lächelt. Ruby bezahlt die Parkgebühren vom Flughafen-Parkplatz und sie fahren los. „Schönes Land, nicht?”, will Ralf wissen. „Ja, wunderschön. Und die Leute sind sehr nett und zuvorkommend.“ *Und die Polizisten erst.* Aber das behält Ruby für sich.
„Wie geht es Fluffy?”, will Ruby wissen.
„Wunderbar, es geht ihm gut. Er sagt schon Mama und Papa.“ Ralf grinst. Ruby schaut ihn verunsichert an. Nach kurzer Fahrt erreichen sie das Krankenhaus. Nils ist schon angezogen, er sieht um einiges besser aus als noch gestern. Er trägt seine Lieblings-Jeans und ein schwarzes Poloshirt, das Ruby ihm mitgebracht hat. „Hey, was für eine

Überraschung“, ruft er freudig, als er Ralf sieht. Ralf geht mit großen Schritten auf seinen Freund zu und umarmt ihn: „Ah, nicht so dolle bitte”, wehrt Nils ihn ab. „Oh, entschuldige, Nils. Ich bin nur so froh, dass du, ihr noch am Leben seid.“ Eine Träne kullert seine Wange hinab. „Danke, Ralf, du hast uns das Leben gerettet.“
„Ich wusste ja, dass man euch nicht alleine lassen kann.” Grinsend schauen sich alle drei an.
„Darfst du gehen, oder musst du noch warten?”, will Ruby wissen.
„Ich bin ein freier Mann.” Nils steht auf und stöhnt. *Scheiße,* denkt Ruby. Sie kann es nicht ertragen. Mit kleinen Schritten bewegt er sich vorwärts, Ralf rechts von ihm, Ruby links. „Geht es?” Ralf ist besorgt.
„Ja, geht schon, dauert eine Weile, aber es geht.“
Ruby hat eine Idee. „Wartet einen Moment.” Fünf Minuten später kommt sie zurück, mit einem Rollstuhl im Gepäck und einem zufriedenen Grinsen im Gesicht. „Die nette Krankenschwester hat ihn mir überlassen, ich soll dir ausrichten, dass sie dich vermissen wird.“

Erleichtert setzt sich Nils in den Rollstuhl. Ralf stößt ihn. Bis, ja, bis zum Aufzug. „Und jetzt?, will Ruby wissen. Ratlos sehen sie sich an.
„Wir sind im dritten Stock und müssen in die Tiefgarage”, bemerkt Ralf. Nils sieht besorgt aus.
„Das schaffst du, Nils. Wir sind bei dir“, ist sich Ruby sicher. Sein Gesicht verliert alle Farbe, von der sowieso nicht viel übrig ist. Er hat jetzt schon Panik. „Okay”, sagt er leise.
„Aber nur wenn niemand sonst im Aufzug ist.“ Ruby drückt den Knopf, der Aufzug ist auch gleich hier. Er ist leer. Ralf schiebt Nils

hinein, der schwer atmet. Ruby hält seine rechte Hand, Ralf die linke. „Tief atmen, Nils. 1, 2, 3, jetzt zweimal schnell atmen und wieder dreimal langsam.“ „Du schaffst das, Nils, wir sind fast da”, beruhigt sie ihn. Er zittert. Erdgeschoss, der Lift hält an. Ein Mann steigt zu. Nils beginnt heftiger zu atmen, er hyperventiliert fast. Der Zugestiegene scheint zu bereuen, dass er zugestiegen ist. Endlich Parkebene, die Tür geht auf, sie rennen mit Nils aus dem Aufzug. „Du hast es geschafft, mein Großer.” Ruby freut sich und gibt ihm einen dicken Kuss auf seinen Mund, er erwidert ihn, immer leidenschaftlicher küssen sie sich. „Hallo, doch nicht jetzt, ihr seid echt unmöglich”, beklagt sich Ralf. Nils sitzt im Auto vorne, Ralf hinten. Er ist eingequetscht wie eine Sardine. Ein Audi TT ist ein tolles Auto, aber nicht, wenn man größer als 1,40 Meter ist und hinten sitzen muss. „Ist es weit?”, will Ralf wissen. „Nein, 20 Minuten Plusminus.“ Sie fahren los.

„Jungs“, sagt Ruby nervös. „Ich muss euch etwas mitteilen.“ Nils Herz rast, Panik macht sich breit, sein Mund ist trocken. „Ich habe Besuch zu Hause”, fährt Ruby fort.

„Du hast was? Wer?”, will Nils wissen. Er hofft, dass ihr ein Hund zugelaufen ist.

„Alex.“

„Alex, wer?” Nils wird etwas ungeduldig. „Kannst du bitte in ganzen Sätzen sprechen?“

„Alexander Friedrich.” Nils und Ralf können es nicht glauben.

„Er kam in der ersten Nacht, in der ich alleine war. Er wollte mich... na ja, ich weiß nicht. Nichts Gutes. Aber ich war vorbereitet und konnte ihn überwältigen“, erzählt Ruby etwas stolz. Ralf ist sprachlos. Nils nicht.

„Was hast du mit ihm angestellt? Wie viele Finger? Hände? Füße?” Ruby schaut ihn ungläubig an. „Nichts, was glaubst du denn, wer ich bin? Er hat mir ein Buch vorgelesen”, sagt sie zufrieden.

„Bitte, er hat was?” Nils dreht total am Rad.

„Ich habe ihn gebeten, mir ein Buch vorzulesen.“ Ruby merkt, wie Nils sie von der Seite anstarrt. „Ich weiß nicht, was ich sagen soll.”

„Wo ist das Problem? Wir bringen ihn zusammen nach Deutschland, das war der Plan oder nicht? Und es kommt noch ein versuchter Mord an einem Polizisten dazu. Oder etwa nicht?” Ralf räuspert sich.

„Ja, da muss man sehen, wie der Anwalt das alles dreht und die spanische Polizei.“ Ruby fährt fort. „Egal, wir haben ihn.“ Stumm fahren sie nach Hause und treten in ihr Feriendomizil ein. „Wo ist er?”, will Nils wissen.

„Im Schlafzimmer.” Ruby und Ralf stützen Nils die Treppe hinauf. Ruby öffnet die Tür. Alex sitzt noch immer an die Wand gelehnt auf dem Bett. „Soll ich ihm das Duck Tape abmachen?”, will Ruby wissen. Ralf nickt. Grob reißt sie ihm das Tape vom Mund. „Na sowas, der ganze Club vereint, was für eine Überraschung. Herr Kramer, so lebendig?”

Nils zittert, damit hat er nicht gerechnet. Sein Körper reagiert auf das Erlebte. „Ich muss mich setzen”, sagt er mit zitternder Stimme. Ralf und Ruby helfen ihm wieder die Treppen hinunter. „Ich will ihn nicht sehen”, sagt Nils sichtlich betroffen. „Hallo, hey, wollen Sie sich nicht

ein bisschen mit mir unterhalten, Herr Kramer?“, ruft Alex aus dem Schlafzimmer. „Ihre Freundin ist eine Kanone im Bett, es hat mächtig Spaß gemacht. Das würde ich gerne wiederholen.“ Ruby schluckt.
„Okay, das reicht.” Ralf steigt die Treppen hinauf. Es poltert, sie hören Schläge, Schreie, Grunzen, Fluchen und Ruhe. Mit blutenden Fingerknöcheln, aber zufrieden kommt er die Treppe hinunter. „Er wollte ein bisschen schlafen.“
„Wir müssen uns beraten. Wie gehen wir vor?”, will Ralf wissen.
„Ich schlage vor, wir fahren morgen nach Deutschland”, schlägt Nils vor.
„Du kannst doch noch nicht so lange im Auto sitzen”, befürchtet Ruby.
„Das geht schon. Die Frage ist nur, wie wir zu viert in diesem Auto hinkommen.“ Es scheint Ralf Sorge zu bereiten.
Nils ergreift das Wort: „Ruby fährt. Ich will nicht, dass sie mit dem Scheißkerl hinten sitzt. Ich muss vorne sitzen, wegen der Größe und der Verletzung.“
„Ja, ich habe verstanden, das wird eine lange Fahrt“, befürchtet Ralf.
„Fahren wir morgen früh? Alle einverstanden?”
Alle nicken.
Ruby kocht Spaghetti für alle, außer für Alex. Ralf schläft allein im Gästezimmer, Nils und Ruby zusammen im anderen Gästezimmer. Eng aneinander gekuschelt auf einem winzig kleinen Bett. Nils nimmt noch zwei Schmerztabletten, dann löschen sie das Licht aus. „Ich liebe dich, Ruby, du bist das Wichtigste und Wertvollste in meinem Leben.” Ruby streicht ihm über seine kaum behaarte Brust, sie stockt, als sie

an das Pflaster gerät. „Ich liebe dich auch, Nils, wie ich noch nie jemanden geliebt habe."

103 Mittwoch

Ralf ist schon um 7 Uhr auf den Beinen und wuselt im Haus herum. Nicht gerade leise der Mann. Gegen 8 Uhr stehen auch Nils und Ruby auf. Er hat Schmerzen, sie sieht es ihm an, aber er will es nicht zugeben. *Typisch Mann*, findet Ruby. Alle drei gehen die Treppen hoch, um Alexander reisefertig zu machen. Ralf öffnet die Tür. Alexander sieht mitleiderregend aus. Ralf hat ganz schön zugelangt. Sein Gesicht ist über und über blutverschmiert, die Nase ist wahrscheinlich gebrochen. „Hey, wach auf", befiehlt ihm Ralf. Alexander stöhnt und wimmert, schließlich öffnet er die Augen. Benommen schaut er sie an. „Los, steh auf, wir fahren los." Grob packt Ralf ihn an den Schultern und zieht ihn hoch. Schließlich steht er auf seinen Füßen. Er schwankt von einer Seite zur anderen. Gnadenlos stößt ihn Ralf aus der Tür, er hält ihn an den Schultern fest. Alexander muss hüpfen, da er Kabelbinder um die Füße hat. „Und jetzt?", will Nils wissen. Sie stehen vor der Treppe. Ralf hält Alexander an den Schultern fest, sonst würde er sofort das Gleichgewicht verlieren. „Er soll runterhüpfen, ganz einfach", meint Ralf. Als er plötzlich zu Nils gewendet sagt: „Halt ihn mal fest, meine Schuhbänder sind offen." Nils kann nicht reagieren, der Anblick von Alexander lähmt ihn noch immer. So bleibt ihm nichts anderes übrig, als zuzusehen, wie dieser

mit riesigem Gedöns die Treppe hinunterstürzt. Über den Kopf, über die Schulter, über den Rücken kein Körperteil bleibt verschont. Wie Tick, Trick und Track stehen sie oben und schauen tatenlos zu.
Seltsam verdreht bleibt Alexander unten liegen. Ruby und Ralf stürzen die Treppe hinunter. Nils Schritt für Schritt.
Ralf kniet sich neben Alexander und tastet den Puls. „Nichts, er ist tot, wahrscheinlich Genickbruch."
Ruby bemerkt: „Wenigstens haben wir mehr Platz im Wagen." Ralf schaut sie ungläubig an. Jetzt kommt auch Nils hinzu. „Scheiße Ralf, und jetzt?" Ralf bereut, dass er nach Spanien gekommen ist. *Er hätte zu Hause bleiben sollen,* denkt er leider viel zu spät. „Wir müssen ihn entsorgen", schlägt Ruby vor.
„Wir müssen die Polizei rufen", korrigiert Ralf. *Die hübschen Polizisten,* denkt Ruby total unangebracht.
„Und was willst du ihnen erzählen?", will Nils wissen. „Wenn die einen Kerl hier liegen sehen, der mit Kabelbindern verschnürt ist, eine gebrochene Nase und ein gebrochenes Genick hat, gehen wir alle in den Knast."
„Wir müssen ihn entsorgen", wiederholt Ruby.
„Und wo bitteschön? Im Garten vom Ferienhaus meiner Eltern?"
Nils denkt nach. Ruby grinst: „Im Meer", sagt sie. Es gibt keinen besseren Ort als das Meer für tote Menschen. Der wird ratzfatz aufgefressen."
„Mh, und wie bringen wir ihn da hin?", will Ralf wissen.
Nils denkt noch immer nach: „Ruby fährt zur Küste und versucht, ein

Boot für heute Nacht aufzutreiben. Sie ist die Einzige, die Spanisch spricht."
„Ruby spricht Spanisch?", wundert sich Ralf.
„Besser als deine Frau", erwidert Nils.
„Wir warten hier. Heute Abend, wenn es dunkel ist, machen wir uns auf den Weg. Befestigen einen Stein um seine Füße und tschüss."
Ralf kann nicht fassen, in was er hier hineingerutscht ist. „Ja, okay."
„Dann geh ich los und such ein Boot." Ruby verlässt das Haus.

104 Mittwochnachmittag

Drei Stunden später ist Ruby zurück. „Und? Hast du eins?", fragt Nils neugierig. „Ja, ich habe eines und hätte alle haben können. Die haben sich fast darum geprügelt, welcher mir sein Boot geben darf", berichtet Ruby zufrieden.
„Gut gemacht", lobt Ralf.
„Ich habe ihm 100 Euro in die Hand gedrückt, keine Fragen, keine Papiere. Das Boot ist an einem kleinen Fischerhafen bei El Campello. Das sind zirka 15 Minuten mit dem Wagen."
„Perfekt."
„Wir müssen ihn bald ins Auto verfrachten. Nach zirka sechs Stunden setzt die Leichenstarre ein, dann kriegen wir ihn niemals in den kleinen Kofferraum", informiert sie Ralf.

„Was du alles weißt”, staunt Nils.
„Ein Polizist sollte das wissen. Weißt du das etwa nicht, Nils Kramer?”
„Doch, natürlich weiß ich das.“
Während Ruby unterwegs war, haben Nils und Ralf den Leichnam von Alexander Friedrich mit Abfallsäcken umwickelt.
„Na, dann an die Arbeit.” Ralf packt ihn an den Schultern. Ruby und Nils stehen da und beobachten ihn. „Würde jemand mit anpacken?”
„Ich kann nicht, sorry.” Nils zeigt auf seinen Bauch.
„Ah, so Mist, ja stimmt. Ruby, kannst du?” Ruby hebt die Augenbrauen.
„Ich versuche es.” Kräftig packt sie Alex an den Füßen. 1,2,3 – sie heben ihn an und schleppen ihn mühsam zum Wagen. Nils öffnet den Kofferraum. Er zweifelt: „Da soll der rein? Ich glaube, wir müssen ihn zerlegen, damit der reinpasst.“
„Nein, nein, der passt schon.“ Mit Schwung werfen sie Alexander in den Wagen. Die Füße schauen bis zu den Knien aus dem Kofferraum heraus. „Scheiße”, meint Ruby. Ralf zieht und drückt. „Wir müssen seine Knie anwinkeln, dann muss es passen.“ Ruby hilft ihm. Gemeinsam zerren und ziehen und sehen, dass es passt. „Mach schnell zu.“
„Geschafft”, sagt Ruby erleichtert. „Habt ihr das Seil schon eingepackt für den Stein?”, will Ruby wissen. „Ja, alles schon im Wagen.“
„Okay, wir warten, bis es dunkel ist, fahren also gegen 19 Uhr”, schlägt Ralf vor.

„Ich finde es besser, wenn wir uns gegen Mitternacht aufmachen, wenn es keine Menschen mehr auf den Straßen hat", meint Nils.
„Du hast recht, das Problem ist die Leichenstarre. Mal sehen, wie wir den aus dem Wagen bekommen."
Ruby ist optimistisch. „Wir haben ihn reingekriegt, wir kriegen ihn auch raus."
Die Zeit vergeht wie im Fluge. Die drei sind nervös. „Es ist 23:34 Uhr, sollen wir los?"
Nils antwortet: „Ja, los, gehen wir."
Ruby fährt, Nils auf dem Beifahrersitz und Ralf in der Sardinenbüchse. Er motzt, Nils und Ruby ignorieren ihn. In 10 Minuten erreichen sie San Juan de Alicante, ein Städtchen vor El Campello. Von Kreisel zu Kreisel bewegen sie sich vorwärts. *Das Land der Kreisel,* denkt Ruby fasziniert. Doch plötzlich ist vor ihnen eine Polizeikontrolle. Ruby verlangsamt Herkules, lässt das Fenster herunter und grüßt freundlich den ihr bereits bekannten hübschen Polizisten. "Hola, que tal? A donde vais?" Er will wissen wohin sie gehen. „Ähm, vamos a casa de unos amigos", antwortet Ruby und lächelt den Polizisten freundlich an. Er lächelt zurück. "De vacaciones?" Nils beobachtet die Szene ungläubig. „Si, volvemos a Alemania mañana." Ruby erklärt, dass sie morgen wieder zurück nach Deutschland fahren. Der Polizist erwidert: „Que pena que tengas una buena noche." Er zwinkert ihr zu. Ruby lächelt. Nils nicht.
„Was zur Hölle ist mit den Polizisten in diesem Land los?"
„Beruhige dich alter Mann, er war doch nur nett", beruhigt ihn Ruby.

„Der hat mit dir geflirtet und mich keines Blickes gewürdigt.“
„Eifersüchtig?” Nils findet es nicht lustig. „Zicke”, sagt Ruby.
Nach weiteren fünf Minuten erreichen sie den Fischerhafen von El Campello. Sie steigen aus und suchen das Boot. Schnell finden sie es. „Und da sollen wir vier reinpassen?”, fragt Ralf. „Müssen”, korrigiert Ruby. Aufmerksam schauen sie sich um. Keine Menschenseele. „Dann los, holen wir ihn raus.” Ruby öffnet den Kofferraum. Ralf zieht an den Schultern, Ruby an den Beinen. Nils schaut zu. Alexander bewegt sich keinen Millimeter, er steckt im Wagen wie eingepflanzt.
„Hola, puedo ayudar?” Geschockt drehen sie sich um und sehen einen älteren, aber sehr kräftigen Mann, der fragt, ob er helfen kann. *Scheiße,* denkt Ruby „No, gracias.” Freundlich lächelt sie ihn an. „Te he visto hoy, has preguntado por el barco de mi amigo.“ Er sagt, dass er sie heute schon gesehen hat, als sie nach dem Boot seines Freundes gefragt hat. „Ah, si.” Er fixiert sie. „Deja me ayudar te.“ Er geht zum Kofferraum. „Venga tira fuerte”, weist er Ralf an. Ralf versteht ihn und zieht mit aller Kraft. „Otra vez.” Noch einmal ziehen die beiden Männer. Wie durch ein Wunder ploppt Alexander aus dem Wagen und fällt auf den Boden. Der alte Mann guckt verdutzt. „Parece ser un muerto.” Er meint, dass es aussieht wie ein Toter. Dann lacht er. Ruby und Ralf auch. Ein nervöses Lachen. Nils lacht nicht, er versteht kein Wort. Dann hört er auf zu lachen. Ruby und Ralf auch. Der Alte schaut sie ernst an. „Era un hombre malo?” Er will wissen, ob es ein böser Mann war. Ruby hebt ihr Shirt und zeigt ihm ihre Narbe, dann geht sie zu Nils, der sie erschrocken ansieht. Sie hebt sein Shirt und zeigt ihm

das Riesenpflaster. „Ha sido el." Der Alte verengt die Augen.
„A donde hay que llevarlo?" Er will wissen, wo er hin soll.
„Al barco de tu amigo." Ralf und der Alte packen Alexander, tragen ihn aufs Boot und legen ihn vorsichtig ab. Der Alte steigt wieder aus, und Nils steigt ein. Der Alte umarmt Ruby. „Cuidate mucho", sagt er, das heißt „Pass auf dich auf." Ruby erwidert die Umarmung. „Muchas gracias." Er winkt ihnen zu. Leise steigt Ruby in das kleine Boot.
„Scheiße, der Stein und das Seil!" Sie springt wieder aus dem Boot und rennt zu Herkules, hebt den Stein aus dem Auto und packt das Seil in ihren Rucksack. Der Stein wiegt eine gefühlte Tonne. Mühsam schleppt sie ihn zum Boot. Ralf nimmt ihn entgegen. Mit einem Sprung hüpft sie ins Boot. „Es kann losgehen, Mädels." Ralf lässt den Motor an, und sie schippern im langsamen Tempo aufs Meer. Es ist unheimlich, schwarz wie die Nacht. Man hört nur das Rauschen des Wassers. Und das Lachen der Fische. Ungefähr 300 Meter von der Küste entfernt stellen sie den Motor ab.
Nils befestigt das Seil an den Beinen von Alexander Friedrich, Psychiater und Psychopath. Genie und Wahnsinn, wie so oft ganz nah zusammen. „Spricht jemand eine Grabrede oder so?", will Ralf wissen. Nils und Ruby schauen ihn ungläubig an. „Ja, ich", sagt Ruby schließlich, sie räuspert sich: „ Lieber Alexander Friedrich, dein Leben war viel zu lang. Ich hoffe, dass du in der Hölle schmorst. Amen."
„Dann pack mal mit an, Ruby." Ruby nimmt die Füße, Ralf den Oberkörper. Mit Schwung werfen sie ihn über Bord. Mit Schrecken schaut Ruby auf den Stein: "Jungs, der Stein, der Stein, der Stein muss

ins Wasser.“ Ralf packt beherzt den Stein und wirft ihn über Bord. „Puh, das war's.” Nils atmet erleichtert aus. Ruby zittert. Vor Kälte oder Erleichterung, Angst oder alles zusammen. Nils legt seinen Arm über sie. Ralf wirft den Motor wieder an, und sie tuckern zurück zum Hafen. Erschöpft und erlöst fahren sie ins Ferienhaus. Ohne Worte, aber es ist keine unangenehme Stille. Schließlich sagt Nils: „Ralf, ich möchte gerne Rodrigo kennenlernen, bevor wir zurückfahren.“ Ralf denkt nach. „Okay, ich werde ihn... ihn am Morgen anrufen. Wir können ja etwas essen gehen morgen, also heute Abend und Freitag zurückfahren?”
„Gute Idee”, findet Ruby.

105 Donnerstag

Um 21 Uhr treffen sich Ralf, Nils und Ruby mit Rodrigo, dem spanischen Polizisten, der wie ein Engel plötzlich da war. Er hat Nils vor dem sicheren Tod und Ruby vor wahrscheinlich noch schlimmerem bewahrt. Ralf und Ruby haben den Tag damit verbracht, das Ferienhaus seiner Eltern auf Vordermann zu bringen. Nils hat geschlafen, den ganzen Tag. Schmerzmittel und Schlaf. Der arme Kerl war total erschöpft. Jetzt sind sie unterwegs zu einem argentinischen Restaurant, das Lieblingsrestaurant von Ralf und Maja. Pünktlich stehen sie vor dem Restaurant und warten. Pünktlich für einen

Spanier kommt Rodrigo nur 15 Minuten zu spät. Ruby hätte ihn ohne Polizeiuniform nicht wiedererkannt. Er ist kleiner als Ralf, dunkle Haare, dunkle, aufgeweckte Augen. Ruby schätzt ihn jünger als Ralf, eher in ihrem Alter. Ein sehr sympathischer Mann. Ralf begrüßt ihn herzlich. Dann wendet er sich an Nils: „Me alegro verte con vida." Es freut ihn, Nils am Leben zu sehen. Er gibt ihm die Hand, sie klopfen sich die Schultern. Nils ist sichtlich bewegt, fast flüsternd sagt er: „Muchas gracias." Rodrigo packt ihn und umarmt ihn. Ruby rollt eine Träne über die Wange. Ihr ist es sehr bewusst, was dieser Mann für sie getan hat. Dann schaut er Ruby an, sie kann sich nicht zurückhalten und fällt ihm weinend um den Hals. Er erwidert die Umarmung. „Gracias", flüstert sie. Nun stehen sie alle da und heulen. Was den einen und anderen verwirrten Blick auf sie zieht. Jetzt umarmt Ruby auch Ralf, schließlich war er es, der Rodrigo auf sie angesetzt hat. „Danke, Ralf." Ralf heult wieder los, gerade hat er sich erholt, jetzt fließen wieder Bäche. Jetzt umarmt Nils noch Ralf. Von außen könnte es den Anschein einer Gruppentherapie machen. „Vamos a comer", sagt Rodrigo schließlich. Sie unterhalten sich über alles Mögliche, nur nicht über diesen schicksalhaften Freitagabend. Ruby ist dankbar. Der Abend verläuft wunderbar. Sie genießen ihr ausgesprochen gutes Nachtessen.

106 Freitag

Nach dem Mittagessen fahren sie los Richtung Deutschland. Ruby sitzt am Steuer bis nach Frankreich, dann übernimmt Ralf Herkules. Das Erlebte hat sie zusammengeschweißt. Alle drei wissen jetzt, dass sie sich auf den jeweils anderen verlassen können. Egal, was da komme. In jedem Negativen gibt es auch etwas Positives, man muss es nur finden. Die Reise verläuft zum Glück ereignislos. Nils ist ein langweiliger Beifahrer, er schläft fast ununterbrochen. Ab und zu ertappt sich Ruby dabei, sich Sorgen zu machen, ob auch alles okay mit ihm ist. Noch vor sechs Tagen ist er dem sicheren Tod von der Schippe gesprungen. Aber wahrscheinlich ist es normal, dass er müde ist. Schon wegen der Medikamente. Ralf jammert immer mal wieder über das Platzproblem, dass er auf dem Hintersitz hat. Ruby und Ralf haben ausgemacht, dass sie bis nach Lyon fährt. In Lyon werden sie in einem einfachen Autobahnhotel übernachten. Am nächsten Tag fährt Ralf dann bis nach Berlin durch.
In Lyon angekommen, checken sie in einem Autobahnhotel ein. Ralf ein Einzelzimmer. Ruby und Nils ein Doppelzimmer. Ruby fällt erschöpft auf das Bett. Nils legt sich neben sie. Er schaut sie an. Langsam lehnt er sich zu ihr und beißt ihr ins Ohrläppchen. Er weiß genau, dass sie dem nicht widerstehen kann. *Klar ist er nicht müde, er hat die ganzen 10 Stunden non-stop durchgepennt,* denkt Ruby. Sie grinst und stößt ihn weg. „Lass mich wenigstens noch duschen." „Lass uns schmutzigen Sex haben", erwidert er. Ruby muss lachen. „Darauf steh ich nicht so, ich geh duschen, und das solltest du auch tun. Nur so

nebenbei erwähnt.“ Er guckt sie beleidigt an, steht dann aber auf und stellt sich nichts ahnend mit ihr unter die Dusche. Als ihn der erste Wasserstrahl trifft, glaubt er, dass er Verbrennungen dritten Grades davongetragen hat.
„Ruby, stell das ab!”, schreit Nils. Erschrocken stellt sie das Wasser ab.
„Was ist los?”, fragt sie besorgt.
„Das Wasser ist kochend heiß, bist du wahnsinnig?” Ruby guckt ihn verdutzt an“. Also manchmal bist du echt ein Weichei, Nils Kramer”. Sie reguliert die Wassertemperatur.
Die Gezeichneten, denkt Ruby, sie tragen Narben an denselben stellen.
„Kannst du duschen mit der Verletzung?”, will Ruby wissen. „Mach mich einfach nicht nass, dann geht es schon.” Sie kichert, was ist los mit ihm? Irgendwie schaffen sie es, so zu duschen, dass Nils obenrum nicht nass wird. Einfach war es nicht, aber sie hatten schon größere Probleme. Frisch geduscht legen sie sich aufs Bett. Ruby ist hundemüde. Zehn Stunden Autofahrt haben sie ermüdet. Nils will davon nichts wissen, er ist hellwach und voller Tatendrang. Ruby liegt auf dem Rücken und schließt die Augen. Nach einer Weile macht sie die Augen auf. Nils ist genau über ihr und starrt sie an. Irgendwie sieht er ein bisschen verrückt aus. Die Haare stehen in alle Richtungen, er hat einen 3-Tage-Bart, der ihm außerordentlich gut steht. Und da sind sie, diese Augen, das Erste, was ihr an ihm aufgefallen ist. Die Verletzlichkeit und Tiefe, die sie so fasziniert hat. Ihre Schmetterlinge im Bauch machen sich auf den Weg. Langsam senkt er seinen Kopf, und sie küssen sich erst sanft und liebevoll, dann immer fordernder

und leidenschaftlicher. „Hast du?”, unterbricht Nils sie. „Ja, hab ich.“
Am nächsten Morgen übernimmt Ralf das Steuer, Ruby setzt sich auf die Rückbank.
„Hast doch genug Platz hier, warum hast du denn die ganze Zeit rumgejammert?”, will sie von Ralf wissen. „Mit knapp 1,50 Meter vielleicht“, antwortet dieser.
Nils schläft wieder selig den ganzen Weg nach Berlin. War wohl zu viel Sport gestern Nacht.
Gegen 21 Uhr erreichen sie Berlin. Es fühlt sich gut an, nach Hause zu kommen. Ralf fährt zu seinem Zuhause. Er eilt in die Wohnung und holt Fluffy, Ruby kann es kaum abwarten, den kleinen Kerl wiederzusehen. Wild kommt er aus der Tür geschossen. *Oh, mein Gott,* denkt Ruby, *er ist fett wie ein Nilpferd.* Fluffy springt außer sich vor Freude an Ruby hoch, beißt ihr in ihre Arme. „Komm, Fluffy, ins Auto.” Maja erscheint an der Tür. Ruby kann ihren Blick nicht wirklich deuten, irgendetwas zwischen Erleichterung und Vorwurf. Mit kleinen Schritten nähert sie sich Nils: „Du armer Kerl”, sagt sie mit mitleidiger Stimme, „geht es wieder einigermaßen?” Nils lächelt: „Ja, ja, geht schon wieder.“ *Sie hat ihn gestern Abend nicht erlebt, der Kerl ist in bester Verfassung,* denkt Ruby schmunzelnd. Nun watschelt sie zu Ruby. Eindringlich schaut sie sie an. „Ihr müsst besser auf euch aufpassen”, sagt sie ernst. Dann umarmt sie Ruby und fährt fort: „Ich habe mir Sorgen um euch gemacht.” Ruby ist überrascht ob der herzlichen Umarmung und weiß nichts zu erwidern. Schließlich sagt sie: „Danke, dass du auf Fluffy aufgepasst hast.” Maja löst sich von ihr.

„So ein niedlicher Kerl, aber gehorchen tut der nicht." Herzlich verabschieden sie sich. Was für eine Reise, unvergessen wird sie für immer in ihren Köpfen eingebrannt sein. Ruby fährt nach Hause. Nils ist jetzt hellwach und plappert wie ein Wasserfall. Ruby liebt es. Es macht sie glücklich, ihre kleine Welt ist wieder im Gleichgewicht. Zu Hause angekommen, setzten sie sich erschöpft aufs Sofa. Also Ruby ist erschöpft, Nils nicht. Sie stellt den Fernseher an. An irgendeiner englischen Serie bleibt sie schließlich hängen. Müde legt sie ihren Kopf auf Nils Schoß.

107 Montag

Ein furchtbarer Alptraum hat Ruby heute aus dem Schlaf gerissen. Sie war im Meer schwimmen, das allein ist schon ein Alptraum. Aber dann tauchte plötzlich Alexander aus dem Wasser auf, er war aufgebläht, sein Kopf mit der gebrochenen Nase und voller Blut. Er röchelte sie an. „Das war noch nicht das Ende, Ruby, ich bin noch nicht fertig mit dir." Ruby schreckte schweißgebadet auf. Nie mehr wird sie auch nur einen Fuß ins Meer setzen. Müde schloss sie wieder die Augen und schaffte es, noch zwei weitere Stunden zu schlafen.
Nils muss erst Mittwoch wieder zur Arbeit. Er wird wohl zu Büroarbeit verdonnert, bis sein Körper ganz geheilt ist. Heute muss er zum Arzt, Nachkontrolle und die Fäden ziehen.
Ruby hat die Arbeit an ihrem Phönix-Grafik-Projekt wieder aufgenommen. Durch die Ereignisse musste sie es etwas auf Eis legen.

Aber jetzt kann es losgehen. Sie hat eine coole Grafik für ein Tattoo-Studio erstellt. Nils ist gegen 19 Uhr zurück, reichlich spät, findet sie. Beinahe stolz zeigt er ihr das Resultat des Arztbesuchs. Die Narbe sieht tatsächlich gut aus. Liegt genau über der anderen Narbe, die er dank ihrer Schlagkraft davongetragen hat. Am Abend setzen sie sich entspannt vor den Fernseher. Ruby denkt nach. Über das vergangene Jahr. Knapp ein Jahr sind sie jetzt zusammen. Und dieses Jahr hatte es in sich. Nils und Ruby sind füreinander gemacht, daran gibt es keinen Zweifel, wie Tim und Struppi, Pommes und Salz, Kino und Popcorn, Yin und Yang und jetzt eben Ruby und Nils. Vieles hat sie gelernt in diesem Jahr. Dass das Leben nie stillsteht, dass das, was heute ist, morgen schon wieder ganz anders sein kann. Das Leben hat seine ganz eigene Dynamik. Dass alles, was man macht, Konsequenzen mit sich bringt. Auf jede Aktion erfolgt eine Reaktion. Nichts, was man tut, bleibt ohne Konsequenzen im Guten wie im Schlechten. Eine wichtige Lektion, die Ruby glaubt, gelernt zu haben. Nils holt sie aus ihren Gedanken, indem er sich plötzlich vor sie hinkniet. Mit zittriger Stimme sagt er: „Ruby Bergmann, wir haben viel erlebt im letzten Jahr. Wir sind zusammen durch die Hölle und zurück. Aber in einem war ich mir immer sicher. Dass ich dich über alles liebe. Und den Rest meines Lebens mit dir verbringen möchte. Willst du meine Frau werden?" Ruby starrt ihn an. Nils sieht Ruby an, mit seinen wunderschönen haselnussbraunen Augen. Wie könnte sie auch Nein sagen. Eine Träne löst sich. „Oh Nils, bist du dir ganz sicher, dass du das willst?”, fragt sie verunsichert. „Mehr als alles in der Welt”, antwortet er. „Ja, ich will, natürlich will ich.”

108. 6 Monate später

Heute ist ihr großer Tag. Rubys und Nils Hochzeit. Ab heute wird sie Frau Kramer sein. Ruby Bergmann wird nicht mehr existieren. Der Beginn eines neuen Lebens. Es ist eine kleine Feier, sie haben nur ihre besten Freunde eingeladen. Ruby sieht bezaubernd aus in ihrem einfachen, aber wunderschönen Hochzeitskleid. Nils atemberaubend in einem schwarzen Anzug, einer schwarzen Weste und dem rosa Hemd. Christina Dummauge durfte nicht kommen. Die Gefahr, dass sie sich nicht im Zaum halten kann bei seinem Anblick, war zu hoch. Mirjam ist mit ihrem Mann extra aus London gekommen. Obschon Nils und Ruby nicht auf ihrer Hochzeit waren. Natürlich sind auch Rubys Mom und ihr noch Freund, aber bald Mann Bernd dabei. Ralf und Maja, Rodrigo kam aus Alicante angeflogen, natürlich Nils Schwester, Anna und weitere Freunde. Es ist ein wunderschöner Tag. Sie feiern fröhlich. Alle schweigen gespannt, als der Pfarrer spricht: „Und wollen Sie, Nils Kramer, Ruby Bergmann lieben und ehren in guten und in schlechten Zeiten, bis dass der Tod euch scheidet?” Nils antwortet gerührt: „Ja, ich will“. „Und wollen Sie, Ruby Bergmann, Nils Kramer lieben und ehren in guten und in schlechten Zeiten, bis dass der Tod euch scheidet?", will er nun von Ruby wissen, bei dem Wort Tod zieht es ihr den Magen zusammen. Mit Tränen in den Augen sagt sie: „Ja, ich will." Als der Pfarrer verkündet: „Sie dürfen die Braut jetzt küssen", weiß Ralf genau, was jetzt kommt. Erst applaudieren die Leute, als die beiden verliebt aneinanderkleben, dann lachen sie und, als sie bemerken, dass es Stunden dauern kann, stimmen sie ein Pfeifkonzert an. Erst dann lassen sie voneinander ab. Ausgelassen feiern sie bis spät in die Nacht. Ruby, Nils, Ralf und Maja sind schließlich die Letzten, die sich auch den Heimweg machen. Rubys Herkules ist fröhlich bemalt: Just Married steht dort. Glücklich verabschieden sie sich voneinander. Nils fährt, er öffnet die Tür und möchte sich gerade hinsetzen, als sein Herz zwei Schläge aussetzt. Ruby schaut ihn erschrocken an: „Was ist los Nils?" Er starrt auf den Fahrersitz. Ängstlich richtet Ruby ihren Blick auf den Sitz. Ungläubig starrt sie darauf. Ihr Herz beginnt zu rasen, sie zittert. Was sie sieht, zieht ihr den Boden unter den Füßen weg. Es ist ein blutverkrustetes Stoffpferdchen, identisch dem das Ruby in den vier Tagen ihrer Entführung begleitet hat. „Verdammt, was soll das?"

Und mein Dank geht an......

Dieses Buch ist über sehr viele Jahre hinweg gereift. Wie es bei jedem Projekt der Fall ist, sind es Menschen, die einem auf dem Weg begegnen oder begleiten, die einen großen Teil des fertigen Projektes ausmachen. Deswegen möchte ich es auf keinen Fall versäumen, meinen Dank an die wichtigsten auszusprechen.

Ruby und Nils, ohne Euch gäbe es dieses Buch nicht. Sorry, dass ich Euch gequält habe. Aber ich konnte nicht anders.

Mein Mann Ignacio, der meine Verrücktheiten aushält und mich liebt. Er hat mir viele wertvolle Tipps für die Umsetzung gegeben, auch wenn er das Buch bis heute nicht gelesen hat. Er spricht kein Deutsch :-)

Meine Schwester Biggie, die mir stundenlang zugehört, Ideen gutgeheißen oder eben nicht gutgeheißen hat. Probegelesen und mich zu 100 % unterstützt hat.

Mein Bruder Tom, auch er hat das Buch probegelesen und das obwohl er gar nicht gerne Bücher liest :-) er hat mir offen und ehrlich seine Meinung kundgetan. Love you Bro.

Mein Sohn Sven. Danke für das Glas Wasser ;) Er hat mich in einigen technischen Fragen geduldig beraten. Und die Augen verdreht, wenn es zu romantisch wird.

Martin Schörle, ohne Dich wäre das Buch nicht, was es jetzt ist. Vielen Dank für Deinen Freundschaftsdienst.

Miguel Algarra, mein Trainer aus einem ganz anderen Bereich, nämlich dem BMX fahren. Er hat sich so gefreut über die Tatsache, dass ich ein Buch schreibe, war richtig euphorisch, das hat mich gepusht und motiviert.

Meinen Schwestern und Brüdern, dass ihr an mich glaubt.

All den Facebook und Instagram Freunden, die mich mit Ihren Likes und Kommentaren immer wieder aufs Neue motivieren.

An all die Autoren, deren Hunderte von Büchern ich in den letzten Jahren gelesen und gehört habe. Die mich mit ihren Werken motiviert und inspiriert haben. Allen voran Simon Beckett, I LOVE DAVID HUNTER.

Und zuletzt jedem einzelnen Leser, der mein Buch liest. Sich die Mühe macht Ruby zu verstehen. Ich hoffe ihr könnt euch mit den Protagonisten verbinden und habt sie auch so lieb wie ich.
Was wäre ein Buch ohne Leser?

Für euch ist es nur ein kleines Buch, für mich ist es die Welt.

Folgt mir auf:
FACEBOOK: Dannie Rubio Autor
Instagram: dannierubioautorin

www.rubythriller.com